La fille de ma meilleure amie

DOROTHY

KOOMSON

La fille de ma meilleure amie

ROMAN

Traduit de l'anglais
par Evelyne Jouve

J'AI LU

Tous les personnages et les événements de ce livre, autres que ceux appartenant explicitement au domaine public, sont fictifs, et toute ressemblance avec des personnes réelles, vivantes ou mortes, serait pure coïncidence.

Titre original
MY BEST FRIEND'S GIRL
Publié par Time Warner Books, Londres

À

Sam, Kathleen et David – trois des personnes les plus courageuses, les plus aimantes et les plus intéressantes que j'aie jamais connues.

Je veux seulement vous dire ceci : « Si je souris, c'est parce que vous êtes mes frères et sœurs, et si je ris, c'est parce que vous n'y pouvez rien ! »

Prologue

À vrai dire, je traînais cette fatigue depuis si longtemps que je ne me rappelle pas à quel moment j'ai commencé à prendre conscience du fait que ce n'était peut-être pas normal. Je faisais cependant avec et je me disais qu'avec un peu de repos ça finirait par passer. Seulement, voilà, ça ne passait pas.

J'avais beau dormir beaucoup, je me réveillais épuisée. Exténuée, vidée. Il aura fallu que ma petite Tegan me dise d'aller voir le médecin pour que j'ouvre enfin les yeux. Ma fille de quatre ans venait d'exprimer tout haut ce que je ne pouvais pas – ou ne voulais pas – admettre, à savoir que je n'étais plus moi-même, tout simplement. Mon bout de chou en avait assez d'avoir une maman toujours trop fatiguée pour jouer avec elle ; assez de mes saignements de nez à répétition ; assez que je m'essouffle au moindre effort. Et un jour, elle l'exprima clairement : « Dis, maman, si tu vas voir le docteur, elle pourra te remettre comme avant ? »

Sa question innocente me fit l'effet d'un électrochoc : je pris aussitôt rendez-vous.

Je décrivis mes symptômes à mon médecin généraliste, qui me prescrivit des analyses de sang. Puis elle me fit revenir pour des tests complémentaires – des examens dont j'avais entendu parler dans des émissions spécialisées à la télé. On lâchait devant moi des mots terrifiants, des mots toujours associés dans les reportages et les magazines à une issue tragique. Mais cela ne me concernait pas, ce n'était pas possible. Dans mon cas, il ne s'agissait que de simples pistes à écarter… évidemment.

Et puis, il y eut ce coup de téléphone de mon médecin, qui me demandait de passer immédiatement à son cabinet. Mais, à ce moment-là, encore… et même lorsqu'elle m'apprit… lorsqu'elle m'expliqua qu'elle était désolée et qu'elle se mit à me parler traitements et pronostics vitaux… je ne pus le croire. Enfin, pas exactement. Je croyais ce qu'elle me disait, oui. Seulement, je ne comprenais pas. Pourquoi. Comment. Pourquoi moi.

Il s'écoula plusieurs jours, peut-être une semaine, avant que l'horrible vérité ne commence à m'apparaître réellement. Les médecins avaient insisté sur le fait que chaque minute comptait, mais je ne saisissais toujours pas la raison de cette urgence. Je n'avais quand même pas l'air malade à ce point. J'étais un peu plus pâle, c'est vrai, un peu plus lente également, mais je n'étais pas aussi gravement atteinte qu'ils le prétendaient. Non, il s'agissait certainement d'une erreur. Ce ne serait pas la première fois. On entendait tout le temps parler d'erreurs de diagnostic, de patients prétendument condamnés qui défiaient, déjouaient les prévisions des médecins, de malades apprenant qu'ils étaient atteints de mononucléose et non d'une…

Une semaine plus tard environ, je repris le travail et, comme à mon habitude, j'arrivai à la gare avec une bonne avance sur l'horaire du train. J'avais mis en place toute une série de petits dispositifs pour me simplifier le quotidien – et adapter ma vie à la maladie qui envahissait mon corps. Par exemple, je partais de chez moi des siècles en avance afin de ne jamais avoir à courir ; j'apportais mon déjeuner au bureau pour éviter de descendre m'acheter un sandwich ; je réduisais les heures de la nourrice pour ne pas être tentée d'aller boire un verre après le travail…

Bref, ce jour-là, j'étais assise dans la gare et j'attendais tranquillement mon train quand une femme s'arrêta à ma hauteur. Elle sortit son téléphone portable de son sac, composa un numéro et dit : « Bonjour, je suis la maman de Felicity Halliday. Je voulais vous avertir qu'elle ne se sent pas très bien et qu'elle ne viendra pas à l'école aujourd'hui. »

J'éclatai alors en sanglots. Je m'effondrai littéralement. Je venais de comprendre, là, à cet instant précis, que je n'aurais probablement jamais la chance de passer un coup de fil comme celui-là. Que jamais je n'appellerais la directrice de l'école pour l'avertir de l'absence de ma petite fille. Que jamais je n'aurais l'occasion de faire ce que font toutes les mères du monde. Qu'il y avait un milliard de choses comme celle-là que je ne ferais jamais.

Autour de moi, les gens restèrent terriblement guindés, affectant de ne pas me voir pleurer et hoqueter sans aucune retenue. Des sons hideux jaillissaient de ma gorge tandis que mon cœur se brisait en un million, un milliard de morceaux.

Puis cet homme, cet ange, s'approcha de moi. Il s'assit, passa son bras autour de mes épaules et me serra contre lui pendant que je pleurais toutes les larmes de mon corps. Mon train entra en gare et repartit. Le suivant aussi, et encore celui d'après. Mais l'homme restait à mon côté. Il se tint près de moi tout le temps que je sanglotais sur son épaule, que je sanglotais sans parvenir à m'arrêter. La jolie veste de son complet était trempée par mes larmes, mais il ne semblait pas s'en soucier. Il attendit que mes plaintes s'apaisent un peu. Alors il me demanda avec douceur ce qui n'allait pas.

Et tout ce que je fus capable de bredouiller à travers mes sanglots, ce fut : « Je ne sais pas comment dire à ma petite fille que je vais mourir. »

« Maman ? »

1

Le facteur fit un bond quand j'ouvris à la volée la porte de mon immeuble et lui claironnai un bonjour plein d'allant.

D'habitude, avant que nous ne nous retrouvions face à face, il avait d'abord appuyé sur la sonnette de mon appartement, au premier, et j'étais descendue en traînant les pieds, achevant d'enfiler ma robe de chambre tout en frottant mes paupières bouffies de sommeil. Mais, ce jour-là, postée derrière ma fenêtre, j'avais guetté son arrivée. Bon, je portais ma tenue habituelle – peignoir en éponge et cheveux sculptés par Morphée –, mais mes yeux étaient grands ouverts et j'avais un sourire jusqu'aux oreilles.

— C'est un jour spécial ? grommela-t-il sans une once d'humour.

Manifestement, il n'appréciait pas que les rôles soient inversés. Il me voulait à moitié endormie, comateuse et hébétée quand il me tendait mon courrier. Normal : c'était probablement le seul moment de la journée où il pouvait se poser en mâle dominant. Non, je suis une teigne. Il est charmant, mon facteur. La plupart des facteurs sont des choux, d'ailleurs, non ? De toute façon, pour moi, le monde entier était chou à cet instant.

— C'est mon anniversaire ! répondis-je avec un sourire qui dévoila mes quenottes fraîchement brossées.

— Joyeux anniversaire alors, grogna-t-il en me tendant mon courrier avec une tête d'enterrement.

Je m'emparai avidement de la petite liasse entourée d'un élastique marron, notant instantanément que presque toutes les enveloppes étaient de couleur – rouges, bleues, pourpres.

— On a de nouveau vingt ans, hein ? demanda le facteur, toujours réfractaire à ma bonne humeur.

— Non, monsieur. J'en ai trente-deux et j'en suis fière, rétorquai-je avec un clin d'œil. Chaque nouvelle bougie est un bonus ! Et pour l'occasion, je vais me glisser dans une robe en sequins dorés, me percher sur des talons aiguilles, illuminer mon décolleté d'un nuage de paillettes dorées et faire la fiesta toute la nuit !

Le facteur fit cligner ses petits yeux marron et les posa sur ma poitrine, comme s'il pensait apercevoir lesdites paillettes à travers la double épaisseur de mon peignoir en éponge et de mon pyjama. Désillusion ou retour à l'austère réalité (après tout, il n'était pas payé pour reluquer les dames pendant sa tournée), il recula précipitamment.

— Bonne journée, ma belle. Enfin… trésor. Euh… au revoir.

Et il détala à une vitesse plutôt impressionnante pour un homme de son âge et de sa corpulence. Si vite qu'il ne m'entendit probablement pas lui lancer : « À vous aussi ! » tandis que je refermais la porte de l'immeuble.

Je montais l'escalier quatre à quatre pour regagner mon chez-moi. J'avais déjà disposé mon petit déjeuner spécial anniversaire sur mon lit : des croissants frais fourrés au saumon fumé, trois truffes au chocolat et une coupe de Moët & Chandon.

Il fallait que cette journée soit parfaite. J'en avais réglé chaque détail afin qu'il en soit ainsi. Après m'être régalée de mon royal petit déjeuner, je paresserais au lit jusqu'à midi, ouvrant mon courrier d'anniversaire et répondant aux coups de fil de mes amis fidèles et de ma famille. Ensuite, j'irais à mon rendez-vous chez le coiffeur pour me faire faire un shampooing traitant, un soin revitalisant et une nouvelle tête. Exit ma coupe au carré, bonjour les mèches dégradées et la frange ondulée. Ensuite, de retour à la maison, j'enfilerais ma tenue « spéciale trente-deux ans » : une robe en sequins dorés qui mettrait en valeur ma peau noire de façon spectaculaire. Je glisserais mes pieds dans des chaussures dorées à talons hauts et, comme j'en avais livré la primeur au facteur, je poudrerais mon décolleté d'un nuage de paillettes dorées. Ensuite, des copines de travail viendraient à la maison boire un verre et grignoter des biscuits apéritif, après quoi nous irions danser en boîte toute la nuit.

Je me glissai dans mon lit en faisant très attention de ne pas renverser une miette de mon festin, puis je dégustai une gorgée de champagne avant de décacheter, excitée comme une gamine, mon courrier d'anniversaire. Autour de moi, le petit tas d'enveloppes aux couleurs vives ne cessait de monter tandis que je sortais les cartes une à une et les déchiffrais en souriant.

Sincèrement, je n'avais aucune raison de remarquer cette enveloppe. Rien ne la différenciait des autres. Elle était glissée au milieu du paquet, inoffensive et innocente. Et, comme toutes les autres, je la décachetai sans prendre le temps de la regarder vraiment, d'essayer d'identifier son expéditeur ou même de lire le texte. Je l'ouvris avidement, impatiente de découvrir le message d'affection qu'elle renfermait. Mon sang se figea. Je reconnus l'écriture au premier coup d'œil. Je la parcourus, le cœur battant à tout rompre.

Chère Kamryn, s'il te plaît, lis ce message jusqu'au bout.

Il faut que je te voie. Je suis en train de mourir.

Je suis à l'hôpital Saint-Jude, dans le centre de Londres.

Tendresse,

Adèle

P.-S. : Tu me manques.

Je refermai brutalement la carte, découvrant du même coup que le texte imprimé disait « Je t'aime » au lieu de l'une de ces formules passe-partout chères aux fabricants de cartes d'anniversaire.

Je lançai le rectangle de bristol à travers la pièce comme s'il m'avait brûlé les doigts. Il atterrit sur le panier à linge en osier et resta là à me narguer. Avec son motif tout simple sur fond blanc et ses trois petits mots traîtres. Il semblait me mettre au défi de réussir à l'ignorer, de prétendre que les lignes tracées à l'intérieur n'étaient pas marquées au fer rouge dans mon esprit.

J'avalai nerveusement une gorgée de champagne, mais il avait à présent un goût de vinaigre. Le croissant, délicatement ouvert en deux et fourré d'une fine tranche de saumon fumé, aurait aussi bien pu être du carton ; quant aux truffes, elles n'étaient plus, à mes yeux, qu'un amas pâteux.

La carte continuait à me tenir tête. À me provoquer. *Ignore-moi si tu le peux*, me défiait-elle. *Vas-y, essaie si tu en es capable !*

Je repoussai les couvertures, sautai du lit et attrapai la carte. Je la déchirai consciencieusement en deux. Puis encore en deux. Sur quoi je me rendis d'un pas lourd dans la cuisine, j'appuyai sur la pédale de la poubelle et y jetai les morceaux qui allèrent rejoindre les épluchures de légumes, les déchets graisseux et les papiers d'emballage.

— Voilà ce que je fais de ton message ! Et de toi ! sifflai-je à l'adresse de la carte et de son expéditrice.

Et je retournai me coucher. Ah, je me sentais mieux ! Beaucoup mieux. Je sirotai mon champagne et dégustai mon somptueux pique-nique. Tout était redevenu délicieux. Parfait, même. Comme il se devait le jour de mon anniversaire.

Rien ne parviendrait à gâcher cette journée. Rien ni personne. Elle aurait beau essayer, elle n'y arriverait pas. Et pourtant, elle avait mis le paquet. On pouvait difficilement faire plus fort que cette saleté de message déguisé en carte d'anniversaire. Très astucieux. Une foutue bonne idée. Mais, voilà, ça ne marcherait pas. Je ne tomberais pas dans un piège aussi grossier. Je suivrais mon programme comme prévu. Je ferais de ce trente-deuxième anniversaire un jour encore plus inoubliable que ceux de mes dix-huit, vingt et trente ans réunis !

Parce que quand j'aurai trente-deux ans je porterai une robe en sequins dorés, des talons de quinze centimètres et je saupoudrerai mon décolleté d'un nuage de paillettes dorées. Oui, c'est ce que je m'étais promis il y avait de cela une éternité, et je tiendrais ma promesse !

La porte était entrouverte et ne fit aucun bruit lorsque je la poussai tout doucement. Je n'avais même pas frappé. Je ne frappais jamais à une porte ouverte parce que pour moi ça signifiait forcément : « Entrez sans frapper. »

Elle sourit au milieu de ses oreillers blancs en me voyant apparaître et chuchota :

— Je savais que tu viendrais.

2

Dolce & Gabbana ! Même dans un moment pareil, aux heures les plus sombres de sa vie, Adèle trouvait le moyen d'être habillée haute couture : un tee-shirt blanc signé D & G émergeait de sous les draps de son lit d'hôpital. Elle avait toujours eu plus d'allure que de jugeote…

À une certaine époque, ce commentaire perfide aurait jailli de mes lèvres et je n'aurais pas cherché à le retenir ni même à en atténuer l'ironie parce que Adèle aurait été la première à en rire. C'était impossible à présent. La situation avait complètement changé entre nous. D'abord, je ne lui avais pas adressé la parole depuis deux ans. Et puis, la dernière fois que je l'avais vue, son visage était inondé de larmes, son mascara dessinait des traînées noirâtres sur ses joues, elle parlait à toute vitesse, butait sur les mots, essayant de m'expliquer quelque chose que je ne voulais surtout pas entendre. Quant à moi, je jetais pêle-mêle mes affaires dans mon sac, refoulant farouchement mes larmes et faisant appel à toute ma volonté pour ne pas m'effondrer. Quand on s'est quittées comme ça, difficile de renouer par la suite comme si de rien n'était. Enfin et surtout… elle était malade.

Nous gardâmes le silence tout le temps que l'infirmière s'activa autour d'Adèle, notant les informations délivrées par les moniteurs, vérifiant le débit du goutte-à-goutte et retapant les oreillers pour permettre à la patiente de se tenir assise. L'infirmière avait un visage amical, de grands yeux marron chaleureux. Elle me faisait penser à ma mère, surtout à cause de la façon dont elle avait noué ses cheveux en queue-de-cheval tressée.

Elle me sourit comme si j'avais été une vieille connaissance, rappela à Adèle de ne pas parler trop longtemps et sortit.

Nous n'avions toujours pas prononcé un mot. « Salut ! » me paraissait un peu léger pour reprendre contact avec quelqu'un à qui je m'étais juré de ne plus jamais parler.

— Cette infirmière me rappelle ta mère, lança enfin Adèle alors que le silence commençait à couvrir même le ronronnement des machines.

Je hochai la tête ; impossible d'articuler un son. Ce n'est pas que je ne le voulais pas, j'en étais tout simplement incapable. La femme que j'avais en face de moi n'était pas l'Adèle (Del, comme je l'appelais avant) que j'étais venue voir. Ce n'était pas l'Adèle à laquelle je m'étais préparée à reparler après tout ce temps.

Je ne sais pas ce que j'attendais exactement. Je ne m'étais pas posé la question quand j'avais sauté dans le train pour Londres. Mais je ne m'étais pas imaginé la retrouver comme ça. Non, sûrement pas. Il aurait suffi que je ferme les yeux pour que surgisse l'image de Del telle que j'avais pensé la revoir. Ses magnifiques cheveux bouclés couleur de blé mûr tombant en cascade sur ses épaules. La fraîcheur lumineuse de son teint sans défaut. Quel détail se serait imposé en premier ? Ses yeux gris-bleu qui avaient l'éclat de l'acier ? Son sourire rayonnant qui communiquait autour d'elle la chaleur de sa personne ? Peu importait.

Derrière mes paupières closes, la vraie Del serait apparue aussitôt. Si réelle et tridimensionnelle que j'aurais pu croire n'avoir qu'à tendre la main pour la toucher.

Mais, là, devant mes yeux, se trouvait une Adèle Brannon méconnaissable.

La Del assise dans ce lit d'hôpital avait le teint gris jaunâtre. Son visage était émacié et des cernes noirs creusaient son regard et son visage dépourvu de sourcils. Elle avait noué un foulard bleu roi sur sa tête, probablement pour cacher son absence de cheveux. Tout mon corps se glaça. Sa magnifique chevelure n'était plus. Réduite à néant par les traitements.

Je n'avais pas prévu qu'elle aurait cette apparence frêle et vulnérable, comme une feuille d'automne, si fragile et cassante qu'un simple contact aurait suffi à la briser.

— C'est bon de te revoir, chuchota-t-elle.

Sa voix n'était qu'un grincement assourdi, probablement aussi douloureux à émettre qu'à entendre.

— Je suis contente que tu sois venue.

— Qu'est-ce qui est arrivé à ta voix ?

— Oh ! C'est le traitement. Il me dessèche la bouche. Ma langue a la consistance du carton.

— Ça me rappelle nos réveils difficiles, après avoir un peu trop arrosé la soirée de la veille. Tu te souviens ?

À peine eus-je fini ma phrase que j'eus envie de me gifler. J'avais simplement voulu dédramatiser, mais les mots avaient résonné tout autrement.

Les lèvres sèches et gercées de Del esquissèrent un pâle sourire.

— Je te retrouve. Personne d'autre n'ose me parler ainsi. Les gens doivent redouter que je fonde en larmes, je suppose. Ou que je meure sous leurs yeux d'une attaque d'apoplexie. Heureusement, tu es là pour briser le tabou.

— Je ne l'ai pas fait exprès, répondis-je, honteuse. J'étais juste moi-même.

— C'est bien ce que j'attends de toi.

— Qu'est-ce que tu as ?

Une nouvelle fois, ma brusquerie me fit frémir. Les mots claquaient si durement. Si froidement. Bien sûr, il y avait toujours quelque part en moi cette femme trahie qui avait rassemblé à toute vitesse ses affaires en se jurant que personne n'aurait jamais plus l'occasion de la faire souffrir à ce point, mais à cet instant, j'avais le cœur brisé. Moi qui prenais toujours les problèmes à bras-le-corps, je me trouvais impuissante face à quelqu'un qui souffrait. C'est pour cette raison que je paraissais dure : je ne maîtrisais pas l'impuissance.

— Enfin... Tu m'as écrit que tu étais... De quoi souffres-tu ?

— De leucémie.

— Mais... ce n'est pas une maladie d'enfant ? lâchai-je abruptement.

— J'ai eu la même réaction que toi ! s'exclama-t-elle. Quand le médecin m'a appris la nouvelle, c'est exactement ce que j'ai répondu, mot pour mot.

— Il est réconfortant de savoir qu'il n'y a pas que moi qui fais des bourdes, grommelai-je tout bas.

— Oui, tu vois. Ça arrive à tout le monde, même à une mourante.

Elle prononça ce mot horrible avec un tel calme, un tel détachement, que j'eus une soudaine et féroce envie d'empoigner Del par ses épaules décharnées et de la secouer comme un prunier. Histoire de lui remettre les idées en place. Comment pouvait-elle parler de... de « ça » sur ce petit ton paisible ?

Je ne parvenais toujours pas à comprendre comment une jeune femme comme elle, qui faisait régulièrement de la gym, mangeait de façon à peu près équilibrée, n'avait jamais fumé – même si elle buvait sec –, avait pu se réveiller un matin avec au-dessus de la tête une horloge martelant un compte à rebours fatal. Rien à faire, je n'y arrivais pas. J'avais beau tourner et retourner cette question dans tous les sens depuis que j'avais lu la carte, c'était peine perdue.

— Ne t'inquiète pas, ça va. J'ai accepté ce qui m'arrive, me rassura Del comme si elle lisait dans mes pensées. Ça n'a pas été facile, mais c'est fait. Je sais qu'il va te falloir un peu de temps pour me rattraper.

— Tu veux dire une petite vingtaine d'années ? rétorquai-je d'une voix sarcastique.

— Je n'ai pas eu le temps de me mentir, poursuivit-elle, ignorant non pas ce que j'avais dit mais le ton que j'avais utilisé. Tu comprends, il fallait que je m'organise, que je prenne des décisions. Je n'étais pas seule à être concernée par ce qui arrivait. Alors, si forte qu'ait été mon envie de me persuader que tout cela n'était pas vrai, que les médecins se trompaient, j'ai d'abord pensé à la seule personne vraiment importante, celle qui a besoin qu'on s'occupe d'elle.

Tegan. Elle parlait de sa petite fille. Comment Tegan vivait-elle la maladie de sa mère ? Si une adulte comme moi avait du mal à l'accepter, comment une enfant de cinq ans pouvait-elle réagir ?

— Je suppose que tu as compris maintenant pourquoi je t'ai demandé de venir, reprit-elle après un long, un interminable silence.

— Pour que je culpabilise de t'avoir ignorée pendant deux ans ?

— Non, mais à part ça, fit Del, tandis qu'à ses lèvres exsangues affleurait un sourire.

— À part ça, je ne vois pas.

— Mais si. Quand je ne serai plus là…

Elle s'interrompit, prit une profonde inspiration.

— Je veux que tu adoptes Tegan.

— Quoi ?

— Je veux… non, il faut que tu adoptes Tegan après ma mort.

Mon visage s'était figé en une expression qui signifiait : « Tu es cinglée ? », et je m'en rendais compte.

Del me regarda, convaincue que j'allais donner suite à une telle énormité.

— Rassure-moi, tu plaisantes ?

— J'ai l'air de plaisanter ? gronda-t-elle, exaspérée. Tu crois que c'est le lieu et le moment ? Non, Kamryn, je n'ai jamais été aussi sérieuse de ma vie. Je veux que tu adoptes ma fille.

— Très bien, Adèle, puisque tu es sérieuse, je vais te donner une réponse sérieuse : Non. Il n'en est pas question.

— Tu n'as même pas pris le temps de réfléchir.

— C'est tout réfléchi. Tu sais depuis toujours que je ne veux pas d'enfants. Je te l'ai répété assez souvent. Je n'en veux pas.

— Je ne te demande pas d'avoir des enfants… juste d'adopter la mienne.

Del reprit son souffle, effort qui parut pomper toutes ses forces et qui accentua encore la pâleur grisâtre de son visage.

— Je me suis coltiné toute la partie difficile : les nausées matinales, la silhouette d'hippopotame, les vingt-quatre heures de contractions non-stop… Toi, tu auras juste à t'occuper d'elle. À être sa maman. À l'aimer.

J'avais « *juste* » à m'occuper d'elle. « *Juste* » à être sa maman. Comme si c'était l'enfance de l'art. Et de toute façon…

— Del, nous ne nous sommes pas adressé la parole depuis deux ans. Tu me fais venir et, comme ça, de but en blanc, tu me demandes d'adopter un enfant ? Tu te rends compte de ce qui cloche dans ton plan ? Tu vois pourquoi il me pose quelques petits problèmes ?

— Tegan n'est pas « un enfant ! » rugit-elle.

Parmi toutes les remarques choquantes que j'avais proférées depuis mon arrivée, c'était la seule qui ne passait pas. Del était à tel point furieuse que ses yeux bleu acier en lançaient maintenant des éclairs.

— Tegan est ta filleule. Tu l'aimais autrefois, je refuse de croire que ce n'est plus le cas aujourd'hui !

Impossible de discuter ce point. J'avais aimé Tegan, oui. Et je l'aimais toujours.

Je jetai un coup d'œil au sous-verre posé sur la table de chevet. Sur la photo, Tegan et Del souriaient toutes deux à l'objectif. La petite fille pressait le visage de sa mère contre le sien et avait passé ses deux bras autour du cou de Del. Tegan était une réplique miniature de sa mère jusque dans les moindres détails… excepté au niveau du nez. Ce nez-là, elle le tenait de son père.

— … Kam, je te considère toujours comme ma meilleure amie, poursuivit Del. Et tu es la seule personne, la seule sur terre à qui je puisse confier ma fille. Je suis désolée de t'imposer ce fardeau, mais j'ignore combien de temps il me reste encore à vivre et je ne peux pas me permettre de me tromper. Si tu ne la prends pas avec toi… que va-t-elle devenir ? Il n'y a personne d'autre. Personne…

Des spasmes soulevèrent sa poitrine.

— Je ne peux même pas… pleurer, chuchota-t-elle entre deux inspirations douloureuses, parce que… je ne produis plus assez… de larmes.

Elle se mit à étouffer et des quintes de toux secouèrent son corps amaigri.

Je posai une main sur son bras.

— Arrête, murmurai-je en tentant désespérément de la calmer. Je vais y réfléchir, c'est promis. Mais je ne m'engage à rien, compris ?

Del respira profondément, recouvrant peu à peu un calme relatif.

— Tu me jures d'y réfléchir ? souffla-t-elle quand elle fut en état de parler.

— Oui.

— C'est tout ce que je te demande. Y penser.

— Je t'ai dit que je le ferais. Mais rien d'autre.

— Merci, chuchota-t-elle. Merci.

Le silence retomba. C'était pour moi le moment de partir. Elle avait accompli sa mission, elle m'avait demandé l'impensable, il ne me restait plus qu'à rentrer chez moi et réfléchir, comme je m'y étais engagée.

— Kam…

Rien qu'à sa façon de prononcer mon prénom, je sus ce qu'elle s'apprêtait à dire. Tout mon corps se raidit dans un réflexe de refus. Je ne voulais rien entendre à ce sujet. Pas un seul mot.

— À propos de ce qui s'est passé avec…

— Non ! la coupai-je d'une voix menaçante.

— Mais tu ne m'as jamais laissé une chance de t'expliquer, plaida-t-elle.

— Non, répétai-je sur le même ton.

— Kam, écoute, je n'ai pas…

— J'ai dit non ! hurlai-je avec une brutalité qui m'effraya. Je ne veux pas y penser, je ne veux pas en entendre parler, et je veux encore moins en discuter. C'est terminé. Laisse tomber.

Del venait de rouvrir une plaie profonde. Mais ce n'était pas une excuse. Je n'avais pas à m'emporter de cette façon. Elle était malade. Elle n'avait pas la force de se mesurer à moi.

— Laisse tomber, répétai-je plus calmement. S'il te plaît.

Del obéit et ramena son regard vers la photo, sur sa table de chevet. Elle esquissa un sourire, mais je voyais bien les traces d'amertume dans ses yeux. Tegan était tout pour Adèle. Absolument tout. Je ne pourrais probablement jamais comprendre complètement cette dévotion. Tegan comptait beaucoup pour moi, mais elle semblait être l'unique raison de vivre d'Adèle. La petite était au centre de ses préoccupations, de ses propos, de chacune de ses décisions. Rien ni personne ne passait avant Tegan. L'idée d'abandonner sa fille sur le bord du chemin devait être insupportable à Del. Comment expliquait-on à son enfant qu'on allait le quitter ? Comment disait-on à sa petite fille qu'on était en train de mourir ?

— Où est-elle ? demandai-je pour réduire la tension qui régnait dans la pièce et la culpabilité qui me rongeait.

Del ferma brièvement les yeux, comme sous l'effet d'une souffrance indicible, avant de lâcher calmement sa bombe :

— Chez mon père et ma belle-mère.

Mon cœur cessa de battre. La situation devait être vraiment désespérée pour qu'elle leur ait confié la garde de Tegan.

— Et… ça se passe comment ? demandai-je avec tact alors que j'avais envie de lui hurler : « Mais tu es folle ou quoi ? »

— Pas bien.

Ses yeux rougirent. Si elle avait pu, elle aurait fondu en larmes.

— Ils ne me laissent pas la voir. Depuis que je suis ici, ils ne me l'ont amenée qu'une seule fois. Une seule fois en quatre semaines ! Ils prétendent que c'est trop loin. Je lui parle au téléphone, bien sûr, mais ce n'est pas la même chose.

Elle reprit convulsivement son souffle.

— Elle me manque tellement… Chaque fois que je lui parle, je la trouve un peu plus éteinte. Repliée sur elle-même. Elle ne comprend pas pourquoi elle ne peut pas être auprès de moi au moment où j'ai le plus besoin d'elle… Kam, je veux être avec ma fille ! Je n'ai plus beaucoup de temps devant moi, et le peu qui me reste je veux le passer avec elle !

Ses yeux gris-bleu m'implorèrent, me supplièrent de trouver une solution.

— Je veux seulement la voir avant de… tu sais…

Non, je ne sais pas. Je travaille encore à combler mon retard, tu te souviens ? Je n'en suis pas encore à cette page, Del, répondis-je silencieusement.

— Il n'y a personne d'autre à qui tu puisses la confier ? demandai-je tout haut.

Je savais qu'elle n'avait pas d'autre famille, mais elle avait sûrement des amis. N'importe qui mais pas son père et sa belle-mère !

— Non. Quand j'ai compris que j'étais très gravement malade, je t'ai écrit pour te demander si tu voulais bien t'occuper de Tegan pendant quelque temps, mais tu ne m'as pas répondu.

— Je n'ai pas lu tes lettres, avouai-je.

Celle-ci devait être quelque part à la maison, fourrée au fond du tiroir où je rangeais mes sous vêtements – et toutes ses lettres. J'étais trop en colère pour les ouvrir, mais trop lâche pour les mettre à la poubelle. Elles s'entassaient donc dans le tiroir, jaunissant peu à peu, implacablement scellées, pour ainsi dire oubliées.

— Je m'en suis doutée. J'ai demandé à deux autres personnes, mais c'était une trop grande responsabilité, qu'elles n'ont pas voulu prendre. Il ne restait donc que mon père.

Del l'appelait toujours ainsi : « mon père ». En sa présence, elle disait « père ». Jamais « papa ». Il y avait toujours eu un mur de formalisme entre eux et apparemment il n'était pas tombé – même en de pareilles circonstances.

— À notre arrivée chez lui, il était très dur avec Tegan… Mais je n'avais pas la force de m'opposer à lui et à sa femme…

— Ils habitent toujours au même endroit, à Guildford ?

— Oui.

J'inspirai profondément. *Je n'arrive pas à croire que je vais faire ça.*

— Veux-tu que j'aille la voir ?

Le visage de Del s'illumina.

— Tu ferais ça ?

— Attention ! je ne suis pas en train de dire que je vais l'adopter ou quoi que ce soit de ce genre. Je vais juste lui rendre une petite visite, histoire de m'assurer que tout va bien.

— Merci.

Del sourit.

— Merci, merci, merci !

— Va-t-elle seulement se souvenir de moi ?

— Bien sûr. Tu es toujours présente dans ses dessins. Elle parle de toi. Et puis il y a les cartes et les paquets anonymes que tu lui as envoyés pour ses anniversaires et à Noël. Je lui ai toujours dit qu'ils venaient de toi. Elle me demande très souvent si tu vas bientôt rentrer de vacances.

— De vacances ?

— Tu es partie si soudainement que je lui ai raconté que tu avais dû prendre de longues vacances. Afin qu'elle puisse espérer que tu allais revenir. Nous n'aurions pu vivre ni l'une ni l'autre sans imaginer que tu reviendrais.

Ses paupières s'abaissèrent et restèrent closes.

L'angoisse me tordait lentement l'estomac à mesure que les secondes s'égrenaient sans qu'elle rouvre les yeux. Les machines continuaient à produire leur bip monotone, signe que Del n'était pas... Mais comment savoir si elle n'était pas en train de...

Ses paupières s'entrouvrirent imperceptiblement, laissant apparaître deux fentes étroites. Sa peau cireuse était plus grise encore qu'à mon arrivée. Ma seule présence l'épuisait. Je devais la laisser se reposer. Mais je n'osais pas partir. Il fallait que je sois à son côté si jamais... Je voulais rester à son chevet toute la journée. Toute la nuit. Toute la vie.

— Je ferais mieux de partir, déclarai-je, m'interdisant de me comporter comme une enfant.

Je ne serais d'aucune utilité ici. Je lui ferais davantage de bien en lui apportant des nouvelles de son bout de chou.

— Si je veux voir Tegan aujourd'hui, je ferai bien de me mettre en route.

Je me levai et glissai la bandoulière de mon sac sur mon épaule.

— Kam… dis-lui que sa maman l'aime très fort.

Sa voix n'était plus qu'un souffle.

— Je lui dirai. Bien sûr.

Je m'arrêtai sur le seuil, attendant une réponse de Del. Il n'y en eut pas. Je me retournai et compris à sa respiration qu'elle s'était assoupie. Je la regardai quelques instants, me voyant comme une sorte d'ange gardien qui aurait eu pour mission de veiller sur elle, de la protéger.

Je m'efforçai de chasser cette idée ridicule de ma tête, quittai la chambre, l'hôpital, et m'engouffrai dans le premier pub que je trouvai.

3

Adèle et moi avions été amies pendant près de la moitié de notre vie – quatorze ans sur un total de trente-deux.

Nous nous étions rencontrées en première année à l'université de Leeds, parce qu'on nous avait collées d'office ensemble pour travailler à un exposé en cours d'anglais.

J'avais grincé des dents en apprenant que j'allais faire équipe avec Adèle Hamilton-Mackenzie. À dix-huit ans, j'étais une prolétaire pur jus, et fière de l'être. L'idée de me retrouver en binôme avec quelqu'un qui avait toutes les apparences d'une fille à papa, nom à rallonge et traits d'union inclus, n'était pas pour me réjouir. En plus, j'étais prête à parier qu'il s'agissait d'une petite branleuse tout droit sortie d'une école privée, avec un accent *so british* qui me donnerait envie de lui flanquer des gifles au bout de deux minutes.

Adèle tourna sa tête blonde, cherchant dans la salle de cours qui était Kamryn Matika. Elle sourit et me fit un signe de la tête, puis regarda de nouveau devant elle. *Bon sang*, songeai-je avec amertume, *tu vas voir que c'est une snobinarde qui s'imagine que le monde tourne autour de sa petite personne. Elle va vouloir me mener à la baguette, c'est certain. Je suis maudite. Condamnée à faire équipe avec une chochotte qui parle avec un accent de la haute.*

Le cours à peine terminé, je rassemblai en hâte mes livres et mes stylos. Mon intention était de m'éclipser au plus vite, mais, tandis que j'empoignais mon sac en toile pour quitter la salle, je me retrouvai nez à nez avec une fille de dix-huit ans, sapée comme une mémère de cinquante, portant un pull à col roulé et un pantalon en polyester bleus. La rapidité avec laquelle elle avait surgi me sidéra. À croire qu'elle s'était matérialisée devant moi comme par magie.

Elle me décocha un magnifique sourire qui dévoila des dents blanches parfaitement alignées, et elle secoua sa splendide crinière blonde.

— Bonjour, je suis Adèle, dit-elle d'une voix à la fois enjouée et racée.

C'est le bouquet : c'est une cool de la haute, ruminai-je avec consternation. *Je suis vraiment maudite.*

— Et si on allait boire un café ensemble pour discuter de notre exposé ?

Ce n'était pas exactement une question, plutôt un ordre déguisé.

— Je crois au contraire que nous devrions rentrer chez nous, y réfléchir chacune de notre côté et nous revoir dans quelques jours, répondis-je avec un sourire qui dissimulait mal une farouche envie de mordre.

Personne n'avait à me donner d'ordres – déguisés ou non. Et puis, quelle fille de dix-huit ans normalement constituée commençait à travailler sur un exposé le jour où on le lui confiait ? Pas moi, en tout cas.

L'assurance d'Adèle s'évapora instantanément, ses épaules s'affaissèrent et son regard se riva au sol. En fait, elle n'était pas du tout aussi sûre d'elle qu'elle voulait le laisser paraître. Et je n'étais pas moi-même aussi revêche et dure que je voulais le faire croire.

Je m'appliquais parfois à donner cette impression, à me faire passer pour hargneuse et inabordable, mais je me radoucissais toujours quand ma conscience venait me tirer l'oreille – bref, je n'étais pas une vraie mégère.

— Pour être franche, je ne suis pas fan de café, repris-je d'une voix bourrue. Si on allait plutôt boire un verre au bar de l'université ?

— Ça vient d'où, ce prénom, Kamryn ? me demanda Adèle sans détour.

— Inventé, dis-je laconique.

J'avais aperçu sa carte du syndicat étudiant quand elle avait cherché de la monnaie dans son sac, un peu plus tôt, et je savais à présent que je buvais un verre en compagnie de Lucinda-Jayne Adèle Hamilton-Mackenzie. De la part d'une fille qui portait un nom à cinq wagons et deux traits d'union, la question me semblait légèrement déplacée.

— Ce n'est pas une faute d'orthographe ? Tu t'appelles vraiment Kamryn ? K-A-M-R-Y-N ? épela-t-elle. Pas Cameron ?

— En fait, si. Mais j'ai pensé que ce serait amusant de l'orthographier différemment. J'adore attirer l'attention. Mais tu es tellement intelligente que tu as découvert tout de suite le pot aux roses ! Une nouvelle miss Marple !

Adèle haussa légèrement son sourcil gauche et ses lèvres recouvertes d'une fine couche de gloss prirent une expression amère.

— Tu n'es pas d'un abord facile, n'est-ce pas ? commenta-t-elle.

— Pas vraiment, non.

Il lui avait fallu quatre verres pour découvrir que je n'étais pas du genre à m'épancher. Pas mon style de déballer ma vie et les secrets de mon cœur à la première venue, contrairement à la plupart des filles de mon âge. Pourquoi se rendre vulnérable ? Donner à quelqu'un la possibilité de se servir des confidences qu'on fait comme d'une arme ? Entrouvrez la porte de vos émotions et, tôt ou tard, vous serez victime d'une effraction sentimentale !

— Au moins, tu en es consciente, constata Adèle.

Elle avala la moitié de son Malibu-Coca d'une seule gorgée élégante, très grande dame.

— Mais ça ne fait rien, je t'apprécie quand même.

— Je suis très flattée.

— Non, c'est moi.

Elle posa sa fine main sur son cœur.

— Sincèrement.

Le regard qu'elle posait sur moi était si amical et bienveillant que je ne pus m'empêcher de mordre à l'hameçon qu'elle agitait sous mon nez.

— Et pourquoi donc ? grommelai-je.

— Je te trouve adorable.

Elle avait l'air de le penser vraiment, en plus.

— Je n'ai pas rencontré beaucoup de personnes adorables dans ma vie. Alors quand j'en croise une, je me sens privilégiée. Je m'en suis rendu compte dès que je t'ai aperçue, en cours. Tu voudrais faire croire que tu es pleine d'épines, mais sous ta carapace tu es simplement magnifique.

— J'ai pigé : tu es lesbienne ou un truc de ce genre ? demandai-je abruptement.

Elle éclata de rire.

— Absolument pas. Mais, si c'était le cas, je fantasmerais à mort sur toi.

— Eh oui, comme tout le monde !

Ça, c'était un mensonge. Aucun garçon, jamais, ne fantasmait sur moi. Pas même les petits, les gros ou les moches. On ne pouvait pas le leur reprocher : je portais des vêtements informes pour cacher mes kilos en trop ; je ne maquillais jamais ma peau sèche et boutonneuse ; quant à ma chevelure (ou le paquet de frisottis qui en tenait lieu), je ne parvenais à la domestiquer que grâce à une multitude de tresses qui m'arrivaient aux épaules. Je n'avais aucunement l'illusion d'être belle, jolie, mignonne ou ne serait-ce que capable de plaire à la gent masculine. Je ne possédais même pas ce je-ne-sais-quoi qui pousse parfois les hommes vers les filles moches : je n'étais pas rigolote, je n'étais pas spécialement sympa, et je n'avais pas l'intention d'utiliser le sexe pour parvenir à mes fins. Bref, la méchante sorcière de l'Ouest faisait probablement plus de galipettes sous la couette que moi.

— Je parie que tu ne me crois pas, poursuivit Adèle. Tu es persuadée qu'on ne peut pas t'aimer ni fantasmer sur toi. C'est pour ça que tu t'es construit cette défense. Tu prends l'air revêche comme si tu te fichais de ce que les autres pensent de toi. J'ai connu des gens comme toi. Je suis sûre que tu étais la tête de Turc de ta classe, quand tu étais petite. Les garçons t'avaient prise pour cible parce que tu es différente. Et que tu refuses d'entrer dans une case.

J'eus un mouvement de recul. Comment le savait-elle ? Comment ? Mon passé de souffre-douleur était-il peint sur mon visage ? Les railleries, les quolibets, les coups de téléphone moqueurs, les graffitis humiliants sur les murs… Cette fille aux allures de princesse avait vu en une fraction de seconde tout ce que je croyais avoir laissé loin derrière moi. L'université avait été une planche de salut, un refuge éloigné de plus de deux cents kilomètres du lieu où tout le monde me connaissait. Elle m'avait offert l'opportunité de laisser toutes ces années horribles derrière moi et de me réinventer un personnage. Apparemment, j'avais perdu mon temps… Avais-je le mot « inadaptée » inscrit sur le front ?

Je m'efforçai à sourire pour qu'Adèle ne sache pas combien ses propos avaient tranché dans le vif. *Que lui répondre ? Comment donner le change ?*

En me voyant sourire, elle reprit :

— J'avais une copine un peu comme toi, à l'école. La pauvre s'était fait tellement malmener qu'elle n'avait plus confiance en elle, ni en qui que ce soit. Elle repoussait tout le monde. En fait, ce n'était pas vraiment une copine. Pour être franche, je n'ai pas beaucoup d'amies.

— Ouais, et c'est sûrement pas en racontant des conneries de ce genre que ça va s'arranger, la rembarrai-je.

— Mais... c'était seulement histoire de parler, protesta-t-elle.

— Ah oui ? Eh bien, tu ferais mieux d'éviter de parler des gens que tu ne connais pas. Qu'est-ce que tu sais du mal de vivre, de toute façon ? Tu as toujours eu une petite existence bien protégée, avec des parents pleins aux as qui t'ont envoyée dans les meilleures écoles privées, non ?

Je me comportais comme une vraie teigne, mais ça m'était égal. Je voulais qu'elle me fiche la paix une fois pour toutes.

— Hein ? Qu'est-ce qui fait de toi une experte en misère humaine ?

Elle me regarda pendant un long moment, puis baissa les yeux sur son verre.

— Ma mère est morte peu après ma naissance, à la suite de complications. Mon père m'en a toujours tenue pour responsable. D'autant qu'il ne voulait pas d'enfant, ainsi qu'il me l'a répété à peu près tous les jours de ma vie. Comme il refusait d'avoir le moindre contact avec moi, j'ai été confiée à une nourrice jusqu'à ce qu'il se remarie. Sa femme ne peut pas me supporter et ne s'en cache pas.

Adèle leva les yeux vers moi, et sourit.

— Je n'ai pas beaucoup d'amies parce que j'en fais trop. J'ai tellement envie d'être acceptée que les gens finissent par me fuir. Enfin, c'est ce que m'a expliqué ma dernière « meilleure amie ». Seulement c'est dans ma nature et je ne sais pas me comporter autrement. J'ai vécu tellement longtemps avec des gens qui ne m'aimaient pas que j'essaie en permanence de ne contrarier personne.

Elle se replongea dans la contemplation de son verre.

— Il y a pire, bien sûr. Mais, tu vois, j'en connais quand même un rayon sur la misère humaine.

Bravo. Je me faisais à présent l'effet d'un monstre.

— Désolée, bredouillai-je. Je ne savais pas.

Le pire, c'est qu'elle n'avait même pas voulu me faire culpabiliser de l'avoir jugée – et condamnée – sans la connaître. Elle s'était juste montrée honnête. Cette fille était totalement dépourvue de perfidie. Elle était franche et sincère en toutes circonstances.

— Ce n'est pas grave, affirma-t-elle en rejetant ses cheveux en arrière et en me gratifiant d'un sourire radieux. Tu ne pouvais pas deviner.

— Écoute, Adèle, si nous devons faire équipe, il va falloir que tu arrêtes ça, dis-je.

— Que j'arrête quoi ?

— D'être aussi gentille tout le temps. C'est... ce n'est pas normal.

Les yeux bleu acier d'Adèle brillèrent.

— Parce que tu veux bien faire équipe avec moi ? Être mon amie ?

Je haussai nonchalamment les épaules.

Elle me répondit par un sourire qui illumina non seulement ses yeux, mais aussi tout son visage. C'était un sourire si chaleureux et communicatif que je ne pus m'empêcher de donner mon amitié à Adèle. Entièrement. Définitivement. J'ignore d'où me venait cette certitude, mais je compris immédiatement que cette fille allait devenir un élément important de mon univers et qu'elle m'aiderait à façonner celle que j'allais moi-même devenir. Pour une raison que je ne parvenais pas à cerner, je sus qu'Adèle allait faire partie de ma vie pendant très, très longtemps.

En fait, nous devînmes quasiment inséparables parce que nous « grandîmes » ensemble. Lorsqu'elle eut pris ses marques à l'université, Adèle prit ses marques dans sa vie personnelle. Elle découvrit qui elle était, cessa de s'habiller comme une mémère (fini les pantalons ringards), piqua de belles crises incluant cris, jurons, objets brisés et, finalement, le jour où elle se fit percer le nombril, elle réussit à tuer Adèle la Timide avec qui j'avais bu un verre.

De mon côté, je perdis du poids, je souris davantage et, le jour où je refusai de coucher avec un type hyperséduisant parce qu'il portait un slip kangourou à motifs cachemire, j'occis Kamryn la Coincée avec qui Adèle avait bu un verre. Mais j'anticipe…

À ce moment-là, dans ce bar, elle avait été extraordinairement heureuse que j'accepte d'un haussement d'épaules notre future amitié, et moi j'avais été secrètement émerveillée que quelqu'un puisse me trouver adorable.

— De toute façon, nous étions destinées à devenir amies, philosopha Adèle. Tout inconnu est un ami que tu n'as pas encore rencontré, et…

— Ça va, ferme ton clapet et finis ton verre.

Je me levai pour quitter le pub, sobre comme un chameau. J'étais entrée dans l'intention de boire pour oublier, pour diluer dans les vapeurs de l'alcool la cruauté de cette journée – mon retour à Londres, la maladie de Del – mais, une fois au comptoir, au lieu de commander une double vodka orange, ma boisson de prédilection quand j'avais besoin d'une petite amnésie, j'avais demandé une double vodka orange sans vodka.

Le barman m'avait lancé un regard condescendant tandis qu'il décapsulait un jus d'orange, persuadé que je faisais de l'humour. J'aurais voulu lui expliquer : « Je n'essaie pas d'être drôle. C'est juste que ma meilleure amie est en train de mourir et qu'elle ne boira plus jamais d'alcool. Par loyauté envers elle, je veux m'abstenir, vous comprenez ? » Non, bien sûr, il n'aurait pas compris. Et, de toute façon, ça ne lui aurait fait ni chaud ni froid.

J'enfilai mon imperméable rouge. Il fallait que je me rende à Guildford. J'aurais même dû partir plus d'une heure avant. Mais j'avais essayé de retarder l'inévitable. À la seconde où j'étais montée dans le train, j'avais mis le doigt dans un engrenage dont je ne parviendrais plus à me dégager. Je n'avais rien prévu de tout ça. Mon idée était d'aller rendre visite à Del à l'hôpital, de voir si elle était gravement malade et de rentrer chez moi. Si j'avais manqué le dernier train, j'aurais pris une chambre dans un bed and breakfast et j'aurais attrapé le premier train le lendemain matin. Pas question de traîner sur place, d'aller voir des amis ou de la famille, bref, à tous ceux que je n'avais pas revus depuis que j'avais quitté Londres, il y avait deux ans de cela.

Cette journée aurait dû être un simple aller-retour. Et à présent, tout mon plan était tombé à l'eau.

Je hissai mon sac sur mon épaule. *Allez, ma vieille, en route*, m'encourageai-je tout bas. *Prochain arrêt : Guildford.*

Adèle fit rapidement partie de la famille. Si je rentrais chez moi pour Noël, pour Pâques ou pour les vacances d'été, elle venait avec moi. Son père et sa belle-mère se souciaient peu de ce qu'elle pouvait devenir. En fait, ils s'en fichaient éperdument. Chaque fois qu'elle téléphonait à son père (et sa constance me sidérait), je la récupérais complètement décomposée au moment où elle raccrochait. Sanglotant à en avoir des nausées, se demandant ce qui n'allait pas chez elle, ce qu'elle devait faire pour être aimée de son père, ne serait-ce qu'un tout petit peu. Je la réconfortais de mon mieux, affirmant qu'elle était fantastique, adorable. La preuve : je l'aimais très fort et je n'étais pas la seule. Un tas de gens l'appréciaient et s'intéressaient à elle. Un jour, peut-être, son père se rendrait compte qu'il avait une fille formidable. Je n'en croyais pas un mot, mais c'était ce qu'elle avait besoin d'entendre. J'arrivais même à être convaincante.

M. Hamilton-Mackenzie ne changerait jamais, je le savais. Son ressentiment pour sa fille était beaucoup trop profond. Quelque temps après notre rencontre, il arrivait à Adèle de se saouler et de m'avouer alors combien sa vie avait été horrible avant son départ pour Leeds. Elle m'avait raconté l'intransigeance de son père, sa sévérité, les châtiments corporels qu'il lui infligeait pour lui inculquer la discipline. Elle m'avait confié qu'il avait été jusqu'à lui casser le bras, la jambe ou la mâchoire lors de l'une de ces punitions. Un jour, il avait projeté Adèle si violemment contre une fenêtre qu'un éclat de verre s'était profondément logé dans son dos et qu'elle avait failli perdre un rein. Une autre fois, il l'avait frappée si fort avec la boucle de son ceinturon qu'il lui avait arraché un morceau de chair à la cuisse gauche. Depuis, elle ne portait plus de jupes.

Le plus incroyable, et le plus scandaleux, c'était que personne ne semblait avoir le moindre soupçon de ce qui se passait derrière l'honorable façade de la demeure des Hamilton-Mackenzie. Ou bien les voisins affectaient de ne rien voir, par commodité, par lâcheté. Personne ne sourcillait, en tout cas, quand M. Hamilton-Mackenzie, ce modèle de respectabilité, cette incarnation de la bourgeoisie blanche et bien-pensante, se désespérait de l'incorrigible maladresse de sa fille et de son tempérament de garçon manqué qui provoquait toutes ces plaies et bosses.

Comme pour moi, l'université fut une délivrance pour Del. Elle voulait désespérément se faire aimer de son père, et le seul moyen que j'avais de l'aider, c'était de prétendre que ça arriverait bien un jour.

Qu'elle me croie ou non ne comptait pas vraiment. L'important était que ces mots allument en elle un espoir, parce que même moi je savais que l'espoir est nécessaire pour survivre.

Mes parents n'étaient peut-être pas parfaits mais ils n'auraient pas toléré – et mes tympans non plus – que je ne rentre pas à la maison au moins deux fois par trimestre. Ils me téléphonaient régulièrement et, parce qu'elle était mon amie, Adèle était logée à la même enseigne. Del trouva ainsi un deuxième foyer chez les Matika. Ce n'était pas sa vraie maison et notre affection ne remplacerait jamais celle qu'elle aurait tant voulu trouver auprès de son père, bien sûr, mais chaque fois que ma mère nous enguirlandait parce que nous avions réveillé toute la maisonnée en rentrant de boîte à trois heures du matin, chaque fois que mon père ouvrait son portefeuille et lui tendait un billet de dix livres en guise d'argent de poche, chaque fois que ma sœur lui demandait conseil pour ses histoires de cœur, Del avait le sentiment d'avoir trouvé sa place quelque part, au sein d'une vraie famille.

Une seule chose pouvait désormais nous séparer : un homme.

4

C'était surréaliste.

Je ne parvenais pas à croire que j'étais à Londres, une ville d'où je m'étais enfuie deux ans auparavant. Non seulement à Londres, mais dans ce lieu en particulier : la gare de Waterloo.

Je traversai l'immense hall, assaillie à chaque pas par des souvenirs. Je marchais lentement, presque craintivement, persuadée que j'allais croiser d'un instant à l'autre une version un peu plus jeune d'Adèle ou de moi-même. Des passagers pressés passaient sans m'accorder la moindre attention. Des annonces retentissaient dans les haut-parleurs. Le tourbillon aveugle de la vie.

C'était là qu'Adèle et moi nous donnions rendez-vous après le boulot, à l'époque où nous étions célibataires. Quand la maladie n'avait pas encore fait d'Adèle un fantôme exsangue sur un lit d'hôpital. Elle travaillait alors dans ce quartier. Et moi, je prenais le métro à Oxford Street, où se trouvait mon bureau, pour la rejoindre, et on buvait quelques verres avant de rentrer ensemble à la maison.

Mais la gare de Waterloo était un lieu symbolique pour une autre raison. C'est lors d'une soirée, à cinq minutes à pied d'ici, que je l'avais rencontré. Lui.

L'homme qui nous avait séparées Adèle et moi. Nate Turner, mon fiancé.

Nate était entré dans ma vie par une froide nuit d'avril et avait aussitôt décrété qu'il n'cn ressortirait pas. Je lui avais conseillé d'essayer ce genre de baratin sur une fille plus crédule que moi.

— J'ai la ferme intention de vous conquérir, avait-il affirmé avec le plus grand sérieux.

— Des plus costauds que vous s'y sont cassé les dents, avais-je rétorqué tout aussi sérieusement.

Dix-huit mois plus tard, nous décidions de nous marier. Et trois ans encore plus tard, nous arrêtions une date pour la cérémonie. Si notre relation était loin d'être parfaite, notre entente, en revanche, l'était. Nate supportait mon mauvais caractère et composait avec mes « problèmes ».

À l'époque de ma rencontre avec Nate, je paraissais être une femme sûre d'elle-même, que rien n'atteignait. Les appellations de cageot et de boudin, assenées des années durant, semblaient n'avoir eu pour seul effet que de me renforcer. Personne, sauf peut-être Adèle, ne se doutait que, sous ce vernis de femme au caractère bien trempé, cette réussite professionnelle et sentimentale, battait le cœur d'une gamine terrifiée.

Tout le monde se laissait prendre à cette image lisse et impénétrable que je renvoyais sciemment – celle d'une femme froide et hautaine, compétente et sûre d'elle. Nate, lui, sut immédiatement à qui il avait affaire. Il devina quelle était ma plus grande peur, ma phobie suprême : les gens.

Cela avait commencé bien avant les brimades à l'école. Je me demande même si ce n'est pas ça qui les avait déclenchées. Mes bourreaux avaient dû se rendre compte que quelque chose clochait chez moi, que je paniquais à l'idée qu'ils le découvrent, et ils s'étaient engouffrés dans la brèche.

Apparemment, j'étais née sans cette petite étincelle qui relie les êtres les uns aux autres et qui nous rend sociaux. Je faisais tout mon possible pour établir ces connexions, nouer des relations, même platoniques. J'avais grandi dans une famille nombreuse, j'étais proche de mes frères et de ma sœur mais, pour une raison que je ne m'expliquais pas, je ne savais jamais comment réagir face à certaines situations. J'avais tellement peur de tout gâcher, de dire ce qu'il ne fallait pas, ou de provoquer une scène, que communiquer devenait une torture. Du coup, on me prenait pour une fille hautaine, méprisante et, quelques années plus tard, pour une vraie gorgone. Ce n'était pas que je refusais toute relation, simplement je ne savais pas comment m'y prendre.

Puis la rencontre avec Adèle m'avait enfin fait découvrir que j'étais capable de communiquer avec quelqu'un. J'avais commencé alors à me dire que je n'étais peut-être pas irrécupérable et, à présent, je parvenais à nouer des relations.

Je sortais avec Nate depuis quelques semaines quand il m'avoua m'avoir percée à jour. Je l'avais accompagné à une soirée et, dès mon arrivée, j'avais compris que j'étais en décalage par rapport aux autres invités. Ma robe n'était pas assez élégante, je n'arborais pas cet air insouciant qui était manifestement de mise, et je ne travaillais pas dans les médias. J'essayai bien de discuter poliment, mais je me rendais compte que, à chaque mot, je confirmais un peu plus combien j'étais différente d'eux tous, déplacée. Au bout de trois heures de calvaire, quand Nate me souffla à l'oreille : « On y va ? », je fus dehors à héler un taxi avant même qu'il ait pu terminer sa phrase.

Plus tard, Nate se lova contre moi comme un chat s'enroule autour des jambes de son maître et murmura :

— Les gens te terrifient, n'est-ce pas ? Je t'ai vue, ce soir : tu essayais de t'intégrer, mais il y avait une peur panique dans tes yeux.

Parfois, j'ai l'impression que les gens se rendent compte que je suis creuse, sans intérêt. Qu'il n'y a rien à découvrir derrière mon job brillant, les vêtements et le maquillage recherchés. Parfois, je me dis que je ne suis qu'une enveloppe vide, et je ne comprends pas pourquoi certaines personnes m'apprécient. Quand je suis en société, ces pensées m'assaillent et me rappellent cruellement que je n'ai aucune substance. Je ne lui dis rien de tout ça, bien sûr, et quand bien même j'aurais réussi à prononcer ces mots à voix haute, en quoi auraient-ils pu intéresser un amant de passage ?

Devant mon silence, il ajouta :

— Tu n'as aucune raison d'avoir peur. Je veillerai toujours sur toi. Tu es fantastique. Tu es tout pour moi, bébé.

J'étais tellement perturbée que je me rhabillai et rentrai chez moi.

Nate ne semblait pas se soucier que je ne sois pas forte, autonome et hypercompétente trois cent soixante-cinq jours par an. Il m'acceptait comme j'étais, et m'aimait quelle que soit mon humeur, tendre ou détestable. Il prenait tout ce que je voulais bien lui donner, sans restriction.

Notre relation n'était pas à sens unique, cependant. J'offrais également ma part de concessions. Nate donnait l'impression d'être cool et assuré, mais sous cette apparente nonchalance se cachait un paquet de névroses que j'acceptai en bloc le jour où je décidai de faire un bout de chemin avec lui. Nous nous procurions mutuellement notre équilibre. Une parfaite réciprocité d'amour, d'honnêteté et de confiance. Avec lui, comme je devais le confesser à Adèle après environ six mois d'une relation suivie, les mots « engagement » et « toujours » n'étaient pas uniquement des concepts abstraits, ils reflétaient une réalité.

Samedi soir.

C'était il y a deux ans. Del et moi avions couché Tegan dans l'intention de discuter sérieusement des préparatifs de mon mariage – il restait deux mois avant le grand jour –, quatre bouteilles de vin et un paquet de saucisses cocktail nous avaient détournées de notre objectif.

Del était affalée de tout son long sur le canapé en skaï. Elle avait déboutonné son pantalon de treillis vert foncé, et remonté son débardeur jusqu'au bas de son soutien-gorge. Son ventre était incroyablement plat pour quelqu'un qui avait eu un enfant. On apercevait la trace plus claire des vergetures sur sa peau laiteuse, mais à part ça tout était revenu à sa place initiale – elle portait même à nouveau la chaînette en or blanc qui passait par son nombril percé.

J'étais vautrée sur l'autre canapé et j'avais moi aussi défait les boutons de mon jean (à cette différence que mon ventre était tout sauf plat). Ma poitrine généreuse se dessinait sous le tee-shirt blanc que j'avais emprunté à Del. Je m'étais changée parce que, pendant son bain, Tegan nous avait arrosés, mon chemisier, mon soutien-gorge et moi.

Au lieu de parler du mariage, nous discutions du dernier flirt en date de Del. Nate allait sûrement être furieux que je rentre sans avoir défini le plan de table (d'autant qu'il avait proposé de s'en occuper et que j'avais refusé d'un ton hautain : « Excuse-moi, mais je croyais qu'il s'agissait également de mon mariage. »). Mais le nouvel amoureux de Del était un sujet important. Elle l'avait rencontré peu de temps auparavant et ils en étaient au tout début du rituel amoureux. Un rituel qui commençait toujours par le rapport détaillé de la première conversation et l'éventualité excitante du deuxième rendez-vous. Venait ensuite l'étape dite d'« attente fiévreuse », prélude au troisième rendez-vous, celui incluant le sexe. L'euphorie se prolongeait généralement jusqu'au rendez-vous numéro dix. Débutait alors la phase de décélération rapide et unilatérale, caractérisée par l'espacement puis l'arrêt total des coups de téléphone. La litanie des soupirs et des « Qu'est-ce que j'ai fait pour mériter ça ? » pouvait commencer. Del était parvenue au rendez-vous numéro six avec son nouveau petit ami et elle flottait encore sur un petit nuage.

— Il fait un truc de dingue avec ses hanches, avoua-t-elle. Ça me rend folle.

Il savait la rendre folle... mais il ignorait qu'elle avait un enfant. S'il tenait jusqu'au quinzième rendez-vous, elle le lui dirait, mais il y avait peu de chances qu'il arrive jusque-là. Elle l'aimait bien, mais il n'était pas l'élu. Pas même un élu provisoire. À quoi bon perturber Tegan en lui présentant un homme qui, de toute façon, ne resterait pas dans sa vie ? Del se montrait extrêmement protectrice vis-à-vis de sa fille. Elle préférait vieillir seule plutôt que de troubler la jeune existence de Tegan en amenant à la maison des intérimaires. Non, Del préférait ne pas du tout parler de Tegan. Comme ça, « ils » ne se croiraient pas obligés de la rencontrer.

— Nate, lui, fait des choses incroyables avec sa bouche, révélai-je. Il commence par embrasser l'intérieur de mes cuisses, et ensuite il remonte lentement, et... c'est tout simplement...

Je souris et soupirai.

— ... irrésistible.

Je discutais rarement des détails intimes de ma vie sexuelle avec quelqu'un, même avec Del, mais je n'avais pas non plus l'habitude de boire deux bouteilles de vin – ceci expliquait cela.

— Rien que d'y penser, j'ai des frissons partout. Il est tellement...

— Mmm, je sais, acquiesça Del.

Et elle se figea.

Mon cœur se mit à dérailler et j'eus le souffle coupé. Le temps lui aussi parut s'arrêter.

Les yeux de Del se tournèrent vers moi, deux disques de métal bleu, remplis de peur. Je relâchai ma respiration, mais le poids qui écrasait ma cage thoracique ne s'allégea pas. J'avalai une grande goulée d'air et tentai de me raisonner. *Non, c'est impossible. Je me trompe, forcément. Pourtant, je l'ai entendue. J'ai perçu cette petite note de complicité dans son « je sais ». Elle l'a fait. Avec Nate. Il a glissé ses lèvres entre ses cuisses et…*

Je m'assis, posai les pieds sur le sol pour retrouver mon équilibre, puis je respirai profondément.

— Quand ? réussis-je enfin à prononcer.

Del ne répondit pas et, pendant un instant, je crus qu'elle allait nier, qu'elle allait essayer de s'en sortir en bluffant. Au lieu de ça, elle ferma les yeux, avala péniblement sa salive, puis me regarda en face.

— Il y a longtemps, chuchota-t-elle sans me quitter du regard. Très, très longtemps. Une éternité.

Je suffoquai, j'essayai de respirer, mais ma cage thoracique était bloquée. Tout mon corps était pétrifié.

— Souvent ?

— Une fois. Une seule fois.

Des larmes me brûlèrent les yeux et les muscles de mes mâchoires se contractèrent. Je n'avais pas envie de pleurer. Je voulais juste hurler à m'en faire exploser les poumons.

Del se redressa, se passa une main dans les cheveux, puis essuya ses joues humides.

— Seulement une fois, répéta-t-elle.

Une fois. Seulement une fois. Ces mots n'avaient aucun sens. Quelle différence cela faisait-il, une fois, ou deux, ou cinquante ? Je clignai des yeux, mais ma vision restait toujours brouillée par les larmes.

Pourquoi ? pensai-je.

Del scrutait le sol, les coudes appuyés sur ses genoux, le pantalon ouvert jusqu'au nombril.

Pourquoi ? hurlai-je silencieusement.

Le regard toujours vers le sol, Del était perdue dans ses pensées, son propre monde. Un monde dans lequel elle s'était confessée. Ses yeux se levèrent une fraction de seconde pour regarder furtivement la photo de Tegan, sur le téléviseur, puis se baissèrent à nouveau.

C'était un geste anodin, purement machinal, mais tout à coup, la vérité m'explosa au visage.

— Non ! soufflai-je, plus pour moi que pour elle.

Del tourna la tête en entendant mon cri étouffé. Mon regard passa de Del à la photo de Tegan puis revint sur ma meilleure amie. Nos yeux se croisèrent et elle blêmit.

Je secouai la tête, refusant toujours d'accepter l'inacceptable, d'en admettre ne serait-ce que l'ébauche. Je regardai la photo une nouvelle fois. Sur ce cliché souriant, le nez de Tegan était la plus terrible des preuves. Elle était la fille de Nate.

Tout se mit alors en place, comme les dernières pièces d'un puzzle. Les morceaux avaient toujours été là, devant moi, mais je ne les voyais pas. Maintenant, je comprenais pourquoi Tegan avait quelque chose d'étrangement familier. Elle était certes le double de sa mère en miniature, mais elle avait aussi des traits de son père : son nez, la forme de ses yeux, l'expression ironique de sa bouche. J'avais contemplé ces traits jour après jour, mais mon cerveau n'avait pas fait le rapprochement.

J'avais demandé à Del de qui était l'enfant quand elle s'était rendu compte qu'elle était enceinte. Elle m'avait répondu en pleurant qu'il s'agissait d'un accident, et que le père n'était pas libre, de toute façon. Il s'agissait d'un homme marié, rencontré dans le cadre de son travail.

— Le salaud, avais-je craché.

— Non, avait-elle protesté. Nous ne le voulions ni l'un ni l'autre. C'est arrivé comme ça. Personne n'est coupable.

Toutes nos conversations au sujet du père de cet enfant tourbillonnaient à présent dans ma tête ; la façon dont Del ne cessait de répéter qu'il s'agissait d'une terrible erreur – la plus belle chose qui lui soit arrivée dans sa vie, mais une erreur tout de même ; le fait d'affirmer que ce n'était pas la peine de mettre le père au courant parce qu'il n'était pas amoureux d'elle, qu'il ne voulait pas d'elle – et encore moins de cet enfant ; la certitude qu'Adèle avait de ne vraiment pas vouloir que le père vienne mettre la pagaille dans sa vie. Et puis j'étais là, promue « père » de substitution. Moi qui avais suivi les séances d'accouchement sans douleur, moi qui avais tenu la main de Del en salle de travail, malgré mes haut-le-cœur, moi qui l'avais aidée comme j'avais pu – tout en insistant pour qu'elle prévienne le père, parce que c'était une question d'éthique. Même si elle refusait que cet homme ait le moindre droit sur l'enfant, il devait au moins gagner ses galons de salaud en les rejetant, l'enfant et elle. Et puis, Tegan aurait peut-être besoin de savoir un jour.

— Qu'est-ce que tu lui diras, alors ? Que tu n'as pas voulu le mettre au courant et qu'à cause de cette décision elle a été privée de la chance d'avoir un père ?

Elle avait répondu qu'elle aviserait le moment venu.

Le moment était arrivé.

Imbécile, va. Grosse idiote, aveugle et stupide ! Dire que je lui avais fait la morale pour qu'elle avoue à l'amour de ma vie qu'il l'avait mise en cloque.

Je m'arrachai du canapé mais, une fois debout, je dus me raviser, le ventre transpercé par une douleur aiguë. J'avais toujours le souffle coupé par le choc.

Mon visage se décomposa tandis que la réalité me heurtait de plein fouet.

Nate avait un enfant. Mon Nate était le père de la fille de ma meilleure amie. Je rassemblai mes affaires : mon soutien-gorge mouillé, ma ceinture que j'avais retirée parce qu'elle me cisaillait l'estomac, les blocs-notes que j'avais sortis pour organiser le plan de table, les feutres de couleur. Je fourrai le tout dans mon sac et inspectai la pièce du regard. Mes chaussettes étaient par terre, à côté du canapé qu'occupait Del, mais il était hors de question que je fasse ne serait-ce qu'un pas vers elle. Je glissai mes pieds nus dans mes baskets.

Les mains tremblantes, j'enfilai mon chemisier mouillé par-dessus mon tee-shirt. Puis je me rappelai que c'était son tee-shirt à elle. À cette menteuse, à cette sale tricheuse qui se prétendait mon amie. J'ôtai mon chemisier, retirai rageusement le tee-shirt, le jetai à terre, puis remis mon chemisier mouillé à même la peau.

— Kam, laisse-moi t'expliquer, balbutia-t-elle. Je t'en prie, il faut qu'on en parle.

Son ton manquait de conviction. Je ne discutais pas quand j'étais bouleversée, elle le savait. J'étais plutôt du genre à ignorer les conflits dans l'espoir qu'ils disparaissent tout seuls. D'ailleurs, de quoi aurions-nous pu parler, elle et moi ? Des prouesses sexuelles de mon fiancé ? Du fait de savoir si mon fiancé était au courant qu'il était le père de Tegan et se demander s'il comptait toujours m'épouser ? Il avait commis l'irréparable, et pourtant il s'apprêtait à me dire oui deux mois plus tard. Dans huit semaines – HUIT SEMAINES – il me déclarerait son amour éternel devant tous les gens que nous connaissions et il me jurerait fidélité. Sauf que ce serait un mensonge. Nate m'avait trompée avant le mariage, qu'est-ce qu'il l'empêcherait de le faire après ?

— Nate n'est pas au courant pour Tegan, reprit Del.

Cette fois, le ton de sa voix était ferme et déterminé. Elle ne plaisantait pas quand il s'agissait de Tegan. Jamais.

— Je ne veux pas qu'il le sache, poursuivit-elle. Je ne veux pas que la vie de Tegan soit perturbée. Quelle que soit ta décision, épargne Tegan. Elle n'est pour rien dans tout ça.

J'aurais voulu avoir la force de l'insulter, de gifler son visage de garce, de lui arracher les cheveux. Mais le mieux que je pouvais faire, c'était partir.

Et ne jamais revenir.

5

— Je viens voir Tiga, dis-je à la femme qui venait de m'ouvrir la porte.

Elle me dévisagea d'un air ahuri et je me rappelai tout à coup que j'étais la seule personne au monde à appeler Tegan « Tiga ».

— Je veux dire : Tegan. Je viens voir Tegan.

Une vague lueur s'alluma au fond de ses yeux. Muriel était la belle-mère de Del. Une femme frêle qui donnait l'impression qu'une simple pichenette aurait pu la casser en deux. Ses cheveux grisonnants étaient enroulés sur de gros bigoudis, et tellement laqués qu'ils ressemblaient à du carton. La première fois que j'avais rencontré Muriel, elle portait une tenue qui ressemblait à un uniforme : jupe en tweed, twin-set et petit collier de perles. L'image qu'elle offrait aujourd'hui était conforme à ce souvenir : malgré la chaleur écrasante, elle portait un pull-over vert avec un cardigan assorti, une jupe en tweed marron, et le fameux rang de perles autour de son cou ridé. Elle paraissait très respectable, normale, presque effacée. Mais les apparences étaient trompeuses : le mal à l'état pur coulait dans ses veines.

Del m'avait montré de quoi Muriel était capable. J'avais vu les cicatrices que sa belle-mère lui avait laissées sur les cuisses en la brûlant avec une cigarette ; j'avais vu le petit doigt de sa main gauche déformé à vie, parce que cette femme lui en avait déboîté l'articulation ; et aussi la cicatrice livide, à la racine des cheveux blonds d'Adèle, due à un verre que Muriel lui avait un jour envoyé au visage.

— Je suis Kamryn. La marraine de Tegan, repris-je en contrôlant ma voix pour ne pas lui montrer combien je la haïssais. L'amie de Lucinda-Jayne, vous vous souvenez ?

Del avait relégué Lucinda-Jayne aux oubliettes à la seconde où elle était entrée à l'université, utilisant uniquement son deuxième prénom. Puis, quand nous avions décroché notre diplôme universitaire, elle avait changé son nom de famille, adoptant celui de sa mère : Brannon. Nous avions organisé une grande fête pour célébrer l'événement. Pour tous ceux qui l'avaient connue après Leeds, elle était Adèle Brannon. Seul son père continuait à l'appeler Lucinda-Jayne, mais elle ne se serait jamais aventurée à le lui interdire.

La lueur s'accentua dans les yeux de Muriel, signe qu'elle me reconnaissait. Je ne voyais d'ailleurs pas très bien comment elle aurait pu m'oublier : j'étais la seule amie que Del ait jamais amenée chez eux.

— Ah ! oui, je me souviens de vous.

Elle avait la voix légèrement pâteuse. À quoi avait-elle carburé ce jour-là ? Sherry ? Vin ? Gin tonic ? À l'époque où je l'avais connue, c'étaient ses trois meilleurs amis. Visiblement, rien n'avait changé.

— Puis-je voir Tegan ? demandai-je quand il devint évident qu'elle n'avait pas l'intention d'ajouter un mot.

— Elle n'est pas disponible pour l'instant, répondit-elle.

— Elle est sortie ?

— Non. Elle ne reçoit pas de visiteurs.

— Elle a cinq ans et elle ne « reçoit pas de visiteurs », répliquai-je, partagée entre la colère et l'incrédulité.

Muriel plissa le nez tout en me toisant, comme si elle était incommodée par une odeur désagréable.

— Elle est punie, lâcha-t-elle d'un air hautain. Et cela ne vous regarde pas, que je sache.

— Je crois que si, au contraire.

Je m'efforçai de moduler chaque mot pour m'empêcher de hurler.

— Je suis sa marraine. J'ai été désignée pour m'occuper d'elle si jamais il arrive quelque chose à sa mère.

— Revenez un autre jour. Comme je viens de vous le dire, elle est punie.

Elle allait me claquer la porte au nez, alors toute la rage, l'amertume et la haine qui couvaient en moi firent voler en éclats mon sang-froid. Je bloquai violemment la porte d'une main, mâchoires serrées.

— Punie pour quelle raison ?

La brutalité de mon geste l'avait fait sursauter. Elle détourna les yeux.

— Pour quelle raison ? éructai-je.

Pas de réponse.

— Je veux la voir.

— Elle n'est pas autorisée à recevoir de visites.

— Oh ! arrêtez avec ça. Je ne partirai pas avant de l'avoir vue.

Elle baissa la voix.

— Je ne peux pas vous faire entrer. Vous n'avez aucune idée de ce que Ronald me fera si je vous laisse la voir.

— Vous n'avez aucune idée de ce qui va vous arriver si vous ne me laissez pas entrer ! rétorquai-je sur un ton qui me fit moi-même frissonner.

J'étais certaine d'avoir entendu cette réplique dans un film, et elle avait jailli tout naturellement de ma bouche.

Muriel fronça rageusement les sourcils, mais son regard resta empli de peur. Je savais de quoi elle était capable quand elle avait affaire à une enfant sans défense. En revanche, elle ignorait de quoi j'étais capable, moi. Pour être franche, je l'ignorais aussi. En trente-deux ans, je n'avais jamais levé la main sur quiconque. Mais je pouvais m'y essayer en cas de besoin.

Muriel aiguisa son œil vénéneux et je plaquai un masque impassible sur mon visage. Elle n'avait aucune idée de l'état dans lequel j'étais. Dans la même journée, j'avais parcouru deux cent cinquante kilomètres en train, découvert ma meilleure amie à l'article de la mort, et maintenant je me retrouvais tel un volcan sur le point d'exploser à l'endroit même où Del avait tant souffert…

La raideur de Muriel se mua en résignation puis elle recula, tourna les talons et se dirigea vers l'escalier, marmonnant juste assez fort pour que je l'entende :

— Après tout, ce n'est pas nous qui avons supplié pour la prendre avec nous…

Je poussai un long et silencieux soupir de soulagement. Que se serait-il passé si elle avait réellement fait barrage ? Je préférais ne pas y penser.

Les lieux n'avaient pas beaucoup changé depuis ma dernière visite, huit ans plus tôt. Del et moi y avions fait un passage éclair pour chercher le reste des affaires qu'elle y avait laissées. En réalité, il s'agissait d'un prétexte. Del s'était très bien passée de ces affaires pendant six ans, pourquoi en avait-elle eu subitement besoin ? Je l'avais soupçonnée d'avoir voulu faire la paix avec son père, d'avoir tenté une ultime réconciliation. Du fait de ma présence, il s'était montré courtois, mais d'une indifférence terrifiante. Ce fut l'une des scènes les plus affreuses à laquelle il m'ait jamais été donné d'assister (au point que je m'étais précipitée sur un téléphone juste après pour appeler mes parents et bavarder avec eux). Dans le taxi qui nous avait ramenées, Del n'avait pas eu besoin de me dire qu'elle ne remettrait jamais les pieds là-bas. Je le savais. Elle avait fait tout son possible pour renouer le contact avec sa famille, mais cette fois elle jetait l'éponge, définitivement.

Rien n'avait changé depuis cette visite : même moquette crème sur le sol, même papier peint à fleurs sur les murs, mêmes tableaux sinistres (des paysages de campagne). Seule l'atmosphère était différente – elle s'était... délitée. Oui, on aurait dit qu'elle s'était vidée de toute substance, de toute vie.

Muriel s'arrêta devant une porte blanche. Elle tendit la main vers la clé et la fit tourner dans la serrure. *Ils ont enfermé Tegan ? Mais où veulent-ils qu'elle aille ? Elle n'est même pas assez haute pour atteindre la poignée de la porte d'entrée.*

La chambre de la petite faisait deux fois la taille de la salle de séjour de mon appartement. Il y avait aux murs le même papier peint à fleurs, mais cette fois la moquette était bleu roi. Deux des côtés étaient recouverts de rayonnages blancs sur lesquels s'alignaient des poupées, des cubes, des peluches et des livres. Aucun d'eux ne donnait l'impression d'avoir jamais servi. Ils faisaient partie du décor, des reliques parfaites et intouchables de cet âge qu'on appelle l'enfance. À côté de la grande fenêtre donnant sur le jardin était installé un lit d'une place, impeccablement fait. Au centre de la pièce, il y avait une petite table en plastique rouge avec une chaise en plastique jaune sur laquelle se tenait Tegan, totalement immobile, transie de peur. Ses cheveux blonds, emmêlés et crasseux, pendaient autour de son visage crispé ; son tee-shirt rose était sale et froissé ; ses yeux scrutaient le contenu d'une assiette posée devant elle.

Ce tableau me fit l'effet d'un coup de poing dans l'estomac. Tegan avait toujours été une petite fille débordante de vie, incapable de se tenir tranquille plus de deux minutes. Elle était perpétuellement en mouvement, en train de rire aux éclats ou de faire un câlin à quelqu'un.

— Tiga ? chuchotai-je.

Je m'avançai lentement dans la pièce.

— Tiga, c'est Tatie Kamryn, tu te souviens de moi ?

Je m'accroupis à côté d'elle et la regardais, attendant sa réponse.

Plusieurs secondes s'écoulèrent avant qu'elle acquiesce d'un petit signe du menton, sans quitter des yeux l'assiette devant elle. Une assiette remplie de pommes de terre à l'eau figées et grisâtres, de petits pois racornis et d'une côte de porc desséchée recouverte d'une pellicule blanche. L'odeur de la nourriture avariée m'assaillit et je reculai, prise d'un haut-le-cœur.

— C'est vrai, tu te souviens de Tatie Kamryn ? répétai-je, surmontant mon malaise.

Nouveau hochement de tête.

— C'est formidable. Maman t'a dit qu'il se pourrait que tu viennes habiter avec Tatie Kamryn pendant quelque temps ?

Hochement de tête.

— Et qu'est-ce que tu en penses ?

Tegan haussa les épaules, puis chuchota d'une petite voix rauque :

— Je sais pas.

J'approchai doucement la main pour repousser en arrière ses cheveux crasseux et dégager son visage, mais avant même que j'aie pu la toucher, elle eut un mouvement de recul et leva les deux mains devant sa tête.

Je reculai aussi, saisie d'horreur. Elle pensait que j'allais la frapper. Ce petit bout de chou me croyait capable de lui faire du mal. Je la regardai, la gorge nouée, puis je remarquai sa main droite. Trois zébrures violacées traversaient la paume. Des marques d'un bleu noirâtre encerclaient son petit poignet, comme si... comme si quelqu'un lui avait maintenu la main ouverte avec force pendant qu'on la frappait avec une canne.

Mon cœur se brisa net à la vue de ces blessures sur sa peau tendre de bébé. Et, comme si une digue venait de rompre, une fureur dévastatrice déferla en moi, entraînant tout – choc, ressentiment, souffrance, indignation – sur son passage. Elle me traversa de part en part puis le calme revint enfin. Je sus alors exactement quel était mon devoir.

Je me relevai, traversai la pièce en deux enjambées de géante et ouvris le premier tiroir de la commode. Il était rempli de tee-shirts soigneusement pliés. J'en attrapai une brassée, fermai le tiroir, ouvris le suivant, agrippai une autre brassée, ouvris le troisième...

— Qu'est-ce que vous faites ? cria Muriel.

Je l'ignorai. Je me dirigeai vers mon sac, des vêtements plein les bras, et entassai le tout à l'intérieur.

— Vous n'avez pas le droit ! hurla Muriel tandis que j'ouvrais l'armoire.

— Je vais me gêner, ripostai-je en saisissant deux manteaux et plusieurs paires de chaussures.

— Je vais appeler la police ! menaça-t-elle.

Je me plantai devant elle.

— Allez-y. J'adorerais vous entendre leur expliquer la raison pour laquelle Tegan n'a pas pris de bain depuis des jours, pourquoi elle est assise devant une assiette de nourriture avariée et d'où viennent les marques sur sa main. D'ailleurs, vous me donnez une idée : je vais les appeler moi-même.

Je lançai les vêtements de Tegan près de mon sac, plongeai la main dans la poche de ma veste et en sortis mon téléphone.

— Quel est le numéro, déjà ? Ah oui : un, sept.

J'enfonçai les touches sur le téléphone.

— J'appuie sur le bouton connexion ou préférez-vous le faire vous-même ?

— Emmenez-la avec vous, et bon débarras ! cracha Muriel avant de quitter la pièce comme une furie en claquant violemment la porte.

J'attendis quelques secondes pour voir si elle fermait à clé, auquel cas un appel à la police aurait été finalement indispensable. Mais non, elle s'était enfuie.

Je me retournai vers Tegan. Au milieu de son visage inondé de larmes, ses yeux bleu roi cernés de rouge me dévisageaient comme si j'étais folle.

Je m'accroupis près d'elle – mais pas trop près pour ne pas l'effrayer.

— Y a-t-il un jouet auquel tu tiens ? demandai-je.

Elle hocha la tête d'un air méfiant.

— Alors va le chercher. Et s'il y a des affaires que tu veux emporter, prends-les.

Un éclair d'angoisse traversa ses yeux.

— On s'en va, lui expliquai-je. Tu vas venir habiter avec Tatie Kamryn.

Malgré son envie évidente de quitter cet endroit, elle continua à me dévisager sans bouger. Ce n'était pas le moment de traîner. Muriel était peut-être en train de téléphoner à son mari. Ou peut-être était-il déjà en route. C'était sa maison, son territoire, il aurait donc l'avantage sur moi. Et peut-être se montrerait-il violent.

— Allez, Tiga, prends vite tes affaires pour qu'on puisse aller voir ta maman demain.

— Maman ?

Son visage pâle reprit vie.

— Maman ?

— Oui, maman.

Tegan se leva de sa chaise sans bruit, elle se dirigea vers le lit, se coucha à plat ventre sur le sol et tira vers elle un sac à dos multicolore. Elle me le tendit. Je lui souris et elle me sourit en retour. Nous étions enfin sur la même longueur d'onde, elle et moi.

Les minutes s'égrenèrent. Je serais bien incapable de dire combien de temps s'écoula, mais lorsque je repris contact avec la réalité, j'étais à l'angle d'une rue inconnue, dans une ville quasiment inconnue, une petite fille dans les bras et une ribambelle de sacs à mes pieds – dont mon propre sac, le sac à dos de Tegan et quatre cabas en plastique. Je n'avais aucune idée de l'endroit où je... où nous allions. Je n'avais pas de numéro pour appeler un taxi, et j'ignorais où se trouvait l'arrêt de bus le plus proche.

— Sais-tu quel jour nous sommes ? demandai-je à Tegan.

Elle me regarda dans les yeux, comme si plus rien ne pouvait la surprendre, puis elle fit non de la tête.

— C'est mon anniversaire.

J'avais l'impression qu'une éternité s'était écoulée depuis le matin, mais c'était toujours le jour de mon anniversaire.

Elle hocha la tête et parvint à m'offrir un petit sourire timide.

— Joyeux anniversaire, chuchota-t-elle.

Puis elle posa sa tête sur mon épaule, épuisée.

— Merci, répondis-je.

Et c'est aussi le jour où je vais être arrêtée pour enlèvement d'enfant, pensai-je pour moi-même.

6

Une lumière trouble comme de l'eau sale s'insinuait à travers les trous des rideaux gris, tentant d'éclairer la chambre d'hôtel.

Le café dans la tasse que je tenais au creux de mes mains avait refroidi et ressemblait à de la boue glacée. Je regardais le monde s'éveiller, le corps engourdi par une nuit passée immobile, les yeux brûlants du manque de sommeil. J'entendais les oiseaux chanter leur hymne au jour naissant, les autobus hoqueter bruyamment, les voitures se croiser avec de temps à autre, dans le bruit du trafic, le cri strident d'une sirène de police. J'avais cessé de croire chaque fois que c'était moi qu'on venait arrêter, mais mon cerveau continuait à tourner à plein régime – comme il l'avait fait la nuit durant…

Huit heures plus tôt, j'avais été introduite dans la chambre par un porteur qui avait déposé nos sacs dans l'entrée, et qui avait alimenté la pièce en électricité à l'aide d'une carte électronique. Il n'avait allumé que des lampes indirectes afin de ne pas réveiller Tegan endormie dans mes bras, puis il était parti, refermant doucement la porte derrière lui. J'avais choisi un hôtel situé à proximité de l'hôpital Saint-Jude. La chambre était modeste, mais elle était meublée d'un grand et d'un petit lit, et d'une télévision – tout ce dont j'avais besoin.

Une fois la porte close, je me dirigeai vers le lit d'enfant. Tegan pesait une tonne, et mes biceps, mes épaules et ma nuque étaient endoloris de l'avoir portée pendant tout ce temps. À la seconde où nous nous étions installées à l'arrière d'un taxi, en direction du centre de Londres, Tegan était montée sur mes genoux, avait enroulé ses bras autour de mon buste, aussi loin qu'elle le pouvait, et s'était endormie, son visage niché contre ma poitrine. Pendant les quatre-vingt-dix minutes qu'avait duré le trajet, je m'étais abstenue de respirer trop profondément ou de tenter le moindre mouvement, de crainte de la réveiller. Mais elle dormait si bien qu'elle n'avait même pas bronché quand je m'étais tortillée pour m'extirper du taxi, quand j'avais parlé au réceptionniste de l'hôtel, ni même quand j'étais montée dans l'ascenseur avec le porteur pour accéder à notre chambre. Apparemment, elle s'était endormie pour toute la nuit.

Je la déposai tout doucement sur le lit, et fis un bond en arrière car elle ouvrit soudainement les yeux. Je n'aurais pas été plus bouleversée si elle avait surgi de nulle part en hurlant. Mon cœur mit plusieurs secondes à retrouver un rythme normal.

Tegan blêmit et une peur panique apparut dans son regard rivé au mien. Elle était terrifiée. Complètement réveillée et terrifiée.

Bienvenue au club, songeai-je. J'étais tétanisée, moi aussi. Je commençais seulement à mesurer les conséquences de mon acte. Je venais de faire quelque chose d'incroyablement stupide, et cela me paralysait.

— Qu'est-ce qui ne va pas, ma puce ? demandai-je prudemment en me penchant vers elle.

La crainte de la voir fondre en larmes était ma plus grande angoisse. Je ne savais absolument pas comment calmer un enfant qui pleurait, sauf peut-être en lui hurlant : « La ferme ! » Que ce soit avec mes neveux, mes nièces, ou même autrefois avec Tegan, chaque fois qu'un enfant se mettait à pleurer, je le rendais instantanément à son légitime propriétaire, convaincue que rien de ce que je ferais ne pourrait le calmer. En clair, je refilais le petit trésor à ceux qui avaient désiré devenir parents et qui s'étaient donc engagés à gérer les larmes, les nez morveux et les caprices.

L'expression de terreur de Tegan restait figée tandis qu'elle continuait à me regarder fixement.

— Tu veux dormir dans le grand lit ? hasardai-je en essayant de deviner ce qui la perturbait tant – en dehors du fait, bien sûr, qu'elle venait d'être arrachée à l'endroit où elle habitait depuis des mois et qu'elle était prisonnière d'une femme qu'elle n'avait pas vue depuis deux ans.

Elle hocha la tête.

— Entendu. Mais d'abord, on va prendre un bain.

Nouveau hochement de tête.

— Et après, on se commandera à dîner, qu'est-ce que tu en dis ?

Hochement de tête.

— Bien.

Ça, c'était un plan ! Et un bon. Je pouvais maîtriser ce programme. Bain, dîner, dodo. Je me redressai et Tegan s'assit sur le petit lit. Elle remonta ses genoux contre sa poitrine, les encercla de ses bras et me suivit du regard tandis que je traversais la pièce en direction de la table où étaient posés le téléphone et le menu.

Je parcourus le dépliant, cherchant un plat susceptible de lui plaire. Inutile d'interroger Tegan, il était clair qu'elle ne répondrait pas. Hamburger-frites me parut être le choix approprié.

Elle ne bougea pas d'un pouce pendant que je me livrais à des petits gestes empruntés à un quotidien rassurant, comme allumer la télé, parcourir les chaînes pour trouver un programme qui ne risquait pas de pervertir son jeune cerveau, allumer deux lampes supplémentaires. Je fouillai dans les sacs, trouvai un pyjama bleu à petits carreaux, une petite culotte et un maillot de corps. Je les posai sur le grand lit puis me dirigeai vers la salle de bains.

C'était une salle d'eau toute simple, avec, fixé au-dessus de la baignoire, probablement le plus petit pommeau de douche du monde. Mais l'ensemble était propre et sans la moindre tache de moisissure, ce qui était miraculeux compte tenu du fait qu'il n'y avait pas de fenêtre dans la pièce, juste une grille d'aération dans un coin. Je repoussai le rideau de douche blanc, puis m'assis sur le rebord de la baignoire pour fermer la bonde et ouvrir les robinets. Une fois la baignoire à demi remplie, je versai un peu de produit moussant et brassai l'eau pour essayer de faire des bulles. Ce n'était pas aussi spectaculaire que je l'aurais souhaité, mais c'était moins déprimant qu'une baignoire blanche d'hôtel avec seulement de l'eau dedans.

Je retournai auprès de Tegan et m'agenouillai devant elle.

— Tu te déshabilles ? demandai-je doucement.

Elle hésita, puis parut se résigner, se laissa glisser du lit et resta debout devant moi. Je lui ôtai sa veste, puis lui retirai son tee-shirt rose, sale et froissé. Je dus prendre sur moi pour ne pas pousser un cri d'effroi. La petite n'avait pas été nourrie correctement depuis des semaines. Ses bras ressemblaient à des petites baguettes frêles au bout de ses épaules osseuses ; ses côtes saillaient sous sa peau et son ventre formait un creux.

Mais ce n'était pas tout. Sa peau… Des larmes me brouillèrent la vue et mon menton se mit à trembler. Sa peau, sa jolie peau de bébé était marbrée, couverte de bleus, de zébrures. Chaque meurtrissure indiquait que Tegan avait été frappée, giflée, pincée. Son dos était couvert de longues marques violacées, probablement dues à des coups donnés au moyen d'une ceinture.

Les battements de mon cœur bourdonnèrent dans mes oreilles. Comment pouvait-on ? Comment un être humain pouvait-il faire ça ? Je ne pensais pas qu'une chose pareille puisse être possible. Del m'avait raconté ce qu'elle avait subi dans son enfance, j'avais vu ses cicatrices, pourtant je n'avais pas touché la réalité du doigt, alors qu'à présent... Un sanglot s'étrangla dans ma gorge.

Ressaisis-toi, m'intimai-je. *Ne lui laisse surtout pas penser qu'elle te fait horreur, que c'est sa faute.* Je ravalai mes larmes et respirai profondément. Je n'avais pas le droit de m'effondrer.

J'achevai de la dévêtir, luttant pour ne pas craquer à chaque nouvelle preuve de maltraitance que révélait chaque vêtement que je lui ôtais. Quand ce fut terminé, je l'enveloppai dans une grosse serviette-éponge blanche, j'hésitai, puis je la pris dans mes bras et la portai dans la salle de bains.

— Tout va bien, ma puce, lui dis-je. À partir de maintenant, je vais prendre soin de toi !

Je devais faire comprendre à Tegan qu'elle n'avait plus rien à craindre. Que dorénavant tout irait bien. Que personne ne lui ferait plus jamais de mal. Elle resta de marbre quand j'essayai de lui communiquer ma chaleur. Son silence et sa passivité me remuèrent les tripes.

Pendant que je la lavais, je fus assaillie par le souvenir du dernier bain que je lui avais donné. Ce bain dont j'étais ressortie tellement trempée que j'avais dû emprunter un tee-shirt à Del. Chaque détail me revenait parce que le contraste avec ce qui se passait à cet instant était saisissant. Assise au fond de la baignoire, Tegan me laissait savonner sa peau meurtrie sans bouger. Elle ne riait pas aux éclats en regardant la forme bizarre de la mousse, elle n'essayait pas de m'asperger. J'aurais voulu qu'elle me montre par un signe, même infime, qu'elle était bien présente dans la pièce avec moi. Mais ses yeux pointaient obstinément vers le mur carrelé, son corps n'opposait aucune résistance au frottement du gant de toilette.

Ses cheveux blonds ruisselèrent en une onde dorée sur ses épaules après que je les eus séchés ; elle était si mignonne dans son pyjama bleu. Mignonne mais silencieuse. Nous sursautâmes toutes les deux en entendant frapper. Nos regards se croisèrent, puis se tournèrent vers la porte. Après quelques secondes d'angoisse, je compris qu'il s'agissait probablement du service d'étage qui apportait notre dîner.

J'avais perdu l'appétit en découvrant le corps martyrisé de Tegan mais, quand le serveur glissa le plateau sur la table, ses yeux à elle se mirent à briller comme si elle n'avait pas vu de nourriture depuis une éternité.

Je déposai le hamburger, les frites et le jus d'orange devant Tegan, puis j'allai m'asseoir en face, sur le grand lit, pendant qu'elle demeurait immobile. Elle resta ainsi un petit moment, puis elle tendit la main vers le hamburger d'un geste hésitant et porta le sandwich à sa bouche. Avant de mordre dedans, elle leva les yeux vers moi, vérifiant silencieusement qu'elle avait le droit de manger.

Je lui décochai mon sourire le plus encourageant et hochai la tête. *Tu peux manger, pas de problème*, pensai-je en signe d'assentiment. Elle prit une bouchée mais garda les yeux fixés sur moi tandis qu'elle l'avalait. J'arborai un sourire approbateur et veillai à le maintenir solidement en place pendant toute la durée du repas.

— Tu n'es pas obligée de finir, lui rappelai-je à plusieurs reprises. Si tu n'as plus faim, tu peux en laisser.

Mais elle avait envie de tout manger. Elle vida son assiette, but tout le jus d'orange, puis s'adossa à sa chaise, m'observant toujours de ses grands yeux effarouchés. Tegan cherchait à décrypter ce que j'attendais d'elle. En fait, nous étions comme deux aveugles progressant côte à côte dans l'inconnu, car j'étais tout aussi perdue qu'elle. Sauf que, en ma qualité d'adulte, j'étais censée détenir la solution, ou tout au moins prétendre que je la connaissais, faute de quoi nous resterions assises là toute la nuit, chacune attendant de l'autre la bonne décision.

— Tu es fatiguée ? hasardai-je.

Elle fit oui de la tête. Parfait, elle collait au plan : bain, dîner, dodo.

— D'accord, glisse-toi sous les couvertures.

Les coins de sa bouche s'abaissèrent et son menton se mit à trembler tandis que ses yeux se remplissaient de larmes. *Non, non, ne pleure pas ! Je peux gérer n'importe quoi sauf les larmes.* La lassitude se lisait sur son visage, l'épuisement crispait ses traits, ses mouvements malhabiles trahissaient le manque de sommeil, alors pourquoi, pourquoi, ne voulait-elle pas se coucher ?

— Qu'y a-t-il, Tiga ?

— J'ai peur toute seule, avoua-t-elle dans un chuchotement.

Puis elle rentra craintivement la tête dans ses épaules, comme si elle s'attendait que je me mette à hurler.

— Tu veux que je dorme avec toi ? lui proposai-je d'une voix douce.

Elle se détendit un peu mais garda son air circonspect et hocha lentement la tête. Sa surprise de voir que je ne me mettais pas en colère était démesurée.

— Bon, tu te couches pendant que j'enlève mes chaussures.

Tegan se pelotonna sous les couvertures, attendit que je m'étende face à elle, ferma les yeux et s'endormit instantanément, comme on éteint une lumière. Je vérifiai qu'elle dormait profondément, puis je me levai sans bruit et m'installai sur une chaise pour regarder dehors.

J'arrondis le dos pour le décrisper et je continuai à observer la rue sans vraiment la voir. Comment avais-je pu me retrouver dans cette situation ? Être obligée d'envisager sérieusement d'adopter un enfant.

Avant de quitter l'hôpital, j'avais promis à Adèle d'y réfléchir – pas davantage – et je ne l'avais pas fait. Partant du principe qu'il n'y avait pas d'urgence, j'avais mis de côté cette question pour plus tard. Sauf que plus tard était arrivé beaucoup plus rapidement que je ne l'avais prévu.

Seulement vingt-quatre heures auparavant, l'unique décision importante que j'avais à prendre concernait le choix du soutien-gorge qui mettrait le plus en valeur ma poitrine dans le décolleté de ma robe en sequins dorés. Ma robe en sequins dorés. Elle faisait déjà partie d'une autre vie. Était-ce moi qui, la veille encore, planifiais de poudrer mon décolleté d'un nuage de paillettes dorées ? Dans ce cas, comment était-il possible que je sois à présent assise dans une chambre d'hôtel, en train d'envisager d'adopter un enfant ?

Moi avec un enfant.

Kamryn avec un enfant.

Inimaginable.

Les enfants n'avaient jamais fait partie de mes projets, ils n'avaient jamais figuré dans aucun de mes plans. Il y avait beaucoup d'enfants autour de moi – huit par la grâce de mes deux frères et de ma sœur – et, bien que j'aime ces petits diables de tout mon cœur, je n'avais aucune envie de faire partie du club. Le fait de ne pas les avoir en permanence participait en grande partie du plaisir que je prenais à leur compagnie. Passer plus de vingt-quatre heures avec eux aurait été au-dessus de mes forces.

Avoir un enfant impliquait de tout lui sacrifier. Tout. Son temps, son espace, son affection. Je n'étais pas suffisamment altruiste, et il était hors de question pour moi de faire tant de concessions ou de chercher à être à tout prix « comme tout le monde ».

Quand j'étais plus jeune, la plupart des gens pensaient que mon manque d'intérêt pour les enfants venait de ce que je n'avais pas encore rencontré le bon compagnon. L'homme qui ferait naître en moi l'envie de procréer. Quand Nate et moi avions commencé à parler mariage, tout le monde, y compris Del, avait cru que j'allais réviser mon jugement. Que cette chose si admirable appelée l'instinct maternel allait brusquement frapper à ma porte, et que j'allais me mettre à pousser des petits cris lorsque je croiserais des bébés dans des poussettes, que j'allais m'extasier devant le rayon layette des magasins et réfléchir fébrilement pour savoir quelle pièce de notre appartement serait aménagée en chambre d'enfant. Cela, naturellement, parce que Nate, mon futur mari, m'aurait inspiré cette envie soudaine et irrésistible d'être fécondée.

Tout le monde me demandait quand Nate et moi comptions avoir des enfants, et je répondais systématiquement : « Euh… jamais. »

Ma réponse suscitait chez chacun la même réaction de surprise empreinte de compassion, puis j'avais droit à une variation sur l'air de : « Tu es bien sûre de vouloir l'épouser s'il ne veut pas d'enfants ? »

J'en arrivais à me demander si on m'avait considérée un jour comme une personne à part entière, ou seulement comme une machine à fabriquer des bébés. En général, je procédais à une petite mise au point : « Ni Nate ni moi ne voulons d'enfants. Cela fait partie de nos conventions : ne pas voter conservateur, ne pas acheter de disques du groupe Oasis et ne pas avoir d'enfants. »

Pas d'enfants.

Je posai ma tasse de café par terre, à côté du fauteuil, et me levai. Je me glissai avec précaution dans le lit pour ne pas le faire tressauter. Je m'allongeai face à Tegan, scrutant ses traits qui reflétaient ceux de son père. Combien de fois avais-je ainsi observé Nate lorsque nous vivions ensemble ? Combien de fois l'avais-je regardé dormir, étendue près de lui, au milieu de la nuit, résistant à l'envie de faire glisser mon doigt le long de l'arête de son nez, d'embrasser ses paupières, ou de lui chuchoter « je t'aime » à l'oreille. Nate était la seule personne avec qui je réussissais à lâcher mes sentiments, surtout quand il dormait et qu'il ne risquait pas d'être témoin de mon faible pour lui.

Ma décision d'annuler le mariage fut un choc terrible pour mes parents.

Ils ne parvenaient pas à croire que tout puisse s'écrouler deux mois avant leur grand jour. Car il s'agissait bien de *leur* grand jour. Ils avaient attendu ce moment pendant si longtemps ! J'avais même pensé un moment qu'ils allaient se prosterner devant Nate et lui baiser les pieds quand nous leur avions annoncé notre intention de nous marier. Enfin, quelqu'un acceptait de prendre en charge leur fille infernale. Tout ce qu'ils me demandaient, c'était de ne pas tout gâcher avant d'avoir dit oui, après quoi ils pourraient rentrer chez eux, soulagés : je ne serais plus sous leur responsabilité.

Ainsi, lorsque je les appelai d'une chambre d'hôtel – deux jours après avoir découvert la trahison de Nate et de Del –, leur annonçant en substance : « Nate et moi avons rompu, le mariage est annulé, je pars m'installer à Leeds, au revoir », mes parents furent-ils atteints de la déception qu'on imagine. À savoir, la déception de ne pas m'avoir sous la main pour m'étrangler.

En revanche, ils ne furent pas vraiment étonnés. Pour eux c'était bien moi de tout annuler au dernier moment. J'avais toujours tout fait de travers. Je m'étais toujours habillée n'importe comment, je n'avais jamais été jolie, je n'avais jamais ramené de petit ami, je ne m'étais jamais intégrée nulle part, et voilà que j'avais trouvé le moyen de flanquer par terre la seule chose, l'unique chose qui aurait prouvé que j'étais normale. Mes frères et ma sœur avaient fait ce qu'il fallait, eux. Ils s'étaient mariés, ils s'étaient installés, ils avaient fabriqué des enfants, alors pourquoi pas moi ? Qu'est-ce qui clochait chez moi ?

Ils avaient annoncé mon mariage à tout le monde. Certains membres de notre famille installés à l'étranger avaient déjà acheté leurs billets d'avion pour assister à la cérémonie. Ma mère m'avait aidée à trouver la robe parfaite, et à présent je leur annonçais qu'ils avaient fait tout ça pour rien ! Même s'ils ne l'avaient jamais dit tout haut, je savais qu'au fond ils pensaient : « Quelle bêtise as-tu bien pu faire, Kamryn ? »

Mes deux frères, ma sœur et mes amis se montrèrent plus compréhensifs. La plupart répétaient que quand ça devait casser, ça cassait, mais je savais qu'ils mouraient tous d'envie de connaître la vraie raison de notre rupture. Nate m'avait-il trompée ? Ou bien était-ce moi qui avais été infidèle ? Est-ce qu'il m'avait frappée ? Avais-je paniqué à la dernière minute ? Avait-il appris quelque chose d'horrible à mon sujet ? Tout le monde me soutenait et m'entourait, mais je savais que je ne pourrais jamais être franche avec eux, que je ne pourrais jamais dire à qui que ce soit : « Mon fiancé a fait un enfant à ma meilleure amie. »

J'étais non seulement blessée qu'ils aient couché ensemble, mais je me sentais humiliée, honteuse – et terriblement seule. Quand on ne peut pas confier la vérité à ses proches, on ne parvient plus à se détendre en leur présence, de peur de se trahir. Même si je l'avais voulu, il m'aurait été impossible de continuer à vivre à Londres parce qu'il aurait été trop difficile de garder pour moi ce qui s'était passé.

Tegan bougea et je retins mon souffle, guettant un indice de réveil. Une dizaine d'expressions se succédèrent sur son visage au fil de son rêve, puis le sommeil l'engloutit de nouveau.

Del avait conscience qu'elle exigeait l'impossible en me demandant d'adopter sa fille. Elle savait que je ne verrais plus jamais Tegan comme avant. Je lui envoyais des cadeaux pour Noël et pour son anniversaire, des cartes postales quand je voyageais à l'étranger, je lui achetais de menus présents que je lui adressais par la poste. Tout se faisait à distance. Aucun contact visuel. Un seul regard suffirait à me rappeler ce qu'avaient fait les deux personnes que j'aimais le plus au monde, combien j'avais eu mal le jour où j'avais découvert leur trahison. Et combien j'avais eu mal chaque jour de ma vie ensuite.

Je repoussai doucement une mèche de cheveux blonds qui barrait la joue de Tegan.

Pouvais-je vraiment adopter l'enfant de l'homme que j'avais été à deux mois, à deux doigts d'épouser ? Elle lui ressemblait tellement quand elle dormait... Même lorsqu'elle était éveillée, de nombreux traits de son visage me renvoyaient celui de Nate. Avec le temps, cela risquait de s'accentuer. Réussirais-je à le supporter ? Tous les jours et jusqu'à la fin de ma vie, avoir devant les yeux un fac-similé de Nate, la preuve vivante de la trahison de mon fiancé et de ma meilleure amie ?

Mais avais-je le choix ? J'avais arraché Tegan des griffes de ses grands-parents. Je n'avais pas eu d'autre option – la laisser là-bas une seconde de plus était inenvisageable. J'avais donc pris Tegan avec moi, et cela revenait à dire que j'avais non seulement accepté l'idée de l'adopter, mais que j'avais hurlé mon consentement à pleins poumons.

7

Dans nos années d'insouciance, Kamryn et moi avons souvent pratiqué le sexe pour le sexe – sans amour ni même réelle émotion.

Je sais, c'est très incorrect, surtout pour une femme, etc., mais nous avions nos raisons.

La mienne était la lassitude. Oui, moi, Adèle Brannon, j'étais fatiguée. Fatiguée de croire chaque fois que c'était le bon, l'homme de ma vie, et que l'amour frappait enfin à ma porte, pour finalement découvrir que ce n'était jamais le bon et que l'amour était parti sonner à une autre adresse. De guerre lasse, j'avais donc décidé de m'engager sur le chemin plus facile du plaisir. Je continuais à croire dur comme fer à l'Amour avec un grand A mais, en attendant qu'il daigne se montrer, je jetais mon dévolu sur les plus beaux garçons de Londres. Histoire de patienter, en quelque sorte. De toute façon, s'il avait fallu que j'attende de rencontrer l'élu pour avoir une vie sexuelle, j'aurais fini au couvent.

Kamryn, de son côté, ne croyait pas à l'amour. Elle avait goûté à peu près à toutes les formes possibles de trahison masculine et avait décidé de mettre son cœur de côté – pour une période indéterminée. Ce sont des choses qui arrivent malheureusement quand on s'est entendu ressasser pendant des années qu'on est obèse et laide.

Kamryn évitait de parler de l'époque qui avait précédé notre rencontre. Elle répétait souvent que c'était le passé, et qu'il n'y avait rien à en dire. Mais, une ou deux fois, elle s'était laissée aller à des confidences et m'avait avoué combien elle avait été traumatisée par les insultes qu'on lui lançait. Il ne se passait pas un jour sans qu'elle reçoive une pluie de quolibets à l'école puis, plus tard, au lycée. Les coups de fil silencieux qu'elle recevait en rentrant chez elle, les messages bêtes et méchants qu'on lui faisait passer l'avaient profondément blessée. À l'époque de notre rencontre, elle était pourtant déjà jolie mais, avec la maturité, ses traits s'étaient modelés peu à peu et de simplement jolie elle était devenue carrément époustouflante. Elle avait d'immenses yeux noirs, de longs cils et un sourire à vous couper le souffle. Le plus tragique de l'histoire, c'est qu'elle ne s'en rendait pas compte et refusait de le croire.

Un jour, elle m'avoua que malgré les kilos perdus et les compliments qu'elle entendait ici et là, chaque fois qu'elle se regardait dans un miroir, ce qu'elle voyait ressemblait à une baleine hideuse. « C'est comme si mon reflet se troublait. Puis le brouillard disparaît et je vois ce monstre grotesque devant moi. » J'avais été tellement choquée par cet aveu que j'avais éclaté en sanglots. Elle avait essayé de me réconforter en affirmant qu'elle exagérait, mais je savais bien que non. À force d'entendre les mêmes insultes pendant des années, elle avait fini par perdre tout respect d'elle-même, et c'était pour cela que j'avais fondu en larmes. Pas étonnant qu'elle ait autant de difficulté à s'ouvrir aux autres, à accorder sa confiance. Tout ce qu'on lui dirait n'y changerait rien : à ses propres yeux, Kamryn resterait toujours la petite fille laide et effarouchée que ses camarades de classe poursuivaient de leurs moqueries.

Le pire, c'est que plus elle devenait belle, plus elle attirait des hommes qui ne semblaient avoir qu'une seule idée en tête : ajouter une femme superbe à leur tableau de chasse. Au début ils la traitaient comme une princesse, ils étaient attentionnés puis, peu à peu, ils sapaient sa confiance, ils la rabaissaient et s'ingéniaient à étouffer son rayonnement. Quand l'un de ces pauvres types avec qui elle sortait depuis six mois lui suggéra de se mettre au régime pour qu'elle puisse enfiler la robe taille 38 qu'il voulait lui voir porter à une soirée, Kamryn laissa tout tomber. Plus jamais elle n'accepterait qu'un homme la traite comme si elle ne valait rien, comme si elle devait se sentir honorée qu'il ait posé les yeux sur elle. Plus jamais elle ne se rendrait vulnérable en montrant de la tendresse pour quelqu'un. Elle ne le précisa pas, mais je compris que tout ce qu'elle avait subi par le passé, les surnoms dont on l'avait affublée au lycée – Kamryn la Baleine, la Mocheté ambulante, Gros Tas... – étaient autant de cicatrices indélébiles. Tous les hommes qu'elle avait fréquentés pendant et après l'université semblaient confirmer ce que lui criaient les garçons du lycée : elle était un monstre, quelque chose n'allait pas chez elle et elle ne rencontrerait jamais l'amour. La seule façon qu'elle avait de s'en sortir, c'était de se servir des hommes uniquement pour le sexe et de veiller que pas un seul ne devienne assez proche pour la faire souffrir.

Et puis, il y a huit ans environ, il advint quelque chose qui changea la donne. Nous étions sorties en boîte ce soir-là et, comme d'habitude, nous formions un couple détonant toutes les deux – elle avec ses courbes voluptueuses, sa peau sombre et ses cheveux noirs très courts ; moi avec ma silhouette longiligne, ma peau claire et mon épaisse crinière blonde. Je portais un pantalon noir à paillettes, un bustier et des escarpins en jean. Kam avait mis une veste en velours noir, un jean bleu nuit et un chemisier blanc. Pour parfaire son look, je lui avais prêté une paire d'escarpins en daim noir.

C'était un nouveau club, mais il avait l'air exclusivement rempli de vieux dégoûtants. Je buvais pour noyer ma consternation, pendant que Kam envoyait bouler tous ses prétendants d'une remarque cinglante ou d'un regard glacial. Un homme, probablement le plus sexy du club, réussit à s'approcher suffisamment près pour essayer de l'embrasser, mais elle lui tourna le dos à la dernière seconde et s'éloigna. Nous partîmes peu après.

J'étais largement plus ivre que Kam, de sorte qu'elle m'autorisa à poser ma tête sur sa cuisse et à dormir pendant que le taxi nous ramenait à notre appartement, au nord de Londres.

— Je vais sauter le pas avec Nate, m'annonça Kam.

— Je croyais que vous aviez déjà baisé, murmurai-je sans ouvrir les yeux.

— Non, ce que je veux dire, c'est que je vais sortir officiellement avec lui.

— C'est pour ça que tu n'as pas voulu embrasser ce type, au club ?

Ma curiosité était piquée au vif, mais pas au point de me faire ouvrir les yeux.

— Oui, grommela-t-elle. Je... je crois que je l'aime bien.

Je me redressai d'un bond, les yeux écarquillés, mais elle tourna la tête vers la vitre avant que j'aie pu croiser son regard. Elle avait rencontré Nate à une soirée, six mois plus tôt, et, fait exceptionnel, elle lui avait donné son vrai numéro de téléphone. Depuis le premier jour, elle lui avait mené la vie dure. Elle ne le prenait pas au téléphone et attendait plusieurs jours pour le rappeler. Elle se montrait toujours désinvolte et vague quand il tentait de lui soutirer un rendez-vous. Plus étonnant encore : elle avait couché avec lui dès leur premier rendez-vous, parce qu'elle était convaincue qu'après ça elle n'entendrait plus parler de lui. Mais c'était mal connaître Nate. Il s'était accroché et avait abattu un à un ses atouts. Je n'avais pas pris conscience, avant cet instant, de l'étendue de son triomphe.

— Qu'est-ce que tu as dit ? demandai-je.

— Je crois que je l'aime bien, répéta-t-elle en regardant par la vitre avec attention.

Ça alors ! Dans la bouche de Kamryn, ces mots anodins équivalaient à : « Je suis tombée follement amoureuse de lui. » Du jour où elle avait cadenassé son cœur, Kamryn avait chassé toute ambiguïté dans ses relations avec le sexe fort. Elle décidait très précisément de ceux avec qui elle voulait coucher, de ceux qui seraient seulement des amis et de ceux avec qui elle sortirait mais sans plus. Le seul fait d'avouer ne pas savoir à quoi s'en tenir avec un homme signifiait qu'il était spécial.

— Ah oui ? lui dis-je.

Elle hocha la tête, toujours sans me regarder.

— Réveille-moi quand on sera arrivées, dit-elle.

Elle était embarrassée, vulnérable. Elle avait exposé une facette d'elle-même qu'elle n'avait pas montrée depuis des années : une Kam troublée par un homme. Elle appuya sa tête contre la vitre et ferma les yeux. L'instant d'après, elle dormait.

Je la regardai pendant que le taxi continuait à rouler dans les rues sombres de Londres. J'étais toujours sous le choc. Kam amoureuse, c'était trop génial ! Je me sentis brusquement très mal. Et si ce type était un salaud ? S'il la laissait froidement tomber une fois qu'elle aurait totalement déposé les armes ? Ce ne serait pas la première fois. Kam ne s'en remettrait jamais. Je ne pouvais pas supporter cette idée. J'étais complètement saoule, rompue de fatigue, vaguement bouleversée : le cocktail idéal pour me lancer dans une grande croisade pour protéger Kam… qui débuta quand je demandai tout bas au chauffeur de taxi de changer de direction…

Après que j'eus tambouriné trois fois et donné trois coups de sonnette virulents, la porte de la maison de Tuffnell Park, en haut de ses huit marches en pierre, s'ouvrit. Je savais que j'étais au bon endroit : j'avais déposé Kam plusieurs fois à cette adresse. J'avais demandé au chauffeur de taxi d'attendre une petite minute, juste le temps d'aller chercher quelque chose.

— Adèle ? s'étonna Nate en ouvrant la porte.

Il portait un jean et un tee-shirt et, bien qu'il soit trois heures du matin, rien ne semblait indiquer que je le réveillais. Nate était plutôt bel homme. Pas aussi sexy que le type avec lequel Kam avait dansé au club, mais il avait une sorte de charme. Des traits virils, des cheveux bruns ébouriffés, de grands yeux bleu marine.

— Qu'est-ce qui se passe ? Kamryn a un problème ?

— Elle va bien, elle est dans le taxi. Je suis venue pour vous prévenir...

Je vrillai mon index sur son torse.

— Si jamais vous faites du mal à ma copine, je vous tue. Vous avez intérêt à bien vous conduire avec elle si vous ne voulez pas avoir d'ennuis. C'est compris ?

J'appuyai un peu plus mon doigt sur sa poitrine pour lui en imposer.

— Je ne plaisante pas !

Il ne répondit pas mais, à travers les brumes de mon ivresse, je le devinai sceptique.

— Vous auriez tort de ne pas me prendre au...

Mon pied gauche dérapa sur une marche et je perdis l'équilibre. Pendant ce qui fut l'une des secondes les plus longues de toute ma vie, je me sentis basculer vers l'arrière, puis les solides mains de Nate m'agrippèrent par les bras et me hissèrent à l'intérieur. Mes jambes étaient comme du caoutchouc, de sorte qu'il dut me porter jusqu'à la salle à manger. Il attrapa son portefeuille sur un meuble.

— Attendez ici, m'ordonna-t-il.

Et il sortit. Il réapparut quelques instants plus tard, suivi de Kamryn folle de rage. Dans l'intervalle, j'étais passée de la verticale à l'horizontale : mes jambes avaient totalement cessé de me porter au moment où Nate était parti.

Kamryn traversa la pièce, se jeta dans l'un des fauteuils et me lança un regard furibond.

— Je suis ravie de vous voir toutes les deux, déclara aimablement Nate.

Il avait l'air sincère. À l'évidence, c'était un calme – personnellement, je n'aurais pas apprécié qu'on vienne sonner à ma porte à trois heures du matin pour me menacer.

— Tu dois le taxi à Nathaniel ! rugit Kamryn, les bras fermement croisés sur la poitrine.

— J'ai dit à Nate de te traiter comme il faut, s'il ne voulait pas que je le tue, lui expliquai-je.

— Le message a été reçu cinq sur cinq, m'assura Nate. Merci.

— Vous auriez dû voir la meute de mecs qui tournait autour de Kamryn, ce soir, dis-je à Nate. Ils étaient comme des mouches autour d'un pot de miel. Vous n'êtes pas sa seule option, vous savez. Elle n'a que l'embarras du choix ! Il y en a même un qui a fait des travaux d'approche avec les mains, si vous voyez ce que je veux dire, et il était vachement sexy !

Le regard de Nate se durcit et lança un éclair minéral vers Kamryn tandis que la jalousie tendait ses traits – tiens, il n'est peut-être pas si calme que ça, finalement.

— Hé ho ! elle n'a rien fait ! précisai-je aussitôt. Il a seulement essayé de l'embrasser, et tout ce qui s'ensuit, mais elle a dit : « Pas touche ! J'ai un petit ami. »

— Del… m'avertit Kam d'un ton menaçant.

Nate se tourna vers moi.

— Elle a dit ça ?

— Absolument. Elle a dit : « J'ai un nouveau petit ami, il s'appelle Nate, il est follement séduisant et je l'adore ! »

Je pointai un doigt vers lui et agitai les sourcils.

— Elle est amoureuse de vous…

— Del ! Ferme-la ! cria Kam, hors d'elle.

— Elle est amoureuse, elle est amoureuse !

Kam jaillit de son fauteuil mais, n'ayant pas l'habitude de porter des talons aiguilles, elle s'étala de tout son long.

— Elle est folle de vous ! continuai-je à hurler pendant qu'elle se relevait. Elle vous trouve drôle et sexy et…

— La ferme ! hurla Kam en se jetant sur moi.

— Et elle a dit que vous aviez la plus grosse…

Elle me bourra les côtes de ses poings rageurs pour me faire taire. J'essayai de lui échapper en criant grâce. Au bout de quelques instants, Nate s'interposa et tira Kam en arrière pour m'arracher à ses coups.

— Ça suffit, décréta-t-il. Kam, je sais très bien qu'il n'y a rien de vrai dans tout ce que vient de raconter Adèle. Tu préférerais mourir plutôt que de laisser échapper quelque chose de gentil à mon sujet, c'est comme ça et je me suis fait une raison. Quant à vous, Adèle, merci d'avoir essayé, mais je n'ai aucune illusion sur les sentiments que me porte Kamryn, alors inutile d'essayer de me remonter le moral.

Je pinçai les lèvres et fis mine de les sceller hermétiquement avec une fermeture éclair. Kam avait cessé de se débattre dans les bras de Nate et elle le dévisageait, stupéfaite. Je crois que ce qu'il venait de dire – qu'elle préférerait mourir plutôt que de dire quelque chose de gentil sur lui – l'avait assommée. Il lui sourit avec une profonde tendresse mais pour toute réponse elle détourna les yeux.

— Bon, eh bien, je crois qu'il est temps d'aller au lit, enchaîna-t-il.

— Hé ! Pas question de partouzer ! m'écriai-je.

— Rassurez-vous, il s'agit seulement d'une invitation à passer la nuit dans la chambre de l'un de mes colocataires. Ils sont tous absents ce soir. En route.

Ils me saisirent chacun par un bras, me soulevèrent, puis m'aidèrent à monter l'escalier parce que mes jambes ne répondaient toujours pas. Ils me déposèrent sur le grand lit dans une chambre qui sentait le fauve, mais qui était impeccablement rangée. Je roulai sur le côté, envoyai promener mes souliers, puis me pelotonnai sous la couette toute douce.

— Est-ce que ça va aller, Del ? me demanda Nate.

— Super. Je vais faire un gros dodo. Je ne serai pas malade, ni rien.

— Bien. Si vous avez besoin de quoi que ce soit, Kam et moi sommes dans ma chambre, juste à côté.

— En fait, je vais rester ici, trancha Kam, sur un ton glacial.

À l'entendre, on aurait pu croire qu'elle avait été invitée à venir se faire raser le crâne et non à partager le lit de l'homme qu'elle aimait.

Nate devait avoir l'habitude de ces sautes d'humeur, car il ne broncha pas.

— Comme tu voudras. Encore une fois, si vous avez besoin de quoi que ce soit, je suis juste à côté. À demain.

Kam s'assit près de moi après qu'il eut fermé la porte, puis s'allongea en me tournant le dos.

— Fais pas ta tête de cochon, grommelai-je.

— Ferme-la et dors.

— Seulement si tu es plus gentille avec Nate. Il est trop mignon et il t'aime.

— Tu n'en sais rien du tout.

— Il t'aime. Et moi aussi je t'aime. Tu n'as pas besoin de continuer à faire la gueule.

Je m'endormis avant qu'elle ait répondu et la seule chose dont je me souviens ensuite, c'est qu'un séisme arracha ma couette pendant qu'une main me secouait dans tous les sens.

— Allez, debout, pauvre cloche. C'est le matin, on s'en va, dit Kamryn en me bousculant sans ménagement.

— Encore sommeil, marmonnai-je en essayant de la repousser.

— C'est bien dommage, parce qu'on s'en va.

Elle me tira hors du lit et je m'assis lentement. Chaque mouvement déclenchait une salve d'élancements douloureux dans mon crâne. J'aurais voulu boire un grand verre d'eau et me recoucher, mais si Kam avait décidé de partir, il fallait s'exécuter. Je réalisai à quel point la situation était critique quand je mis mes souliers. En l'espace d'une nuit, mes escarpins dernier cri pour lesquels j'avais dépensé un mois de salaire s'étaient changés en instruments de torture.

— Je sais, fit Kam en montrant les chaussures qu'elle avait aux pieds. C'est l'horreur.

Nous clopinâmes dans la lumière du petit matin, recroquevillées dans nos vestes trop légères, ressemblant à s'y méprendre à deux prostituées revenant du turbin. Chaque pas était une agonie, et encore j'avais l'habitude des talons hauts, alors que Kamryn, perpétuellement en baskets, devait vivre un enfer.

Je lui jetai un regard en coin, persuadée de lire un mélange de fureur et de douleur sur son visage – mais ce n'était pas le cas. Elle était échevelée, les yeux rougis par le manque de sommeil, mais elle n'était nullement en colère. En fait, un discret sourire flottait même sur ses lèvres.

— Il a eu droit à une petite gâterie du matin ? devinai-je.

— Mmm, répondit-elle avec une moue satisfaite. Il n'est pas près de l'oublier.

Depuis mon hospitalisation, j'ai eu le temps de revoir en détail des pans entiers de ma vie. Cette nuit-là compte parmi mes souvenirs préférés. Surtout le passage où Kam me dit : « Je crois que je l'aime bien. » J'étais la première personne à qui elle confiait ses sentiments pour Nate. Même lui ne devait pas les connaître avant des mois. J'étais vraiment flattée qu'elle m'ait choisie pour confidente, car cela prouvait combien elle m'appréciait.

Je me déteste d'avoir détruit ce qu'il y avait entre eux.

8

Flouée.

Dupée. Roulée. Bernée. Peu importe le terme utilisé, le résultat était là et bien là : je m'étais fait avoir dans les grandes largeurs. Et je n'avais rien vu venir. Je n'avais même pas envisagé cette possibilité avant notre arrivée à l'hôpital, ce matin-là.

À la seconde où j'avais poussé la porte de la chambre et que Tegan s'était précipitée vers le lit pour se jeter dans les bras de sa mère, Del m'avait souri comme si elle savait déjà que ma réponse était oui, j'allais prendre soin de sa fille.

Elle en était tellement sûre qu'elle avait déjà fait établir à mon nom les documents qui me désignaient comme tutrice légale de Tegan. Et elle s'était également procuré tous les papiers destinés à une procédure d'adoption. Ils étaient rangés dans le placard, près de son lit, où ils n'attendaient plus que ma signature. Elle avait même prévu un stylo à cet effet.

Pendant que Tegan, inconsciente de ce qui se tramait, la couvrait de baisers tout en babillant, Del me désigna le placard.

— Autant les signer tout de suite, me dit-elle avec un sourire. Comme ça, tu seras débarrassée.

— Merci de ta sollicitude.

Je ne lui avais rien dit de ce dont j'avais été témoin à Guildford. Pas plus que je ne lui avais parlé de mes intentions pour les jours à venir. À bien y réfléchir, je ne lui avais même pas dit bonjour.

Je parcourus rapidement les documents – de toute façon, je ne pouvais plus revenir en arrière – et je résistai à grand-peine à l'envie de signer La Reine des Pommes plutôt que Kamryn Matika aux différents emplacements marqués d'une croix.

Même à cet instant, alors que j'attendais dans le couloir, un gobelet en plastique d'un distributeur automatique à la main, je fulminais en sourdine. Et même pas simplement en sourdine. J'étais terrifiée. Hébétée. Furieuse. Cette décision m'avait été imposée et j'avais la sensation de... de quoi, au juste ? J'avais passé la majeure partie de la nuit à me débattre au milieu d'un fatras d'émotions et, au terme d'une empoignade difficile, j'avais fini par échouer dans un cul-de-sac déprimant appelé « acceptation ». Un lieu qui ressemblait comme deux gouttes d'eau à ce grand désert aride appelé « résignation ». Que je le veuille ou non, j'étais coincée : je ne pouvais pas ramener Tegan à Guildford ; et la confier à une institution était hors de question. Je n'avais pas d'autre choix ; aucune porte de sortie. Et que je sois indignée, en colère ou paniquée n'y changerait rien. Il s'agissait de Tiga, après tout. Je l'avais tenue dans mes bras quelques instants après sa naissance. J'avais choisi son prénom avec sa mère. J'étais là au moment de ses premiers pas. J'avais presque fondu en larmes quand ce bout de chou avait pointé son doigt vers moi en décrétant « avec Win » l'année où Del lui avait proposé d'aller voir le Père Noël. Je devais accepter la mission que Del me confiait. Sans me poser de questions. Il s'agissait de ma petite Tiga. Comment pourrais-je refuser de la prendre sous mon aile ?

Très facilement, en fait. La pensée jaillit dans mon esprit sans que je puisse l'arrêter. *Tu es mauvaise*, me fustigeai-je. *Tu n'as pas de cœur*.

Tegan s'était métamorphosée à notre arrivée à l'hôpital. Elle ne semblait avoir remarqué ni les tuyaux ni les fils qui reliaient sa mère à des machines et elle avait littéralement bondi sur le lit, jetant ses bras autour du cou de Del, couvrant son visage de baisers. La petite n'avait quasiment pas ouvert la bouche depuis que je l'avais sortie de chez ses grands-parents, et là, c'est à peine si elle prenait le temps de reprendre son souffle entre deux exposés. Une vraie pipelette ! On aurait dit un jouet mécanique qu'on venait de remonter après des semaines d'inactivité.

Je m'étais éclipsée dans le couloir pour les laisser profiter tranquillement l'une de l'autre. J'avais oublié la complicité qui les unissait. Elles étaient inséparables, les deux moitiés d'un tout. Comment Tegan ferait-elle le jour où...

Mes doigts serrèrent le gobelet vide, cassant le plastique blanc.

Et si l'état de santé de Del s'améliorait ?

Et si elle s'en sortait ? Si sa maladie connaissait une rémission ? J'attrapai cette pensée au bond et je m'y accrochai de toutes mes forces. C'était comme une bouée de sauvetage jetée dans l'océan de détresse et d'autoapitoiement qui m'engloutissait. Del allait vaincre le mal. Elle survivrait !

Où était-il écrit qu'elle devait absolument mourir ? Avait-on tout tenté ? Vraiment tout ? Il y avait sûrement de nouvelles pistes à explorer. Des traitements expérimentaux, des solutions qui n'avaient pas encore été envisagées. Et ce n'était pas un effet de mon imagination : Del paraissait déjà mieux depuis la veille. Son visage était moins gris, moins creusé. L'influence de Tegan, probablement. La présence de sa fille avait manifestement le pouvoir de la doper et de lui redonner de l'énergie. Qu'à cela ne tienne : Tegan et elle resteraient ensemble le plus possible. Del reprendrait des forces et elle vivrait.

Au bout d'une trentaine de minutes, Nancy, l'infirmière, emmena Tegan faire un tour à la cafétéria afin que Del et moi puissions parler tranquillement.

— Tu peux encore t'en sortir, attaquai-je à la seconde où la porte se referma sur Nancy et Tegan.

Je n'avais toujours pas acquis cette délicatesse appelée tact dont on est censé faire preuve en présence d'un grand malade.

— Je veux dire : tu pourrais guérir.

Del secoua doucement la tête.

— Non. C'est fini.

— Tu ne peux pas en être sûre !

— Si.

— Bon sang, Del, tu n'as pas le droit de baisser les bras ! Tu peux encore vaincre cette cochonnerie, je le sais, je le sens. Tu es l'une des... Non : tu es *la* personne la plus solide que je connaisse. Pense à tout ce que tu as surmonté par le passé. Tu peux gagner cette fois encore, c'est juste...

— Non, Kam, c'est trop tard, chuchota Del.

Je fis mine de n'avoir pas entendu. Elle n'arriverait pas à entamer ma conviction.

— Il faut que tu te battes ! Tu peux le faire. Il existe nombre de traitements nouveaux, des thérapies alternatives. Tu as essayé l'acupuncture, ou...

— Kam...

La gravité de sa voix me stoppa dans mon élan.

— J'ai accepté l'inéluctable. Tu dois t'y résigner toi aussi.

— Mais tu dois lutter, enrageai-je tout bas.

— J'ai lutté. Si tu savais comme j'ai lutté... C'est la raison pour laquelle je suis encore en vie aujourd'hui.

— Je n'arrive pas à croire que tu renonces aussi facilement.

— Kam, tu ne comprends pas…

Sa voix faiblit et elle prit une profonde inspiration.

— Je veux vivre. Oh mon Dieu, je voudrais tellement vivre ! Je voudrais voir ma petite fille grandir. Je voudrais me disputer avec elle quand elle sera adolescente parce que j'aurai trouvé des cigarettes dans sa chambre. Je voudrais la voir partir à l'université. Je voudrais être celle qui la conduira à l'autel le jour de son mariage. Je voudrais me marier moi-même un jour parce que, tu sais, je crois toujours à l'amour.

Elle plongea son regard dans le mien.

— Je veux avoir le temps de régler nos différends. Je pensais que nous avions toute la vie pour ça. Je croyais avoir toute la vie devant moi. Mais maintenant je sais que ce n'est pas le cas, et je dois l'accepter. Je dois…

Elle marqua une pause, reprit son souffle une nouvelle fois.

— Je veux vivre, mais malheureusement ce n'est pas ce qui adviendra. Je dois accepter cette réalité, sinon elle me consumera et il ne faut pas parce que je dois impérativement planifier l'avenir de Tegan pendant que j'en ai encore la force. Faire tout ce qui est en mon pouvoir pour organiser sa vie. Et te la confier était le plus important.

J'essayai de retenir mes larmes, mais elles jaillirent tout de même, inondant mon visage. Je les séchai du dos de la main, que j'essuyai sur mon jean.

— Je lui ai écrit, poursuivait Del. J'ai rempli vingt cartes d'anniversaire et vingt cartes de Noël. C'est incroyable tout ce qu'on peut mettre dans une carte, même si on l'écrit des années à l'avance. Les lettres, en revanche, sont réservées à des événements plus particuliers comme ses dix-huit et ses vingt ans, ou son mariage. D'autres sont simplement des petits moments de complicité, pour quand elle aura envie de bavarder. Elle adore papoter. Tu t'en rendras compte très vite.

Je me mordis la lèvre et baissai la tête tandis qu'elle continuait à parler. Elle ne serait plus là dans quelques années. Dans vingt ans. Dans cinq ans. Même dans un an. C'est horrible de savoir que quelqu'un que vous aimez ne verra pas l'avenir. Qu'elle ne verra pas le temps passer sur son visage et sa silhouette. Qu'elle ne saura jamais quelle jeune femme sa petite fille deviendra. À cette pensée torturante, ma gorge se noua. Mes larmes redoublèrent le long de mes joues.

Et moi, serais-je là dans vingt ans, dans cinq ans, dans un an ? Je ne le savais pas, mais je n'avais pas ce compte à rebours mortel au-dessus de la tête. Del allait mourir.

— Je n'ai pas voulu enregistrer une vidéo, poursuivait-elle d'une voix étranglée. Tu comprends, je ne veux pas que Tegan conserve l'image d'une femme exsangue, rongée par la maladie. Je préfère qu'elle se souvienne de moi comme de la jeune femme rayonnante qui sourit sur les photos. Les lettres l'aideront dans son travail de mémoire. Je l'espère, du moins.

Ses yeux rougirent, comme la veille quand elle avait voulu pleurer.

— Il faut que tu l'aimes. Promets-le-moi. Même si elle fait quelque chose de mal, même si elle est très méchante, il faut que tu l'aimes envers et contre tout. Promets-le-moi. S'il te plaît, promets !

J'essuyai mes larmes d'un geste brusque. Pour qui me prenait-elle ? Pour quel genre de monstre ? Bien sûr que j'aimerais Tegan. Si je n'en avais pas été absolument certaine, jamais je n'aurais envisagé de l'adopter.

— Del, ce n'est pas parce que nous ne nous voyions plus que je ne pensais pas à vous.

— Je suis terrifiée à l'idée que ma petite fille ne soit plus aimée de façon inconditionnelle, comme une mère peut le souhaiter pour son enfant. Il faut que Tegan sente que, quoi qu'elle fasse, il y aura toujours quelqu'un près d'elle pour l'aimer et la protéger. Promets-moi que c'est ce que tu lui offriras : un amour inconditionnel.

— Je l'ai toujours aimée. Pourquoi crois-tu que je lui envoyais des petits cadeaux ? Tiens, regarde.

J'ouvris mon sac à main, en sortis mon porte-cartes en cuir rouge, et le tendis à Del.

Lorsqu'elle s'en saisit, je remarquai sa peau fragile et diaphane, aussi fine que du papier, et parcourue de veines bleues et vertes. Ses bras étaient criblés de marques laissées par l'aiguille des perfusions et du goutte à goutte. Je détournai les yeux.

Del ouvrit le porte-cartes et découvrit une photo de Tegan que je gardais précieusement avec moi. Elle avait été prise le jour de ses trois ans – soit un mois avant que je quitte définitivement Londres –, alors que je venais de terminer de la coiffer avec une multitude de petites tresses africaines séparées par des raies bien droites. La petite portait une robe chasuble rose et un tee-shirt blanc. Elle souriait, le menton en avant, fermant les yeux de toutes ses forces.

— Tu l'as gardée tout ce temps ? chuchota Del. Malgré...

— Oui, coupai-je.

J'avais glissé cette photo dans mon porte-cartes au moment de mon départ pour Leeds quand j'avais pris conscience que je ne reverrais plus jamais Tegan. C'était le seul cliché que je possédais d'elle qui ne trahissait pas instantanément sa filiation.

J'avais envie... Non, j'avais besoin d'un souvenir d'elle parce que, malgré mon désespoir, ma colère et le choc de la trahison, il m'avait toujours paru évident que Tegan n'était pour rien dans ce qui s'était passé entre mon fiancé et ma meilleure amie. Et puis…

— J'adore Tiga, tu le sais bien. Tu l'as dit toi-même hier. Je n'ai pas cessé de l'aimer brusquement, d'un simple claquement de doigts.

Del se détendit, car l'une des préoccupations majeures venait d'être réglée.

— Il faut que tu me promettes encore quelque chose, dit-elle en continuant de contempler la photo de Tegan.

— Quoi ?

— Quand tu l'adopteras, tu lui donneras ton nom, n'est-ce pas ?

— Probablement. Pour être franche, je n'y ai pas encore réfléchi. Je n'ai eu que vingt-quatre heures pour prendre une décision… Laisse-moi encore un peu de temps pour peaufiner les détails.

— Mais une fois que tout sera clair dans ton esprit, tu lui donneras ton nom de famille ? insista Del.

Je haussai les épaules.

— Je suppose que oui.

— Très bien. Alors tu devras la laisser t'appeler maman si elle le souhaite.

— Hein ?

Le choc me fit bondir de ma chaise.

— Attends, Del, c'est… Non. Non, il n'en est pas question !

— Pourquoi ?

— Parce que je ne suis pas sa mère !

— Tu n'es pas sa tante non plus, pourtant tu la laisses t'appeler Tatie.

— Ça n'a rien à voir ! Tu le sais bien.

— Je veux qu'elle ait le sentiment d'avoir une nouvelle maman, quelqu'un qui me remplace et s'occupe d'elle comme une maman.

— C'est ce que je ferai, je te le promets. Mais de là à ce qu'elle m'appelle maman ! Non, ce ne serait pas bien. Ce n'est pas... ce n'est pas naturel !

— C'est tout ce que tu as trouvé comme argument ?

Del haussa ce qui aurait dû être son sourcil gauche d'un air ironique.

Ce que je voulais dire, c'était qu'on ne pouvait pas remplacer quelqu'un aussi facilement, je ne pouvais pas accéder à cette demande. Tegan ne m'aimerait jamais comme sa vraie mère. Vouloir être pour elle une mère de substitution était une erreur qui risquait de causer un choc énorme à la petite fille. Pour rien au monde je ne voulais me rendre complice d'un tel traumatisme.

— Tu sais très bien ce que j'entends par « naturel », répondis-je.

— Allez, Kam, ne joue pas sur les mots. C'est quoi, l'adoption, selon toi ? Tu vas légalement devenir sa mère. Tu vas prendre le relais et je veux qu'elle pense à toi comme à sa mère. Et je veux que tu penses à elle comme à ta fille.

— Ce sera le cas.

— Pas si tu ne la laisses pas t'appeler maman.

Del s'interrompit et reposa sa tête et ses frêles épaules sur les oreillers blancs. Je la regardai respirer à plusieurs reprises et blêmir à chaque inspiration. Ses paupières se fermèrent. Elle reprit plusieurs fois son souffle.

— Quand on s'entend répéter qu'on est belle, on finit par le croire.

Sa voix était aussi ténue et fragile que du papier de soie, prête à se déchirer. Elle ouvrit lentement les yeux.

— Quand on nous dit certaines choses... encore et encore... on les croit. Je veux que ça se passe ainsi pour Tegan et toi. Si elle t'appelle maman, tu finiras par y croire. Elle fera partie de toi et tu ne voudras plus jamais... plus jamais la laisser partir. Elle deviendra ta fille.

— Del, je te promets que je la considérerai comme mon propre enfant, même si elle continue à m'appeler Tatie. Tu sais ce qu'on dit : « La rose sentirait-elle moins bon si elle s'appelait autrement ? » Je serai une rose qui ne porte pas son nom pour Tegan, mais pas sa maman. Elle en a déjà une : toi.

— S'il te plaît, promets-moi au moins d'y penser.

— Je le ferai. Mais sans plus.

Le silence retomba entre nous, qu'elle rompit tout à coup.

— Kam, à propos de Nate...

— Del, s'il te plaît, non, je ne suis pas en état de parler de ça maintenant. J'ai déjà du mal à gérer le présent, ne remuons pas le passé. Pas aujourd'hui. Nous en discuterons une autre fois, si tu veux bien ?

— Une autre fois, répéta-t-elle... Le temps est infini. Immortel. Pas nous.

— C'est toi qui le dis. Personne n'a jamais prouvé que le temps était infini.

Adèle sourit.

— Toujours aussi tête de mule.

— J'essaie.

Je lui rendis son sourire, puis je lui livrai l'idée que j'avais concoctée durant mon attente dans le couloir.

— Écoute, tu m'as dit que tu avais encore... quelques mois devant toi. Je vais tenter d'obtenir un congé et, si les médecins sont d'accord, je vais louer un appartement et tu viendras habiter avec nous. J'apprendrai à m'occuper de toi, comme ça tu pourras rester à la maison jusqu'à... jusqu'à...

Je ne pouvais prononcer ces mots. Je les avais pensés, je savais ce qu'ils impliquaient, mais je ne réussissais pas à les formuler à haute voix.

— Je veux être avec toi au moment où...

J'avalai ma salive.

— Je veux être avec toi.

— Tu ferais ça ?

Je hochai la tête, le visage déformé par l'émotion. Je ne pouvais pas le verbaliser, mais je lui offrais de rester auprès d'elle quand « ça » arriverait. J'avais déjà reculé à l'idée de m'occuper d'un enfant, parviendrais-je à m'asseoir au chevet de ma meilleure amie et regarder la vie la quitter ? Il le faudrait bien, pourtant. Elle n'avait personne d'autre. Et je savais qu'elle en aurait fait autant pour moi si les rôles avaient été inversés.

— Bien sûr que je vais le faire, Del.

Nous nous prîmes la main. La sienne était froide et frêle. J'aurais pu la briser en la serrant trop fort. Nos yeux se rencontrèrent et, l'espace d'une seconde, il me sembla que j'étais dans ce bar de l'université au moment où notre amitié était née. Toute sa bonté, toute sa beauté intérieure m'irradiait.

— J'espère que tu te rends compte de la chance que tu as, lançai-je avec un sourire insolent. Je ne proposerais pas ça à n'importe qui.

— Je suis très flattée, répondit-elle avec un léger rire, ses doigts étreignant les miens. Je me sens sincèrement honorée.

— Non, c'est moi.

9

J'étais à Londres depuis une semaine (cela semblait un siècle !) et, durant ces huit jours, une sorte de routine s'était installée entre Adèle, Tegan et moi. Une routine informelle mais rassurante : nous éprouvions toutes les trois le besoin de structurer nos journées, même de façon superficielle.

Tegan et moi nous réveillions chaque jour à l'aube : c'était l'heure à laquelle elle rampait systématiquement hors du lit pour regarder des dessins animés. Dès qu'elle allumait la télé, je plaquais mon oreiller sur ma tête pour tenter d'étouffer les couinements aigus et les bruitages délirants qui montaient de l'appareil.

Au bout d'environ une heure, je m'extirpais du grand lit, raide et ankylosée parce que j'avais passé la nuit recroquevillée dans un coin, de peur d'écraser Tegan en bougeant. Après ma douche, je persuadais Tegan de venir prendre un bain. Et quand enfin nous étions prêtes toutes les deux, elle trépignait d'impatience à l'idée d'aller voir sa mère.

Nous nous rendions alors à l'hôpital pour une visite d'une heure, jusqu'à ce que Del soit trop fatiguée, puis nous nous mettions en quête d'un logement. Je n'avais toujours pas trouvé chaussure à mon pied, mais j'avais le pressentiment que ce serait pour bientôt. Je savais ce que je voulais : un petit appartement en rez-de-chaussée avec trois chambres. Peut-être même un jardin pour que Tegan puisse jouer dehors à présent qu'il faisait beau et que l'été nous promettait des journées ensoleillées, pleines d'énergie positive.

Tout s'était mis en place rapidement quant à ma nouvelle vie. J'avais demandé un congé sabbatique de six mois, mais mon patron m'avait suggéré de prendre d'abord mes trois semaines de congés annuels, puis de travailler de chez moi (« chez moi » étant l'endroit où j'habiterais avec Del et Tegan) trois jours par semaine. Je travaillerais depuis la filiale londonienne de la société dont j'étais la directrice adjointe du marketing, et si je devais me rendre à Leeds où était basé mon service, ils veilleraient à placer les réunions à la mi-journée pour que je puisse faire l'aller retour dans la journée. Les échanges d'e-mails combleraient mon absence. J'avais même trouvé une agence immobilière qui se chargerait de louer mon appartement de Leeds. Donc, tout s'arrangeait pour le mieux. Il ne nous restait plus qu'à trouver un endroit où nous installer à Londres.

En dépit de mon heureux pressentiment sur mes recherches immobilières, la journée n'avait pas très bien commencé. Mon petit boulet de cinq ans n'arrivait pas à se lever parce qu'il s'était endormi très tard, tout excité à l'idée de s'installer avec sa mère et moi dans une nouvelle maison. En huit jours, Tegan avait appris à me faire confiance et elle était détendue en ma compagnie. Désormais, elle osait prendre certaines initiatives, comme allumer la télé sans me regarder fixement jusqu'à ce que je lui demande ce qu'elle voulait. Je devinais aussi que sa mère lui avait parlé de l'avenir, parce qu'elle me posait des questions comme : « C'est comment Leeds ? » ou « Je pourrai avoir une chambre pour moi toute seule ? »

Sa dernière lubie était d'adopter un chat. Il était hors de question cependant d'accueillir un animal à fourrure à la maison, ni maintenant ni jamais. J'adore les bêtes dans la nature, ou chez les autres, mais pas chez moi, pas sous ma responsabilité. J'ignorais d'où lui était venue cette idée, mais elle avait abordé le sujet à la seconde où nous étions arrivées à l'hôpital, la veille.

Tegan avait ouvert la porte de la chambre de sa maman, elle s'était précipitée sur le lit et elle avait commencé son rituel de bisous. Elle commençait toujours par la joue gauche, puis elle descendait, traversait son menton et remontait de l'autre côté, évitant soigneusement le tuyau fixé dans les narines de Del. Par bonheur, Tegan ne donnait jamais l'impression de remarquer la maladie de sa mère, ni les machines auxquelles Del était reliée. Il est vrai qu'à la voir personne n'aurait pu soupçonner que ma chère Del était condamnée : elle avait l'air d'aller bien. Beaucoup mieux en tout cas que les jours précédents. Elle avait même réussi à avaler de la nourriture solide. Elle semblait un peu plus forte à chacune de nos visites ; elle n'avait plus besoin de reprendre son souffle pour parler ni de reposer ses yeux.

Son visage avait retrouvé des couleurs. Son teint gris s'était envolé et sa peau était éclatante de fraîcheur. Ses yeux n'étaient plus rougis et des étoiles étaient réapparues dans ces billes bleu acier. Adèle avait presque retrouvé son apparence d'avant, abstraction faite du foulard bleu marine qui lui enveloppait la tête, de son visage amaigri et sans sourcils. J'avais souri parce que Del avait finalement accepté de reconsidérer sa situation. Elle avait admis la possibilité d'aller mieux, de vivre.

— Comment vas-tu ? demanda-t-elle.

Sa voix était plus assurée qu'elle n'était encore trois jours plus tôt, et mon sourire s'élargit.

— Bien, répondis-je. Quand je te vois aussi en forme, je ne peux qu'aller bien.

— Je me sens mieux, en effet. Bien mieux. Toi, en revanche, tu as une mine affreuse.

— Non, ça va, je t'assure.

En réalité, j'étais épuisée. Je ne me rappelais même pas quand j'avais réussi à dormir une nuit complète pour la dernière fois, mais cela importait peu. Qu'est-ce qu'un léger manque de sommeil face à la phase terminale d'une maladie ?

— Fais attention à toi, Kam, je t'en prie.

— C'est ce que je fais.

— Ce serait bien la première fois, soupira Del.

— Je te dis que je fais attention !

— Maman, on peut adopter un chat ? intervint Tegan.

— C'est à Kamryn qu'il faut poser la question, décréta traîtreusement Del, alors qu'elle savait très bien ce que je pensais de tout ce qui portait une fourrure.

— Tu veux bien ? demanda Tegan en se tournant vers moi.

— Pas tout de suite, chérie. On verra plus tard.

Autrement dit jamais.

Del dissimula un sourire.

— On a visité une maison toute plate aujourd'hui, expliqua Tegan à sa mère. Ça s'appelle un bas-galop.

— Ah oui ? C'est formidable, dit Del.

Tegan s'allongea sur le lit et posa sa tête sur la poitrine de sa mère, évitant grâce à une sorte de sixième sens le tube qui sortait de son torse et le tuyau relié à sa main. Del, attendrie, regarda la petite fille puis leva les yeux vers moi.

— Elle a l'air fatiguée, elle aussi.

— Je sais. Mais la prospection immobilière n'est pas une activité de tout repos.

— Elle a besoin d'avoir une maison.

— Elle l'aura. Quand nous aurons trouvé un endroit qui ressemble à un foyer, elle aura sa propre chambre et elle pourra te voir aussi souvent qu'elle le souhaitera. C'est ce qu'il vous faut à toutes les deux.

— Quand on aura un chat, on pourra l'appeler Minou ? demanda Tegan d'une voix endormie.

— Minou est un nom original pour un chat, approuva Del en essayant de ne pas rire.

— Tu as raison, acquiesçai-je.

— Tu te vois parcourir tout le voisinage en appelant « Minou ? Avez-vous vu mon Minou ? » s'esclaffa Del.

— Pourquoi vous riez ? murmura Tegan alors que sa mère et moi ricanions comme deux écolières boutonneuses qui viennent de découvrir des photos d'hommes en sous-vêtements dans le catalogue de vente par correspondance de leur mère.

— Pour rien. Tatie Kamryn est trop bête. Ne fais pas attention à elle.

— Non, chérie. Ne fais pas attention à moi.

Pas étonnant que Tegan soit restée éveillée pendant des heures quand nous avions finalement regagné notre hôtel, la veille au soir : elle avait dormi pendant que nous faisions les folles, Del et moi, passant en revue tous les noms les plus farfelus et les plus ridicules qu'on puisse donner à un chat. Notre préférence allait à Monseigneur à la Queue Poilue. (Monseigneur à la Queue Poilue, votre pâtée est avancée !) Del avait tellement ri que j'avais craint un moment qu'elle ne tombe en syncope.

Quand nous avions regagné notre hôtel, Tegan était remontée à bloc, tout excitée par son projet d'adopter un chat, par le fait que sa mère allait habiter avec nous, par les carrés de poisson pané qu'il y aurait pour le dîner... Tout était sujet à enthousiasme. J'avais regardé le bout de chou babiller à tort et à travers, sauter sur le lit comme sur un trampoline, s'allonger pour dormir, puis se relever d'un bond pour lancer une nouvelle conversation. J'étais émerveillée par sa métamorphose. Moins d'une semaine auparavant, il était impossible de lui arracher deux mots, et à présent elle parlait sans cesse. Un vrai moulin à paroles ! Quand elle s'était finalement endormie, il était plus de trois heures du matin et j'étais épuisée.

Je posai les yeux sur sa silhouette endormie, formant un petit croissant sous les couvertures bleues, ses cheveux blonds répandus sur l'oreiller blanc. Je décidai de la laisser dormir encore un peu. Del devait voir son médecin de toute façon, de sorte que nous ne pourrions lui rendre visite avant l'après-midi. J'avais prévu d'occuper cette matinée par une petite séance de visites d'appartements, mais Tegan avait manifestement besoin de repos et je n'avais aucune envie de traîner une petite fille grognon à travers la ville.

Je sursautai en entendant frapper à la porte et vérifiai l'heure sur le radio-réveil près du lit : 7 h 55. C'était bien trop tôt pour une visite. À moins qu'il ne s'agisse du service de blanchisserie. Je me mordis anxieusement la lèvre. Je n'avais pas trié notre linge sale. Je regardai autour de moi, honteuse. On aurait cru qu'une tornade était passée dans la chambre. Il y avait des affaires partout : des vêtements neufs – achetés parce que je n'avais rien à me mettre – mélangés aux anciens, des habits que Tegan n'avait pas voulu porter et que je n'avais pas rangés, et des jouets. Je n'étais pas quelqu'un d'ordonné, condition pourtant indispensable pour vivre à deux dans une seule pièce. Il ne me restait plus qu'à demander à l'employé de revenir un peu plus tard.

J'enjambai plusieurs piles de vêtements pour atteindre la porte.

Nancy, l'infirmière d'Adèle, se tenait devant moi. Elle portait un imperméable beige boutonné jusqu'au cou, un caleçon noir, et des baskets rose et blanc. Ses tresses noires lui tombaient sur les épaules. Elle n'était pas maquillée et n'arborait pas non plus sa mine habituellement enjouée.

À la seconde où je la vis, je sus. Mais en même temps je refusai de comprendre, je n'étais pas prête.

— Bonjour, Kamryn, dit-elle avec un sourire.

Ce n'était pas le sourire lumineux auquel j'étais habituée. Celui-ci était chaleureux, mais timide.

— Bonjour, répondis-je.

— Où est Tegan ?

— Elle dort encore.

— Parfait. Puis-je vous parler dans le couloir ?

Je fis oui de la tête, jetant un œil derrière moi pour m'assurer que Tegan dormait paisiblement, puis je calai un soulier dans l'entrebâillement de la porte pour qu'elle ne claque pas.

Au fond du couloir, il y avait deux fauteuils en cuir et une table basse en verre sur laquelle était posé un vase de fleurs en tissu. Nous ne nous assîmes ni l'une ni l'autre et je gardai un œil sur la porte de la chambre.

— Je suis désolée, Kamryn, commença Nancy.

Le nœud qui s'était formé dans mon ventre explosa et se répandit en moi en un millier d'éclats.

— Adèle s'est éteinte pendant la nuit.

— Mais… elle avait l'air d'aller bien hier, articulai-je malgré l'énorme boule d'émotion qui m'obstruait la gorge.

— Je sais… cela arrive souvent…

— Elle avait l'air d'aller mieux hier, m'entêtai-je. Elle se sentait mieux.

— Adèle donnait l'impression d'aller mieux mais son état s'était détérioré depuis bien longtemps.

Nous étions tous surpris qu'elle survive aussi longtemps.

Cela n'avait aucun sens. Strictement aucun. Nous avions ri comme des folles la veille. Nous avions plaisanté au sujet d'un chat baptisé Monseigneur à la Queue Poilue.

— Elle n'était pas seule quand c'est arrivé au moins ?

Mes yeux contemplèrent fiévreusement le visage las de Nancy. Le plus important pour moi à cet instant, c'était que Del ne soit pas partie sans personne auprès d'elle pour l'aider à passer de l'autre côté.

— Adèle n'est pas morte seule ?

— Non. J'étais à son chevet. Elle m'a chargée de dire à Tegan qu'elle l'aimait et de vous dire au revoir.

— J'aurais dû être là. C'était à moi de veiller sur Del. Je le lui avais promis.

— Elle ne le voulait pas, déclara Nancy d'une voix douce. Elle avait obtenu suffisamment de vous. Et elle était en paix.

Elle posa une main sur mon bras.

— Adèle a tenu aussi longtemps parce qu'elle ne savait pas ce qu'il allait advenir de son bébé. Puis vous êtes venue et elle a su que sa petite fille ne risquait plus rien, que vous prendriez soin d'elle. Elle a pu alors partir. C'est pour cela qu'elle semblait aller mieux. Elle était sereine. Elle savait hier que sa fin était imminente. Après votre départ, elle m'a dit que si elle mourait dans la nuit je ne devrais pas vous le dire avant ce matin. Elle ne voulait pas que le spectacle de son agonie gâche le dernier moment que vous veniez de passer ensemble à rire et à plaisanter. Elle voulait que vous vous souveniez simplement de son rire.

— C'est bien Adèle, chuchotai-je avec une amertume empreinte de colère. Elle veut tout maîtriser jusqu'à la dernière seconde.

Si j'avais su que je ne la reverrais pas, je lui aurais dit au revoir correctement. Je l'aurais embrassée, serrée dans mes bras. Je lui aurais dit combien je l'aimais. Je ne le lui avais pas dit. Pas une seule fois au cours de ces neuf derniers jours, je ne lui avais dit que je l'aimais. Pas plus que je ne lui avais pardonné. Lui avais-je vraiment pardonné ? Je n'en sais rien. Mais j'aurais pu mentir, ne serait-ce que pour l'apaiser, lui permettre de partir la conscience tranquille.

— Adèle n'a pas souffert. Elle s'est endormie et ne s'est pas réveillée. Je n'ai pas cessé de lui tenir la main pour qu'elle sente qu'elle n'était pas seule.

— Je ne voulais pas qu'elle soit seule, soufflai-je.

Je croyais qu'elle avait encore des mois devant elle, pas seulement quelques jours. J'aurais dû écouter ce qu'elle avait à me dire, j'aurais dû lui permettre de libérer sa conscience. Je ne voulais pas qu'elle parte avec l'idée que je la haïssais encore pour ce qu'elle avait fait.

Je me tournai vers Nancy. Si elle était restée avec Adèle, cela signifiait qu'elle n'avait probablement pas dormi de la nuit. Elles étaient devenues très proches toutes les deux au cours de ces derniers mois. Cela avait dû être affreux pour Nancy de tenir la main d'Adèle pendant qu'elle mourait.

— Merci, Nancy.

J'aurais voulu la prendre dans mes bras, lui témoigner ma reconnaissance d'avoir tenu mon rôle, mais j'étais incapable de bouger, comme clouée au sol, alors je tentai de faire passer toute ma gratitude dans ma voix.

— Merci pour tout. Pour votre soutien pendant tous ces mois, pour votre présence dans ses derniers instants et pour être venue m'annoncer la nouvelle vous-même. Merci.

— Ça va aller, répondit Nancy. Vous ne voulez pas vous asseoir un peu ?

Je secouai la tête.

— Oui, ça va. Ce n'est pas comme si je ne m'y attendais pas. Seulement, je ne pensais pas que ce serait aussi rapide.

— Y a-t-il quelqu'un que je puisse prévenir pour vous ? Quelqu'un qui pourrait rester auprès de vous ?

— Non. Je vais bien, je vous assure. Je...

Mes jambes se dérobèrent alors et je tombai à genoux sur la moquette, le buste penché en avant, le front presque au sol. J'appuyai mes poings sur mes yeux tandis que mon visage se décomposait peu à peu.

La minuscule graine de douleur enfouie tout au fond de moi se mit à grandir, grandir, jusqu'à devenir une énorme boule de désespoir. Del était partie. Pour toujours. Jamais plus je ne lui tiendrais la main. Jamais plus je ne la traiterais de pauvre cloche. Jamais plus elle ne me tirerait les cheveux en me disant d'arrêter de faire ma tête de mule. Jamais plus nous ne regarderions la télé ensemble, assises côte à côte.

Les larmes jaillirent de mes yeux comme un torrent. Del m'avait abandonnée. Je l'avais quittée, mais elle m'avait abandonnée. Pour toujours. Ma meilleure amie était partie.

Je m'effondrai en avant tandis qu'une nouvelle vague de désespoir me submergeait. C'était ainsi que j'aurais voulu m'écrouler le jour où j'avais découvert le secret de Nate et de Del, mais je n'y étais pas parvenue. Tout était resté bloqué à l'intérieur de ma gorge et de ma poitrine. Même quand j'avais expédié au téléphone tous ceux qui me posaient des questions concernant l'annulation de mon mariage en leur disant de s'adresser à mon fiancé, même le matin du jour qui aurait dû être celui de mon mariage, je n'avais pas réussi à donner libre cours à mes larmes tant ce qui se passait me paraissait irréel. J'avais continué à vivre tant bien que mal. Je m'étais débrouillée. Avec la vie. Avec tout. Mais, subitement, toutes les émotions que j'avais retenues refluaient, déferlant sur mon visage tel un cataclysme.

Mes défenses s'écroulaient une à une. Celles que j'avais érigées pour ne pas m'effondrer quand j'avais reçu, le jour de mon anniversaire, cette carte postée de l'hôpital et que je m'étais retrouvée propulsée malgré moi dans les souvenirs enfouis. Celles qui m'avaient permis de résister à l'image de Del et de Nate, ensemble, se désintégrèrent brutalement et j'explosai de colère, tel un volcan en éruption.

Puis le chagrin me submergea à la pensée de Del couchée dans son lit d'hôpital. L'horreur de songer qu'elle n'était plus que le fantôme, que l'ombre de la jeune femme que j'aimais. Je me détestai de l'avoir laissée tomber, de l'avoir ignorée, d'avoir rejeté toutes ses tentatives pour que je lui vienne en aide. Je l'avais abandonnée. Au moment où elle avait eu besoin de moi comme jamais, je lui avais tourné le dos. Et elle était devenue par ma faute ce fantôme sur un lit d'hôpital. J'avais voulu pleurer alors, mais je n'y étais pas parvenue.

Enfin, je sanglotai sur le sort de Tegan. J'aurais pu lui épargner tant de souffrances, tant de violence, si j'avais ouvert une seule des lettres que m'avait envoyées Del. Si j'avais parlé avec Del rien qu'une fois, j'aurais découvert ce que Tegan vivait. Chaque marque de coup sur son petit corps était gravée dans mon âme. J'avais retenu mes larmes quand je lui avais donné son premier bain parce que je n'avais pas le droit de m'effondrer. Mais à présent ma résistance me lâchait et il ne restait plus qu'un torrent de larmes.

Je ne me sentais pas mieux pour autant. Chaque sanglot alourdissait ma peine. Tout ce que je gardais caché au fond de moi, ce que j'avais repoussé le plus loin possible, tout cela surgissait dans un déferlement d'une violence effroyable. Un déchaînement de douleur et de larmes. J'étais en train de me disloquer de chagrin, et je ne pouvais plus m'arrêter.

Tegan dormait toujours.

Elle n'avait pas bougé depuis une heure au point que j'avais observé à plusieurs reprises sa poitrine pour vérifier qu'elle respirait encore. Elle était si paisible. C'était probablement la première fois qu'elle dormait aussi sereinement depuis notre arrivée.

Je m'étendis à côté d'elle pendant ce qui me parut une éternité. Je ne voulais pas la réveiller, sous peine de lui parler, de lui annoncer que... et je ne savais pas comment m'y prendre.

Je me ressaisis, sans être apaisée pour autant. Seulement un peu plus posée, et non plus hystérique. Il avait fallu cette crise de larmes pour que je me rende compte que, depuis deux ans, j'étais dans un fragile équilibre entre le besoin de donner libre cours à mon désespoir et la crainte de ne plus rien maîtriser si je commençais à pleurer. À présent, la crise était passée. J'avais tamponné mes paupières rougies et mon visage gonflé avec de l'eau froide.

Tegan ouvrit les yeux avec une soudaineté qui me fit sursauter. C'était toujours comme ça. Elle dormait profondément et, tout à coup, elle ouvrait les paupières et vous regardait fixement.

— Pourquoi tu as les yeux rouges ? demanda-t-elle.

L'eau froide n'avait apparemment pas eu l'effet escompté.

Je repoussai les cheveux de Tegan en arrière, dégageant son front lisse et pâle.

— Parce que j'ai pleuré.

— Pourquoi ?

— Parce que j'ai de la peine.

— Pourquoi ?

Je pris une profonde respiration et sentis le poids de l'émotion me comprimer la poitrine.

— Je suis triste à cause de ta maman.

— Maman ?

Tegan s'assit.

— On va voir maman maintenant ?

— Non, ma chérie.

— Je veux voir maman.

Mes lèvres se mirent à trembler tandis que je contemplais cette petite fille aux cheveux en bataille qui me regardait avec colère, toute raide dans son petit pyjama fripé, parce qu'elle croyait que je voulais l'empêcher de voir sa mère.

— Tiga, quand ta maman t'a dit que tu allais vivre avec moi, elle t'a dit qu'elle serait où pendant ce temps ?

— Au ciel, avec le petit Jésus et les anges, répondit Tegan sans hésiter.

Tout simplement. Comme si le ciel se trouvait au coin de la rue, et que le petit Jésus et les anges se promenaient dans le parc d'à côté.

— Elle t'a expliqué pourquoi ?

— Parce qu'elle est malade et que le petit Jésus et les anges s'occuperont d'elle.

— Je suis désolée, chérie, mais ta maman est partie cette nuit rejoindre le petit Jésus et les anges.

Tegan secoua la tête.

— Non. Elle est à l'hôpital.

— Elle y était hier, mais aujourd'hui elle est montée au ciel.

— Elle va revenir quand ?

— Je... je regrette, Tiga, mais elle ne reviendra pas.

— C'est pas vrai ! hurla Tegan d'une voix si forte que je reculai.

Elle s'extirpa des couvertures et sauta du lit.

— Je te crois pas ! Je veux voir maman !

— Je suis désolée, mais c'est impossible, répondis-je calmement.

— Je veux maman ! cria-t-elle. Je veux voir ma maman !

Je m'assis au bord du lit, paralysée par la vision de Tegan trépignant, son pyjama flottant sur son corps maigre, poussant des cris de plus en plus stridents et de plus en plus désespérés.

Je n'avais aucune idée de ce qu'il fallait faire. Devais-je la prendre dans mes bras ? La laisser crier ? M'enfuir à toutes jambes ? Ou tout simplement me plaquer un oreiller sur la tête, me boucher les oreilles et attendre que ça s'arrête. Je ne voyais rien d'autre à faire. Nancy m'avait proposé de rester pendant que j'annoncerais la nouvelle à Tegan mais j'avais refusé. Elle en avait fait suffisamment. À présent, je regrettais qu'elle ne soit pas là. Elle aurait su comment gérer la situation.

Je continuai à dire que j'étais désolée, mais Tegan ne m'entendait plus. Elle hurlait, trépignait, agitait les bras dans tous les sens.

— JE VEUX MA MAMAN, JE VEUX MA MAMAN, JE VEUX MA MAMAN, JE VEUX MA MAMAN !

Je traversai la pièce pour la rejoindre, enjambant les vêtements, les papiers et les objets qui jonchaient le sol.

— JE VEUX MA MAMAN, JE VEUX MA MAMAN, JE VEUX MA MAMAN, JE VEUX MA MAMAN !

Je la pris dans mes bras, malgré ses tentatives pour me repousser. Elle me frappait de ses petits poings.

— JE VEUX MA MAMAN, JE VEUX MA MAMAN, JE VEUX MA MAMAN, JE VEUX MA MAMAN.

Elle se débattait et se tortillait comme un animal sauvage pris au piège, tout en hurlant, mais je la gardai serrée contre moi jusqu'à ce que sa rage s'apaise et qu'elle s'affaisse dans mes bras, sans force, laissant tomber sa tête sur mon épaule.

— Tu m'as moi, murmurai-je en lui caressant doucement le dos.

— Je veux pas de toi, chuchota-t-elle d'une petite voix rauque. Je veux ma maman.

10

La porte de mon ancienne chambre, chez mes parents, s'ouvrit lentement, livrant passage à Tegan. Elle était vêtue d'une robe de satin noir qui lui arrivait à mi-mollet et d'un chemisier brodé à manches longues que ma mère lui avait achetés. Elle portait des chaussures noires vernies et des socquettes blanches. Ma mère lui avait attaché les cheveux en deux couettes à l'aide de rubans noirs. Tout ce noir tranchait avec la peau laiteuse et les cheveux blond pâle de la petite fille. Il faisait également ressortir ses yeux bleu roi et lui donnait l'allure d'une princesse. Mais, au lieu de me réjouir de sa belle apparence, j'eus la gorge nouée parce que nous n'allions pas participer à une fête ou à un concours de beauté. Non, nous allions à l'enterrement d'Adèle.

Comme nous n'avions plus aucune raison de rester à Londres après… après le jour où c'était arrivé, Tegan et moi avions fait nos bagages et étions allées nous installer chez mes parents, à Ealing, dans la banlieue ouest. J'avais l'intention de regagner Leeds immédiatement après l'enterrement.

Tegan était retombée dans le même silence qui l'avait laissée mutique après son « enlèvement » de Guildford. Elle refusait de me parler, sauf cas de force majeure, et, au moment des repas, j'en étais réduite à faire les questions et les réponses, obtenant un petit hochement de tête en guise de oui, mais rien d'autre. Elle ne m'adressait pas la parole mais elle avait besoin de m'avoir en permanence dans son champ visuel, et si je m'éloignais trop longtemps, elle me cherchait partout, complètement angoissée, jusqu'à ce qu'elle puisse me toucher. Tegan pouvait alors s'assurer par un bref contact – avec ma main, mes cheveux, mon ventre – que j'étais bien réelle. Solide. Quand j'allais prendre une douche, je la retrouvais au pied de la porte. Un jour que j'étais sortie sans prévenir pour acheter une bouteille d'eau au bout de la rue et passer quelques coups de téléphone, j'avais retrouvé à mon retour Tegan assise sur le perron, les genoux repliés contre sa poitrine, me guettant dans la rue de ses yeux, comme deux saphirs sombres dans son visage blanc comme un linge. Elle avait enserré ma cuisse de ses deux bras dès que je l'avais rejointe, et j'avais compris que je ne devais plus la laisser seule.

Nous dormions dans le même lit. Quand nous regardions la télé, elle grimpait sur mes genoux, jetait ses bras autour de ma taille et nichait sa tête dans le creux de mon épaule. Souvent, elle s'endormait dans cette position. Nous étions quasiment inséparables. Un duo silencieux car je n'avais, moi non plus, pas le cœur à parler. En général, je fuyais les problèmes en dormant, mais pour l'heure j'avais surtout envie de me cacher quelque part et ne plus bouger. Tout, plutôt que d'organiser des obsèques. Les obsèques de ma meilleure amie, à qui je n'avais même pas dit adieu correctement. Chaque fois que j'y pensais, mon estomac se tordait, se recroquevillait sur lui-même jusqu'à n'être plus qu'une petite boule de douleur, dure et compacte. Je n'avais même pas dit au revoir à Del. Je ne parvenais pas à me rappeler la dernière expression sur son visage. Avait-elle souri ? Lui avais-je souri ? Impossible de retrouver ses traits. J'étais incapable de me remémorer clairement son apparence à l'hôpital. Chaque fois que je l'avais regardée, je n'avais pas vu la femme malade, méconnaissable, mais la blonde splendide, au teint de pêche, dont les yeux bleus étincelaient et dont le sourire rayonnait de chaleur et de joie de vivre. Avais-je vu ce sourire avant de partir ? Je ne parvenais pas à m'en souvenir.

À présent, Tegan m'observait, adossée au mur de la chambre, attendant que je finisse de me préparer. Ma tenue était beaucoup moins jolie que la sienne. C'était une robe droite à manches courtes et col en V, achetée à la dernière minute au centre commercial d'Ealing. Assister à des obsèques ne faisait pas partie de mon programme lorsque j'avais débarqué à Londres.

— J'aime beaucoup ta robe, dis-je à Tegan.

Elle continuait à me fixer de ses yeux bleus sans me répondre.

— Et tes couettes sont très jolies. Ma mère me coiffait aussi de cette façon quand j'étais petite, mais à moi elle en faisait trois : une de chaque côté, et une derrière. Je les attachais avec des rubans de différentes couleurs. Ma sœur faisait la même chose. Tu sais : ma sœur Sheridan. Ma mère tressait nos couettes et ensuite elle les attachait avec un ruban. Tu te souviens que je te faisais des tresses, autrefois ?

Pas de réponse. Elle me regardait avec attention, mais ne desserrait pas les dents.

Je baissai les yeux sur mes chaussures noires en essayant de cacher mon désarroi. Ce que je vivais était déjà très dur et ces obsèques seraient un vrai cauchemar, mais ce serait un million de fois pire si Tegan continuait sa grève du silence contre moi.

Ce n'était pas sa faute. Quelle réaction était-il possible d'avoir à l'âge de cinq ans, alors que votre maman était morte et qu'une dame bizarre, que vous n'aviez pas vue depuis deux ans, déclarait tout à coup qu'elle allait prendre soin de vous ?

Je me levai et plaquai un sourire sur mes lèvres.

— Qu'est-ce que tu penses de ma robe ? demandai-je.

Son regard glissa de mon visage à mes pieds, puis remonta, mais comme elle ne pouvait répliquer à ma question d'un simple hochement de tête, je ne reçus aucune réponse.

— Elle te plaît ? insistai-je.

Tegan fit signe que oui et les coins de sa bouche se soulevèrent légèrement, dans un début de sourire. J'eus envie de la serrer dans mes bras pour la remercier de ce pas en avant, minuscule mais cependant capital vers un retour à une communication verbale entre nous deux.

— Elle n'est pas aussi jolie que la tienne, commentai-je.

Elle rabaissa les coins de sa bouche, qui forma de nouveau une ligne droite. Mais je me rappelais le frémissement de ses lèvres quand elle m'avait souri. Ce souvenir allait m'aider à tenir le coup pendant les heures à venir.

— Bon, je suis prête cette fois. Allons-y.

11

Adèle Brannon
(anciennement Lucinda-Jayne Hamilton-Mackenzie)
nous a quittés récemment au terme
d'un courageux combat contre la leucémie.
Elle laisse dans la peine sa petite fille,
Tegan Brannon.
Les obsèques auront lieu ce 31 juillet à 16 heures
en l'église Sainte-Agnès, à Ealing.

Tegan était assise à côté de moi dans l'église en brique grise. Le visage impassible, elle regardait les gens se succéder devant l'autel pour rendre hommage à sa mère. Je n'étais pas certaine qu'elle comprenait vraiment ce qui se passait. Je lui avais dit que les obsèques étaient un moment où les personnes qui avaient aimé sa maman venaient lui dire au revoir, mais, comme chaque fois que je lui avais expliqué quelque chose depuis sa crise de larmes dans la chambre d'hôtel, rien n'avait laissé penser qu'elle saisissait bien de quoi il retournait… Elle restait silencieuse et d'une immobilité effrayante, percevant sans nul doute la gravité du moment.

De mon côté, je ne cessais de bouger. J'avais chaud et ma peau était recouverte d'une fine pellicule de transpiration sous ma robe et ma veste en lin noir. Le banc en bois sur lequel j'étais assise, patiné par les milliers, voire les millions de postérieurs qui s'y étaient succédé au fil des années, était dur et inconfortable. Mais quand bien même il se serait agi d'un fauteuil en cuir moelleux, je n'aurais pas réussi à me tenir tranquille. Rester immobile aurait été, d'une certaine manière, un signe d'acceptation, de résignation au fait qu'Adèle nous avait été arrachée. La preuve que sa mort et ses funérailles étaient à mes yeux des événements tolérables.

L'église était pleine à craquer. Plusieurs centaines de personnes étaient venues lui rendre un dernier hommage. Plusieurs centaines... J'entendais encore Adèle me dire qu'elle aurait de la chance si elle parvenait à réunir assez de monde à son enterrement pour composer une équipe de foot réglementaire.

— ... Crois-moi : la leucémie, c'est un moyen infaillible pour connaître ses vrais amis, avait-elle déclaré avec son rire inimitable.

Dans les derniers jours, son humour était empreint de cynisme. Elle plaisantait sur des sujets dont seuls des malades en stade terminal pouvaient se permettre de rire. Je souriais à ses plaisanteries les plus noires, mais certaines de ses réflexions macabres m'horrifiaient.

— Note bien que je n'en veux à personne, avait-elle poursuivi. Qui aurait envie de s'asseoir dans une chambre d'hôpital en face d'une condamnée à mort ? Et puis, que veux-tu qu'ils me disent ? « Salut, on n'a pas eu le temps de bien se connaître de ton vivant, et maintenant c'est un peu tard, quel dommage... » Ce serait glauque, non ?

— Sûrement, avais-je marmonné, pressée de changer de sujet et, surtout, de ne plus l'entendre utiliser cet horrible mot de quatre lettres qui commençait par un *m*.

— L'un de mes plus grands regrets, c'est de ne pas m'être fait plus d'amis. J'aurais dû aller davantage vers les gens, essayer de me faire aimer d'eux...

Pourtant elle avait su se faire aimer. J'aurais tant voulu qu'elle le sache, qu'elle voie l'église pleine. Il y avait même des gens debout, au fond. Les personnes qu'Adèle avait rencontrées au fil de sa courte vie étaient venues se poser à Sainte-Agnès, vêtues de noir, tel un vol de corbeaux silencieux, afin de lui témoigner leur amitié. J'avais contacté seulement deux des endroits où elle avait travaillé, inséré un avis de décès dans le journal de son quartier, un autre dans deux magazines professionnels spécialisés dans les médias, et un sur le site Internet de notre université. Le bouche-à-oreille avait dû faire le reste.

Ma famille était là au grand complet. Même mon frère aîné, qui vivait au Japon et n'avait pas réellement connu Del, avait fait le déplacement. La famille de ma sœur était venue de Manchester pour assister à la cérémonie. Nancy, l'infirmière d'Adèle, était là aussi, accompagnée de son mari.

Seul le père d'Adèle était absent. Il n'avait pas souhaité venir, il n'avait même pas envoyé de fleurs, il s'en moquait. Cette froide et sinistre réalité m'avait presque plus causé de peine que tous les terribles moments de ces dernières semaines.

J'avais téléphoné à M. Hamilton-Mackenzie pour l'informer du décès d'Adèle le jour même où cela s'était produit. Il y avait eu un long silence à l'autre bout de la ligne, puis il avait dit :

— Merci de m'avoir prévenu.

Il n'avait pas posé de question au sujet de Tegan, il ne m'avait pas reproché en hurlant d'être entré chez lui et d'avoir emmené la petite sans y avoir été autorisée, et j'avais supposé que c'était à cause du choc. Il était bouleversé par la mort de sa fille unique et prenait brusquement conscience qu'il n'était pas allé la voir à l'hôpital pendant les semaines précédentes et que désormais il était trop tard.

— Je vous tiendrai au courant pour les obsèques, avais-je déclaré.

Il m'avait remerciée à nouveau puis avait raccroché.

Une semaine plus tard, il y avait de cela trois jours, je l'avais rappelé comme convenu.

— Kamryn ! avait-il lancé chaleureusement en décrochant. Comment allez-vous ?

Cela m'avait stupéfiée. J'avais même pensé un instant que je m'étais trompée de numéro.

— Aussi bien que possible vu les circonstances, avais-je répondu prudemment.

J'avais perçu une fêlure dans sa voix tandis qu'il murmurait :

— Je sais. Moi-même, je ne parviens toujours pas à y croire.

— Je vous appelle comme convenu au sujet des obsèques.

Je me sentais honteuse d'avoir douté un instant de son chagrin. Il souffrait, évidemment. La mort de sa fille lui avait fait comprendre qu'il l'aimait et il allait se racheter.

— Les obsèques. Ah, oui.

— Elles ont lieu vendredi. Je me suis occupée de tout ce que Del n'avait pas déjà organisé elle-même et…

— Del ? me coupa-t-il sèchement.

— Je veux dire, Lucinda-Jayne. Elle avait pratiquement tout planifié avec l'entreprise de pompes funèbres – elle voulait être incinérée – et j'ai réglé les derniers détails. Mais s'il y a des textes bibliques ou des cantiques que vous souhaitez lire durant la cérémonie, dites-le-moi, je ferai le nécessaire.

Silence. Je l'imaginai en train de contenir son émotion pour ne pas éclater en sanglots avant d'avoir pu me communiquer sa volonté.

— Je n'assisterai pas aux obsèques. Ma femme non plus, d'ailleurs.

Je faillis hurler « Pourquoi ? », mais je me repris à temps. J'étais presque tombée dans le panneau, dans son petit jeu pervers. Voilà pourquoi Del était dévastée chaque fois qu'elle lui téléphonait. Il laissait croire qu'il avait changé, il lui faisait miroiter l'espoir d'une réconciliation. Il était très fort, il savait comment embobiner son monde. Il vous hypnotisait comme un serpent et, brusquement, il se dressait et vous infligeait sa morsure mortelle. J'avais beau le savoir, je m'étais laissé prendre.

J'avalai une grande bouffée d'air.

— Comme vous voudrez, répondis-je dans un souffle.

Je n'avais pas la force de me disputer avec lui, ni même celle de discuter. Qu'aurait-il fallu que je fasse pour le convaincre d'assister aux obsèques de sa propre fille ? Le supplier ?

Il se fichait de ce que j'avais enduré. Il ignorait que, en plus de tout le reste, j'avais dû aller à la morgue identifier le corps d'Adèle. Je n'avais pas flanché quand on m'avait demandé de confirmer si la forme allongée devant moi était bien la jeune femme rayonnante qui autrefois renversait la tête en arrière quand elle éclatait de rire ; si c'était bien la colocataire qui un jour m'avait plaquée au sol comme un rugbyman pour m'arracher des mains le dernier paquet de chips ; si je reconnaissais la blonde aux yeux malicieux qui réajustait distraitement ses bretelles de soutien-gorge, qui jouait avec la boucle de sa ceinture en parlant ou qui enroulait une mèche de cheveux autour d'un de ses doigts en souriant.

La personne qui gisait devant moi était sans vie, et son visage cireux était sans expression. Ses lèvres étaient serrées, ses paupières closes, son crâne recouvert d'un imperceptible duvet blond. *Serait-*

elle froide si je la touchais ? me demandais-je. Serait-elle aussi froide et fragile qu'elle le paraissait ? Elle donnait l'impression d'un corps glacé et frêle, sans rien de commun avec celle qui avait été mon amie.

J'avais failli dire à l'employé de la morgue que cette femme n'était pas Lucinda-Jayne Adèle Hamilton-Mackenzie. Pas plus qu'elle n'était Adèle Brannon. Et encore moins ma Del. Ce corps était pour moi celui d'une inconnue.

J'avais malgré tout surmonté cette épreuve. Le cadavre de ma meilleure amie était le premier mort que j'aie vu de toute ma vie. Comment M. Hamilton-Mackenzie pouvait-il penser qu'après une expérience aussi dévastatrice je parviendrais à trouver en moi l'énergie de le supplier de venir assister aux obsèques de sa fille ?

— C'est une perte trop cruelle, déclara-t-il avec un tremblement dans la voix. J'ai déjà enterré sa mère. Cela ne suffit-il pas ?

Il marqua une pause pour ravaler de façon audible deux sanglots parfaitement bien imités, performance qui aurait pu me briser le cœur si cet homme n'avait pas infligé à Adèle des sévices tels qu'elle avait dû être hospitalisée des dizaines de fois.

— Lucinda-Jayne était la seule famille qui me restait. Je n'ai plus personne, maintenant. Et je n'ai pas la force de lui dire adieu. Vous me comprenez, n'est-ce pas, Kamryn ?

— Et Tegan ? répliquai-je aussi tranchante qu'une lame de rasoir. Votre petite-fille n'est-elle pas un membre de votre famille ?

Il y eut un silence qui se transforma en un abîme de certitude arrogante : il avait forcément raison et rien n'y changerait, pas même l'expression pure et simple de la vérité.

— Au revoir, lâchai-je finalement avant de raccrocher.

Voilà. C'était terminé. Je n'entendrais plus parler de lui et il ne contesterait jamais mes droits si je décidais d'entamer une procédure d'adoption.

Je passai un bras autour des épaules de Tegan et la serrai contre moi, mue par le besoin irrépressible de lui rappeler que j'étais là et qu'elle comptait énormément pour moi. Elle n'eut aucune réaction, pas même de recul, et resta immobile et silencieuse.

Je concentrai mon attention sur le prêtre, l'écoutant parler de la vie, de la mort et d'Adèle. Il ne l'avait pas connue, il se contentait donc de répéter ce que je lui avais rapporté par écrit. Mais il magnifiait ce que je lui avais dit, évoquant la chaleur qu'il percevait chez tous ceux qui avaient connu Adèle. Elle avait dû être une amie exceptionnelle pour que tant de personnes soient venues de si loin lui rendre un dernier hommage. Il expliqua aussi que, comme toutes les mères, elle aurait voulu voir son enfant grandir, mais qu'il était certain que la petite Tegan était en de bonnes mains.

À ta place, je ne serais pas aussi optimiste, mon petit père, songeai-je immédiatement. Adèle se serait esclaffée si elle m'avait entendue. « C'est bien toi, aurait-elle pouffé. Il n'y a que toi pour penser un truc comme ça à un moment pareil. »

Il y eut encore des prières, des cantiques, puis je me levai avec le reste de l'assistance et me retournai pour regarder les quatre hommes – dont mes deux frères – soulever le cercueil en chêne, le hisser sur leurs épaules et l'emporter hors de l'église.

Je détournai les yeux, incapable d'en supporter davantage. La scène était trop irréelle. Ça ne pouvait pas être Adèle qu'on emportait dans une boîte. C'était impossible. Je pointais du regard le fond de l'église, pour m'isoler mentalement. Il ne fallait surtout pas que je croise les yeux de tous ces gens sinon je m'effondrerais. Si j'apercevais un seul visage bouleversé, je m'écroulerais. Toute la souffrance, tout le désespoir contenu depuis ma crise de larmes dans le couloir de l'hôtel jaillirait d'un coup et je ne pourrais plus me contrôler.

Les portes de l'église s'ouvrirent et, soudain, le sinistre hiver des obsèques se dissipa, balayé par les rayons du soleil de cette chaude journée d'été. Je cherchais un point d'ancrage pour accrocher mon regard au milieu de toutes ces silhouettes vêtues de noir, et je vis son visage blême, décomposé par le chagrin. Je me raidis, le souffle court.

Je tendis le cou pour l'apercevoir encore une fois avant qu'il ne disparaisse. Pas de doute, c'était lui. C'était bien lui.

Nate.

Un petit service religieux eut lieu au crématorium d'Ealing West, auquel seule ma famille assista. Il y eut un bref discours, que je n'entendis pas. Puis le cercueil disparut peu à peu, englouti par de lourdes draperies noires.

Cette fois, c'était bien fini. Je levai les yeux vers l'entrepreneur des pompes funèbres. *Recommencez. S'il vous plaît, recommencez,* le suppliai-je du regard. *Je n'étais pas prête. Je n'ai pas fait attention. S'il vous plaît, revenez en arrière*. Mon esprit s'était absenté pendant quelques instants et, à présent, Del n'était plus là. Je restai figée sur ma chaise tandis que tout le monde se retirait. Une fois seule (mon père et ma mère avaient emmené Tegan), je me levai et m'approchai des rideaux noirs.

Un million de pensées s'entrechoquaient dans ma tête, me consumant de fièvre. Adèle. Tegan. Travail. Ciel. Mort. Vie. Leucémie. Hôtels. Nate.

J'avais honte d'admettre que j'avais pensé à Nate.

Que faisait-il ici ? Il était venu assister aux obsèques d'une amie. *Comment avait-il su ?* Il avait probablement vu l'avis de décès dans un des magazines. Il était producteur d'émissions de radio, après tout. Chaque question trouvait une réponse logique. Je n'avais pas pensé qu'il pourrait être là. Comment fallait-il interpréter sa présence ? Fallait-il seulement l'interpréter ? Était-il amoureux d'Adèle ? Ils avaient pourtant affirmé tous les deux que « ce n'était arrivé » qu'une seule fois. Et j'avais supposé qu'ils ne s'étaient pas revus depuis que je les avais quittés.

Je n'aurai jamais aucune certitude, bien sûr. Je ne saurai jamais ce qui s'est vraiment passé… Qu'est-ce qui clochait chez moi ? Pourquoi étais-je en train de ressasser cette vieille histoire ? En cet instant, toutes mes pensées auraient dû être pour Del, mais l'image de Nate continuait à essayer de forcer un passage dans mon esprit.

Je gardais un souvenir très précis de la dernière fois où je l'avais vu – beaucoup plus précis que celui de la dernière fois où j'avais vu Del. Je me remémorais le silence de Nate, son regard hagard tandis que je franchissais définitivement la porte. J'avais pensé que mon départ donnerait lieu à une scène épouvantable, à des cris, à des larmes. Mais tout s'était déroulé dans un calme implacable. J'avais simplement rassemblé mes affaires et, sachant que c'était la dernière fois que je le voyais, je m'étais retournée sur le seuil pour contempler son menton mangé de barbe, ses cheveux emmêlés, ses yeux rougis par le manque de sommeil. Je l'avais écouté chuchoter « Ne pars pas », et j'étais partie.

Il n'y avait pas eu de grand finale émouvant avec Adèle, pas de rideau qui tombe, pas de projecteurs qui s'éteignent. J'avais beau chercher, je ne parvenais toujours pas à me rappeler quelles avaient été mes dernières paroles. Lui avais-je dit au revoir ? L'avais-je serrée dans mes bras ? L'avais-je gratifiée d'un « Salut, à demain » comme je l'avais fait pendant des années ? Je ne m'en souvenais pas, et ça me brisait le cœur. Je savais pourtant qu'il ne nous restait pas beaucoup de temps, alors pourquoi n'avais-je pas pieusement mémorisé chaque détail de ces précieux moments ?

La boule d'angoisse logée dans mon ventre se contracta brusquement, comme si je venais de recevoir un coup de poing. Je me pliai en deux, le souffle coupé par la douleur. Ne lui aurais-je pas mieux dit au revoir si j'avais su que c'était la dernière fois que je la voyais ? C'était impossible à savoir, mais je l'aurais regardée avant de partir, cela j'en étais sûre. L'avais-je fait ? M'étais-je retournée pour la regarder ? Je ne parvenais pas à m'en souvenir. Je la revoyais très clairement à l'université, après l'université, quand elle avait commencé à travailler, mais je ne réussissais pas à revenir deux petites semaines en arrière.

Nate. Je pensais à Nate pour ne pas affronter la suite des événements.

La suite des événements.

J'aurais voulu être quelqu'un de bien, quelqu'un capable de faire face, capable de prendre un enfant en charge. Del avait relevé le défi haut la main. Quand elle avait découvert qu'elle était enceinte, elle avait d'abord été effondrée, bien sûr. Elle avait pleuré toutes les larmes de son corps, décrétant qu'elle n'y arriverait pas, qu'elle ne serait jamais à la hauteur. Mais, au bout de quelques jours, elle avait analysé calmement la situation, et elle avait brillamment relevé le défi. Moi, j'avais beau regarder vers l'avenir, je ne voyais qu'un horizon effroyablement noir. Des contraintes et des sacrifices à n'en plus finir. Des années et des années de responsabilités.

J'étais une femme qui avalait parfois un paquet de friandises en guise de dîner. Une femme qui redoutait de rentrer chez elle parce que l'appartement devait être dans un état à peine imaginable. J'étais partie en coup de vent depuis plusieurs semaines, persuadée que je n'allais faire qu'un aller-retour à

Londres. Il y avait sûrement des vêtements partout, des factures, des papiers, des magazines éparpillés, des cartes d'anniversaire et des cadeaux toujours dans leur emballage jonchant le sol de ma chambre et de mon séjour. Le contenu de mon frigo avait dû moisir et je préférais ne pas penser à ce qui était resté en souffrance sur le plan de travail de la cuisine. Pour couronner le tout, j'allais devoir réaménager les lieux pour permettre à Tegan d'y faire son trou. Pour lui donner un nouveau foyer. Sans oublier que la petite ne m'adressait plus la parole.

Il n'y aurait plus que nous deux dans une maison pleine de silence. Ma mère m'avait bien proposé de la garder quelques jours, le temps que je remette l'appartement en état et que je m'organise, mais j'avais refusé. À supposer que Tegan accepte que je parte sans elle, son absence me serait insupportable. Elle était le dernier lien qui me rattachait à Adèle et j'avais besoin de m'y agripper, qu'elle communique avec moi ou non.

J'entendis quelqu'un approcher d'un pas rapide. J'essuyai précipitamment mes yeux débordants de larmes et m'obligeai à respirer profondément, essayant désespérément de recomposer l'image de sérénité que j'avais arborée ces derniers jours. Tout le monde était persuadé que j'étais forte et que je faisais face avec courage. Mais, en vérité, je jouais la comédie. J'avais fabriqué ce personnage de toutes pièces et tout le monde autour de moi y avait cru. Je me redressai et une nouvelle respiration me permit de contrôler le tremblement de mes muscles.

Je sursautai en sentant une petite main se glisser dans la mienne. Une petite main pâle et glacée. Tegan me regardait, la tête penchée en arrière, ses couettes blondes flottant dans son dos. Ses grands yeux bleus me regardaient intensément et je m'efforçai de sourire. Elle ouvrit la bouche, humecta ses lèvres sèches, puis elle s'exprima d'une voix basse et hésitante, butant un peu sur les mots.

— Est-ce que... est-ce que tu es ma nouvelle maman ?

Je hochai lentement la tête.

— Oui, mon cœur. Je suis ta nouvelle maman.

« Croix de bois, croix de fer,
si je mens, je vais en enfer. »

12

— Alors, que penses-tu de ta nouvelle maison ? demandai-je à Tegan.

Elle était assise pile au milieu de mon sofa ivoire, vêtue d'une robe en jean et d'un tee-shirt blanc. Les ecchymoses sur ses bras avaient fini par disparaître, lui permettant de porter des vêtements à manches courtes sans avoir peur du regard des autres, et m'évitant de fondre en larmes à la vue de ce qu'elle avait enduré. Elle était coiffée avec des couettes et elle serrait contre elle une poupée de chiffon baptisée Meg, cadeau reçu pour son premier anniversaire. Meg avait des cheveux noirs en laine, le visage et le corps orange, de grands yeux marron avec des cils rigides, et une robe bleu marine. Elle était aussi coiffée avec des couettes, attachées avec des élastiques.

— Ta maison ne sent pas très bon, répondit la petite fille avec franchise.

C'était vrai. Une odeur de poisson et de moisi flottait dans tout l'appartement, comme s'il se vengeait des six semaines d'abandon qu'avait duré mon séjour à Londres. Je contemplai le salon depuis le seuil, mortifiée. C'était pire encore que dans mon souvenir : des papiers et des magazines jonchaient le sol, une chaussure trônait au milieu du salon, talon en l'air, les lettres d'anniversaire que je n'avais pas fini d'ouvrir s'entassaient en vrac sur le canapé...

— Ne bouge pas, murmurai-je en décidant de parer au plus pressé.

J'enjambai nos sacs posés en tas dans l'étroit couloir et je pénétrai dans la cuisine. L'odeur était tellement abominable qu'elle me prit à la gorge. Bloquant ma respiration pour éviter les haut-le-cœur, j'ouvris la fenêtre pour aérer (il faisait si chaud que l'air semblait vibrer autour de la poubelle), puis j'emportai le sac de détritus afin de le jeter dans le container de l'immeuble. De retour dans l'appartement, je filai à la salle de bains me laver les mains. Ma honte redoubla à la vue des taches de dentifrice maculant les parois du lavabo. *Ce laisser-aller est inadmissible*, songeai-je en m'essuyant les mains sur la serviette blanche. Maintenant que je n'étais plus toute seule à vivre dans ma tanière, l'ordre devait devenir une habitude et non plus un accident. Je devais me répéter à la façon d'un mantra : « Une place pour chaque chose et chaque chose à sa place », jusqu'à ce que ranger me soit aussi naturel que me brosser les dents.

Tegan n'avait pas bougé du canapé et, égale à elle-même, restait coite. Elle attendait que je prenne les commandes et que je lui explique ce qui allait se passer dorénavant. Le plus tragique dans l'histoire était que je n'en avais pas la moindre idée. Je ne m'étais pas projetée si loin. Ces deux dernières semaines, mon quotidien avait été rempli par la liste des devoirs qui m'incombaient : identification du corps d'Adèle, obsèques, récupération de ses affaires, organisation du retour à Leeds. Une chose après l'autre jusqu'à notre arrivée à Leeds. Là s'achevait mon programme. Et je ne savais absolument pas ce qui allait se passer à présent. La vie, oui. Mais comment ?

— Ici, ce sera ta chambre, dis-je à Tegan.

Elle contempla le canapé, puis leva les yeux vers moi. *Qu'est-ce que tu racontes ?* semblait-elle dire.

— On enlèvera le canapé et on le mettra dans la cuisine qui empeste. Sauf qu'à ce moment-là elle n'empestera plus. Du moins je l'espère. On ira t'acheter un lit et tu pourras même avoir une télé. Celle-ci, qui est beaucoup trop grosse, on la mettra aussi dans la cuisine. On t'en achètera une petite et aussi un lecteur de DVD pour que tu puisses regarder des films. Et tu pourras peindre les murs de la couleur que tu voudras. Seulement je te préviens : pas de papier peint. C'est beaucoup trop dangereux – quand j'étais petite, mes parents ont failli divorcer à cause du papier peint...

Tegan me regardait parler à tort et à travers. Je repris mon souffle.

— Bref, tu réfléchis à la couleur que tu veux, choisis une couleur dans laquelle tu te sentiras bien, et pour longtemps, et pas une couleur effrayante qui te donnerait des cauchemars. Attention, je ne veux pas dire par là que tu n'as pas le droit de faire de cauchemars. Je veux seulement éviter de les provoquer.

Je regardai autour de moi avec un air approbateur.

— Donc, pour en revenir à ta chambre... oui, on pourra repeindre les murs, et je te trouverai un tapis, quelque chose de douillet, parce que ce sol en parquet stratifié est très joli mais il est glacé le matin. J'enlèverai le bureau et je le mettrai dans ma chambre. Il y sera très bien. Et on aménagera un coin salon dans la cuisine. Elle est suffisamment grande. Ce programme te plaît-il ?

Tegan me regardait fixement.

— Euh... je parle trop vite ?

Elle plissa le nez et la bouche et acquiesça, faisant valser ses couettes et confirmant que je n'étais qu'une pie jacassante et un peu givrée.

Je poussai un long soupir et me laissai tomber à côté d'elle sur le canapé.

— Désolée, dis-je. J'ai juste envie que tu...

Non. Je risquais de lui mettre la pression, de lui donner l'impression que, si elle ne se sentait pas instantanément chez elle ici, ce serait sa faute et que j'aurais de la peine.

— Désolée, répétai-je alors qu'elle ne comprenait toujours pas pourquoi je m'excusais.

Nous avions pris le train pour Leeds le matin même. Mes parents avaient proposé de nous emmener en voiture mais j'avais refusé. Je voulais marquer symboliquement une coupure avec Londres et affronter tout de suite notre nouvelle vie, c'est-à-dire nous deux et rien que nous deux.

— Ce sera plus simple pour nous de prendre le train, avais-je affirmé. Vous viendrez nous rendre visite dans quelque temps.

J'avais loué une fourgonnette avec chauffeur pour transporter les affaires d'Adèle et nos bagages les plus lourds. J'avais bien calculé mon coup : notre livreur était arrivé à peine cinq minutes avant le taxi qui nous amenait de la gare. Les cartons étaient empilés dans le hall de mon immeuble, attendant que je leur trouve une place. Mon appartement qui m'avait paru si grand quand j'y avais emménagé, deux ans auparavant, s'était rempli depuis d'une montagne d'objets en tout genre : livres, CD, vidéos, DVD, magazines, appareils électriques, bibelots dont je ne voulais pas me séparer, de sorte que les espaces libres s'étaient considérablement réduits. Il faudrait pourtant trouver de la place pour ranger les quelques affaires qu'Adèle avait laissées. En arrivant au garde-meubles, j'avais été bouleversée de constater que sa vie tout entière tenait dans dix malheureux cartons qui, pour la plupart, contenaient des affaires qu'elle voulait que je transmette à Tegan. Adèle n'avait jamais été conservatrice ni collectionneuse ; elle n'avait jamais accumulé de bibelots ni de souvenirs, et elle s'était assurée qu'elle ne serait pas envahissante une fois qu'elle aurait disparu. Enfin, elle n'avait pas complètement disparu : l'urne contenant ses cendres se trouvait dans l'un de mes sacs. Je n'avais pas l'intention de les disperser à tous vents et je comptais les enterrer quelque part près d'ici, afin d'avoir un endroit où lui apporter des fleurs et lui faire une petite visite si nous le souhaitions.

— J'aime bien les fenêtres, commenta paisiblement Tegan.

J'avais eu la chance de trouver un appartement non seulement spacieux, mais aussi très lumineux grâce aux grandes fenêtres à guillotine dont était pourvue chaque pièce. C'étaient vraiment de très belles fenêtres, mais ne représentaient-elles pas un danger potentiel pour une enfant de cinq ans ?

Cesse de t'inquiéter à tout propos, me houspillai-je. Tegan n'est jamais tombée d'une fenêtre, pourquoi commencerait-elle maintenant ?

— Merci, répondis-je. Je les aime beaucoup, moi aussi. Bon, et si on allait faire des courses ? Il faut qu'on achète de quoi manger et aussi quelques affaires de toilette pour toi, comme une brosse à dents et du shampooing. On pourrait y aller maintenant, qu'est-ce que tu en penses ?

— Si tu veux, acquiesça Tegan de la même voix paisible.

— Le voyage ne t'a pas trop fatiguée ?

Nous n'étions arrivées que depuis quelques minutes mais j'éprouvais le besoin de continuer à bouger. Tant que je serais en mouvement, je ne penserais pas à toutes les catastrophes possibles et imaginables, ni à ce que nous avions perdu, ni à ce que cette situation signifiait réellement pour nous deux.

— Non, dit-elle en souriant. Je ne suis pas fatiguée.

— C'est exactement ce que j'avais envie d'entendre !

Unc conspiration. J'étais la victime d'une véritable conspiration. La conspiration des fabricants de shampooing !

J'avais parcouru, effarée, l'allée du supermarché dans les deux sens. Comment pouvait-il y avoir autant de shampooings différents ? J'achetais le mien directement à mon salon de coiffure, de sorte que je n'avais pas mis les pieds dans un rayon de ce genre depuis des lustres. Comment se repérer au milieu de tous ces produits pour cheveux blancs, cassants, colorés, fragilisés, bouclés, permanentés... Certains noms m'étaient vaguement familiers, je les avais entendus dans des spots publicitaires, à la télé, mais c'étaient des shampooings pour adultes. Ils contenaient du panthénol, des extraits de fruits et une multitude d'autres composants dont j'ignorais tout. Quel effet produiraient-ils sur une petite fille de cinq ans ? À l'hôtel, j'avais utilisé les minidoses que la femme de chambre déposait tous les matins dans la salle de bains, mais je n'étais pas certaine que ce soit bon pour Tegan à long terme. Et mon propre shampooing n'était certainement pas adapté à ses cheveux. Adèle s'en servait parfois en dépannage quand nous habitions ensemble, mais ce n'était pas une habitude, de plus elle avait, comme moi, des cheveux épais et bouclés, qui nécessitaient un produit démêlant. Rien à voir avec les cheveux de Tegan, qui étaient raides comme des baguettes et aussi fins que de la soie. Pas question de prendre le moindre risque et de transformer ses jolis cheveux d'ange en une affreuse botte de crins.

Pourquoi Adèle ne m'avait-elle pas expliqué ce genre de choses ? ruminai-je tandis qu'un sentiment de panique grandissait en moi. Était-ce un si petit détail, comme le choix d'un shampooing, qui allait finalement avoir raison de mon sang-froid, plutôt que l'identification du corps à la morgue, les obsèques, ou même la remise de l'urne contenant les cendres d'Adèle ?

Bien sûr, ce n'était que la partie immergée de l'iceberg. En réalité, mon désarroi révélait à quel point je n'étais pas préparée à assumer mes nouvelles responsabilités. Je ne savais rien de Tegan, je ne connaissais même pas ses goûts ! Je n'avais aucune idée de ses émissions de télé préférées, j'ignorais les plats qu'elle n'aimait pas, et les situations qui l'effrayaient ou les phrases qui la mettaient en colère m'étaient inconnues ; Tegan était un univers de pensées, d'émotions, d'attentes et d'envies dont je ne possédais pas la clé.

Je m'appuyai contre le chariot et scrutai anxieusement les présentoirs tandis qu'un sentiment d'impuissance m'envahissait.

— Tu ne te rappelles pas lequel tu utilises d'habitude ? demandai-je à Tegan qui se tenait à mon côté, Meg serrée contre sa poitrine.

Elle leva les yeux vers moi et secoua la tête.

Comment est-il possible que je bute sur un détail aussi insignifiant ? rageai-je intérieurement. *Ce n'est que du shampooing, bon sang !* Tant pis, je n'avais qu'à en prendre un au hasard, et basta. Mais non. Je n'aurais pas choisi le mien au hasard. Il m'avait même fallu des années pour trouver celui qui me convenait vraiment. Je devais le même respect au cuir chevelu de Tegan. *Finis-en, Matika, cette histoire devient ridicule*.

Je repérai une vendeuse du coin de l'œil. Elle était toute jeune, ce qui laissait supposer qu'elle n'avait pas d'enfants, mais ses cheveux raides avaient à peu près la même nuance blond pâle que ceux de Tegan. Peut-être allait-elle pouvoir me guider.

— Excusez-moi, dis-je en m'avançant vers elle.

Ses yeux noisette croisèrent les miens avec froideur en dépit du sourire qu'elle plaqua professionnellement sur ses lèvres.

— Oui, madame ?

— Peut-être pourrez-vous me renseigner, je cherche un shampooing pour enfant.

Je lui montrai Tegan, qui lui sourit poliment.

— Mais je ne sais pas lequel choisir.

— Ah... Eh bien...

Elle se tourna vers les rayonnages mais, avant même qu'elle ait pu me donner un conseil, une voix s'interposa sèchement :

— Vous ignorez une telle chose ?

La question émanait d'une femme âgée d'une quarantaine d'années, bien en chair, vêtue d'un chemisier et d'une jupe à fleurs, et qui me regardait fixement – et pas aimablement.

Je haussai les sourcils.

— Pardon, c'est à moi que vous vous adressez ?

— Vous ne savez pas quel shampooing vous devriez acheter ?

De quoi je me mêle ? songeai-je avec stupeur.

— En effet. Mais le problème va être résolu dans un instant, rétorquai-je en faisant un effort pour rester aimable.

Et je me retournai vers la vendeuse, excluant explicitement la mégère de la conversation.

— Pourquoi n'avez-vous pas posé la question à votre employeur avant de partir ? reprit la sorcière d'un ton revêche. Ses parents doivent le savoir, non ?

Je fis comme si je n'avais rien entendu. De toute façon, sa question n'avait aucun sens. Pourquoi aurais-je parlé shampooing avec un directeur du marketing ? Puis le fond de sa remarque m'apparut soudain. Une femme noire avec une petite fille blanche : je ne pouvais être que la nounou, bien sûr. La fille au pair. En avais-je vraiment l'air ? Je jetai un coup d'œil à ma tenue. Jean baggy, débardeur rouge, baskets noires, sac à dos en cuir noir sur les épaules… Rien dans mon apparence ne révélait que j'étais une brillante directrice adjointe de marketing de trente-deux ans, mais de là à me prendre pour une nounou… La plupart des gens qui me connaissaient s'accordaient à dire que j'étais d'un abord assez froid et que le mot cordial n'était pas le terme qui leur venait tout de suite à l'esprit pour me définir. Qui aurait eu l'idée saugrenue de m'engager pour veiller sur ses enfants ? Et pourquoi ne pourrais-je pas être la mère de Tegan ? Pourquoi cette femme avait-elle immédiatement pensé « employée » en me voyant ? J'aurais très bien pu être la belle-mère de Tegan, non ?

— Mêlez-vous de vos oignons, rétorquai-je en serrant les dents.

La vendeuse s'éloigna, par mesure de précaution pour le cas où nous en viendrions aux mains, mais plus probablement parce qu'elle ne voulait pas risquer d'être prise dans un feu croisé si nous commencions à nous lancer des bouteilles de shampooing à la figure.

— Où sont ses parents ? demanda la femme comme si elle s'attendait que je lui avoue spontanément que j'avais kidnappé la petite.

— Si vous tenez à le savoir, ripostai-je, ses parents c'est moi. Je suis sa mère.

— Vous ?

— Mais oui, moi.

— Ses vrais parents sont au courant que vous tentez de la faire passer pour votre fille ?

La furie avait haussé le ton, attirant sur nous l'attention des autres clients.

— Je ne tente rien du tout, crachai-je.

— Ah oui ? Et qu'est-ce que vous êtes en train de faire alors ? lança-t-elle d'une voix outrée.

Ce que je suis en train de faire ? J'essaie de m'en sortir, voilà ce que je suis en train de faire. Je m'efforce de ne pas fondre en larmes à cause d'un satané shampooing. Je résiste à l'envie de vider une bouteille de vodka tous les soirs en attendant que ma meilleure amie soit à nouveau vivante, que mon fiancé ne soit pas un salaud qui s'est fichu de moi et en essayant de retrouver mon ancienne vie à Londres en qualité de responsable régionale du marketing de l'entreprise à laquelle j'avais donné sept ans de ma vie, voilà ce que j'étais en train de faire.

À ce moment-là, Tegan tira sur mon jean, juste au-dessus du genou, jusqu'à ce que je baisse les yeux vers elle.

— J'aime bien celui-là, me dit-elle, une bouteille de shampooing orange vif à la main.

Je ne l'avais pas vue s'éloigner. Je m'emparai du flacon et, consciente que tout le monde dans l'allée avait désormais les yeux braqués sur moi, je pris tout mon temps pour faire semblant de lire l'étiquette remplie de mots vides de sens, tout comme la composition. Il était hors de question que je me laisse intimider. Personne ne me pousserait à m'enfuir à toutes jambes, même si c'était ce que je mourais d'envie de faire. Je souris à Tegan qui, satisfaite, me sourit en retour, et je déposai la bouteille de shampooing dans le chariot.

La question de la sorcière – « Qu'est-ce que vous êtes en train de faire alors ? » – était restée en suspens entre nous. Je me tournai donc vers la marâtre et lui adressai mon plus gracieux sourire.

— Ce que je fais ? J'achète du shampooing pour ma fille, chère madame. Cela vous pose-t-il un problème ?

Tegan glissa sa petite main dans la mienne et nous nous éloignâmes la tête haute du rayon cosmétique, en poussant notre chariot.

Mon cœur battait la chamade et faisait palpiter mes tempes. Il était plus que probable que ce genre de scène se reproduirait à l'avenir et il y aurait toujours quelqu'un pour mettre en doute mon statut de tutrice légale de Tegan, mon statut de mère. Depuis que j'avais envoyé la demande d'adoption, j'avais découvert que ce serait une démarche difficile qui prendrait des mois, voire des années. Une série d'obstacles officiels, une montagne de formulaires à remplir se dessinaient devant moi et, même quand la demande aurait abouti, il se pourrait encore que ce ne soit pas suffisant. Le cas rare d'une femme noire adoptant un enfant blanc ne me simplifierait pas la tâche. Mais je devais m'accrocher.

Le matin où j'avais serré Tegan dans mes bras après lui avoir appris le décès de sa mère, j'avais trouvé dans un éclair de lucidité la façon de me racheter pour ne pas avoir assisté Adèle dans ses derniers instants quand elle me l'avait demandé. Je devais adopter Tegan afin qu'elle devienne officiellement ma fille, me conformant au souhait d'Adèle. Malheureusement, rien ne laissait croire qu'on m'y autoriserait.

— Maman Ryn…

La voix de Tegan m'arracha au fil de mes pensées. Je baissai les yeux vers elle, les sourcils froncés.

— Comment m'as-tu appelée ?

— Maman Ryn, répéta Tegan comme s'il s'agissait d'une évidence, alors que j'étais Tatie Ryn depuis qu'elle était en âge de parler.

— Pourquoi m'appelles-tu maman ?

Son petit visage blêmit comme si elle allait fondre en larmes.

— Tu as dit que tu étais ma nouvelle maman, chuchota-t-elle.

Ses yeux bleu roi s'étaient remplis de larmes et sa voix semblait me reprocher de lui avoir menti. Je m'accroupis pour me mettre à sa hauteur. Il ne fallait surtout pas qu'elle pleure. Sa dernière crise de larmes avait été une expérience terrible, pour elle comme pour moi. Je ne voulais pas la voir s'effondrer au milieu d'un supermarché à cause de ce nouveau nom qu'elle me donnait.

— C'est vrai, acquiesçai-je d'un ton rassurant.

Je lui caressai les cheveux et essayai de sourire pour la tranquilliser.

Elle secoua la tête.

— Mais tu n'es pas ma vraie maman. Ma vraie maman est partie au ciel.

Une grosse boule me serra la gorge.

— Tu as raison, lui dis-je calmement.

— Alors, tu ne peux plus être Tatie Ryn.

— Je suppose que non.

— Donc tu es Maman Ryn, conclut-elle.

Son aptitude à raisonner m'impressionna. J'avais oublié la faculté d'argumentation qu'elle avait, à trois ans, lorsqu'elle tentait de négocier l'heure de son coucher.

— Très bien, à partir de maintenant, je suis Maman Ryn. Qu'est-ce que tu voulais me demander, mon cœur ?

Elle renifla, se frotta un œil du dos de la main.

— Est-ce que…

Elle déglutit.

— Est-ce que je peux avoir du chocolat ?

— Oui, mais seulement si tu manges aussi tous tes légumes.

Les adultes responsables sont censés dire ce genre de choses, non ?

Un sourire illumina alors son visage en forme de cœur.

— On n'a pas acheté de légumes, pouffa-t-elle en pointant un doigt vers le chariot.

Je décidai aussitôt que nous nous passerions de légumes dans l'immédiat. Il y avait si longtemps que je ne l'avais pas entendue rire, que je n'avais pas vu un sourire éclairer son visage. Pas question de tout gâcher avec des légumes.

— Eh bien, tu m'as eue sur ce coup-là, rétorquai-je avec un sourire. Pas de légumes aujourd'hui. Mais dès demain on commence à manger équilibré !

Elle hocha la tête et, avant que j'aie pu me relever, elle passa ses deux bras autour de mon cou et me gratifia d'un câlin. Puis elle reprit sa place à côté du chariot, serrant Meg contre elle, les yeux dans le vague, comme s'il ne s'était rien passé.

Tandis que je me redressais, je me remémorai la seule et unique fois où j'étais montée à bord d'un bateau et la façon dont je m'étais agrippée au bastingage, avec la sensation horrible que mes entrailles étaient en train de tourner sur elles-mêmes. La même nausée brutale soulevait à présent mon estomac. Que se passerait-il si ma demande d'adoption était rejetée ?

13

Jusqu'à présent, ma vie avait été bien réglée. Elle s'organisait entièrement autour de mon travail. C'est le boulot qui m'avait permis de ne pas devenir folle quand j'avais emménagé à Leeds. Puis il y eut la carte de Del, mon départ pour Londres et enfin l'entrée de Tegan dans mon univers.

La dénomination officielle de mon poste chez Angeles, la chaîne de grands magasins, était « directrice adjointe du marketing ». Angeles – qui avait commencé par une simple boutique de vêtements un siècle auparavant – avait vu le jour à Leeds, et le siège social y était resté. Des succursales étaient disséminées dans toutes les grandes villes du Royaume-Uni, et l'ambition de la direction à long terme était de ravir à John Lewis le titre de leader sur le marché national. J'avais débuté dans les bureaux londoniens en tant qu'assistante du marketing régional et j'avais gravi les échelons jusqu'à ce poste de directrice adjointe. J'étais désormais la numéro deux de tout le département marketing du groupe, avec pour principale mission la conception et le développement du magazine trimestriel de la chaîne, *Living Angeles*. J'intervenais à chaque étape, depuis le choix des thèmes traités jusqu'à la correction des articles et la signature du bon à tirer. C'est moi qui avais initié ce projet avec le directeur national, Ted Payne et, deux mois avant l'annulation de mon mariage, j'avais passé un mois à Leeds afin de coordonner le lancement de *Living Angeles*. Après ma rupture brutale avec Nate et Adèle, j'avais demandé à Ted si le poste qu'il m'offrait depuis plus d'un an était toujours disponible. Sa réponse avait été positive, et j'avais tenté ma chance en sollicitant – et en obtenant – l'autorisation de prendre immédiatement mes fonctions à Leeds.

Pendant ces deux dernières années, le rythme de parution du magazine s'était accru et était devenu mensuel. Du coup, ma charge de travail avait été multipliée par trois, mais cela m'avait stimulée puisque travailler était ma raison de vivre.

Trois mois après mon arrivée à Leeds, j'avais acheté un appartement à Horsforth, dans la banlieue, mais y rentrer seule chaque soir avait été un calvaire. Depuis toujours, j'avais vécu entourée – par ma famille, puis par Adèle et par Nate. La pensée de retrouver les vastes pièces pleines d'écho de cet appartement continuellement vide déclenchait en moi une appréhension qui me collait aux tripes dès que je quittais le bureau.

Cet appartement était beaucoup trop grand pour moi seule, mais cela ne m'avait pas frappée quand je l'avais acheté. La cuisine était haute de plafond et mesurait sept mètres de long, ce qui me faisait l'effet d'une immense avenue déserte. Il en allait de même avec la salle de séjour et la chambre. Elles n'étaient pas si grandes, mais j'avais la sensation d'être perdue au milieu d'un espace gigantesque. Le jour où j'avais « emménagé », je m'étais assise par terre dans la salle de séjour, saisie d'effroi : je n'avais même pas pensé à acheter des meubles, les murs étaient peints dans un ton blanc crayeux que je détestais... mais surtout, surtout, le silence était assourdissant, aussi terrifiant que le monstre caché dans la penderie qui apparaît dans la chambre des petits quand on éteint la lumière, aussi terrible que la bête tapie dans les caves. Je ne supportais ni le silence ni la solitude. Je m'étais recroquevillée dans un coin tandis que ma terreur se transmuait en pleurs. J'étais seule, livrée à moi-même, abandonnée dans un appartement immense, et je devais recommencer toute ma vie de zéro.

J'avais deux possibilités : faire une dépression ou passer le plus de temps possible au bureau. Pendant des mois, je ne vis jamais mon appartement à la lumière du jour. Je travaillais de sept heures du matin à dix heures du soir et, lorsque je rentrais chez moi, je n'avais pas la force de faire autre chose que me coucher et dormir. Je travaillais même les week-ends, uniquement pour ne pas me retrouver seule dans cette maison où je ne me sentais pas chez moi.

Peu à peu, bien sûr, je revins à des horaires plus raisonnables et je me fis quelques vrais amis parmi mes collègues, dont Betsy Dawali, qui partageait mon bureau, et mon patron, Ted Payne. Ted était la personne dont j'étais le plus proche au bureau.

Il avait une cinquantaine d'années, des cheveux argentés toujours impeccablement coiffés, une mâchoire volontaire dans un visage à peine ridé, et un charme incroyable. Ce n'était pas qu'une question de physique : Ted avait une élégance naturelle et une façon de s'exprimer, calme et précise, qui le rendaient sexy.

Le soir où il vint me rendre visite après mon retour de Londres, il portait un magnifique costume sur mesure bleu marine, une chemise blanche et une cravate rouge. Il prit place sur le canapé, observant son verre de vin blanc. Il était sorti de son rôle de patron en desserrant sa cravate et en passant une main dans ses cheveux argentés. Mais malgré cette décontraction de façade, une gêne évidente s'était installée à la minute où il était arrivé. Il avait accepté un verre de vin blanc avec un sourire tendu en évitant soigneusement de croiser mon regard. Je m'étais assise dans mon gros fauteuil poire rouge, mon verre à la main et je regardais Ted en train d'éviter de me regarder.

Cette nervosité et cet embarras ne lui ressemblaient pas. Ted était toujours fiable, solide. Il avait toujours la réponse à n'importe quel problème. C'était lui qui m'avait proposé de travailler trois jours par semaine depuis chez moi lorsque je lui avais demandé un congé sabbatique de six mois pour pouvoir m'occuper d'Adèle. Et, après le décès d'Adèle, quand je lui avais annoncé que j'avais désormais un enfant à charge, il s'était arrangé pour que je puisse bénéficier à la fois d'un congé pour convenances personnelles et d'un congé de maternité.

Au bout d'un moment, Ted leva les yeux vers moi.

— Kamryn… commença-t-il.

Je retins mon souffle, terrifiée à l'idée de ce qu'il s'apprêtait à me dire.

— J'ai une nouvelle à vous annoncer. Je n'ai pas voulu vous perturber pendant que vous étiez absente, mais… enfin, je… je pars.

Je faillis lâcher mon verre et je le serrai plus étroitement pour ne pas renverser de vin sur le tapis. Ted m'abandonnait. Il sortait de ma vie. Il soutint mon regard de ses yeux sombres un peu plus que nécessaire – il y avait autre chose. Quelque chose de pire encore.

— Pourquoi ai-je l'impression que je ne vous reverrai plus ? demandai-je prudemment.

— Ava et moi partons nous installer en Italie. Nous allons refaire notre vie là-bas.

Ô mon Dieu ! Non seulement il quittait Angeles, mais il quittait carrément le pays.

— C'est… formidable. Je suis désolée, je n'ai pas l'air sincère et pourtant je suis vraiment ravie pour vous. Mais j'ai de la peine pour moi. Vous allez terriblement me manquer.

— Vous ne vous rendrez même pas compte que je suis parti, dit-il en riant.

Je ne joignis pas mon rire au sien. Ted savait combien il comptait pour moi.

Depuis que nous nous étions rencontrés, quelques années plus tôt, et que nous avions travaillé ensemble à Londres sur un projet, Ted m'avait offert d'être son bras droit à Leeds. Bien qu'il sache que je vivais à Londres et que je n'avais pas l'intention d'en partir, il m'avait proposé le poste en disant : « Je ne désespère pas... Je vous aurai à l'usure. » Environ deux ans plus tard, et trois jours après que j'eus découvert la vérité sur Adèle et Nate, j'avais brusquement validé sa prophétie. Il en avait été le premier surpris, je l'avais vu à sa mine, à son léger froncement de sourcils, mais il ne m'avait posé aucune question, m'indiquant simplement la marche à suivre pour effectuer une demande officielle. J'avais obtenu le poste presque instantanément. Nous étions sur le projet de *Living Angeles* à l'époque, de sorte que nous travaillions souvent tard le soir, lui et moi. Nous nous faisions livrer à dîner au bureau et ensuite il me ramenait à mon hôtel.

Un vendredi soir, il me reconduisit comme à l'accoutumée, me souhaita un bon week-end et me quitta devant la réception. Je montai dans la chambre qui faisait office de chez-moi en attendant que je trouve un appartement, et je m'assis au bord du lit, dans le noir. Je me sentais seule et effrayée, je me tordais les mains sans savoir que faire d'autre. Après plusieurs minutes, on frappa à la porte et je mis du temps à ouvrir, parce que j'avais à peine la force de me lever. C'était Ted.

— Kamryn, dit-il, le visage soucieux. Est-ce que tout va bien ? Vous avez l'air fatiguée depuis quelques semaines, mais aujourd'hui, c'est pire que jamais... Que se passe-t-il ?

— Demain, ce sera le jour de mon mariage, avouai-je.

L'approche de cette journée m'avait angoissée toute la semaine. Nate et moi aurions dû nous unir le lendemain.

— Je veux dire : j'aurais dû me marier demain...

Il masqua sa surprise derrière une expression de profonde sollicitude.

— Oh, Kamryn, murmura-t-il doucement.

— Mais c'est annulé. Je ne me marie plus. Je suis toute seule.

Il me prit dans ses bras et j'éclatai en sanglots sur son épaule. Il me conduisit vers le lit, s'allongea à mon côté et nous restâmes ainsi toute la nuit. Il me caressait les cheveux et me serrait contre lui pendant que j'alternais silences et larmes. Au matin, Ted était toujours là. Je levais les yeux vers lui pour le remercier quand je m'aperçus qu'il me regardait. Son visage avait la même expression soucieuse que lorsque je lui avais ouvert la porte. Un sentiment de compréhension mêlé de tendresse s'empara de nous, puis il inclina la tête et m'embrassa. Et je décidai de céder aux circonstances.

Il était marié et, même si sa femme et lui étaient séparés, je savais qu'ils envisageaient de reprendre la vie commune, mais qu'importe. Je n'en pouvais plus de cette solitude, de cette détresse et de toute cette souffrance qui m'habitaient depuis des semaines. J'avais besoin de combler un vide, ne serait-ce que quelques instants, même si cela ne ferait que rendre ma situation plus complexe. J'allais déboutonner sa chemise quand il releva la tête.

— Je... je suis désolé, bafouilla-t-il. Ava et moi nous nous sommes remis ensemble. Je regrette.

Je me sentis libérée d'un poids. J'avais eu peur de ne pouvoir aller jusqu'au bout et maintenant, grâce au ciel, la question ne se posait plus. Ted me reprit dans ses bras et me dit qu'il resterait près de moi aussi longtemps que j'aurais besoin de lui. Nous passâmes presque toute la journée du samedi allongés sur le lit, et je réussis à dormir un peu. Il partit le dimanche et cet épisode créa une vraie complicité entre nous. Il avait vu mon côté fragile. Je vis le sien six mois plus tard, quand sa femme le quitta une nouvelle fois et que je passai toute une nuit à le regarder chercher l'oubli dans l'alcool, puis à faire en sorte qu'il rentre chez lui sans encombre. Nous étions un soutien l'un pour l'autre, et lorsqu'il avait un problème je m'en rendais compte immédiatement.

— C'est reparti pour de bon entre Ava et vous, alors ? demandai-je.

— Absolument.

Son expression préoccupée démentait le ton assuré de sa réponse.

— C'est bien ce que vous voulez, Ted ? insistai-je, soucieuse que cette décision ne lui ait pas été imposée par sa femme.

Elle l'avait quitté à plusieurs reprises depuis vingt ans qu'ils étaient mariés, mais il lui pardonnait chaque fois en disant : « Je n'y peux rien, je l'aime. »

— Oui, Kamryn, c'est vraiment ce que je veux.

— Qu'est-ce qui ne va pas, alors ? Qu'est-ce que vous n'osez pas m'annoncer ?

— Ce n'est pas que je n'ose pas, seulement je ne sais pas comment vous le dire…

— Cessez de tourner autour du pot, allez-y !

— On m'a déjà trouvé un remplaçant. Nous préparons la transition depuis deux semaines, lui et moi.

Mon verre faillit de nouveau m'échapper des mains.

— On a recruté quelqu'un sans même me laisser la possibilité, à moi votre adjointe, de poser ma candidature ? Pourquoi ? On estime en haut lieu que je n'ai pas les compétences requises ?

— Allons, Kamryn, vous savez pertinemment que vous ne pourriez pas assumer une telle responsabilité avec un enfant à charge. Les journées de dix-huit heures, les allers-retours incessants à Londres et à Édimbourg, ce serait impossible à gérer.

Mon corps entier fut consumé par l'indignation.

— C'est ça, leur excuse ? Je ne peux pas prétendre à ce poste parce que j'ai un enfant ?

— La question ne s'est pas posée en ces termes. Ils voulaient du sang neuf, quelqu'un qui soit partant à deux cents pour cent, qui apporte une autre vision, une nouvelle impulsion à la stratégie marketing de l'entreprise. Vous ne pouvez pas prétendre soutenir ce rythme si vous devez quitter votre bureau à l'heure tous les soirs, vous le savez bien, Kamryn.

— Ce que je sais, c'est que ça se serait passé autrement si j'avais été un mec ! Personne ne met en doute le professionnalisme d'un homme sous prétexte qu'il est père. Quand un homme travaille jusqu'à point d'heure, ça ne nuit pas à son image de père, au contraire ! On l'admire parce qu'il assure le quotidien de sa famille ! Et s'il demande à partir à l'heure tous les soirs, aucun problème. Son patron pensera simplement que c'est un bon père, qui veut passer du temps avec ses enfants ! C'est tout bénéfice d'être un homme !

— Nous devons tous faire des choix, Kamryn, déclara Ted, visiblement peu impressionné par ma sortie. Je ne dis pas que cette décision est juste, mais voulez-vous vraiment vous priver des plus belles années de Tegan ? D'autant qu'elle vient de perdre sa mère et qu'elle va avoir besoin de vous. Elle est encore petite. Vous seriez réellement prête à tout sacrifier pour votre travail ?

Il avait raison, mais le ressentiment continuait à bouillonner dans mes veines.

— On aurait dû au moins me donner le choix. Je suis en colère parce qu'on ne m'a même pas permis de faire mes preuves, de montrer ce dont j'étais capable. Je travaille pour Angeles depuis sept ans et voilà comment on me traite. En décidant pour moi. Mais pour qui se prennent-ils ? Et pour qui me prennent-ils ? Ils s'imaginent que je vais rester plantée là, les bras croisés ?

— Les directeurs vous apprécient énormément. Je crois qu'ils vous en ont donné la preuve récemment, rappela Ted d'un ton raisonnable. D'abord en vous autorisant à travailler depuis Londres, et ensuite en vous accordant un long congé pour vous organiser.

— Et c'est ce qui les a amenés à reconsidérer mon rôle au sein de l'entreprise, murmurai-je avec amertume. Ils en ont conclu que mes priorités avaient changé.

Je bus une gorgée de vin et la gardai quelques secondes dans la bouche avant de l'avaler, laissant la chaleur de l'alcool imprégner mes papilles.

— Bon sang, j'en suis malade, marmonnai-je en m'enfonçant dans mon siège, résignée.

Ne pas avoir obtenu ce poste n'était qu'un détail. J'avais surtout l'impression de ne plus rien contrôler du tout. Je n'avais rien pu faire pour empêcher Adèle de... partir. Et je n'avais pas su empêcher que Tegan soit maltraitée par ses grands-parents. J'étais devenue mère par obligation et, à présent, c'était mon travail, la seule chose stable dans ma vie, qui venait de m'être arraché. On l'avait offert à quelqu'un d'autre. Je n'étais plus maîtresse de mon destin, tous mes projets avaient volé en éclats, et je n'avais même pas le droit de me plaindre, seulement le droit de la fermer.

J'avalai une grande goulée d'air pour me calmer.

— Alors, à quoi ressemble le nouveau directeur du marketing ?

— Luke Wiseman est un garçon ambitieux, répondit Ted avec tact.

Ambitieux ? Ça commençait mal.

— En fait, il a été recruté par un cabinet de chasseurs de têtes.

De mieux en mieux.

— Il était consultant en management auprès de la filiale londonienne d'une entreprise américaine.

Malheur de malheur.

— Il est diplômé de Harvard. Il déborde d'idées, et c'est exactement ce dont a besoin Angeles.

— Probablement.

Ted s'adossa aux coussins du canapé, enfin détendu maintenant qu'il avait délivré sa mauvaise nouvelle.

— Et comment se passe la vie de famille ? me demanda-t-il, les yeux brillants d'intérêt.

Ted et Ava n'avaient pas d'enfants. C'était ce qui avait détruit leur couple, d'ailleurs. Ava était stérile et ne voulait pas adopter. Mais comme elle désirait que Ted soit heureux, elle le quittait régulièrement pour qu'il refasse sa vie avec une femme qui pourrait lui donner une descendance.

— Ça va, répondis-je.

Impossible d'avouer à Ted que c'était la panique – il aurait donné n'importe quoi pour être à ma place, pour avoir une enfant à lui endormie dans la pièce à côté.

— Est-ce que c'est une façon de dire que vous êtes en perdition ?

— Ce n'est quand même pas à ce point. J'ai juste un tas de choses à... gérer.

— Devenir la maman de la petite, par exemple ?

— Entre autres, oui.

— Vous voulez en parler ?

Ses yeux noisette me renvoyaient la même sollicitude inquiète que la fameuse nuit où nous nous étions embrassés.

— Franchement, non. Racontez-moi plutôt quels sont vos projets, une fois que vous serez installés en

Italie et, surtout, quand je pourrai venir vous rendre visite.

Plusieurs heures plus tard, Ted prenait congé après avoir commandé un taxi. Les embrassades furent brèves, mais affectueuses.

— Vous serez une merveilleuse maman, affirma Ted.

— Merci, fis-je avec un pâle sourire.

— Je n'ai aucun doute là-dessus. J'ai toute confiance en vous.

— Merci, *boss*. Nous nous reverrons dans quelques semaines.

— J'espère bien.

Il s'engagea dans l'escalier, s'arrêta, puis se retourna.

— J'allais oublier. Quelqu'un a cherché à vous joindre lorsque vous étiez à Londres. Un jeune homme charmant. Il voulait savoir si vous assisteriez aux obsèques de votre amie. Comment s'appelait-il déjà ?

Ted fronça les sourcils, fouillant dans sa mémoire. Peine perdue ! Je connaissais déjà le nom qu'il allait prononcer, avant même qu'il ne claque triomphalement des doigts :

— Ah oui ! C'est ça ! Nathaniel Turner.

14

Mes murs. Mes beaux murs d'un blanc immaculé « avec juste une goutte de crème dedans ».

De tout ce que j'avais accepté depuis quelque temps, c'était probablement la chose la plus difficile : le sacrifice de mes murs. Renoncer à mon salon n'était pas si terrible, mais aux beaux murs tout blancs ! J'avais passé des heures et des heures à les peindre...

Un pinceau dans une main, un pot de peinture rouge à ses pieds, Tegan m'observait avec une crainte mêlée à l'excitation. J'avais noué un bandana bleu et blanc sur ses cheveux pour les protéger. Elle avait demandé si elle pouvait garder son tee-shirt rose à manches longues et son jean pour peindre et je l'avais rassurée en affirmant que c'était toujours la tenue que portaient les adultes quand ils faisaient des travaux de décoration. Et pour conforter mes dires, j'avais ressorti de la naphtaline mon vieil équipement de bricolage : baggy bleu marine, tee-shirt rose et foulard jaune et blanc à nouer sur ma tête.

— J'ai vraiment le droit de peindre sur le mur ? me demanda Tegan pour, au bas mot, la cinquième fois en l'espace d'une minute.

— Mais oui ! Et tu peux utiliser toutes les couleurs que tu veux.

Nous étions allées dans un magasin de bricolage la veille et avions acheté toute une série de pochoirs (en forme d'animaux, d'étoiles, de lune, de soleil) ainsi que de la peinture rouge, bleue, marron, jaune et verte.

— Je peux peindre un poisson ici ?

Elle pointa un doigt vers l'espace situé sous une des fenêtres. J'avais dû m'allonger à plat ventre sur le sol pour repeindre le mur à cet endroit. Et il allait hériter d'un poisson ?

— Bien sûr. De quelle couleur le veux-tu ?

— Rouge, répondit-elle en regardant le pot de peinture à ses pieds.

— Bon. Alors, c'est parti.

Je m'emparai du pochoir en forme de poisson, le fixai au mur avec du ruban adhésif, et reculai d'un pas pour que l'« artiste » puisse œuvrer.

L'artiste me regarda encore une fois pour s'assurer que j'étais bien d'accord, puis donna un coup de pinceau au milieu du pochoir. Ses gestes étaient nerveux, mais en même temps elle prenait garde de ne pas déborder. Une fois le travail achevé, je retirai le pochoir. Le poisson avait l'air complètement perdu sur le mur. Une petite tache de couleur noyée dans un vaste océan blanc cassé.

— Bon, qu'est-ce qu'on peint, maintenant ? demandai-je.

— Un éléphant, décida Tegan.

— De quelle couleur ?

— Euh… bleu ?

— Bon. Si la demoiselle veut du bleu, elle aura du bleu.

Je m'agenouillai et j'ouvris le pot de peinture bleue à l'aide d'un tournevis. Le liquide, luisant et épais, d'un bleu profond, scintilla sous mes yeux. Je posai délicatement le couvercle sur le papier journal dont j'avais tapissé le sol.

Je me dirigeai vers la chaîne stéréo pendant que Tegan remplissait le pochoir en forme d'éléphant, et je cherchai une station de radio. J'en trouvai une agréable à écouter et en harmonie avec le soleil qui entrait à flots par les fenêtres. Lorsque je les avais ouvertes, un peu plus tôt, j'avais été surprise par la douceur de l'air et par les parfums qui l'imprégnaient. J'avais oublié à quel point l'atmosphère ici était différente de celle de Londres. J'adorais Londres, je m'y sentais chez moi, et il en serait probablement ainsi jusqu'à la fin de mes jours, mais c'était une capitale écrasante où il planait une sorte d'urgence permanente. Leeds, en revanche, avait les avantages d'une grande ville, le stress en moins.

Les premières notes de *Solsbury Hill* de Peter Gabriel résonnèrent dans les haut-parleurs et je montai légèrement le son. La nuit précédente, pendant que Tegan dormait, j'avais rassemblé tous les meubles au centre de la pièce et je les avais recouverts de vieux draps blanc et crème. J'avais démonté mon bureau et posé mon ordinateur dans un coin de ma chambre. Je jetai un œil sur Tegan toujours occupée à peindre son pachyderme... Elle me tournait le dos, mais je percevais sa concentration grâce à la raideur de sa nuque et de ses épaules. Je l'imaginais tirant la langue et fronçant les sourcils, s'appliquant pour peindre un éléphant bleu sur le mur. Je souris et montai encore le son.

Il nous fallut presque tout l'après-midi pour orner la pièce d'animaux colorés. Tegan était très méticuleuse et tenait absolument à ce que tous les dessins soient à égale distance les uns des autres et du sol, de sorte que je devais constamment vérifier à l'aide d'un mètre ruban. À mon avis, quelques centimètres en plus ou en moins n'auraient rien changé, mais Tegan était maniaque dans presque tout ce qu'elle faisait : la nuit, elle avait besoin de dormir toujours du même côté du lit ; à table, elle mangeait en commençant par le milieu de son assiette puis en progressant vers le bord ; quand elle rentrait à la maison, elle ôtait ses chaussures et les rangeait systématiquement au même endroit, bien alignées près de la porte de la cuisine, alors que moi, j'enlevais mes baskets n'importe où, me contentant de les pousser dans un coin pour qu'elles ne soient pas dans le passage.

Debout au milieu de la pièce, les bras croisés, nous contemplions notre œuvre. C'était... joli. L'arche de Tegan, remplie d'animaux de toutes les couleurs. Il faut bien reconnaître qu'elle se débrouillait comme un chef avec un pinceau. Elle tenait probablement ce talent de sa mère. Quoique son père lui aussi soit très bon en dessin. Nate passait son temps à gribouiller sur des bouts de papier. Quand on allait boire un verre dans un pub, on s'apercevait en partant qu'il avait croqué sur son sous-bock l'un des clients installés au bar. Idem quand on regardait la télé, il ne pouvait pas s'empêcher de griffonner. C'était sa méthode pour évacuer le stress. Certains fumaient ou se rongeaient les ongles ; Nate, lui, dessinait.

Depuis que j'avais aperçu Nate à l'enterrement, j'avais beaucoup pensé à lui, même si j'étais d'abord préoccupée par Tegan, Adèle, et par mes appréhensions concernant l'avenir. Depuis deux ans et mon installation à Leeds, Nate avait été le cadet de mes soucis. Je l'avais relégué dans un coin perdu de mon cerveau, mais sa présence aux obsèques avait fait remonter le passé à la surface. Mon ex-fiancé avait essayé de me joindre. Il avait appris pour Adèle et il m'avait téléphoné pour savoir si je serais présente à la cérémonie. Espérait-il une réconciliation ? Voulait-il profiter de la situation pour renouer le dialogue ? Ou souhaitait-il réellement savoir si j'assisterais à l'enterrement ?

Like a Virgin s'éleva dans les haut-parleurs. La silhouette de Nate s'effaça, remplacée par celle de Madonna tout de blanc vêtue, et se déhanchant d'une façon très peu virginale, comme dans son clip vidéo. Je montai le son et baissai les yeux vers Tegan qui me dévisageait, perplexe. *Je ne devrais peut-être pas laisser une petite fille de cinq ans écouter une chanson aussi osée*, songeai-je tout à coup. De toute façon, c'était trop tard : elle en avait déjà entendu les trois quarts. Et puis, la première fois que j'avais moi-même entendu cette chanson, je n'avais pas compris les paroles alors que j'étais ado.

Je tendis la main à Tegan qui y glissa ses petits doigts maculés de peinture bleue, rouge et jaune. Je me trémoussai en cadence, imprimant un mouvement de balancier à son bras. Elle m'imita et bientôt nous nous retrouvâmes à danser toutes les deux (presque) en rythme au milieu de la pièce. Je la fis tourner deux fois sur elle-même, une main en l'air, et son rire joyeux me mit du baume au cœur. Je la pris dans mes bras, l'entraînant dans une valse pendant qu'elle s'agrippait à moi, légère comme une plume contre moi. Elle rit encore plus fort, la tête renversée en arrière, tout en remuant sur la musique.

Girls Just Wanna Have Fun de Cyndi Lauper succéda à *Like a Virgin.* Tegan connaissait certains passages par cœur et reprit le refrain à tue-tête.

— C'était la chanson préférée de ma maman, dit-elle en riant.

Elle se tut brutalement : elle venait de mentionner sa mère alors que pas une fois nous n'avions prononcé son prénom depuis une semaine que nous étions à Leeds.

Je la reposai doucement par terre, ébranlée par le choc. Cyndi continuait à s'égosiller, mais les paroles de sa chanson nous lacéraient désormais comme des éclats de verre.

J'éteignis la chaîne stéréo et le silence qui suivit fut assourdissant. J'ignorais comment gérer la violence des moments où les souvenirs vous sautent sauvagement à la gorge. Je m'étais informée sur la façon d'aborder la question de la mort avec un enfant, mais les théories ne remplaçaient pas l'expérience, et je n'en avais aucune en la matière. Aucun livre, d'ailleurs, n'expliquait ce qu'il fallait faire quand on venait de s'amuser et de rire aux éclats alors qu'on avait perdu sa maman – et sa meilleure amie.

Non, aucun livre n'expliquait comment surmonter le sentiment de culpabilité et de colère qui vous étreignait alors. Culpabilité d'avoir oublié pendant une minute le drame affreux qui vous avait frappé. Colère vis-à-vis de la personne disparue parce qu'elle vous avait abandonné. Une colère qui ne faisait qu'accroître encore votre culpabilité et, du même coup, votre ressentiment. C'était un cercle vicieux que je parvenais à analyser mais les mots me manquaient pour l'expliquer à Tegan. Comment lui dire que ces émotions étaient normales, qu'elle avait le droit d'éprouver de la colère, de la détresse et une sensation d'abandon, mais aussi qu'en dépit de son chagrin elle n'était pas obligée d'être triste vingt-quatre heures sur vingt-quatre, qu'elle avait le droit de rire ?

Je montrai du doigt le manteau de la cheminée.

— Et qu'est-ce qu'on va peindre ici ? demandai-je d'une voix assurée, pleine d'entrain factice.

Nous n'avions fondu en larmes ni l'une ni l'autre, il suffisait donc de continuer jusqu'à ce que nous soyons prêtes à exprimer certaines de nos émotions.

Tegan haussa ses frêles épaules, croisa les jambes et s'assit en tailleur au milieu des pots de peinture.

— Allez, je suis sûre que tu as des idées, affirmai-je d'une voix enjôleuse en m'asseyant à côté d'elle.

Si seulement j'entrevoyais comment expliquer à Tegan qu'elle avait le droit d'être joyeuse de temps en temps... Mais c'était quelque chose que j'avais moi-même du mal à accepter.

Ses grands yeux humides étaient braqués sur moi. Sa bouche, souriante quelques instants plus tôt, avait maintenant une moue maussade.

— Et si on dessinait un soleil ? suggérai-je.

Son regard continuait à me fixer.

— Un gros soleil jaune. Avec, euh... une maison ?

Elle secoua la tête.

— Bon, pas de maison. Un gros soleil jaune et... des collines ? Des collines vertes ?

Elle hocha lentement la tête.

— Bon. Un gros soleil jaune et des collines vertes. Quoi d'autre ?

— Des arbres, chuchota-t-elle.

— Excellente idée. Je pense que je saurai dessiner des arbres. Quoi encore ?

— Des fleurs couleur chocolat.

— Parfait ! Nous disons donc : un gros soleil jaune, des collines vertes, des arbres et des fleurs en chocolat. Hé, ça t'ennuierait beaucoup si on remplaçait la couleur chocolat par de vrais bonbons ? J'ai peur qu'il ne reste pas assez de peinture marron quand on aura fini de peindre les arbres.

Elle contempla le mur pendant plusieurs secondes, puis ramena son regard sur moi et approuva de la tête.

— Je crois que ta maman aurait beaucoup aimé le soleil, les collines, les arbres et les fleurs en bonbons, risquai-je d'une voix douce.

Nous ne pouvions pas faire comme si Del n'existait pas. Nous devions trouver un moyen de parler d'elle, même si c'était pénible.

— Et elle les aurait peints bien mieux que moi, ajoutai-je.

Les yeux remplis de larmes de Tegan me scrutèrent pendant une longue, très longue minute.

— Ma maman faisait des tas de dessins, déclara-t-elle finalement.

— Oui. Et elle était très forte. Allez, viens, dis-je en me levant. Quand on aura terminé, on ira t'acheter un lit.

— C'est vraiment ma chambre ? demanda Tegan depuis le seuil.

Je me tenais en retrait, observant son profil émerveillé tandis qu'elle dévorait des yeux son nouvel univers, tournant lentement la tête pour ne pas en perdre une miette. Il nous avait fallu une semaine entière pour décider de l'emplacement des meubles, nous faire livrer un lit et obtenir que Betsy, ma collègue de bureau, m'envoie son petit frère, Brad (quinze ans, une tête de six pieds de long, mais qui faisait tout ce que lui demandait Betsy), pour qu'il nous aide à déplacer le mobilier. Le canapé crème était parti dans le coin-séjour de la cuisine, dos à la porte, tandis que mon fauteuil poire avait atterri dans l'angle, au bout de l'alcôve où j'avais fait poser des étagères. Le téléviseur avait également émigré dans la cuisine, face au canapé. Betsy avait hérité de la grande table de la cuisine, qui m'avait coûté une fortune, malgré la remise supplémentaire réservée aux employés d'Angeles. Les pieds étaient en érable, le plateau en verre dépoli, j'avais également acheté les six chaises assorties. Mais elle était trop grande désormais. À la place, j'avais acheté une petite table en bois, que j'avais installée entre le coin-cuisine et le canapé. Nous y prendrions nos repas et elle permettrait de marquer la séparation entre le séjour et la cuisine proprement dite.

J'avais relégué dans ma chambre l'ordinateur, l'imprimante et tout le fourbi informatique. La question des livres avait été beaucoup plus difficile à régler. J'en avais plus de cinq cents, soigneusement rangés au salon sur des étagères blanches. Je ne pouvais pas imaginer me séparer d'eux. Finalement, j'avais empilé tous ceux qui ne tenaient pas sur les rayonnages de l'alcôve à même le sol, à côté de la télé – une véritable tour de Pise. De l'autre côté de la télé se dressait ma collection de vidéos et de DVD. Les seuls autres rangements de l'appartement étaient cinq placards alignés le long du mur du couloir mais les cartons contenant les affaires d'Adèle les remplissaient désormais pour moitié. La petite télé qui se trouvait dans la cuisine avait été transférée dans la chambre de Tegan.

Une chambre qu'elle contemplait à présent les yeux écarquillés. Son lit était recouvert d'une couette avec une housse bleue décorée de petits nuages blancs. À côté de la fenêtre se dressait une armoire bleu et blanc ; sous la fenêtre, il y avait une commode assortie pour ses sous-vêtements, ses chaussettes, ses tee-shirts et ses pulls. J'avais collé au sol deux tapis bleu roi, l'un sous le meuble de la télé, l'autre sous le lit pour égayer la pièce et éviter le contact froid du sol stratifié.

De l'autre côté de la cheminée trônaient un grand coffre à jouets en bois ainsi qu'une étagère pour les livres de Tegan. Cerise sur le gâteau : j'avais écrit « Tegan » en lettres autocollantes de couleurs vives sur la porte.

— Oui, c'est ta chambre. Tu peux y faire tout ce que tu veux, dis-je, décidant que le « dans la limite du raisonnable » était sous-entendu.

— Vrai de vrai ?

Tegan restait toujours immobile sur le seuil.

— Vrai de vrai. Dis, tu as l'intention de rester là toute la journée ?

Elle fit quelques pas hésitants à l'intérieur de la pièce, puis s'assit sur le lit.

— Si tu veux, tu pourras coucher ici dès ce soir. Mais si tu préfères continuer à dormir avec moi, il n'y a pas dc problème.

— J'aime beaucoup ce lit, décréta-t-elle. Je crois que nous y serons très bien, Meg et moi.

— Génial. Je vais me préparer du thé. Pourquoi n'essaies-tu pas ta télé et ton lecteur de DVD en attendant ?

Tegan hocha la tête avec enthousiasme, sauta du lit et courut vers la petite télé et le lecteur de DVD que je venais d'acheter.

Jamais je n'avais tant dépensé d'argent et j'étais effarée par le prix des choses. Je n'étais pas prévoyante, financièrement parlant. Je payais mon loyer en temps et en heure, je réglais la plupart de mes factures dans les délais et je dépensais beaucoup trop pour mes sorties. Cela dit, en dépit de mes fonctions directoriales, je ne percevais pas un salaire mirobolant. Je vivais constamment avec un découvert et une carte de crédit à débit différé. (Nate avait été l'élément pondérateur dans notre couple, mais sa modération n'avait pas déteint sur moi.) Et maintenant que j'avais un enfant à charge, la situation risquait de devenir très compliquée.

Malgré toute la tendresse que j'avais pour elle, force était de constater que Del était un panier percé, et il avait fallu qu'elle disparaisse pour que je prenne toute la mesure de son manque de prévoyance. De son irresponsabilité, même. Eh oui, le mot était lâché. J'avais osé penser que Del était irresponsable. Elle adorait sa fille, à n'en pas douter, mais elle n'avait rien prévu pour garantir son avenir. Elle ne possédait pas d'économies – rien qu'une garde-robe fastueuse. Elle n'avait souscrit aucune assurance-vie, aucun plan de retraite, rien. La seule chose avisée qu'elle avait faite était d'avoir pris une assurance sur ses cartes de crédit et ses comptes avaient été automatiquement apurés quand j'avais envoyé son acte de décès aux différents organismes financiers.

Je suppose qu'elle avait cru, comme moi, qu'elle avait la vie devant elle. Si Nate ne m'avait pas fait la guerre pendant trois longs mois, je n'aurais jamais souscrit un plan d'épargne retraite. Sans en avoir vraiment conscience, je me disais qu'il serait toujours temps, dans quelques années, de m'occuper de mes vieux jours, de mettre de l'argent de côté, de commencer à lire les pages financières des journaux et de me sentir concernée par les garanties spéciales en cas d'invalidité.

Mais les années avaient passé et ces bonnes résolutions étaient restées lettre morte. Et il en allait de même pour Del.

Tegan et moi allions devoir sérieusement nous serrer la ceinture.

J'attendis un peu pour faire infuser le thé afin de laisser à Tegan le temps de prendre tranquillement ses marques dans son nouvel espace. Quand je la rejoignis, elle avait couché Meg dans son lit et rangé tous les livres sur son étagère par ordre de taille.

— J'aime beaucoup ma chambre, m'informa-t-elle tout en prenant le verre de jus d'ananas que je lui tendais avant de s'asseoir par terre.

Je m'assis à côté d'elle et contemplai la pièce. Elle était beaucoup moins grande que sa chambre de Guildford, mais elle était tout à elle, et sans mauvais souvenir. En parlant de souvenir...

— Je suis contente qu'elle te plaise, Tiga. J'ai quelque chose pour toi.

— Un cadeau ?

Ses yeux se mirent à briller.

— En quelque sorte.

Je me levai et regagnai la cuisine pour y prendre le petit sous-verre que j'étais allée récupérer dans les affaires de Del pendant que Tegan dormait.

— Je sais que ça risque de te rendre triste au début, mais je pense que tu seras contente de l'avoir près dc toi.

Je lui tendis la photo que Del gardait sur sa table de chevet, à l'hôpital. Cette photo sur laquelle elles souriaient toutes les deux à l'objectif, heureuses et unies.

Tegan hésita, les yeux grands ouverts et apeurés. Puis elle posa son verre et prit la photo dans ses deux mains. Ses cheveux me masquaient son visage penché vers l'avant.

— Ta maman était vraiment très jolie, murmurai-je prudemment.

Elle hocha la tête sans un mot.

— Tu n'es pas obligée de la mettre tout de suite dans ta chambre, ma chérie, précisai-je, craignant d'être allée trop vite. Je peux la ranger et te la donner plus tard, si tu préfères.

À quoi avais-je pensé ? Je ne supporterais pas d'avoir toute la journée une photo d'Adèle sous les yeux, alors pourquoi Tegan le pourrait-elle ?

Tegan se leva, se dirigea vers la télé et y déposa le cadre.

— Je crois que je vais la mettre là. C'est bien, Maman Ryn ?

— C'est parfait, mon cœur, fis-je en souriant.

15

Les feuilles bruissaient doucement sous les doigts de la directrice d'école. Assise en face d'elle, Tegan à côté de moi, je la regardais, la gorge serrée, feuilleter le dossier.

Ignorant ma nervosité, elle s'arrêta sur une page en particulier, plissa les yeux – bien qu'elle eût ses lunettes sur le nez –, puis leva la tête et m'évalua du regard. Je sentis tout mon visage se crisper, alors elle m'adressa un bref sourire, purement mécanique, avant de se remettre à étudier la page en question. Mon rythme cardiaque s'accéléra à mesure qu'elle parcourait les feuilles contenues dans la chemise beige cartonnée. D'où venaient toutes ces informations ? Pas de moi en tout cas. Quand j'avais appelé l'école afin de leur demander la marche à suivre pour inscrire une enfant à la rentrée de septembre, ils m'avaient répondu que je devais leur donner le nom de l'enfant, son ancienne adresse et le nom de son ancienne école ; mais qu'il était inutile de remplir une quelconque fiche.

— Aucune demande écrite ? avais-je insisté.

— Non.

— Alors, n'importe qui peut venir n'importe quand et dire : « Je veux que mon enfant soit inscrit dans cette école » ?

— À condition qu'il habite dans le secteur scolaire, oui. Et, bien sûr, qu'il y ait de la place dans l'établissement, avait répondu la secrétaire.

— Ce n'est pas très normal.

— Pourquoi ?

— Parce qu'il est plus compliqué d'obtenir une carte de fidélité dans un supermarché ! Et si vous aviez affaire à un imposteur ?

— Un enfant imposteur ?

Le ton sur lequel elle m'avait répondu laissait entendre qu'elle me prenait pour une folle, mais je n'en démordais pas : ce n'était pas normal. À chaque étape de ma vie, j'avais pu constater combien il était difficile de s'intégrer à un groupe, quel qu'il soit : sport, syndicat d'étudiants, boulot… Il y avait toujours un tas de fiches à remplir, d'informations à fournir, des petits morceaux de soi-même à semer aux quatre coins de la planète. La marche à suivre pour inscrire un enfant dans une école aurait dû être plus compliquée. Du coup, j'avais demandé à rencontrer la directrice, histoire de me créer des difficultés, et aussi parce que je voulais visiter les lieux. Pas question d'inscrire Tegan dans un endroit qui allait tenir une place importante dans sa vie sans avoir vu de mes yeux à quoi il ressemblait.

Je tenais à pouvoir visualiser ce qu'elle me raconterait de ses journées. Et à m'assurer que toutes les choses que j'avais lues sur cette école – un lieu sûr doublé d'un cadre agréable – étaient exactes, qu'il n'y avait pas de bouches d'égout ouvertes au milieu des couloirs et que de l'eau ne suintait pas le long des murs. Il y avait une semaine que j'avais pris rendez-vous, alors que je croyais encore devoir m'assurer que l'école correspondait bien à mes critères. Puis, les jours passant, mes exigences s'étaient amoindries et j'avais commencé à m'inquiéter de la possibilité qu'ils refusent d'inscrire Tegan. Et s'ils ne voulaient pas d'elle ? Cette peur n'avait cessé de monter en moi jusqu'à se concrétiser dans mon esprit non plus comme une simple éventualité mais comme une horrible certitude. Le matin même, Tiga et moi avions changé de tenue une bonne dizaine de fois, avant d'opter, elle pour une robe en jean rouge et un tee-shirt blanc, et moi pour une jupe droite noire avec une veste blanche. J'avais laqué mes cheveux pour qu'ils ne fassent pas de fantaisies, et attaché la queue-de-cheval de Tegan avec un ruban rouge.

J'avais dû lâcher plusieurs fois la main de Tegan sur le chemin de l'école primaire de Broadgate afin d'essuyer mes paumes moites. Je ne me souvenais pas d'avoir ressenti une telle anxiété avant un rendez-vous, mais l'angoisse qui m'avait broyé l'estomac au moment où nous étions entrées dans le bureau de la directrice m'avait prouvé que je n'avais pas encore atteint le summum de mon inquiétude.

Mme Hollaby devait avoir une bonne soixantaine d'années si je m'en remettais à son visage ridé et à ses cheveux gris-blanc tirés en chignon. Sa tenue vestimentaire – un tee-shirt blanc éclaboussé de taches colorées formant le nom de l'école, et un jean délavé à ceinture élastique – ne cadrait en revanche pas avec son physique et me mettait en porte à faux : j'avais l'air guindée et mes vêtements faisaient trop habillés.

Je me redressai sur ma chaise et tentai d'afficher l'assurance qui avait réussi à convaincre en son temps les plus hautes instances dirigeantes d'Angeles de donner le feu vert à mon projet de magazine, mais mes yeux me trahissaient certainement et devaient montrer que je m'interrogeais sur le contenu de ce dossier. Y était-il fait mention de la mort d'Adèle ? Y livrait-on le nom du père de Tegan ? Révélait-on que j'avais abandonné ma meilleure amie au moment où elle avait eu le plus besoin de moi ?

— Madame Matika... commença Mme Hollaby en relevant la tête.

— Mademoiselle. Mais vous pouvez m'appeler Kamryn.

Ses lèvres esquissèrent un autre de ces sourires de commande qui accrut mon malaise.

— Bien. Kamryn, il est vraiment dommage que votre compagnon n'ait pas pu vous accompagner.

— Je n'ai pas de compagnon, répondis-je calmement.

Mme Hollaby fronça les sourcils.

— Vous êtes bien... parente avec Tegan ?

— Absolument.

— Sa seule parente ?

— Oui.

Madame la directrice parcourut le dossier en diagonale pour tenter de comprendre comment une petite fille au teint de porcelaine et blonde comme les blés pouvait avoir pour parente Kamryn Matika, peau chocolat et cheveux de jais.

Je la regardai chercher en me demandant si j'allais la laisser tâtonner à l'aveuglette. Non, bien sûr. Je devais lui donner la clé de ce mystère, dans l'intérêt même de Tegan. Si cette femme devait la prendre en charge, elle devait être mise au courant de la situation.

— Je suis sa tutrice légale, expliquai-je succinctement, laissant entendre par le ton sec de ma voix que je ne souhaitais pas aborder le sujet en présence de l'intéressée.

Et pour que ce soit parfaitement clair, je tournai les yeux vers Tegan. Elle était assise bien au milieu de sa chaise, tenait Meg dans ses bras et dévisageait « la dame au chignon » avec une sorte de fascination, comme s'il s'agissait d'un spécimen rare et inconnu.

« La dame au chignon » comprit ma réticence et décrocha le téléphone. Je regardai ses longs doigts composer un numéro, puis elle demanda à quelqu'un de venir dans son bureau. Quelques secondes plus tard entra une jeune femme portant le même tee-shirt bariolé que la directrice et un jean délavé. Elle avait de longs cheveux bruns, raides et soyeux, qui lui arrivaient à la taille. Après avoir échangé quelques mots avec Mme Hollaby, elle s'accroupit devant Tegan, l'informa qu'elle s'appelait Maya et lui demanda si elle voulait rencontrer les enfants qui jouaient dans la garderie.

Tegan se tourna brusquement, les yeux écarquillés par la panique.

— Si ça te fait envie, tu peux y aller. Mais ce n'est pas une obligation. C'est toi qui décides. Tu veux y aller ?

Elle hocha la tête.

— Alors vas-y. J'irai te chercher tout à l'heure.

Elle me fit un grand sourire.

— D'accord, répondit-elle avant de se laisser glisser de sa chaise.

Elle quitta la pièce en tenant la main de Maya.

Je les regardai s'éloigner, soudain submergée par l'angoisse. Et si je devais ne plus jamais la revoir ? Je ne savais absolument rien de cette Maya. Elle pouvait parfaitement quitter l'école avec Tegan, et...

— Elle ne risque rien, déclara Mme Hollaby.

Je me retournai vers elle.

— Je sais. Mais je ne peux pas m'empêcher de m'inquiéter.

— Je vois ça, en effet.

Je soupirai silencieusement afin de me décrisper et de me préparer psychologiquement à ce qui allait suivre. J'allais laisser une parfaite inconnue fouiller dans ma vie. Depuis la trahison d'Adèle et de Nate, je n'avais ouvert mon cœur à personne. Ted avait entrevu deux ou trois choses de moi, mais j'avais fait très attention de ne pas trop en dire. Il était toujours risqué de se confier.

— Je suis la tutrice légale de Tegan, répétai-je.

Je fis une pause. Doucement. Je devais y aller tout doucement, pas à pas.

— Sa mère était ma meilleure amie et elle est décédée il y a peu. Avant de... avant de nous quitter, elle m'a confié la garde de Tegan qui est désormais sous ma responsabilité.

Mme Hollaby se leva et vint s'asseoir à côté de moi, sur la chaise laissée libre par Tegan. Elle croisa les mains sur ses genoux et m'examina posément, avec la même attention qu'elle avait mise à la lecture du dossier de Tegan, comme si toute ma vie allait s'écrire peu à peu sur mon visage. Elle semblait à deux doigts de me prendre dans ses bras et j'eus un mouvement de recul – juste au cas où.

— J'ai l'intention de l'adopter car c'est ce que souhaitait sa mère.

Personne d'autre n'était au courant. Tout le monde pensait que j'allais m'occuper de Tegan, mais nul ne savait que j'avais l'intention de faire d'elle une Matika.

— Sa maman est mor... partie il y a seulement trois semaines, mais j'ai déjà déposé une demande.

— Ce doit être très difficile pour vous.

— J'ai l'air à ce point désespérée ?

J'avais voulu faire un peu d'humour, pour donner le change, mais ma voix s'érailla et ma tentative échoua lamentablement.

Les sourcils de la directrice se froncèrent en une expression émue. Je me raidis et détournai les yeux. Je ne voulais surtout pas de sa compassion – je perdais tous mes moyens quand on me témoignait de la sympathie. Je fixai par la fenêtre un point situé derrière son épaule. Tout était si lumineux. C'était une magnifique journée d'été, vibrante de chaleur et de soleil.

— Avez-vous contacté une assistante sociale ? demanda la dame au chignon.

— À vrai dire, je... je n'ai pas encore eu le temps de m'en occuper, avouai-je en évitant toujours de la regarder. J'ai dû réaménager l'appartement pour que Tegan puisse avoir sa propre chambre. Il a fallu tout changer de place, repeindre, acheter des meubles et... Enfin, je n'ai encore fait aucune démarche, mis à part venir ici. Je pensais que si elle était inscrite à l'école, elle aurait peut-être accès à une garderie ou à un centre aéré en attendant la rentrée. Je vais devoir retourner travailler et... Mais je m'occuperai de contacter les services sociaux très bientôt, c'est promis.

Elle referma sa main sur la mienne, ce qui me fit sursauter.

— Ce n'était pas un reproche, Kamryn. Je vous posais la question parce qu'ils peuvent vous aider. Ils sont là pour ça. Pas seulement pour les dossiers d'adoption, mais aussi pour trouver une solution aux problèmes que vous rencontrerez au quotidien. Ils pourront également vous indiquer un bon psychologue.

Un sentiment de panique m'envahit. Un psychologue ?

— Tegan n'est pas malade, protestai-je.

— Un psychologue l'aiderait à mettre des mots sur sa souffrance et à mieux faire son travail de deuil. Et il répondra à toutes les questions qu'immanquablement vous vous poserez sur votre rôle de mère.

— Euh... oui. Bien. J'y réfléchirai.

— Les parents d'un de nos élèves ont également entamé une procédure d'adoption. Voulez-vous entrer en contact avec eux ?

J'eus encore un mouvement de recul. Je ne savais pas si je redoutais plus qu'elle me serre contre elle ou qu'elle arrange une rencontre entre parents.

— Vous n'aimez pas parler de vous, je me trompe ? observa-t-elle finement.

— Non, en effet, répondis-je, soulagée par sa remarque.

— Je comprends.

— Et pour ce qui est de notre inscription – je veux dire, de l'inscription de Tegan ? Elle pourra intégrer l'école à la rentrée prochaine ?

Mme Hollaby hocha la tête.

— Mais oui. Nous serons ravis de la compter parmi nos élèves. Elle me semble être une adorable petite fille.

— Oh, elle l'est. Et vous avez une garderie ?

— Bien sûr. Nous accueillons les enfants de huit heures du matin à dix-huit heures trente, le soir. Nous prenons en charge le petit déjeuner et le déjeuner et nous fournissons aux enfants un goûter léger avant que les parents viennent les récupérer. Nous organisons toutes sortes d'activités pendant la journée, comme des séances de lecture et de dessin, ainsi qu'une sieste.

— C'est coûteux, je présume.

— Malheureusement oui.

De toute façon, ce serait moins cher qu'une nounou à temps plein. J'avais eu beau faire et refaire mes comptes, même en limitant mes dépenses à quelques vêtements par-ci par-là et en mangeant des pâtes et des pommes de terre au dîner, les fins de mois resteraient très difficiles. Évidemment, il me faudrait quitter le bureau à l'heure pile tous les soirs pour aller chercher Tegan. Mais en sautant le déjeuner et en travaillant le soir à la maison, quand Tegan serait couchée, je réussirais à combler mon retard.

— Est-ce qu'il vous reste de la place jusqu'à la rentrée ?

Le sourire de Mme Hollaby creusa un million de rides dans son visage.

— Nous ferons en sorte qu'il y en ait une pour Tegan.

— Oh merci ! Merci !

Je me jetai à son cou et l'étreignis avec enthousiasme. Enfin un point positif ! C'était un petit pas en avant, minuscule, mais tellement important à mes yeux ! Je sentis Mme Hollaby se raidir et, prenant tout à coup conscience de mon comportement déplacé, je laissai retomber mes bras et repris plus calmement :

— Euh, merci, c'est formidable. Puis-je aller chercher Tegan, maintenant ?

Je ne sais si c'était en raison de l'atmosphère confinée du bureau, mais j'éprouvai soudain le besoin de sortir, de retrouver Tegan. J'avais tellement l'habitude qu'elle soit à côté de moi, ou dans mon champ de vision, que je me sentais perdue sans elle.

Dans les couloirs, les pans de murs entre les fenêtres étaient couverts de grands panneaux en liège, sur lesquels étaient affichés des dessins d'enfants. J'identifiai au passage une vache, un cheval ou un dragon, et même une figure humaine sur les œuvres les plus abouties.

Je fus aveuglée par le soleil au seuil d'entrée de la garderie et je dus cligner des yeux pour chercher Tegan du regard. Je l'imaginais dans un coin de la pièce, serrant Meg contre elle et priant pour que je vienne la récupérer au plus vite. Mais j'avais beau scruter tous les recoins, je ne l'apercevais nulle part et la peur commençait à me serrer la poitrine. Où était-elle ? Où l'avait-on emmenée ?

J'étais à deux doigts de secouer la directrice pour exiger qu'elle me rende ma fille, quand je l'aperçus, au milieu d'un groupe de quatre autres fillettes, discutant à voix basse avec le même sérieux et la même gravité que des jurés délibérant à un procès d'assises. Elles étaient toutes de la même taille que Tegan. Deux d'entre elles étaient brunes, la troisième blonde, et la dernière châtain-roux. *La mienne est de loin la plus jolie*, décrétai-je silencieusement avec fierté, en dépit du fait que deux des petites filles soient dos à moi. Comme si elle avait senti que je la couronnais mentalement Reine de Beauté de son école, Tegan leva les yeux. Nos regards se croisèrent et elle me décocha un sourire radieux. Elle agita la main dans laquelle elle tenait Meg puis, sans attendre ma réponse, elle se replongea dans la conversation.

— Apparemment, elle s'est parfaitement intégrée, commenta Mme Hollaby en souriant.

— Je me suis fait plein d'amies ! déclara Tegan.

Elle avait glissé sa main dans la mienne et balançait le bras d'avant en arrière tout en sautillant sur le trottoir. Meg oscillait au même rythme dans son autre main.

— C'est vrai ? Ça me fait plaisir, dis-je.

Je baissai les yeux pour la regarder et je vis qu'elle m'observait.

— D'abord, il y a Crystal, énuméra-t-elle. Elle a un frère qui s'appelle Cosmo. Il est plus petit qu'elle. Après il y a Ingrid. Elle un grand frère, Lachlan. Je n'ai pas de frère, moi, hein ?

— Non.

— Ensuite, il y a Matilda. Alors elle, c'est terrible. Elle a une sœur qui s'appelle Marlene et une autre qui s'appelle Maeva. Et un frère qui s'appelle Declan. Et un autre qui s'appelle Dorian. Et encore un autre frère qui s'appelle Daryl !

— Eh bien ! Ça fait beaucoup de frères et sœurs.

Elle hocha la tête et sa queue-de-cheval fouetta l'air.

— Matilda m'a demandé si je revenais demain. Est-ce que je reviens demain, Maman Ryn ? J'ai le droit ?

— Pas demain, chérie. La semaine prochaine. Tu as envie d'y retourner ?

— Oui.

— Ça ne t'ennuie pas, tu es sûre ?

— Oui. J'ai hâte de revoir mes amies Crystal et Ingrid et Matilda !

Elle était tout excitée.

Jamais, petite, je ne m'étais fait d'amies aussi rapidement. Pas même adulte. Se faire des amis ne posait visiblement aucun problème à Tiga.

— Parfait, alors tu reviendras.

Elle me fit un sourire rayonnant qui planta une petite pointe de jalousie dans mon cœur. Je m'étais sentie perdue de ne pas l'avoir auprès de moi pendant dix minutes, et elle ne pensait déjà qu'à me quitter.

— Tu resteras jouer avec moi, la semaine prochaine ? demanda Tegan.

— Eh non. Je dois aller travailler.

Tegan stoppa net.

— Pourquoi ? demanda-t-elle, complètement paniquée.

J'avais souhaité qu'elle ressente un peu de vague à l'âme à l'idée que nous soyons séparées, mais pas une telle terreur.

— Parce que les grandes personnes doivent travailler. Mais ce n'est pas grave : tu pourras jouer avec tes amies et ensuite tu me raconteras tout.

— Mais... tu viendras me chercher après ton travail ?

— Bien sûr. Et tu me diras tout ce que tu auras fait pendant la journée. Il faudra tout me dire !

— Tu promets que tu viendras me chercher ?

— Juré.

— Croix de bois, croix de fer, si tu mens, tu vas en enfer ?

— Oui.

Elle me regarda jusqu'à ce que je répète la formule :

— Croix de bois, croix de fer, si je mens, je vais en enfer.

Tegan sourit et se remit à sautiller, sa bonne humeur retrouvée.

— On pourrait acheter à manger et s'asseoir dans le parc pour le reste de la journée, qu'est-ce que tu en penses ? suggérai-je.

— D'accord. Mais d'abord, il faut qu'on passe par la maison.

— Pourquoi ?

— Pour que tu puisses te changer. Sinon, tu vas te salir.

— Tu as tout à fait raison !

Tegan sourit de plus belle, découvrant ses petites dents blanches. Le visage d'Adèle se superposa subitement au sien. Je revis Del le jour où nous nous étions rencontrées, je revis son sourire lumineux, comme si… Je pris tout à coup conscience de ce que Tegan venait de dire. « Il faut d'abord qu'on passe par la maison. » *La maison*. Elle considérait mon appartement comme sa maison, ce qui signifiait qu'elle se sentait bien chez moi, avec moi.

— Tu sais ? reprit-elle en levant son visage vers moi.

— Non, quoi ?

— Crystal, elle a un chat.

« Il n’a pas une tête de monstre. »

16

J'hésitai à la porte du bureau du neuvième étage, la main levée, prête à frapper.

À l'intérieur se tenait Luke Wiseman, le nouveau directeur du marketing d'Angeles, qui m'avait convoquée par e-mail, trois jours après mon retour chez Angeles, afin de « lier connaissance ».

La perspective de reprendre le travail me faisait passer sans aucune transition de la panique la plus totale à l'euphorie la plus complète. Mon baromètre interne pointait sur « peur bleue » dès que je pensais à ma longue absence et au fait que j'avais sûrement oublié comment travailler. Puis il remontait d'un coup et indiquait « excitation extrême » parce que mon retour signifiait que j'allais devoir relever un défi et j'adorais ça. Et c'était de nouveau la dépression parce que je me retrouverais à des lieues de Tegan, tributaire des transports en commun et des embouteillages, et que je devrais tous les jours courir entre Angeles et l'école.

Entre deux pics d'angoisse et d'euphorie se profilait mon premier face-à-face avec Luke Wiseman – mon nouveau patron –, avec qui j'allais être amenée à travailler huit heures par jour, le symbole vivant de mon échec. L'homme qui avait obtenu le poste que je convoitais. Chaque fois que je le verrais, je me souviendrais que j'avais dévissé à une longueur du sommet.

Le matin du grand jour, Tegan m'avait gratifiée d'un câlin spécial devant la grille de son école.

— Amuse-toi bien à ton travail, m'avait-elle dit gravement, comme si c'était moi l'enfant et elle l'adulte.

J'avais pris le train pour le centre-ville comme on monte à l'échafaud. Une pensée m'obsédait : il ne fallait pas que je me laisse intimider par Luke Wiseman. À mon arrivée au bureau, j'étais partagée entre l'envie de vomir et celle de le gifler à la seconde où je le verrais pour lui montrer qui était le vrai patron ici. Dix minutes plus tard, j'avais appris qu'il se trouvait à Londres jusqu'au vendredi midi.

Et à présent, nous étions vendredi.

Quand j'avais su que l'affrontement avec l'usurpateur était différé de quelques jours, mon stress était instantanément retombé et je m'étais laissée aller aux joies des retrouvailles, savourant les petites visites de bienvenue de mes collègues qui m'informaient de ce qui s'était passé depuis mon départ. Betsy, qui s'était retrouvée toute seule dans notre bureau pendant presque deux mois, m'accueillit comme si j'étais partie un an à l'étranger. Elle se porta volontaire toute la journée pour préparer le thé, et se levait toutes les dix minutes pour me serrer dans ses bras.

— Je suis trop contente ! Tu m'as manqué !

— Toi aussi, répondis-je, un peu surprise, mais néanmoins ravie de ce témoignage d'affection.

Nous étions copines, Betsy et moi, mais j'avais toujours pensé qu'il s'agissait d'une simple relation de bureau. Apparemment, mon absence lui avait vraiment fait quelque chose.

Ted était parti la veille, avec son élégance et sa discrétion habituelles. Il m'avait demandé de l'accompagner à la brasserie du coin pour déjeuner et, une fois là-bas, il m'avait avoué qu'il ne reviendrait pas au bureau, qu'il avait horreur des pots d'adieu et de tous les discours pompeux qui allaient avec, alors j'avais eu droit à un « Au revoir, Kamryn, je te tiens au courant ».

Et voilà, plus de Ted.

Maintenant, il me fallait conquérir Luke… Je me redressai et frappai à la porte. Une voix de baryton m'invita à entrer.

Je pris ma respiration puis je franchis le seuil du vaste bureau aux murs blancs. Les stores de la fenêtre étaient baissés, sans doute pour abriter l'ordinateur de la lumière directe du soleil. Je regardai autour de moi, cherchant à identifier les transformations que Luke avait pu apporter à la pièce. Le grand yucca était toujours dans un coin, le bureau n'avait pas changé de place, idem pour la table de réunion, dans l'angle, avec ses quatre chaises bleues. Il n'avait pas cherché à marquer les lieux de son empreinte, pour prouver qu'il s'agissait bien de son bureau. À sa place, j'aurais affiché les couvertures de *Living Angeles* au mur, j'aurais ajouté une plante ou deux, j'aurais… – *Stop. C'est Luke qui a le poste et le bureau qui va avec, et tu dois l'accepter.*

L'homme derrière le bureau ne se leva pas pour m'accueillir. En fait, il se renversa dans son fauteuil, étendit ses longues jambes et me toisa sans vergogne. J'en fis autant, avec toutefois plus de discrétion.

Ses traits, fermes et virils, semblaient avoir été modelés par un artiste. Sa peau était lisse et bronzée. Il avait un nez droit et sa mâchoire formait une ligne douce qui s'incurvait vers le menton. Ses cheveux noirs, coupés très court, ajoutaient à l'étonnante perfection de ce visage. Autour de sa bouche sensuelle se dessinait une fine moustache, aussi mince qu'un trait de crayon, qui formait de chaque côté de son visage une ligne de barbe. Mais le plus fascinant, sans doute, c'étaient ses yeux : noisette avec des paillettes orangées – on aurait dit de l'ambre. M. Wiseman portait une chemise blanche, col ouvert, dont il avait remonté les manches, avec un élégant pantalon beige. Son allure générale indiquait qu'il pratiquait la musculation. Je connaissais ce type d'homme pour avoir travaillé avec plusieurs spécimens : il était Monsieur Carrière. Dynamique, entreprenant, dévoré d'ambition. Toute personne travaillant avec lui devait se donner à deux cents pour cent, sous peine d'être mise au rebut.

Pendant que je l'évaluais, Luke Wiseman n'était pas en reste : ses yeux noisette me détaillaient de haut en bas, s'arrêtant sur mes cheveux noirs coupés au carré, mes yeux bruns, ma bouche sans maquillage, mon corps dissimulé sous une liquette à manches longues en coton rouge uni et un pantalon noir, mes orteils aux ongles non vernis dépassant de mes sandales à semelles compensées. La déception se lut dans son regard. De toute évidence, ce qu'il venait de voir ne lui avait pas fait une impression favorable.

— Asseyez-vous, ordonna-t-il.

— Pourquoi, ça va être long ? rétorquai-je, sur le même ton hostile.

Il sourit, et cette soudaine offensive de charme me prit complètement au dépourvu.

— Je vous en prie, Kamryn, déclara-t-il avec chaleur tout en m'indiquant la chaise en face de son bureau. Prenez un siège.

Trop tard pour les violons, mon petit vieux, songeai-je. *J'ai vu de l'aversion dans tes yeux, je sais ce que tu penses de moi*.

— Merci, mais je préfère rester debout, affirmai-je en répondant à son sourire charmeur par un sourire plus doucereux et plus hypocrite encore. J'ai beaucoup de travail.

Son sourire se figea légèrement et il m'examina quelques secondes, se demandant par quel bout m'attraper.

— Qu'est-ce que vous faites ce soir ?

— Pardon ? demandai-je, décontenancée.

— J'ai dîné avec tous les chefs de département afin de connaître leur opinion sur la politique marketing d'Angeles, pour voir s'ils avaient des idées à proposer. Vous êtes la dernière sur ma liste… Si vous n'avez rien de prévu ce soir, nous pourrions liquider la question. Qu'en pensez-vous ?

La quantité d'insultes présentes dans cette courte réplique m'impressionna.

1. « La dernière sur ma liste ». *Pour le cas où je ne me rendrais pas compte que je suis juste assez bonne pour finir en queue de peloton.*

2. « Si vous n'avez rien de prévu ce soir ». *Bien sûr, je n'ai pas d'amoureux, pas d'amis, je passe forcément mes vendredis soir en tête à tête dans ma cuisine avec une tranche de veau froid mayonnaise.*

3. « Nous pourrions liquider la question ». *Comme si j'étais une corvée magistrale, une sorte de visite de contrôle chez le dentiste – désagréable mais nécessaire.*

— Entendu pour le dîner, acquiesçai-je, mon sourire toujours solidement vissé aux lèvres.

— Parfait ! Rendez-vous dans le hall à dix-huit heures trente, répondit-il avec un sourire au moins aussi faux que le mien.

— Je m'en fais une joie.

— Et moi donc, marmonna-t-il alors que je refermais la porte.

J'arrivai dans le hall à dix-huit heures trente-deux d'après la grosse horloge accrochée au-dessus de la réception. Luke m'attendait déjà, très impressionnant avec son mètre quatre-vingt-dix et son imperméable beige. À la seconde où je sortis de l'ascenseur, il regarda ostensiblement sa montre puis me décocha un de ses sourires bidon, comme si j'avais eu deux heures de retard.

— Je ne vous ai pas fait attendre, j'espère, claironnai-je en m'arrêtant devant lui.

— Seulement deux minutes, répondit-il sèchement.

— L'ascenseur a mis un peu plus longtemps qu'escompté.

— Je ne prétends pas que c'est votre faute.

— Une chance que vous me connaissiez si bien.

— J'ai retenu une table au restaurant qui fait l'angle dans…

Il s'interrompit pour regarder sa montre.

— Sept minutes. Nous ferions bien de nous dépêcher si nous ne voulons pas être encore plus en retard.

— Très bien.

Nous prîmes à droite en quittant l'immeuble puis nous traversâmes Vicar Lane avant de virer à gauche dans King Edwards Street. Le temps était lourd et humide, les passants semblaient abattus, comme s'ils n'aspiraient qu'à une chose : se rouler en boule dans un coin et dormir. Mon imperméable rouge sur le bras, je luttais pour ne pas fermer les yeux et m'abandonner à la torpeur qui m'envahissait.

Il avait réservé chez D'Vine, un petit restaurant français devant lequel j'étais passée à plusieurs reprises sans jamais y entrer. De la musique douce donnait un fond sonore et les lumières étaient tamisées. C'était un restaurant assez intime, plus propice à un tête-à-tête amoureux qu'à une discussion d'affaires. Je m'étais plus ou moins attendue qu'il m'emmène dans un vulgaire snack où il m'aurait offert le plat le moins cher de la carte en m'informant que si je voulais une boisson, je devrais la payer moi-même.

Après nous avoir débarrassés de nos manteaux, le maître d'hôtel nous installa à une table pour deux au milieu de la salle déjà pleine. On nous apporta les menus, et chacun de nous se cacha instantanément derrière. J'épluchai soigneusement la carte en décidant que, tant qu'à perdre ma soirée avec cet homme, il fallait qu'il le sente passer. J'optai donc pour le plat le plus cher – du homard thermidor – et pour une salade de crabe en entrée.

Quand le serveur se présenta, Luke eut l'élégance de commander une excellente bouteille de vin rouge, oubliant de me demander ce que je voulais boire. Comme je détestais le vin rouge, je demandai de l'eau. Nous passâmes commande – l'un des sourcils de Luke tressauta à l'énoncé de mon plat – puis nous rendîmes le menu au serveur et nous nous adossâmes chacun à notre chaise.

— Et maintenant, Kamryn, parlez-moi de vous, dit Luke.

Je passai les inflexions de sa voix au crible, essayant de démêler les fils géographiques de son accent. C'était un entrelacs d'américain – région côte Est/New York – et d'anglais du sud de l'Angleterre – Londres – avec, peut-être, une légère incursion dans les Midlands – du côté de Birmingham.

— Que voulez-vous savoir ? demandai-je en évitant soigneusement de croiser son regard.

Chaque fois que je levais les yeux vers lui, je voyais du... oui, du dégoût sur son visage. Quelque chose en moi le révulsait. Mon look ? Ma silhouette ? Le seul fait que j'existe ? Je n'arrivais pas à comprendre ce qui le gênait, ni même pourquoi il m'avait prise en aversion dès qu'il m'avait vue. C'était pourtant bien lui qui avait obtenu le poste de directeur, et pas moi. Il ne faisait même pas d'effort pour dissimuler son animosité qu'il arborait comme un badge : « Je m'appelle Luke Wiseman et Kamryn Matika me donne envie de vomir. »

— Tout ce que vous voudrez bien me dire.

— Eh bien, j'ai trente-deux ans et je travaille pour Angeles depuis sept ans. Cinq dans les bureaux londoniens, et deux ici. J'ai créé *Living Angeles* avec Ted. En fait, c'était mon idée, mais je ne suis pas du genre à me mettre en avant. Je ne vois rien d'autre à dire, si ce n'est que j'aime mon travail et que je suis triste que Ted soit parti.

Le sourcil gauche de M. Wiseman se leva lentement tandis qu'il me dévisageait avec la même affabilité que si j'étais un monstre à deux têtes.

— En réalité, je vous demandais de me parler de vous, pas de votre travail, précisa-t-il sur un ton supérieur.

En plus j'étais censée deviner ce que ce monsieur voulait dire !

— J'aimerais en savoir un peu plus sur votre vie. Quels sont vos hobbies. Si vous êtes mariée, si vous avez des enfants...

— Je ne suis pas mariée, rétorquai-je d'une voix cinglante. Je vis seule et je n'ai pas... Ô mon Dieu !

Je me levai d'un bond, renversant ma chaise. Les autres clients s'interrompirent et me regardèrent d'un air effaré. Je ramassai mon sac et me précipitai hors du restaurant sans un mot d'explication.

Tegan ! Je l'avais oubliée. Je l'avais complètement oubliée !

Je déboulai dans la rue et fouillai fébrilement mon sac, à la recherche de mon téléphone portable, composai le numéro de l'école tout en courant, mais j'avais beau appuyer sur la touche *on*, il ne se passait rien. La batterie était à plat... voilà pourquoi personne ne m'avait prévenue.

Un sentiment de panique s'empara de moi et je me ruai le long de Vicar Lane, essayant de me rappeler le temps que j'avais mis le matin pour venir.

Que vont-ils faire d'elle ? La laisser sur le trottoir jusqu'à ce que quelqu'un se décide à venir la chercher ? Je ne connaissais aucun des autres parents, il m'était impossible de demander si une âme charitable l'avait prise en charge en mon absence. La pauvre devait attendre là-bas, assise sur une chaise, en pensant que je l'avais oubliée. Ce qui, hélas, était la vérité.

J'aperçus un taxi et je me jetai littéralement sous ses roues tout en le hélant. Il pila dans un crissement de pneus et je m'engouffrai à l'intérieur.

— L'école primaire de Broadgate, à Horsforth, vite ! Je doublerai le prix de la course si vous me déposez là-bas en moins de quinze minutes !

— Une urgence, trésor ? me demanda le chauffeur – un homme corpulent, coiffé d'une casquette marron.

— L'imbécile irresponsable qui devait aller chercher ma fille à l'école a oublié de le faire et celle-ci attend toujours. Toute seule. Il faut que j'arrive là-bas le plus vite possible.

— C'est comme si vous y étiez, lâcha-t-il laconiquement.

Et il démarra en trombe.

Alors que nous slalomions au milieu de la circulation, le chauffeur roulant aussi vite que possible, je pétrissais mon téléphone inutile en me mordillant la lèvre.

— Ça va aller, ça va aller, me rassurait-il.

J'étais incapable de répondre, écrasée par la culpabilité. J'avais oublié Tegan… Comment était-ce possible ? Comment avais-je pu l'oublier ? Comment ?

L'imposant bâtiment en brique rouge semblait désert quand j'arrivai à destination. Pas de voitures garées devant, pas d'enfants ni de parents s'égaillant dans la rue. Les grilles étaient fermées, et la peur me vrillait l'estomac. Je tendis vingt-cinq livres au chauffeur, tout l'argent liquide que j'avais sur moi, et je sautai sur le trottoir. La culpabilité me comprimait la poitrine. Je m'élançai vers les grilles pour tenter d'ouvrir et je m'aperçus qu'elles n'étaient pas fermées. Je courus jusqu'aux lourdes portes d'entrée qui s'ouvrirent tout aussi facilement.

— Tegan ?

Ma voix résonna dans le vide et une nouvelle vague d'angoisse me submergea. Et si une personne malintentionnée avait profité de son désarroi pour l'emmener ?

— Tegan ? appelai-je à nouveau.

Sa tête blonde apparut à la porte d'une salle de classe, au bout du couloir. Un sourire illumina son visage quand elle me vit, mais s'effaça aussitôt. Je me précipitai vers elle, m'agenouillai et la pris dans mes bras.

— Je suis désolée, mon cœur, chuchotai-je tout contre ses cheveux, soulagée de pouvoir la serrer contre moi puisqu'il ne lui était rien arrivé. Je suis terriblement, horriblement désolée.

Tegan resta silencieuse et subit passivement mon étreinte.

Maya, l'assistante maternelle que j'avais rencontrée le jour où nous avions visité l'école, apparut à son tour.

— Elle était persuadée qu'il vous était arrivé quelque chose, déclara-t-elle. D'autant plus que nous ne parvenions pas à vous joindre sur votre portable.

— La batterie est à plat. Je suis consternée. J'ai été retenue à mon travail. Je suis sincèrement navrée. Cela ne se reproduira pas. Je n'ai pas vu l'heure passer et ensuite... Je suis désolée.

Je desserrai mon étreinte et reculai légèrement pour regarder Tegan dans les yeux.

— Je te demande pardon, Tiga.

Maya s'accroupit à côté de nous et caressa les cheveux de la fillette.

— On s'est bien amusées, toutes les deux, pas vrai, Tegan ? On a fait des dessins.

— Je ne sais pas comment m'excuser. Je vous ai empêchée de rentrer chez vous...

— Ce sont des choses qui arrivent, répondit Maya.

Mais le ton de sa voix disait clairement qu'il valait quand même mieux que ça ne se reproduise pas.

— Allez, Tiga, on rentre à la maison. On va manger une pizza et regarder un DVD. Ça te dit ?

Elle hocha mécaniquement la tête, indifférente à ma proposition. Maya me tendit le petit cartable rose et blanc.

— Merci d'avoir pris soin d'elle.

— Aucun problème.

Tegan me donna la main et sourit à Maya qui nous disait au revoir, et nous nous dirigeâmes vers la sortie. Avant d'ouvrir la porte, je m'arrêtai pour serrer une fois de plus Tegan dans mes bras.

— Chérie, je suis vraiment désolée. J'ai fait quelque chose de mal aujourd'hui, mais je te promets que ça ne se reproduira plus jamais. C'est compris ?

Je contemplai son visage de bébé, ses grands yeux bleus pleins de tristesse et de peur mêlées. C'était ma faute. C'était mon irresponsabilité qui lui avait fait croire qu'elle avait été abandonnée.

— Je te jure que je ne le ferai plus jamais.

Tegan restait coite. Comme le jour où je l'avais emmenée de Guildford, quand elle ne parvenait pas encore à me faire confiance. Elle avait de nouveau peur de moi et se demandait si je n'allais pas la laisser tomber malgré mes promesses, en dépit du fait que j'avais juré « croix de bois, croix de fer » que je viendrais la chercher tous les soirs. Elle se demandait si sa nouvelle vie n'allait pas s'écrouler et tourner au cauchemar comme quand sa maman avait dû la laisser à Guildford lorsqu'elle était tombée malade. Tegan se débattait dans des sables mouvants, sans repères, et sans certitude de retrouver un jour la terre ferme, tout ça parce que je n'avais plus l'habitude de devoir informer quiconque de mes faits et gestes. Il y avait si longtemps que je n'avais pas tenu quelqu'un au courant de mes projets, que je n'avais même pas pensé… Mais ça allait changer parce qu'il était hors de question qu'un tel oubli se reproduise.

J'embrassai Tegan sur le front, puis je lui pris fermement la main et nous rentrâmes chez nous.

17

— Je suis sincèrement désolée, répétai-je à Tegan pour la centième fois.

Je fis tomber une pluie de corn flakes dans un bol et le posai devant elle.

— Cela ne se reproduira plus.

Elle regarda ses céréales sans répondre, attendant que je verse du lait dessus. Quand ce fut fait, elle plongea sa cuillère dans son bol et se mit à manger sans faire attention à moi.

Même pas six ans, et déjà experte dans l'art de la guerre psychologique. Je subissais son air buté et son silence dédaigneux depuis plus de quatorze heures. Son mutisme était un concentré d'indignation, de douleur et de colère. Je n'avais pas fermé l'œil de la nuit tellement je culpabilisais, mais rien de ce que je pouvais lui dire ne réussissait à traduire ma consternation ou à la convaincre que cela n'arriverait vraiment plus jamais. Il fallait pourtant bien en sortir, je ne pourrais supporter ce silence une heure de plus, encore moins le reste du week-end.

— Écoute... fis-je en m'asseyant sur la chaise à côté d'elle. Je te demande pardon. Je suis vraiment, vraiment désolée. Je ne recommencerai pas. Je te le promets. C'est... c'est à cause d'un type au bureau qui s'appelle Luke et qui me déteste. Bon, ce n'est pas grave parce que je ne l'aime pas non plus, mais je suis obligée de travailler avec lui. C'est lui mon nouveau patron. Et... et... il me fait peur.

Tegan engloutit une pleine cuillerée de corn flakes.

— Il a fallu que j'aille dîner avec lui et... et il est vraiment affreux. Tellement arrogant. Il est horrible !

— Comme un monstre ? demanda-t-elle, daignant enfin me répondre.

Je réprimai un soupir de soulagement. Apparemment, je parlais son langage.

Une image de Luke, avec sourcils touffus, griffes de yeti et canines de vampire, flotta brièvement devant mes yeux. Je hochai la tête.

— C'est ça ! Un vrai monstre.

— Oh...

Elle hocha la tête, marquant son empathie pour le calvaire que je devais endurer. Au même instant, on frappa à la porte et nous sursautâmes toutes les deux avant d'échanger un regard terrorisé. Nous n'avions pas reçu la moindre visite depuis que Tegan avait emménagé, et voilà que quelqu'un qui ne s'était pas annoncé par l'Interphone frappait à notre porte. Je me précipitai pour ouvrir.

Luke se dressait devant moi, immense, impressionnant, vêtu d'un jean délavé et d'un tee-shirt blanc qui moulait son torse musclé. Des lunettes de soleil Dolce & Gabbana étaient piquées dans son encolure.

— Vous ? Oh, bon sang !

Je réalisai soudain que je l'avais planté là, au beau milieu d'un restaurant après avoir commandé un repas hors de prix. Tout cela m'était complètement sorti de la tête !

— Mmm, j'adore produire cet effet sur les femmes, répondit-il d'un air ironique. En particulier quand c'est une femme qui apprécie tant ma compagnie qu'elle s'enfuit en courant au moment des hors-d'œuvre.

Il avait mon imperméable rouge dans les mains.

Avant que j'aie pu amorcer un début d'explication, Tegan apparut, enroula ses bras autour de ma cuisse droite et bascula la tête en arrière pour mieux regarder Luke.

— Tiens, tiens. Qui avons-nous là ? demanda Luke en s'accroupissant au niveau de la petite fille.

— Je vous présente Tegan. Tegan, voici Luke, mon nouveau patron.

Luke sourit. Un vrai sourire qui alluma dans son regard une chaleur et une bonté que je ne lui soupçonnais pas. Tegan produisait toujours cet effet sur les adultes, parce que ses yeux étaient d'un bleu rare, sa peau d'un blanc laiteux parfait, ses lèvres rose tendre. Tout le monde souriait en voyant Tegan parce qu'il était simplement impossible de faire autrement.

— Enchanté de te rencontrer, Tegan.

La petite fille cligna des yeux et examina attentivement le visage de Luke, ses cheveux coupés ras, ses traits énergiques, ses yeux noisette.

— Il n'a pas une tête de monstre, Maman Ryn, m'informa-t-elle, les sourcils légèrement froncés.

Luke me regarda d'un air interrogateur. Je détournai les yeux sans répondre, le visage brûlant de honte.

— Vous êtes partie si précipitamment hier soir que je suis venu m'assurer qu'il n'y avait pas de problème, reprit Luke en se redressant de toute sa hauteur. J'ai essayé, sans succès, de vous joindre sur votre portable, alors je me suis permis de demander votre adresse à votre amie Betsy. J'espère que vous ne m'en voulez pas. Oh, et j'ai pensé que ce serait l'occasion de vous rendre ceci.

Je le débarrassai de l'imperméable en marmonnant :

— Merci. Comme vous pouvez le constater, tout va bien.

— On va au zoo, intervint Tegan, les yeux toujours braqués sur Luke.

— Ah bon ? fit Luke.

— Ah bon ? fis-je en écho, les sourcils froncés.

— Tu as dit qu'on irait au zoo ! me lança Tegan d'un ton accusateur.

— Oui, mais je n'ai pas dit aujourd'hui.

— Bien, en ce cas, je vais vous laisser, déclara Luke.

— Maman Ryn, Luke ne pourrait pas nous emmener au zoo dans sa voiture ?

— Non, il ne peut pas, répondis-je très vite.

— Et pourquoi ne pourrais-je pas ? contra Luke avec indignation.

— C'est au diable Vauvert. Et puis, je suis bien certaine que vous avez mieux à faire un samedi que de nous emmener au zoo.

— Rien qui ne puisse attendre.

Avais-je le choix ? Pouvais-je me permettre de refuser après ma bourde monumentale de la veille ? Non, bien sûr. Je m'efforçai de grimacer un sourire.

— Merci, Luke. Nous acceptons votre proposition avec plaisir, réussis-je à articuler, dents serrées.

— C'est quoi ton animal préféré, Luke ? voulut savoir Tegan, visiblement aux anges.

— Les éléphants, répondit-il en me regardant.

— Il y en aura au zoo, Maman Ryn ?

— Probablement.

— Tu n'as qu'à venir avec nous, Luke, comme ça, tu verras les éléphants, décréta Tegan avec un rire ravi.

Elle paraissait sous le charme de Luke, mais continuait à m'agripper la cuisse, m'utilisant comme un rempart humain.

— Je suis certaine que Luke a beaucoup mieux à faire que d'aller au zoo, insistai-je sans grand espoir.

— Comme je l'ai déjà dit, rien qui ne puisse être remis à plus tard.

Je me promis alors de ne plus jamais me mettre en situation d'être redevable.

— Bon ! Eh bien, entrez pendant que je me prépare, grommelai-je tout en m'écartant pour lui céder le passage.

Le zoo se situait dans les environs de York et, comme on pouvait s'y attendre par un samedi ensoleillé, le parking était déjà bondé quand Luke se gara – et il était à peine midi.

Une foule compacte se pressait dans les allées et autour des enclos. Vêtue d'un pantalon en coton rose à motifs en forme de papillons lilas, d'un tee-shirt et de sandales roses, Tegan sautillait entre Luke et moi en me tenant par la main. J'avais enduit d'écran total chaque millimètre de sa peau claire et j'avais coiffé ses cheveux en queue-de-cheval avec une fleur en soie rouge sur l'élastique. Ce détail l'avait transportée de joie et elle avait foncé vers le miroir de ma chambre pour s'admirer sous toutes les coutures. Elle ignorait qu'il s'agissait d'un stratagème destiné à la repérer instantanément si je la perdais dans la foule.

Tegan avait assuré presque seule la conversation pendant les quatre-vingt-dix minutes du trajet, posant à Luke toutes sortes de questions sur le zoo. Pour ma part, j'étais restée muette sur le siège avant, essayant de ne pas montrer trop ostensiblement ma consternation d'être obligée de passer mon samedi avec ce pignouf. Je ne lui avais adressé la parole que lorsque cela s'était révélé absolument nécessaire : une fois quand je lui avais demandé de bien vouloir s'arrêter pour que je puisse acheter à boire, et une seconde fois quand je l'avais remercié en descendant de la voiture.

Tegan, une barbe à papa duveteuse à la main, entra alors dans un monde de rêves et de féerie, contemplant avec fascination les créatures qui évoluaient derrière des vitres ou de hautes clôtures.

— Je suppose que c'est Tegan, la raison de votre départ précipité d'hier soir ? murmura Luke tout bas tandis que nous nous appuyions à la paroi en verre qui entourait la fosse aux lions.

— Oui.

Il s'assura que Tegan n'écoutait pas, se pencha vers moi, pressant son corps contre le mien, et me murmura à l'oreille :

— Vous l'aviez oubliée ?

Je hochai la tête et il recula avec une expression écœurée.

— Vous manquez de pratique, je présume ?

Je tournai la tête pour le regarder en face. J'avais déjà été couverte de honte par une petite fille de cinq ans. Il ne pouvait guère me faire descendre plus bas dans ma propre estime.

— Vous présumez bien.

Il soutint mon regard et notre antipathie mutuelle monta en puissance tandis qu'autour de nous se mêlaient les rires d'enfants, le brouhaha des conversations, les pleurs des bébés et les cris d'animaux. Notre relation avait débuté sous de mauvais auspices dès notre rencontre dans son bureau, la veille ; le fiasco du dîner avait bien envenimé les choses et nous étions à présent en train d'entrer en guerre. Encore quelques heures et ce serait carrément la guerre ouverte.

— Maman Ryn…

Tegan me tira la main, m'obligeant à rompre mon affrontement silencieux avec Luke.

— Oui, chérie ?

Elle avait terminé sa barbe à papa et la seule preuve de sa brève existence se limitait à quelques petits filaments roses collés à l'extrémité du bâton qu'elle tenait à la main. Il n'y en avait pas la moindre trace sur sa bouche, son visage ou son tee-shirt.

— On peut aller voir les singes ?

— Bien sûr.

Nous prîmes la direction de l'enclos des singes qui se trouvait de l'autre côté du zoo, au bout d'une allée dallée.

— Pour ce qui est de votre travail... commença Luke pendant que nous marchions.

— Mmmoui ?

— Dans la mesure où notre conversation a été interrompue hier, verriez-vous un inconvénient à ce que nous en discutions maintenant ?

— Pas du tout, marmonnai-je.

Bien sûr que ça m'ennuyait, et même beaucoup. C'était la journée de Tegan, mais je ne pouvais pas avancer cet argument. C'était le moment de prouver à mon nouveau patron que le fait d'avoir un enfant à élever ne m'empêchait pas d'être efficace, disponible et compétente.

— Ted et vous entreteniez des liens très... étroits ?

Luke laissa la fin de sa phrase flotter dans l'air, telle une vilaine salissure qu'il aurait voulu que je m'escrime à faire disparaître.

— C'est exact, acquiesçai-je sans détour.

— Je vois.

Ma franchise ne l'avait même pas impressionné, et n'avait fait que confirmer ses soupçons.

— Naturellement, la plupart des gens s'étaient mis en tête que nous baisions dans tous les coins, poursuivis-je tout bas, pour que Tegan ne puisse pas entendre.

Luke me dévisagea fixement pendant quelques secondes.

— Certaines personnes ont même fait courir le bruit que j'avais obtenu mon poste grâce à la promotion sur canapé.

— Je n'ai jamais rien sous-entendu de tel, se défendit Luke. Je ne voudrais pas que le département marketing fonctionne moins bien maintenant que Ted n'est plus là, c'est tout.

— Vous savez bien que c'est faux. Vous avez entendu ces rumeurs au sujet de Ted et moi, et vous les avez prises pour argent comptant.

Nous étions parvenus devant l'enclos des chimpanzés et Tegan ouvrait de grands yeux émerveillés.

— Ouah, les singes... souffla-t-elle.

— Considérant que vous avez été nommé à la tête de tout le département marketing d'Angeles, murmurai-je tout bas, je pensais que vous feriez l'effort d'essayer de connaître vos assistants, au lieu de les juger et de les condamner avant même de les avoir rencontrés.

— Si vous aviez été présente, je n'aurais pas eu besoin de tendre l'oreille aux bruits de couloirs et aux ragots sur votre moralité pour me faire une opinion, cracha-t-il en retour.

— Touchée, admis-je.

Surpris, il plissa les yeux, cherchant un sens caché à ma réponse. Il n'y en avait pas. Il avait raison, mais pas question de lui parler d'Adèle pour me justifier.

— Vous voulez savoir ce qui me choque le plus dans ces rumeurs ? repris-je. C'est que Ted n'a jamais aimé qu'une seule femme : la sienne. Et il lui a toujours été fidèle.

Je toisai Luke.

— C'est un homme bien.

Luke essaya de m'emmener dans un nouveau duel oculaire, mais je l'ignorai et je m'accroupis à côté de Tegan.

L'enclos des singes comportait plusieurs arbres robustes. Une hutte en forme de grotte était installée dans un coin. Cinq chimpanzés étaient assis dans les branches, deux couples et un solitaire. Les deux couples étaient très occupés à se chercher les poux, fouillant avec application les poils noirs de leur partenaire. Le cinquième était immobile, les yeux perdus dans le vague.

— Un bébé singe !

Tegan pointa son doigt vers l'entrée de la hutte. Une femelle tenait un bébé chimpanzé dans les bras et le regardait. Il me sembla voir un sourire sur son visage simiesque.

— C'est sa maman ?

— Oui, mon cœur.

Mes sens furent brusquement assaillis par tout ce qui m'entourait – l'odeur puissante des animaux, la chaleur moite, la transpiration qui me collait à la peau. Je sombrai dans un tourbillon d'émotions, submergée par le souvenir de Del et de son décès. Je revoyais son corps livide et décharné sur la table de la morgue. Sa petite flamme vitale éteinte à jamais.

— Sa maman à lui n'est pas partie au ciel pour être avec le petit Jésus et les anges, murmura Tegan, sa voix basse et neutre.

— Non, chérie.

Elle eut un profond soupir qui fit se soulever ses petites épaules. Son regard devint lointain, comme si elle réfléchissait à quelque chose. Mon choc, dû au rappel brutal de la mort d'Adèle, n'était probablement rien à côté de ce qu'elle ressentait à cet instant. J'aurais voulu qu'elle me parle, qu'elle exprime ses sentiments à voix haute – chagrin, colère, amertume, souffrance ? J'eus du mal à me reconnaître à travers ce raisonnement. Quand avais-je partagé pour la dernière fois mes émotions avec qui que ce soit ?

— On peut aller voir les serpents maintenant ? demanda Tegan, émergeant de sa rêverie.

— Il le faut vraiment ? gémis-je.

— Oui. Les serpents, c'est ce que je préfère !

Où et quand avait-elle eu l'occasion d'acquérir cette certitude ? Mystère.

— Entendu, soupirai-je en me redressant. On va voir les serpents.

Je jetai un coup d'œil au dépliant que je tenais à la main, repérant l'itinéraire qui conduisait au royaumc dcs rcptilcs.

— Je me charge des glaces, dit quelqu'un, juste à côté de moi.

Je sursautai puis je me rendis compte que c'était Luke qui venait de parler. Je l'avais complètement oublié.

— Maman Ryn veut une glace au chocolat, l'informa Tegan. Elle adore le chocolat.

Luke me gratifia d'un regard désobligeant.

— Je vois ça.

— Cap sur les serpents, déclarai-je. Montrez-nous le chemin, Luke, c'est votre milieu naturel.

18

L'après-midi continua de la même façon, Tegan décidant de l'ordre dans lequel nous allions voir les animaux, Luke et moi discutant travail à voix basse et nous envoyant des piques à la moindre occasion. Inconsciente des étincelles qui crépitaient entre nous, Tegan était aux anges, visiblement ravie de son samedi.

Dans la voiture, sur le chemin du retour, elle lança l'idée d'un dîner pique-nique dans le parc. Elle était trop excitée pour que cette si merveilleuse journée s'achève abruptement, elle voulait en profiter jusqu'au bout.

— Je crois que c'est assez pour aujourd'hui, ma puce, répondis-je diplomatiquement. On organisera un pique-nique à la maison, d'accord ?

À la maison, c'est-à-dire quand je serais débarrassée du crampon assis à côté de moi.

— D'accord, murmura-t-elle, visiblement déçue. Est-ce que Luke peut venir ?

— Je ne... Si ça le tente.

Naturellement, ça le tentait. Que pouvait-on attendre d'autre d'un crampon ?

— Dis, Luke, tu veux venir pique-niquer chez nous ? demanda Tegan à la nuque de l'intéressé.

Il jeta un coup d'œil dans le rétroviseur et un sourire attendri éclaira son visage à la vue de la petite fille tout en rose et lilas, avec sa fleur rouge dans les cheveux.

— Avec plaisir. Merci, Tegan.

La porte à peine franchie, Tegan emmena Luke dans la cuisine. Je m'occupai du pique-nique pendant qu'ils s'installaient à la table pour jouer. Ils firent un puzzle, puis Tegan partit chercher des feuilles de papier dans sa chambre, ainsi que le seau en plastique rouge où elle rangeait ses feutres et ses crayons de couleur. Ils dessinèrent les animaux qu'ils avaient vus au zoo avec une telle concentration qu'ils en oublièrent le pique-nique. Je posai les sandwiches, la salade et le pop-corn sur la table puis m'affalai dans le canapé devant la télévision.

Chaque fois que je me tournais, je les voyais penchés avec la même application sur leur feuille de papier. Luke prenait manifestement la chose très au sérieux. Il mettait autant de passion à jouer avec Tegan qu'il en aurait déployé pour discuter stratégie et marketing. Chez n'importe qui d'autre, j'aurais trouvé cet enthousiasme plutôt sympathique. Mais comme il s'agissait de Luke Wiseman, je décidai que Tegan avait de la chance d'avoir trouvé un camarade de jeu du même âge mental qu'elle.

À la seconde où la pendule afficha huit heures, j'éteignis la télé et me levai.

— Tiga, c'est l'heure d'aller au lit, annonçai-je.

— Oh, je suis vraiment obligée ? protesta la petite fille tout en bâillant à s'en décrocher la mâchoire.

Sa jolie frimousse était pâle de fatigue et elle peinait à garder les yeux ouverts.

— Tu dors debout. Allez, au lit.

Je me tournai vers Luke.

— Je vais être obligée de vous mettre à la porte. Tegan doit vraiment aller se coucher.

— Bien sûr, acquiesça Luke en rebouchant son feutre rouge et en se levant.

— Tu reviens demain, hein ? lui demanda Tegan, levant vers lui ses yeux lourds de sommeil.

— Si j'ai la permission.

Leurs deux regards pivotèrent vers moi.

— L'heure tourne, signalai-je en tapotant ma montre comme si je n'avais pas entendu.

Pas question de jouer la méchante simplement parce que je n'avais pas envie de passer mon week-end avec quelqu'un du bureau. Quelqu'un avec qui je n'avais aucune affinité, en plus.

— Bon, il faut que tu demandes à Maman Ryn si tu peux revenir demain, expliqua Tegan à Luke.

Elle bâilla et poursuivit :

— Ne t'inquiète pas, elle ne va rien dire. Maman Ryn ne se met jamais en colère. Elle n'a même pas crié le jour où j'ai peint sur le mur.

— Est-ce que je peux revenir demain ? me demanda Luke.

— Si vous n'avez vraiment rien de mieux à faire, répondis-je sans le regarder.

— Rien qui ne puisse attendre, confirma-t-il.

Pas de traitement de faveur, surtout, songeai-je. *Ne sacrifiez pas votre dimanche pour nous.*

— À demain, alors. Bonsoir, Luke.

Je m'avançai vers Tiga et la soulevai de sa chaise. Elle m'entoura la taille de ses jambes, noua ses bras autour de mon cou et y enfouit son visage.

Luke se dirigea à regret vers la porte.

— Bonne nuit, beauté, dit-il à Tegan.

— Bye bye, chuchota-t-elle. À demain.

La porte d'entrée se referma sur Luke et je déposai Tegan dans son lit. Elle se laissa aller comme une poupée de chiffon pendant que je lui ôtais ses vêtements puis lui enfilais son pyjama vichy. Je soulevai la couette pour qu'elle puisse se glisser dessous. Son visage se nicha dans l'oreiller bleu, ses cheveux formant une auréole dorée autour de sa tête.

— Bonne nuit, chérie.

— Bonne nuit, murmura-t-elle.

Je tendis la main pour éteindre sa lampe de chevet.

— Tu n'aimes pas Luke.

Ma main resta sur l'interrupteur. Elle n'avait peut-être pas été aussi sourde que ça à notre animosité, finalement.

— Je n'ai rien contre lui.

— Moi je l'aime bien, affirma-t-elle.

— Je sais, Tiga.

— Alors, tu veux bien qu'il soit mon ami ?

J'aurais voulu pouvoir répondre : « Si c'est vraiment indispensable. » Au lieu de ça, je tins ma langue et j'attendis. Attendis... Sa poitrine se souleva et s'abaissa lentement. Elle s'était endormie. Je patientai encore quelques instants pour m'en assurer, puis je me glissai hors de sa chambre, laissant la porte entrebâillée.

Tegan s'était bien amusée et semblait avoir oublié que j'avais été en dessous de tout la veille. Je m'allongeai sur le canapé, appuyai ma tête sur l'accoudoir et fermai les yeux. Malgré la présence de Luke, nous avions eu notre première journée de détente depuis le départ d'Adèle. Je repensai à Luke. Si grand, si beau, si adorable – avec Tegan, du moins. Je devais admettre que si elle s'était autant amusée durant cette journée c'était grâce à lui. Elle l'avait adopté dès qu'elle l'avait vu. Une sorte de coup de foudre. Peut-être y avait-il du bon en lui. Peut-être quelqu'un de bien se cachait-il sous son arrogance. Qui sait, je finirais peut-être par l'apprécier un jour ? Si Tegan l'aimait, pourquoi pas moi ?

Un lourd silence régnait dans l'appartement quand je me réveillai. Il faisait nuit noire dehors et tout était calme et paisible. La ville entière dormait. Je passai la main sur mon visage, désorientée. Mes joues étaient mouillées. Il me fallut plusieurs secondes pour émerger des brumes de mon sommeil et identifier la cause de mes larmes : Adèle.

Je me redressai brusquement. Tegan. Ce silence n'était pas normal. Et s'il lui était arrivé quelque chose ? Je me levai d'un bond et me précipitai vers sa chambre. Je poussai doucement la porte, regardai à l'intérieur. Elle était dans la même position que quand je l'avais quittée : le visage enfoui dans son oreiller bleu parsemé de petits nuages blancs, ses cheveux déployés autour d'elle, ses mains jointes sous sa joue. Elle dormait paisiblement. Du moins, c'était l'impression qu'elle donnait. Je l'examinai, formant le vœu qu'elle bouge, qu'elle me donne un signe, n'importe lequel, prouvant qu'elle était vivante. Au bout de quelques instants, elle inspira profondément, puis poussa un léger soupir. J'en fis autant. Elle allait bien. Elle était toujours là.

Je tirai la porte sans la fermer complètement, puis regagnai la cuisine pour éteindre la télé et les lumières.

Être mère était une tâche épuisante et stressante. Comment les parents parvenaient-ils à dormir la nuit avec l'angoisse permanente qu'il arrive quelque chose à leur enfant ? Mystère.

Je me dirigeai vers la salle de bains, au bout du couloir, et me regardai dans le miroir. J'avais le visage ravagé par les larmes. Je tamponnai mes paupières à l'eau froide, puis je pressai un peu de gel nettoyant au creux de ma main, et effaçai doucement les traces de mon désespoir.

Ces crises de larmes devaient cesser. Elles me laissaient chaque fois un peu plus épuisée et dépressive. Elles survenaient la nuit, quand j'étais sans défense et qu'il m'était impossible de résister au sentiment de culpabilité qui m'écrasait. J'avais laissé Adèle partir sans que rien n'ait été réglé entre nous, sans lui donner une chance de s'expliquer. Chaque fois que je pensais à ses derniers moments, une crise d'angoisse m'étouffait. Sa fin de vie aurait été tellement plus sereine si je l'avais laissée parler comme elle me le demandait. C'était une véritable torture de songer que, au moment où elle avait chargé Nancy de me dire adieu, il puisse y avoir eu ce doute en elle, cette pensée que, peut-être, je la haïssais encore.

L'idée que ses derniers moments aient pu être minés par cette incertitude à cause de ma fierté et de mon obstination était insoutenable. Je la repoussais dans un coin de mon esprit, je l'enfouissais sous les préoccupations du quotidien : travail, courses, programme télé, ménage... N'importe quoi pour échapper au constat déchirant que je m'étais horriblement comportée avec ma meilleure amie ; que j'avais réussi à faire du mal à quelqu'un que j'aimais profondément.

À défaut de lui pardonner, j'aurais dû au moins l'écouter. Lui permettre de s'expliquer. Parce que, au fond, je savais qu'elle n'était pas amoureuse de Nate quand elle avait couché avec lui. Qu'elle n'avait jamais fantasmé sur lui. Nate ne correspondait pas aux critères d'Adèle : beaucoup trop gentil. Elle voulait un vrai salaud qu'elle pourrait dompter – et Nate n'avait aucun besoin d'être dompté.

Je fermai les robinets du lavabo et épongeai mon visage avec un disque de coton démaquillant.

J'ai fait quelque chose d'affreux en ne donnant pas à Adèle une chance de s'expliquer. Je détournai les yeux du miroir pour ne plus voir le monstre qu'il me renvoyait.

Je suis mauvaise. Quoi que je fasse, je suis et je resterai quelqu'un de mauvais.

19

— Voilà donc le sort qu'on réserve aux élèves les plus populaires de l'école, commenta Luke en s'installant confortablement sur le plaid que j'avais étendu sur l'herbe.

Il rompit en deux un sandwich poulet-crudités au pain noir et mordit à belles dents dans l'une des moitiés.

Luke ne pouvait pas mieux dire. Tous les ans, le dernier samedi des vacances d'été, des parents organisaient un pique-nique dans le parc de Horsforth, pour certains enfants de la garderie de l'école de Broadgate. Les gamins jouaient au base-ball, engloutissaient des sandwiches et du soda, bref profitaient de leur dernier samedi de liberté avant la rentrée dans une ambiance de colonie de vacances.

Tegan avait été invitée à se joindre à eux et, depuis, je flottais sur un petit nuage. La popularité de Tegan m'émerveillait. On ne m'invitait jamais nulle part quand j'avais son âge, et encore moins à des fêtes de ce genre. Tiga, elle, était aimée de tout le monde. Ses amies Crystal, Matilda et Ingrid formaient le noyau dur du groupe et, en comptant leurs frères et sœurs, on attendait une vingtaine de bambins.

Mon euphorie était retombée net quand Tegan m'avait demandé le numéro de téléphone de Luke pour l'inviter.

— C'est obligatoire ? avais-je gémi.

— Évidemment. Il sera très content, avait-cllc affirmé.

Naturellement, il avait accepté, ajoutant qu'il apporterait tout ce qu'il fallait pour pique-niquer. En fait, il avait dû dévaliser la supérette de son quartier car il était arrivé avec un panier débordant de victuailles : sandwiches variés, chips, friands à la saucisse, minipizzas, ailes de poulet grillées, brownies, fruits. Cela aurait suffi à nourrir tout le groupe, et on aurait pu tenir un siège pendant une semaine rien qu'avec les restes.

Malgré cela, je n'avais pas changé d'avis sur Luke. Il n'y avait pas grand-chose qu'il puisse faire pour que je révise mon jugement et il en allait de même pour lui. La vitesse à laquelle nos relations s'étaient dégradées avait été proportionnelle au nombre d'heures que nous avions passées ensemble. C'était bien simple : lui et moi, plus nous nous voyions, moins nous nous supportions.

— Je n'ai jamais vu deux personnes ressentir une telle aversion l'une pour l'autre, avait commenté Betsy à l'issue d'une réunion avec Luke.

— Je ne suis donc pas parano : tu me confirmes qu'il ne peut pas me voir ?

— C'est flagrant. Il y a un truc viscéral entre vous qui défie toute logique. C'est de la haine pure.

— Oui, je sais.

— Tu l'as peut-être trompé dans une autre vie ? suggéra Betsy en haussant les sourcils.

— Pas que je me souvienne.

— Attends, Luke est charmant avec tout le monde, sauf avec toi. Il y a forcément une raison.

— Il trouve que je ressemble à une grosse baleine, répondis-je.

Mon ventre se noua à la seconde où je prononçai ces mots. Je l'avais toujours su, en fait. Son regard me l'avait crié dès notre première rencontre, mais je n'avais pas réussi à l'admettre. À présent, c'était fait. La vraie raison de l'animosité de Luke Wiseman envers moi était qu'il me trouvait laide.

Le pire, c'était que je ne pouvais même pas l'oublier en quittant mon bureau, puisque Tegan ne cessait d'inviter Luke. Il était venu à la maison trois samedis et deux dimanches consécutifs pour dessiner ou faire un puzzle avec elle. Et le seul week-end où il n'avait pas pu se libérer, il était passé le lundi, en fin de journée. Au départ, il avait sans doute tout simplement voulu s'assurer que je m'occupais correctement de Tegan. Mais il avait finalement pris l'habitude de passer ses journées avec elle. La petite s'était prise d'un tel attachement pour M. Wiseman que j'étais condamnée à supporter l'envahissante présence de mon patron.

L'affection qu'il portait à Tegan était sans aucun doute sincère. Et si je ne les laissais jamais seuls, ce n'était pas par manque de confiance mais parce que mon appartement était trop petit pour me permettre de souffler dans un coin. Malgré la profonde antipathie que je lui inspirais, certains indices indiscutables attestaient que Luke appartenait à la catégorie des gentils. Nous limitions notre guérilla aux heures de bureau. Le reste du temps, nous nous adressions très peu la parole. Voire pas du tout. Comme en ce moment.

J'étais étendue sur le plaid écossais, appuyée sur mes coudes de façon à regarder le match de baseball. La plupart des parents s'étaient portés volontaires et faisaient équipe avec leurs enfants, frappant la balle, puis courant pour tenter d'atteindre la base et marquer le point. Moi, j'avais préféré passer mon tour.

— Voilà donc le sort qu'on réserve aux enfants les plus populaires de l'école, répéta Luke.

— Ma gamine est très populaire, acquiesçai-je avec une pointe de fierté.

Luke ne répondit pas et le silence retomba – comme chaque fois que nous nous voyions en dehors du bureau. Au bout de quelques minutes, il fit une nouvelle tentative :

— Voilà donc...

S'il redit « le sort qu'on réserve aux élèves les plus populaires de l'école », je le gifle, songeai-je. Mais il laissa la phrase en suspens.

— Voilà donc... ? demandai-je, me tournant vers lui.

Il était allongé sur le plaid, vêtu d'un tee-shirt blanc et d'un ample short kaki. Ses lunettes de soleil dissimulaient ses yeux.

Une expression embarrassée passa sur son visage. Nous n'avions rien à nous dire, même en cherchant bien. Je reportai mon attention sur le match. Tiga portait un pantalon de survêtement bleu avec une bande blanche sur le côté et un tee-shirt rouge. Une casquette de base-ball bleue était fermement vissée sur sa tête. Elle se tenait à côté de la première base, prête à rattraper la balle. J'étais si fière d'elle ! Non seulement elle se débrouillait comme un chef, mais elle s'investissait à fond dans le jeu. Il n'y avait jamais de demi-mesure avec Tegan, elle était toujours à fond dans tout ce qu'elle faisait.

— Pourquoi Tegan vous appelle-t-elle Maman Ryn ?

Je ramenai mon regard sur Luke.

— Parce que c'est ainsi qu'elle me voit. Je ne lui ai pas donné la vie, mais elle me considère comme sa deuxième maman.

— Je parlais de Ryn. Pourquoi Ryn et pas Kamryn ou même Kam ?

— Quand Tegan était petite, la plupart des gens m'appelaient Kam. J'avais horreur de ça, alors je passais mon temps à rectifier : « Ryn. Mon prénom est Kam*ryn*. » Tegan m'a entendue si souvent répéter cette phrase qu'elle a cru que je m'appelais Ryn. Quand elle a commencé à parler, elle m'a tout naturellement donné ce surnom.

— C'est une jolie histoire, dit Luke.

Le ton était aimable, pour une fois, et il réussit même à esquisser un sourire sincère.

— Et comment vous appellent ses copines ?

— Ça, aucune idée. « La dame bizarre qui habite avec Tegan » ?

Luke éclata de rire et je m'esclaffai à mon tour. Nous continuâmes à rire en nous regardant. Il n'était peut-être pas si détestable, finalement.

— Vous devriez rire plus souvent, déclara-t-il d'un ton pensif. Vous avez un sourire splendide. Et si vous perdiez quelques kilos…

Mon sourire disparut immédiatement. Je m'assis d'un mouvement brusque, repliai les genoux et les entourai de mes bras pour masquer mes formes, les yeux baissés sur le plaid. J'avais le visage en feu et une soudaine envie de pleurer coincée au fond de la gorge. Il me trouvait laide et grosse. J'avais entendu ce jugement si souvent que j'avais réussi à me forger une carapace et à ne plus y faire attention. Mais venant de lui, cette opinion tranchante me blessait. Profondément. Était-ce parce que je n'avais pas été confrontée à une hostilité aussi patente depuis des années ? Ou parce que j'étais tellement appliquée à me montrer forte que je n'avais aucune défense contre une attaque de cette nature ?

— Je ne voulais pas vous offenser, se justifia-t-il, sans pour autant retirer ce qu'il venait de dire.

Il n'avait peut-être pas voulu m'humilier, mais il y était tout de même parvenu.

Je gardai le visage détourné pour cacher ma colère. Pas question de me laisser à nouveau envahir par mes vieux démons. Il m'avait fallu des années pour admettre que je valais quelque chose. Je n'allais pas laisser cet homme tout démolir.

Afin de le chasser de mon esprit, je décidai de fixer mon attention sur le match et je levai les yeux à temps pour voir la balle de tennis jaune arriver droit sur moi. Je baissai précipitamment la tête pour l'éviter, mais Luke ne fut pas assez rapide et la balle l'atteignit en pleine figure, envoyant voltiger ses lunettes de soleil.

Sur la pelouse, tout le monde stoppa net et retint son souffle. Luke porta la main à son visage (pas même une égratignure, il n'y avait vraiment pas de justice !), puis un sourire entrouvrit ses lèvres et les joueurs se mirent à rire, soulagés. Il ramassa la balle et se leva.

— Je reviens, me lança-t-il.

Et il se mit à courir pour participer au match. À l'instant où il s'éloigna, tous mes muscles se relâchèrent et je me rallongeai, détendue. C'était chaque fois la même chose : dès qu'il était là, je me crispais, j'étais sur la défensive, prête à contrer une remarque grinçante ou une œillade méprisante.

Je me redressai sur un coude et regardai Tiga. Elle n'arrêtait pas de se tourner dans ma direction pour s'assurer que j'étais toujours là. Quand nos yeux se rencontraient, elle souriait et me faisait un signe de la main. Elle attendait que je lui réponde, puis se reconcentrait sur le jeu.

Il y avait probablement de meilleures façons de passer un samedi mais, pour l'heure, je n'en voyais aucune.

Le match était terminé et Tegan m'aidait à remballer les restes du pique-nique. Agenouillée sur le plaid, elle semblait sur le point de s'endormir. Luke s'était éclipsé quelques instants plus tôt en disant : « Je reviens tout de suite », et il s'était dirigé vers les toilettes. Depuis, j'hésitais à prendre la poudre d'escampette avant son retour mais, outre le fait que mon appartement n'était pas à côté et que Tegan était fatiguée, ce maudit panier risquait de peser une tonne.

Et si je le plantais là ? Je lançai un regard à Tiga. Ses cheveux s'échappaient de sa casquette et lui tombaient sur les yeux tandis qu'elle enveloppait soigneusement les restes. Aucune chance qu'elle accepte d'abandonner sur place quelque chose qui venait de Luke.

— Madame Brannon ? fit au-dessus de nous une voix féminine.

Je levai les yeux et reconnus l'une des organisatrices du pique-nique, une des mamans que je voyais souvent quand je venais chercher Tiga à l'école. Jusqu'ici nous avions simplement échangé des sourires. Elle avait un visage mince, des pommettes saillantes, des yeux bruns chaleureux et des cheveux noirs qui lui arrivaient aux épaules.

— Madame Brannon ? répéta-t-elle.

Je me levai, frottant mes paumes l'une contre l'autre pour déloger les brins d'herbe qui y étaient collés.

— Je ne suis pas Mme Brannon. Je suis Mlle Matika. Kamryn Matika. La tutrice de Tegan.

— Oh, je vois, contredisant son regard qui reflétait une certaine confusion.

— C'est un peu compliqué, repris-je avec un sourire. Et vous êtes ?

— Mme Kaye. Della Kaye. La maman de Matilda.

Elle marqua une pause.

— Matilda aimerait beaucoup que Tegan vienne chez elle, je veux dire, chez nous. Elle a tellement insisté que je lui ai promis de vous demander si vous seriez d'accord.

— Bien sûr, acquiesçai-je.

Puis je réalisai que j'étais allée un peu vite en besogne. Qui était cette femme ? Où habitait-elle ?

— C'est-à-dire que… Tegan ne m'en a pas parlé.

Jc me tournai vers Tiga qui regardait Mme Kaye avec appréhension. Quelqu'un qui n'aurait pas entendu la conversation aurait pu penser que sa maîtresse venait de lui annoncer qu'elle était renvoyée.

— Tegan ?

Ses yeux apeurés pivotèrent vers moi.

— Je sais que tu as beaucoup de travail au bureau, hasarda-t-elle.

— Il n'y a aucun problème si tu veux aller chez ton amie, affirmai-je. Tu peux y aller quand tu veux.

Je me tournai vers Mme Kaye.

— Enfin, quand vous voulez. Quel moment vous conviendrait le mieux ?

— À vrai dire, je m'étais dit que puisque Tegan est la meilleure amie de Matilda je pourrais les prendre toutes les deux à la sortie de l'école et garder Tegan à la maison pendant une heure ou deux, le temps que vous rentriez du travail. Ce sera plus facile pour vous, d'autant que c'est la rentrée la semaine prochaine et que les filles sortiront à seize heures et non plus à dix-huit. Qu'en pensez-vous ?

— Je… je ne sais que dire… murmurai-je, prise de court par tant de gentillesse.

— Cela ne me posera aucun problème, vraiment. Et nous serons enchantés d'avoir Tegan avec nous.

— Mais… vous n'avez pas peur de la surcharge de travail ?

— J'ai six enfants. Un de plus ne fera pas de différence.

Tegan avait toujours cette expression craintive. Peut-être n'avait-elle pas envie d'aller chez Matilda, cela expliquerait qu'elle ne m'en ait pas parlé.

— Vous permettez que j'en parle avec Tegan et que je vous communique ensuite sa décision ?

Mme Kaye parut enchantée par cette solution. Elle me donna son numéro de téléphone, nous salua et s'en alla.

Je la regardai s'éloigner, en proie à un sentiment de tristesse et de consternation. Pourquoi Tegan ne m'avait-elle rien dit ? Que me cachait-elle d'autre ?

Je m'assis sur le plaid et tapotai l'espace libre à côté de moi.

— Viens là. J'aimerais qu'on discute deux minutes, toi et moi, déclarai-je en essayant de ne pas trahir mon désarroi.

Tegan s'assit en tailleur et se mordilla la lèvre.

— Tiga, tu peux tout me dire, tu sais.

Je voulais lui faire comprendre qu'elle ne devait pas avoir peur de moi, qu'elle pouvait me parler de ses problèmes et de tout ce qui lui tenait à cœur.

— Si des amies t'invitent chez elles, tu as parfaitement le droit d'y aller. Tu peux même rester dormir chez elles de temps en temps, si tu veux. Il suffit que tu m'en parles et on s'organisera.

— Mais tu as beaucoup de travail, murmura-t-elle d'une toute petite voix.

— Aucune importance. Il y aura toujours un moyen de s'arranger. Si tu veux aller chez des amies pour un goûter ou...

Je réalisai avec consternation qu'elle avait dû manquer plusieurs fêtes d'anniversaire du fait qu'elle n'avait pas osé m'en parler.

— ... ou pour n'importe quoi d'autre, dis-le-moi. Et je m'arrangerai. C'est entendu ?

Tiga réfléchit, attendit quelques secondes et, finalement, hocha la tête.

— Oui, répondit-elle tout bas.

— Je ne suis pas en colère, précisai-je. Pas même un tout petit peu.

Ses épaules se relâchèrent et elle se détendit.

— Et maintenant, dis-moi : tu as envie d'aller chez Matilda après l'école ?

Si elle était d'accord, le gain financier serait indéniable : j'économiserais l'argent de la garderie. En plus, je serais moins stressée. Pas question d'abuser de la générosité des Kaye, bien sûr, mais je n'aurais pas envie de démonter le réseau ferroviaire du Royaume-Uni chaque fois qu'un train aurait du retard. J'aurais une petite marge.

— Je peux ?

— Oui, chérie. Si tu as envie d'y aller, c'est tout simple. Mais si tu ne veux pas, tu me le dis et tu iras à la garderie, comme c'était prévu. C'est toi qui choisis.

— Bon. Alors je veux aller chez Matilda.

Je lui souris. Je tenais par-dessus tout à ce qu'elle ait des amis. Et pas seulement Luke. Tegan avait besoin de fréquenter des enfants de son âge et elle était trop sociable pour rester enfermée avec des adultes.

— Bien, alors c'est parfait.

— Tu n'es pas triste ?

— Pas si tu es contente. Et je veillerai à ce que Mme Kaye sache que tu dois me téléphoner tous les jours à seize heures trente.

C'était un accord entre nous depuis le jour où je l'avais oubliée. Elle me téléphonait tous les jours pour savoir à quelle heure j'allais venir la chercher, ce qu'il y aurait pour le dîner, me raconter ce qu'elle avait fait pendant sa journée, et surtout pour s'assurer que je ne l'oublierais plus jamais.

— Et maintenant, au travail, dis-je en prenant le panier. Finissons vite de ranger avant que Luke revienne.

— Est-ce qu'il peut venir dîner à la maison ?

— S'il veut.

Elle faisait preuve d'une audace inhabituelle quand il s'agissait de Luke. Elle n'osait pas me demander la permission d'aller chez une camarade d'école, mais inviter Luke à dîner ne lui posait aucun problème.

— Est-ce qu'il aime venir chez nous ? demanda Tegan.

— Vu la fréquence de ses visites, il faut le croire.

— Alors, il dira oui pour ce soir.

C'était un raisonnement tellement logique que je dus me remémorer qu'elle n'avait que cinq ans.

— On verra. C'est Luke qui décidera.

— Qui décidera quoi ? demanda Luke.

Mon cœur fit un bond. J'avais piqué une tête à l'intérieur du panier pour que Tegan ne me voie pas faire la grimace, et je ne l'avais pas entendu approcher.

Je me redressai. Même après avoir disputé un match de base-ball, il était impeccable. Son tee-shirt blanc restait immaculé, il n'y avait pas la moindre tache d'herbe sur son short et ses jambes recouvertes de poils brun clair étaient légèrement hâlées.

— Nous… euh… nous nous demandions si vous aimeriez venir dîner à la maison ?

Le visage de Luke s'illumina et j'entrevis le petit garçon qu'il avait dû être quand ses parents lui offraient le cadeau de Noël qu'il avait demandé. Que s'était-il passé pour que le petit garçon émerveillé devienne un adulte aussi arrogant et froid ?

— Je peux, vraiment ? demanda Luke.

— Bien sûr, pourquoi pas ? grommelai-je.

— Génial ! s'exclama-t-il en souriant à Tegan avec enthousiasme.

— Nous finirons juste les restes du pique-nique, ne vous montez pas la tête, l'avertis-je, sa joie laissant craindre qu'il s'attende à un souper fin.

— Je sais, répondit-il joyeusement. Attendez, laissez-moi vous aider.

Il finit de ranger les restes dans le panier qu'il hissa sur son épaule.

— J'ai rapproché la voiture de l'entrée du parc, pour que nous ayons moins à marcher.

Je hochai la tête et tendis la main à Tegan. Elle y glissa la sienne, serrant dans l'autre sa batte de base-ball. Tandis que Luke s'éloignait dans l'allée, elle leva vers moi un regard radieux.

— Tu vois ? Je t'avais dit qu'il viendrait !

20

Durant mon absence de chez Angeles, le bureau que je partageais avec Betsy était devenu le QG du département marketing. Au départ, les filles venaient juste papoter deux minutes avec Betsy pour lui tenir compagnie, puis c'était devenu une habitude. Et, depuis mon retour, rien n'avait changé, ces dames constatant que je ne les regardais pas de travers si elles s'attardaient un peu pour discuter de sujets futiles. Comme je n'avais plus une relation privilégiée avec le patron, puisque Ted n'était plus là, elles ne craignaient plus « l'âme damnée de la direction ». Et j'avais moi-même changé. Je n'étais plus le bourreau de travail d'avant. Sans aller jusqu'à dire que je venais au bureau en touriste, je ne me sentais plus aussi impliquée que naguère, même si malgré cela je ne ménageais pas ma peine. Le fait que ce cher Luke m'ait soufflé sous le nez le poste de directeur du marketing n'expliquait qu'en partie (une toute petite partie) le phénomène. La vraie raison était que tout cela me semblait à présent vain, inutile. J'avais vaguement conscience que ce nouvel état d'esprit avait comme un rapport avec Adèle, mais je préférais ne pas y penser. Je continuais mon petit bonhomme de chemin, consciencieusement mais sans en retirer la moindre satisfaction. Pendant des années, mon travail avait été toute ma vie et voilà qu'il était devenu un simple moyen de payer mes factures et de nourrir Tegan. C'est pourquoi je ne voyais pas d'un mauvais œil les pauses qui amenaient un peu de distraction, si minime soit-elle.

— Je crois que je pourrais tomber amoureuse de lui, annonça Betsy le lendemain du pique-nique dans le parc.

Elle parlait d'un homme qu'elle avait rencontré une semaine plus tôt. Elle venait de montrer à Ruby, une collègue du département comptabilité et l'une de nos visiteuses les plus assidues, un texto que lui avait envoyé son prince charmant tout neuf. Elle me l'avait déjà fait lire. Trois fois. Mais le nombre ne changeait rien à l'affaire : pour moi, la prose de ce monsieur restait définitivement nulle et sans intérêt.

— Il y a une osmose incroyable entre nous, soupira Betsy. Je n'ai jamais rien ressenti de pareil.

Elle nous avait dit exactement la même chose, mot pour mot, de l'homme qu'elle avait rencontré deux semaines avant celui-là, et de celui qui l'avait précédé. Betsy était incroyablement volontaire en affaires, mais un vrai cœur d'artichaut pour les choses de l'amour.

Les yeux perdus dans le vague, l'inconstante entortillait une mèche de cheveux noirs autour de son majeur.

— Je crois qu'il pourrait être le bon.

Un souvenir me transperça le cœur. Adèle avait utilisé cette expression un millier de fois, avec la même intonation rêveuse et pleine d'espoir. Nous avions eu si souvent cette conversation par le passé...

— Et il est si beau ! Je n'ai jamais rencontré un homme aussi beau.

Adèle aussi aurait pu prononcer cette phrase.

— Oh pitié ! Tu nous chantes le même couplet chaque fois ! riposta Ruby.

— Ce n'est pas vrai ! bouda Betsy en se renversant dans son siège, les jambes croisées sur son bureau.

— Si, c'est vrai. Tu tombes amoureuse tous les quinze jours. Je n'ai jamais vu ça. Tu croises le regard d'un type et hop, tu te vois déjà mariée !

— Je ne suis pas comme ça ! protesta Betsy. Kamryn, dis quelque chose.

— Je-ne-suis-pas-comme-ça, répétai-je docilement à Ruby.

— Vous n'êtes que deux rabat-joie. À croire que vous n'avez jamais été amoureuses !

— Excuse-moi, mais tu n'es pas la mieux placée pour nous faire la leçon. Tu changes de soupirant comme de chemise, rétorqua Ruby.

Betsy croisa les bras sur sa poitrine et se mura dans un silence vexé.

— Et d'ailleurs, la beauté n'est pas tout, serinai-je d'un ton pontifiant. Il faut autre chose pour faire un couple…

Je marquai un temps pour ménager mon effet, puis :

— Il faut que le mec assure au lit.

— Je vois que vous utilisez votre temps de travail pour discuter de sujets essentiels, Kamryn, fit derrière nous la voix grave de Luke.

Aucune d'entre nous ne l'avait entendu approcher, ni même entrer, car il ne s'était pas donné la peine de frapper. Il avait tout simplement surgi de nulle part, un peu comme un gros nuage noir qui attend que vous mettiez le nez dehors sans manteau et sans parapluie pour déverser ses trombes d'eau sur votre tête.

Mon sang ne fit qu'un tour et des aiguilles me transpercèrent l'estomac tandis que je me tournais vers la silhouette gris anthracite immobile sur le seuil. C'était la première fois de ma vie que je tenais ce genre de propos au bureau, la toute première fois que je sortais de mon rôle de cadre dans les murs d'Angeles, et il avait fallu qu'il assiste à ce dérapage ! Voilà qui allait le conforter dans sa conviction que j'étais incompétente, dépourvue de professionnalisme et qu'il devait se débarrasser de moi au plus vite.

Betsy ôta précipitamment ses jambes de sur son bureau et s'assit bien droite sur sa chaise, Ruby se leva d'un bond et attrapa une feuille de papier, comme si c'était ce qu'elle était venue chercher. Toutes deux me lancèrent un regard consterné. Elles savaient ce qui m'attendait : au mieux, un commentaire ironique, au pire un rappel à l'ordre cinglant du professionnalisme que j'étais censée maintenir au sein de mon équipe.

Ruby fila sans demander son reste alors que Betsy restait pétrifiée sur son siège, les yeux braqués sur moi avec horreur.

— Betsy, voudriez-vous avoir l'obligeance de nous laisser seuls un moment, Kamryn et moi ? demanda Luke en lui décochant un sourire débordant de charme.

À regret et visiblement au bord des larmes, Betsy sortit, laissant la porte ouverte derrière elle. Luke traversa la pièce vitrée et vint se placer devant mon bureau, me dominant de toute sa taille. Si je me levais, j'allais donner l'impression de contester son statut de grand manitou et l'affrontement risquait de prendre des proportions démesurées. Mais, en restant assise, j'acceptais implicitement qu'il me domine. Je choisis une troisième option : je me levai pour aller fermer la porte.

Quand je revins vers lui, il avait les bras croisés et sa haute silhouette semblait remplir tout l'espace. Comme toujours, ses yeux me détaillèrent sans concession et j'eus instantanément la sensation d'être laide et débraillée – mal coiffée, mal fagotée, lourde, sans grâce. J'avais l'impression d'être redevenue la petite fille obèse qui était le souffre-douleur de toute la classe. Les surnoms que mes « camarades » me donnaient résonnaient encore dans ma tête : « pauvre thon », « grosse baleine »... Il me semblait que ces mots étaient tatoués à l'encre sympathique sur ma peau – impossibles à voir à l'œil nu, et cependant gravés en moi.

— Oui ? demandai-je en croisant moi-même les bras, tête haute pour donner l'illusion que j'étais sûre de moi.

J'étais dans *mon* bureau. Ce lieu avait été mon fief deux ans durant avant l'arrivée de ce monsieur, et je n'avais pas à me sentir inférieure à qui que ce soit quand je m'y trouvais.

— Écoutez, Kamryn, je crois que nous avons pris un mauvais départ, tous les deux.

Je le dévisageai, bouche bée, et me répétai mentalement la phrase qu'il venait de prononcer. Mais mon cerveau refusa de croire ce qu'il venait d'entendre :

— Je vous demande pardon ? fis-je

— Je dis que nous avons pris un mauvais départ.

— Oui, sûrement, acquiesçai-je en me demandant où était le piège. Mais à qui la faute ?

Il prit une profonde respiration, marqua une pause :

— À moi.

J'écarquillai les yeux mais restai prudemment sur la réserve.

— Après la journée de samedi... et votre invitation à dîner... j'ai été réellement touché. J'ai repensé à la façon dont tout s'était enchaîné et je me suis dit que c'était vraiment stupide. Que nous devrions essayer de régler notre différend une fois pour toutes afin de trouver un moyen de nous entendre.

Je devais avoir l'air sceptique parce qu'il reprit :

— Bon, sans aller jusqu'à une franche camaraderie, mais au moins tenter de ne pas déclencher les hostilités à la première occasion.

— Entendu.

— Bien.

Il s'interrompit, inspira à fond puis soupira.

— Je suis désolé de m'être comporté comme si vous étiez incapable de faire correctement votre travail. J'avais entendu tellement d'éloges à votre sujet que je m'attendais à rencontrer une jeune femme ravissante, dynamique, déterminée à plaire à tout prix. Et en fin de compte…

Sa voix mourut et il grimaça légèrement, se rendant compte qu'il venait de nouveau d'exprimer crûment le fond de sa pensée, en parfait mufle qu'il était.

— Continuez, je vous en prie. Et en fin de compte… ?

— En fin de compte, vous ne correspondez pas du tout à l'idée que je m'étais faite de vous. Je n'aurais pas dû vous juger sans vous connaître, je suis désolé.

Je ne répondis pas.

— Et je regrette également d'avoir prêté l'oreille à ces rumeurs ridicules à propos de Ted et vous. Je ne me comporte pas ainsi d'habitude.

— Merci pour cette petite mise au point. De mon côté, je m'excuse de vous avoir traité de petit branleur arrogant et arriviste, ripostai-je du tac au tac, bien que le cœur n'y soit pas.

Ses propos m'avaient blessée et je lui en voulais terriblement de me déstabiliser de cette façon.

— Quand ça ? demanda-t-il, les sourcils froncés.

— Tout le temps. Dans ma tête. Oh, désolée, je viens de recommencer à l'instant !

L'expression de Luke s'adoucit légèrement, et un sourire amusé affleura sur ses lèvres.

— Je ne suis pas le seul coupable. Vous n'étiez pas particulièrement amicale le jour où nous nous sommes rencontrés.

— En effet, mais je suis sûre que vous auriez été beaucoup plus enclin à passer l'éponge si j'avais été une bimbo blonde ou une petite brune sexy.

Son regard resta fixé sur mon visage. À l'évidence, il s'appliquait à ne pas le laisser dériver vers le reste de ma personne.

— Votre fille est vraiment adorable, dit-il, changeant de sujet.

— Est-ce une façon détournée de dire que je ne le suis pas ?

— Êtes-vous toujours aussi paranoïaque ?

— On peut être paranoïaque et tout de même se faire poignarder dans le dos.

— Je vous donnais simplement un avis. Tegan est craquante et on ne peut pas s'empêcher de l'aimer. Il n'y a aucun double sens dans cette remarque.

— Elle est adorable, c'est vrai, acquiesçai-je.

— Bien. Je vais vous laisser travailler, et abréger par la même occasion les souffrances de Betsy et de Ruby.

Nos regards convergèrent vers les deux jeunes femmes, de l'autre côté de la cloison vitrée, qui observaient anxieusement ce qui se passait à l'intérieur du bureau tout en faisant semblant de discuter. Elles s'aperçurent soudain que nous les regardions et feignirent maladroitement d'être occupées à autre chose.

— Alors, c'est d'accord ? On repart de zéro ? demanda Luke en se dirigeant vers la porte.

— Il me semble que c'est ce dont nous sommes convenus.

Il se retourna et m'adressa un sourire – il n'avait rien de charmeur, mais rien d'ironique non plus.

— Je suis sérieux, vous savez.

Je lui rendis son sourire.

— Moi aussi.

Plus tard, ce jour-là, de retour d'une réunion avec le chef du département enfants, je trouvai une barre chocolatée sur mon bureau, accompagnée d'un petit mot :

Tegan a dit que vous adoriez le chocolat.
Luke.

« Tu dois aussi embrasser Luke. »

21

La lumière atomisa mon pauvre cerveau à la seconde où j'entrouvris les paupières. Je les refermai aussitôt. Trop douloureux. Malgré mes yeux clos, j'avais l'impression que des flots de lumière continuaient à se déverser à l'intérieur de mon crâne, le broyant dans un étau impitoyable.

Je cherchai à tâtons un coussin pour m'en couvrir la figure, en vain. Bizarre. D'habitude il y avait pourtant une montagne de coussins sur mon lit. Puis je pris peu à peu conscience que mon bras n'avait pas bougé, que je ne pouvais plus bouger. Ma bouche, mes yeux, tout mon visage était enflé et horriblement douloureux. Une envie de vomir me taraudait. J'avais une terrible migraine, mais je parvenais encore à analyser ce qui m'arrivait, preuve qu'elle n'était pas complètement installée.

Cependant, je devais absolument me lever. Il fallait que je prépare Tegan pour l'école. Il fallait que je me prépare moi-même pour aller travailler. L'étau autour de mes tempes se resserra d'un cran.

Mme Kaye accepterait peut-être de venir chercher Tegan pour l'emmener à l'école ? Je repoussai immédiatement cette idée. Mme Kaye avait six enfants à gérer, il lui serait impossible d'en prendre un septième en charge sans avoir été prévenue plus tôt.

J'allais devoir me débrouiller et mettre ma migraine de côté pendant un moment.

Je gémis tandis que l'étau continuait de se resserrer autour de mon crâne.

Et si j'appelais Luke ? Il viendrait sans hésiter chercher Tiga et l'emmener à l'école si je le lui demandais – il ferait n'importe quoi pour elle. Et peut-être bien pour moi aussi, qui sait ?

Fidèle à sa promesse, il ne s'était pas montré une seule fois désagréable avec moi en deux semaines, et n'avait pas rejeté une à une mes idées simplement parce qu'elles venaient de moi. Il avait même instauré de nouvelles règles et, désormais, je le retrouvais tous les jours dans son bureau pour faire le point sur la nouvelle stratégie de marketing d'Angeles. Je m'étais même surprise à attendre ces réunions avec impatience, comme du temps de Ted. L'espace d'une demi-heure, je redevenais la Kamryn d'avant, totalement focalisée sur son travail, et uniquement sur son travail. Luke et moi n'éprouvions rien l'un pour l'autre. Nous étions juste des collègues déterminés à donner le meilleur d'eux-mêmes. Il commençait à respecter mes opinions, à admettre que je connaissais réellement mon boulot et à se rendre compte que si seulement on m'avait donné la chance de concourir pour obtenir le poste qu'il occupait, j'aurais été une adversaire redoutable. Quand il venait voir Tegan, nous parvenions à discuter de sujets sans rapport avec le travail. Avec le temps, notre relation finirait peut-être même par devenir normale. J'étais donc certaine que si je décrochais le téléphone pour l'appeler au secours il accourrait immédiatement. Tout ce que j'avais à faire, c'était de tendre le bras et de composer son numéro.

Les minutes s'écoulèrent. Je ne parvenais toujours pas à faire le moindre mouvement. Mon réveil se mit à sonner et tout mon corps se contracta de douleur. Je n'avais même pas la force d'appuyer sur le bouton d'arrêt, il me fallut donc attendre que la sonnerie cesse toute seule. Je dus me rendormir parce que, lorsque je repris contact avec la réalité, Tegan était debout à côté de mon lit.

— Maman Ryn, disait-elle en me tirant par le bras.

Je poussai intérieurement un cri d'agonie.

— C'est l'heure, il faut qu'on s'habille !

— Peux... pas.

— Mais il faut que j'aille à l'école !

Je réussis à ouvrir les yeux et concentrai mon regard sur la petite fille en pyjama vichy qui se tenait devant moi. Elle me dévisageait avec de la désapprobation mêlée d'irritation – exactement comme ma mère quand je rechignais à sortir du lit le matin pour aller à l'école.

— Je ne me sens pas très bien, réussis-je à articuler malgré ma bouche enflée et ma langue pâteuse.

— Tu es malade ?

— Oui, Tiga, je suis... malade. Désolée...

Elle ouvrit grands les yeux, tourna les talons et quitta la pièce comme une fusée avant même que j'aie pu la retenir.

Au prix d'un effort surhumain, je soulevai un bras, agrippai le bord de mon drap et le repoussai. Ce simple mouvement me planta un million d'aiguilles derrière les yeux. Je dus attendre plusieurs secondes avant de pouvoir m'asseoir au bord du lit. La moquette me faisait l'effet d'une pelote d'épingles sous la plante de mes pieds. Je me levai en vacillant, et je dus m'appuyer sur la table de chevet pour ne pas perdre l'équilibre.

Je me traînai, pas à pas, vers la porte en m'aidant du mur. *Allez, allez,* m'encourageai-je en progressant à tâtons. J'attrapai le chambranle pour passer dans le couloir. Dieu merci, il était étroit et je pouvais me tenir des deux côtés. J'avançai en tanguant et je finis par me retrouver devant la chambre de Tegan.

Elle était assise en tailleur sur son lit, serrant Meg de toutes ses forces contre sa poitrine, et se balançait d'avant en arrière, le visage décomposé.

— Tegan, qu'est-ce qu'il y a ? soufflai-je en m'adossant au montant de la porte.

— Tu es malade, dit-elle en continuant à se balancer, les yeux hagards. Tu es malade et tu vas monter au ciel pour être avec le petit Jésus, les anges et maman.

— Que… quoi ?

— Tu vas aller au ciel avec maman ! lança-t-elle d'un ton accusateur.

— Tiga, non. C'est une migraine. Je veux dire… j'ai très mal à la tête. Mais ça va passer. Je vais…

La sonnerie de l'Interphone retentit, déclenchant une explosion de douleur dans mon crâne. Je devais répondre sur-le-champ pour éviter qu'il ne sonne une deuxième fois, sinon je n'y survivrais pas.

— Je reviens.

Je me traînai dans l'entrée, me tenant toujours aux murs.

— Oui ? grinçai-je dans le micro.

— C'est Luke.

Luke ? Que faisait-il ici, à une heure pareille ? Malgré que j'en aie eu l'idée, je ne l'avais pas appelé, j'en étais certaine. J'appuyai sur le bouton pour lui ouvrir la porte.

Il apparut quelques secondes plus tard. Il portait la même tenue que la veille : costume noir, chemise bleu roi, cravate bleu marine. Il arborait un large sourire.

— Bonjour ! Je passais dans le quartier et je me suis dit que vous apprécieriez peut-être qu'un chauffeur vous emmène à l'école et au bur… Bon sang, vous avez une tête à faire peur, ajouta-t-il tandis que je reculais pour lui permettre d'entrer.

— Je… je croyais que nous avions cessé les hostilités, articulai-je.

Tegan jaillit de sa chambre en entendant la voix de Luke.

— Elle est malade !

— Kamryn ?

La voix de Luke semblait venir de très loin, comme s'il parlait à l'autre bout d'un tunnel.

— C'est grave ? Vous avez l'air…

Une douleur aiguë me transperça et je ne vis plus que des gerbes de flashs roses, bleus, verts, jaunes.

Puis tout devint blanc.

J'ouvris lentement les yeux et je réussis à les garder ouverts. La lumière ne m'agressait plus comme des pointes acérées. J'avais encore des douleurs lancinantes dans l'orbite droite, mais je n'étais plus nauséeuse. Quelque chose de froid et de mouillé était posé sur mon front, apaisant le feu de la migraine. Je levai la main. C'était un gant de toilette.

— Enfin, vous vous réveillez !

Luke était assis à côté du lit. Il referma le livre qu'il tenait dans les mains et m'examina d'un air inquiet.

— Où est Tegan ? murmurai-je.

Il me montra le lit. Je tournai la tête. Elle dormait contre moi, roulée en boule comme un chaton, dans son pyjama vichy, Meg serrée contre elle.

— Elle n'a pas voulu vous quitter.

— J'ai perdu connaissance ?

— Vous vous êtes effondrée. J'ai eu la peur de ma vie, mais Tegan, elle, est devenue hystérique. Elle s'est mise à hurler que vous alliez partir au ciel comme sa maman. Elle a refusé d'aller à l'école parce que si elle partait, vous monteriez au ciel sans elle.

Je baissai les yeux. Même endormie, Tegan avait gardé une expression angoissée. Elle ouvrit soudain les yeux, me faisant légèrement sursauter. Puis elle s'assit et me dévisagea en clignant des yeux.

— Tu vas mieux, dis ? demanda-t-elle, le visage et le corps tendus dans l'attente de ma réponse.

— Un peu, oui, répondis-je, essayant – en vain – de m'exprimer d'une voix normale.

— Et si tu allais à la cuisine lui chercher à boire ? dit Luke. Il y a un verre d'eau tout prêt sur la table.

Il se tourna vers moi.

— Tegan m'a dit que vous aviez une migraine, alors j'ai appelé le médecin et il a dit que vous deviez vous hydrater le plus possible.

Tegan se tortilla jusqu'au pied du lit et se laissa glisser à terre, posant un pied sur le sol, puis l'autre. La moquette absorba le bruit de sa course.

À la seconde où elle disparut, Luke se pencha vers moi.

— Sa mère est décédée il y a peu ? demanda-t-il tout bas.

Je hochai la tête.

— Il y a combien de temps ?

— Très récemment.

— Kamryn, vous pouvez me parler sans crainte.

Nous avions enterré la hache de guerre, c'était entendu. Il nous arrivait de bavarder agréablement ensemble, et un jour ou l'autre peut-être deviendrions-nous amis, mais pour l'instant, il n'obtiendrait rien de moi.

Tegan réapparut, serrant un grand verre d'eau entre ses mains. Elle progressait à petits pas prudents en tirant la langue afin de ne pas en renverser une goutte. Je me redressai pour m'asseoir, faisant tomber le gant de toilette de mon front.

Luke le ramassa et alla dans la salle de bains le passer sous l'eau. Je pris le verre des mains de Tegan et bus. La sensation de l'eau fraîche dans ma gorge me procura un merveilleux bien-être.

— Merci.

— Tu vas aller mieux, hein ? demanda-t-elle en se balançant d'un pied sur l'autre et en tordant ses petites mains.

Jamais je n'aurais pensé qu'elle puisse faire un amalgame entre mon malaise et la mort de sa mère, qu'elle imaginerait que j'allais mourir. Mais, en fait, pourquoi pas ? Je me levais bien, moi, toutes les nuits pour vérifier qu'elle dormait normalement. La mort déclenche des peurs irrationnelles... qui ne le sont pas tant que ça, et qui ne sont pas réservées aux adultes.

— Grâce au verre d'eau et au gant de toilette, je vais me sentir mieux très rapidement, affirmai-je.

Tegan se mordilla les lèvres avec un air méfiant. Apparemment, je ne l'avais pas convaincue.

Luke revint, le gant de toilette dans les mains. Il allait me le poser sur mon front, mais il se ravisa et me le tendit.

— Tenez.

— Ça va aller, ne t'inquiète pas, dis-je à Tegan en lui offrant ma main libre.

Elle y glissa la sienne et je nous revis deux mois plus tôt, aux obsèques d'Adèle, quand j'avais serré sa petite main dans la mienne, écrasée par le poids de mes nouvelles responsabilités. C'était à moi désormais qu'il incombait de mener Tegan jusqu'à l'âge adulte et de faire en sorte qu'elle soit heureuse, en bonne santé, épanouie tout au long du chemin. Les gens qui élèvent seuls leurs enfants sont souvent considérés comme des marginaux dans notre société – pour moi, ce sont de véritables héros. Des faiseurs de miracles. Moi, je n'étais dans le bain que depuis deux mois et je m'y noyais déjà. Il m'en coûtait de l'avouer, mais il fallait me rendre à l'évidence : j'avais besoin d'aide.

Luke tapota sa cuisse.

— Viens là, Ti. Nous allons faire un peu la lecture à Kamryn jusqu'à ce qu'elle se rendorme.

La petite fille obéit et Luke ouvrit mon livre – *Le Monde englouti* de J. G. Ballard, mon auteur préféré – à l'endroit où j'avais glissé un marque-page. Il commença à lire, encourageant Tegan à suivre les mots avec son doigt. Jc m'allongeai et fermai les yeux cependant que sa voix douce et grave égrenait le récit. Mes paupières papillonnèrent une seconde et l'image de Tegan assise sur les genoux de Luke, regardant la page qu'il lisait, m'accompagna dans mon sommeil.

À mon réveil, Luke était toujours assis à mon chevet, en train de lire. J'ôtai le gant de toilette humide de mon front, ce qui attira son attention. Il m'adressa un de ses sourires chaleureux habituellement réservés à Tegan.

— Bonjour, dit-il.

Je tâtai le matelas, à côté de moi, mais Tegan n'était pas là.

— Je l'ai convaincue d'aller regarder la télé, expliqua-t-il en voyant mon geste. Elle a accepté à la seule condition que je ne bouge pas d'ici, et elle revient toutes les dix minutes s'assurer que vous n'êtes partie nulle part.

De ma migraine carabinée subsistait seulement un élancement sourd, mais une raideur paralysait encore ma nuque quand j'essayai de m'asseoir.

— Merci, Luke. Merci pour tout.

Il prit le verre d'eau sur la table de nuit et me le tendit. Il me regarda boire, puis reposa le verre.

— J'ai téléphoné à l'école de Tegan pour les prévenir, et j'ai averti le bureau que nous serions absents pendant deux jours. Je travaillerai ici.

— Comment ça ?

— Il me semble que vous avez besoin de quelqu'un pour prendre soin de vous deux.

— Je n'ai besoin de personne, sifflai-je.

Luke pinça les lèvres, l'air de prendre sur lui pour ne pas s'énerver.

— J'ai pensé que je pourrais me rendre utile, si vous n'y voyez pas d'inconvénient.

— J'en vois un, justement ! Maintenant, tout le monde au bureau va penser que nous couchons ensemble !

Je tirai les couvertures jusqu'à mon menton. J'étais nue sous un tee-shirt blanc, devant un homme qui me trouvait laide et grosse.

— Bah, il y a des choses plus graves.

— Ah oui, vous trouvez ?

Luke baissa les yeux, embarrassé. Une pensée me traversa l'esprit. Son appartement se trouvait à Alwoodley, de l'autre côté de la ville. Il ne pouvait en aucun cas passer par Horsforth pour se rendre au bureau.

— Qu'est-ce que vous faisiez dans le quartier ?

— Je... euh... je rendais visite à quelqu'un.

— Vous portez les mêmes vêtements qu'hier.

— Je ne suis pas rentré chez moi.

Nos yeux se rencontrèrent et je sus exactement ce que cela signifiait.

— Je vois. Blonde ou brune ?

— Rousse. Un corps à damner un saint. Et aucune inhibition.

— Félicitations.

— Kamryn, je crois que nous devrions parler.

— Et que faisons-nous en ce moment ?

— Je reconnais que je me suis comporté comme un idiot, mais vous n'avez pas non plus été très facile. Mais je sais maintenant que c'est parce que vous venez de perdre un être cher.

Je détournai les yeux et fixai l'écran noir de mon ordinateur.

— Je mentirais en disant que je comprends ce que vous avez dû traverser. Mais ce dont je suis sûr, c'est que vous ne résoudrez rien en vous repliant sur vous-même. Ce n'est pas bon pour Tegan non plus.

Sa remarque fit mouche. Se pouvait-il que je nuise à Tegan en gardant mes émotions pour moi ? En refusant de donner libre cours à mon chagrin ?

— J'ai toujours pensé que vous aviez accepté la garde de Tegan sans vous rendre réellement compte de ce à quoi vous vous engagiez. Au bureau, personne ne semble savoir quoi que ce soit sur vous – ce qui est pour le moins étrange quand on sait que vous travaillez pour Angeles depuis des années. Impossible d'arracher un mot à Ted ou à votre amie Betsy. Mais, de toute façon, j'ai l'impression qu'elle ne sait pas grand-chose.

— Et pourquoi aurais-je envie de vous parler, à vous ?

— Vous me devez bien ça !

— Pardon ? !

— Hé, qui vous a rattrapée au vol quand vous avez perdu connaissance ? Qui vous a portée sur votre lit ? Qui a calmé Tegan, téléphoné au médecin pour lui demander ce qu'il fallait faire ? Et qui a appelé le bureau pour signaler que vous étiez malade. Si ça ne mérite pas une petite récompense, alors c'est à désespérer !

— Très bien. Je vous paierai un verre, un de ces quatre.

— Sérieusement, Kamryn, vous pouvez vous confier à moi. Personne n'en saura rien, je vous le jure.

Il attendit quelques secondes, dans l'espoir que je me livre, mais je ne desserrai pas les dents.

— Bon, soupira-t-il. J'ai failli me marier. Nous nous sommes rencontrés à Harvard et nous nous sommes fréquentés par intermittence pendant près de dix ans. J'étais toujours par monts et par vaux, mais chaque fois que je revenais à New York, notre histoire repartait de plus belle. Finalement, nous avons vécu ensemble pendant trois ans.

Luke plongea la main dans la poche intérieure de sa veste, en sortit son portefeuille, l'ouvrit et me montra la photo de sa dulcinée. Elle était ravissante, naturellement. De longs cheveux blond platine, un teint de porcelaine, des sourcils très bien dessinés, des lèvres rose tendre. Elle n'était pas simplement jolie, elle était merveilleusement belle. Et rien qu'à voir la tendresse avec laquelle elle souriait à l'objectif, il était évident qu'elle était éperdument amoureuse du photographe. Amoureuse de mon patron.

Luke rangea son portefeuille.

— Elle s'appelle Nicole. Nous avions fixé la date de notre mariage, puis on m'a proposé un poste à Londres. Je pensais qu'elle accepterait de me suivre, mais je me trompais. Quand j'ai voulu refuser le poste, elle m'a dit de l'accepter parce que le vrai problème ce n'était pas Londres, c'était ses sentiments pour moi. Elle m'aimait, mais elle n'était pas sûre que cela marcherait entre nous si elle devait m'accompagner à l'autre bout du monde. Alors je suis venu tout seul. Nous nous téléphonons toutes les semaines, je garde sa photo sur moi, et...

Il se tut, baissa les yeux, puis les leva à nouveau vers moi.

— ... et je m'accroche à l'espoir qu'elle changera d'avis. Voilà. Personne d'autre en Angleterre ne connaît cette histoire. Je compte sur votre discrétion parce que même au bout de dix-huit mois, c'est toujours aussi dur.

Durant tout ce récit, j'avais dû cacher mon dégoût de voir Luke, mon patron, s'humaniser sous mes yeux. Il s'était livré à moi. À moi ! Cela avait dû lui coûter énormément. Mais il était allé jusqu'au bout... pour m'obliger à en faire autant.

Me confier... cette idée me faisait horreur. Surtout me confier à lui. Cependant, il s'agissait de l'équilibre de Tegan. Elle adorait Luke. Et, que je le veuille ou non, ce qui s'était passé le matin même me prouvait que j'avais besoin que quelqu'un s'occupe d'elle si, pour une raison ou une autre, je me trouvais dans l'incapacité de le faire. Luke était l'homme providentiel. Je le regardai fixement, le cœur battant à tout rompre. *C'est pour Tegan.*

— Entendu, murmurai-je.

Et je lui racontai tout, du début – c'est-à-dire depuis le soir où j'avais découvert la trahison d'Adèle et de Nate – jusqu'au moment où Luke Wiseman avait débarqué dans nos vies. Il m'écouta sans dire un mot, sans me poser de questions, et sans aucun commentaire.

Quand finalement je me tus, il hocha la tête.

— Et vous avez fait face toute seule ?

Il émit un long sifflement.

— Pas étonnant que vous vous soyez comportée avec moi comme une vraie mégère.

— Et vous, quelle est votre excuse pour jouer les m'as-tu-vu arrogants ? rétorquai-je.

— C'est différent, c'est dans ma nature, ironisa-t-il.

J'approuvai d'un sourire satisfait.

Il me rendit mon sourire et déclara :

— Bon, je vais aller m'occuper du dîner.

— Vous n'êtes pas obligé de faire tout ça. Je me sens mieux. Vous pouvez partir.

— Qui parle d'obligation ? Si vous me laissez faire, je ne demande qu'à vous aider.

Sa sincérité me surprit. Son histoire me l'avait rendu humain, vulnérable même, mais son offre faisait de lui un humain… adorable.

— Pourquoi ?

— Parce que j'aime beaucoup Tegan.

— Il y a autre chose.

— Peut-être… ou peut-être pas.

L'arrivée en trombe de Tegan dans la chambre dispensa Luke de répondre à un interrogatoire plus poussé.

— Tu vas mieux ? demanda-t-elle en bondissant sur le lit.

— Beaucoup, beaucoup mieux. Je me sens même assez d'attaque pour me lever et m'installer au salon.

Tegan s'épanouit.

— Vrai de vrai ? Luke avait promis que tu allais te relever !

— Il m'en coûte de l'admettre, mais Luke avait raison.

Elle se laissa glisser sur le sol.

— Je vais mettre un DVD.

Je repoussai les couvertures et me levai. Je devais montrer à Tegan que tout allait bien – je ne voulais surtout pas lui causer une nouvelle frayeur. Luke s'avança pour m'aider, mais je lui lançai un regard tel qu'il stoppa net.

Tegan me prit par la main et me conduisit lentement dans le salon où nous nous affalâmes ensemble sur le canapé.

— Bon, puisque vous êtes debout, Luke, mettez donc de l'eau à chauffer pour le thé, ordonnai-je.

— Oui, mets donc de l'eau à chauffer, Luke, pouffa Tegan.

Elle se pelotonna contre moi et je l'entourai d'un bras.

— Et de quoi est mort votre dernier esclave ? D'épuisement, je suppose, grommela-t-il en obéissant.

— Non, il est mort d'avoir répondu avec insolence, rétorquai-je.

Luke me jeta un regard par-dessus son épaule et je réussis à grimacer un sourire. Il soutint mon regard en souriant. C'est alors que je pris conscience que je pourrais me mettre à apprécier Luke, voire à l'apprécier énormément…

22

— Vous voulez bien attendre dans la pièce à côté pendant que Tegan et moi discutons un peu ?

L'assistante sociale connaissait son métier. Elle donnait l'impression de me demander mon avis alors qu'il était évident qu'il s'agissait d'un ordre.

Je quittai le salon qui, comme tout le reste de l'appartement, avait été nettoyé et briqué de fond en comble. J'avais pris une journée de congé, alors que nous n'avions rendez-vous que dans l'après-midi, ce qui me donnait la matinée pour peaufiner le ménage. Je m'étais ensuite parée de mes plus beaux atours (une robe en soie rose pâle qui m'allait à la perfection) pour faire bonne impression. Tegan avait passé sa tenue préférée du moment : une robe chasuble en jean avec un tee-shirt blanc à manches longues. Je lui avais fait des couettes et elle portait ses chaussons en forme d'oreilles de lapin.

Une fois dans ma chambre, je m'assis sur le lit, et repliai mes jambes contre ma poitrine, me persuadant qu'il était normal que l'assistante sociale contrôle que Tegan n'était pas victime de maltraitance. Elle devait s'assurer que la petite était heureuse avec moi, et que j'étais à la hauteur. Ce qu'elle ne pouvait faire en ma présence. Mais que lui dirait Tiga ? C'était une enfant drôle, affectueuse, sociable, et cependant incroyablement réservée. Sur ce plan-là au moins, nous nous ressemblions, elle et moi. Autant sa mère, de son propre aveu, avait toujours été trop exubérante, trop extravertie, autant Tegan était secrète. Très réticente à parler de ses émotions. Jamais elle n'avait fait la moindre allusion à ce qu'elle avait enduré entre les mains de ses grands-parents à Guildford. M'aurait-elle avoué ne pas être heureuse avec moi ?

Mon estomac se noua un peu plus tandis que je me demandais ce qui se passait en ce moment dans l'autre pièce. Quel genre de questions l'assistante sociale pouvait-elle bien poser à Tegan ? Allait-elle lui tendre des pièges, tenter de lui faire raconter les erreurs que j'avais pu faire ? Comme la fois où j'avais oublié de venir la prendre à la garderie ? Ce n'était arrivé qu'une seule fois, mais c'était gravé dans ma mémoire, et dans celle de Tiga aussi, probablement. Et que dire du jour où je m'étais évanouie, plusieurs semaines auparavant, et de la terreur que cela lui avait causée ? Je ne l'avais pas fait exprès, évidemment, mais il n'en demeurait pas moins qu'elle avait été choquée.

Je me mordillai la lèvre. Et si Tegan était malheureuse avec moi ? C'est une éventualité que je n'avais pas franchement envisagée. Je passais mon temps à craindre que sa mère lui manque, mais peut-être son vrai problème était-il de vivre avec moi malgré elle. Peut-être rêvait-elle d'habiter ailleurs, n'importe où plutôt qu'ici. Au fond, la seule personne qu'elle ait réellement choisie, c'était Luke. Il était devenu une partie de sa vie – de notre vie. Personne ne lui avait imposé Luke, contrairement à moi. Et elle l'aimait. À ses yeux, Luke représentait le temps des jeux et de la liberté ; alors que moi, forcément, je lui rappelais l'école, les horaires et la discipline. Dirait-elle tout cela à l'assistante sociale ?

Après trente angoissantes minutes, je fus autorisée à revenir. Tiga souriait. Je m'assis sur le canapé et elle grimpa sur mes genoux, me collant Meg contre la joue pour qu'elle me fasse un bisou.

— Meg t'aime beaucoup aujourd'hui, déclara-t-elle.

Puis elle descendit et quitta la pièce. Je reportai mon attention sur l'assistante sociale. Elle n'avait rien noté de cet échange sur son bloc. En fait, elle l'avait rangé ainsi que son stylo, et elle me regardait. Elle avait une trentaine d'années, des cheveux bruns et raides coupés au carré, des lèvres minces et des yeux vraiment inexpressifs. Impossible de deviner ce qu'elle pensait. Ses mains étaient jointes sur ses genoux et elle souriait à demi, d'un air neutre.

— Alors ? ai-je réussi l'examen d'entrée ? demandai-je.

— Ce n'était pas l'objet de ma visite, répondit-elle.

Son expression se modifia de manière infime, et son regard me transperça comme si elle avait le pouvoir de lire mes pensées les plus inavouables.

— Ah ? Quel était l'objet de votre visite, alors ?

Avait-elle reçu pour consigne de ne pas mentionner le fait que Tegan était blanche ? Personne ne pouvait me retirer la tutelle de Tegan parce que c'était une volonté clairement mentionnée par Adèle dans son testament, mais il en allait tout autrement de ma demande d'adoption. On pouvait empêcher Tegan de devenir une Matika, sans jamais avouer que la raison était notre différence de couleur de peau.

— Comment gérez-vous la situation ? demanda-t-elle, éludant habilement ma question.

— Bien.

— Ce n'est pas trop dur ?

— Non, pas trop.

— Ça n'aurait rien d'anormal, Kamryn. Ce doit être difficile d'être seule.

Que lui a dit Tegan ?

— Pas plus que pour n'importe qui d'autre dans la même situation.

— Et comment réussissez-vous à concilier votre travail avec l'éducation de Tegan ?

— Bien.

— Ce doit être stressant ?

— Ça se passe bien.

— Vous n'avez pas de problème pour aller chercher Tegan à l'école avec vos horaires de bureau ?

— Non. Elle va chez une camarade après l'école et je vais la chercher là-bas quand j'ai fini.

— Les enfants se fâchent pour un oui ou pour un non. Que ferez-vous si elle ne peut plus aller chez cette amie ?

— Il y a un service de garderie à l'école. Je serais obligée de quitter mon travail plus tôt pour aller la chercher à dix-huit heures, mais dans ce cas je travaillerais pendant ma pause déjeuner.

— Vous pourriez tenir ce rythme ?

— N'essayez pas de me suggérer de cesser de travailler, ou de me mettre à mi-temps. Je n'en ai absolument pas les moyens. Mon budget est déjà très serré.

— Avez-vous des problèmes financiers ?

— Qui n'en a pas ?

Je commençais à m'énerver. Cette femme prenait un malin plaisir à déformer tout ce que je disais. Que cherchait-elle à prouver ? Que je n'étais pas à la hauteur ?

— Qui est Luke ? demanda-t-elle, changeant de tactique.

— Mon patron, répondis-je prudemment. Tegan l'a rencontré une fois et depuis ils continuent à se voir. Ils s'entendent très bien.

Elle fronça imperceptiblement les sourcils.

— Il est parfaitement sûr, précisai-je hâtivement. Je ne le laisserais pas approcher Tegan si j'avais le moindre doute à son sujet.

— La petite m'a expliqué qu'il était son meilleur ami, déclara l'assistante sociale.

— Oui, ils... ils s'entendent très bien.

Son meilleur ami ? songeai-je avec jalousie. *Et qu'est-ce que je suis, moi ? L'affreux Jojo de service ?*

— Elle m'a dit également que vous ne vous mettiez jamais en colère contre elle.

— Elle vous a dit ça ? Et c'est mal ?

— Non. Juste inhabituel. Vous n'éprouvez jamais de colère contre elle, ou bien vous vous contenez ?

— Tiga est une petite fille très sage, et elle ne m'a jamais donné l'occasion de me mettre en colère. Pas jusqu'à maintenant, tout au moins.

Je m'accordai un temps de réflexion.

— Elle est vraiment très sage, en fait.

— Vous pensez qu'elle intériorise ?

— Peut-être.

Une vague crainte monta en moi.

— Je n'y ai jamais réfléchi. Elle fait toujours ce qu'on lui dit. Pas de questions, pas de discussions. Je n'ai jamais imaginé que sa docilité pourrait être motivée par la peur. C'est ce que vous pensez ? Que je la terrorise ? Je ne lèverais jamais la main sur elle, vous savez. Jamais !

— Je n'en doute pas une seconde. Je me demande simplement si vous ne devriez pas l'emmener consulter un psychothérapeute. Il pourrait l'aider à faire le deuil de sa mère.

— Il ne s'agit pas d'une simple suggestion, n'est-ce pas ? C'est un ordre ?

Son regard contredisait son sourire amical.

— Je ne dirais pas cela.

— Qu'est-ce que vous voulez dire, alors ? Que si je ne l'emmène pas consulter un psychothérapeute, vous n'appuierez pas ma demande d'adoption ?

— Pourquoi ne pas y réfléchir ? dit-elle, évitant volontairement de répondre à ma question, et pour la deuxième fois.

Elle se leva.

— Je reprendrai contact avec vous dans deux mois pour voir où vous en êtes toutes les deux. J'ai été ravie de vous rencontrer.

Salope ! Ce petit mot tournait dans ma tête, encore et encore. J'avais envie de le hurler à tue-tête pour évacuer toute ma hargne. *SALOPE ! SALOPE ! SALOPE !* Elle avait insinué que je ne m'occupais pas bien de Tegan. Que nous devions faire entrer des gens – des psychothérapeutes – dans notre vie. Et qu'elle me sacquerait si je n'obéissais pas. Dans les instants où ma raison reprenait le dessus, je savais qu'elle ne pensait qu'au bien de Tegan et que consulter un psychothérapeute pourrait effectivement l'aider. Mais dans les quatre-vingt-dix-neuf pour cent du temps restant, j'étais dévorée par l'envie de hurler « *SALOPE !* ».

Avant sa visite, je savais que je ne m'en sortais pas brillamment. Mais, à présent, j'avais la preuve que j'avais tout faux. J'empêchais Tegan de faire le deuil de sa mère, et l'éducation que je lui donnais ne lui permettrait jamais de devenir un jour une adulte épanouie et heureuse.

— Maman Ryn ?

— Quoi ? aboyai-je.

Le ton de ma voix me fit frémir. Je cessai de regarder sans but le contenu du placard à provisions, pris une profonde respiration et me tournai vers Tegan. Elle s'était installée à la table pour faire de la peinture et me regardait, un pinceau à la main, serrant Meg contre elle. Elle n'avait pas l'air d'une enfant victime de maltraitance psychologique, elle n'était pas prostrée sur sa chaise, ses yeux n'étaient pas habités par la peur, elle n'avait pas le teint blafard d'un enfant malheureux. Mais comment savoir ce qui se cachait réellement sous la surface, de quels dégâts j'étais responsable ?

— Oui, Tiga ? dis-je, plus calmement.

— Il vient quand, Luke ?

— Vers dix heures.

Elle posa son pinceau, compta silencieusement « huit, neuf, dix » sur ses doigts et protesta :

— Mais je serai couchée !

— Je sais. Mais il fait la route depuis Londres, il ne peut pas arriver plus tôt.

— C'est pas juste !

— Il repassera peut-être demain.

— Mais je lui ai fait un dessin !

— Je le lui donnerai quand il arrivera. Je suis sûre qu'il l'adorera.

— Non, je veux lui donner, moi !

— Alors tu attendras demain.

Je me remis à contempler les conserves, les boîtes, les bouteilles et les bocaux, cherchant l'inspiration. J'entendis un petit frottement retentir derrière moi : Tegan descendait de sa chaise. Elle allait probablement me rejoindre et s'asseoir sur le plan de travail pour regarder à l'intérieur du placard comme elle le faisait souvent avant que je commence à préparer le dîner.

Au lieu de ça, elle me demanda :

— Et s'il ne vient pas demain ?

— Il viendra sûrement. Il vient toujours le samedi.

— Mais s'il ne vient pas quand même ?

Je n'en sais rien ! J'avais envie de hurler. Je pris une profonde respiration. *Ce n'est pas sa faute,* me rappelai-je. *Elle n'y est pour rien si je suis d'une humeur massacrante.* Je me tournai vers elle, découvrant trop tard qu'elle n'était pas au milieu de la cuisine comme je le pensais, mais juste derrière moi, tenant à deux mains le bol d'eau sale où elle avait trempé son pinceau. Mes jambes heurtèrent ses mains, envoyant valser le bol et son contenu sur ma robe. Tegan lâcha un petit cri avant de sombrer dans un silence terrifié.

Je baissai les yeux sur ma robe, que j'avais payée une petite fortune. Ç'avait été mon premier achat à Leeds après ma rupture avec Nate et Adèle. Un achat symbolique qui signifiait le retour à une vie normale, avec les petits riens qui la composaient comme le lèche-vitrines, le shopping. J'adorais cette robe. Et maintenant, elle était fichue. Comme ma vie. Détruite. Saccagée.

— J'en ai ma claque ! hurlai-je. Est-ce que tu vas me pourrir la vie encore longtemps ?

Je vis Tegan se glacer d'effroi – littéralement pétrifiée par ma colère.

Je voulais qu'elle dégage. Il fallait qu'elle débarrasse le plancher avant que je prononce des mots que je regretterais ensuite.

— Va dans ta chambre, dis-je dans un souffle, contrôlant ma voix.

Elle fila sans demander son reste. Je restai clouée sur place, paralysée par la peur de ce que j'avais été à deux doigts de lui dire... J'avais failli lui crier que, sans elle, je ne serais pas obligée d'accepter que des assistantes sociales viennent fouiner dans ma vie et me regardent de haut. Que, sans elle, je serais directrice du marketing chez Angeles et que je serais en train de revenir de Londres en ce moment, à la place de Luke. Que, sans elle, je serais libre de faire ce que je voulais quand je le voulais sans devoir m'organiser pour la faire garder. Toutes mes journées ne tourneraient pas autour d'elle et je ne serais pas sans cesse en train de me demander si je n'allais pas m'écrouler au prochain obstacle.

Des larmes m'inondèrent le visage puis tombèrent sur le lino. Sans que je puisse rien faire, mes jambes se dérobèrent et je me retrouvai à genoux sur le sol, au milieu de la flaque d'eau sale. Je me pris le visage dans les mains, me balançant d'arrière en avant et songeant qu'une fois de plus j'avais été au-dessous de tout.

— Tiga, chuchotai-je un peu plus tard en poussant la porte de sa chambre. Tiga... je te demande pardon.

Elle était assise sur son lit, les genoux repliés contre sa poitrine, serrant Meg contre elle.

— Je ne pensais pas ce que j'ai dit. J'étais...

Je m'arrêtai net en m'apercevant qu'elle avait vidé le contenu de sa commode et de son armoire sur le sol, et que son sac à dos multicolore, habituellement rangé sous le lit, trônait ouvert au milieu de la pièce. Elle y avait même déjà rangé quelques affaires. Mon cœur cessa de battre. L'assistante sociale lui avait-elle dit que si elle n'était pas heureuse avec moi, elle pouvait aller vivre ailleurs ? Avait-elle l'intention de partir ?

— Qu'est-ce qu'il y a ? demandai-je, paniquée. Pourquoi emballes-tu tes affaires ?

J'enjambai le sac à dos et m'agenouillai devant Tegan.

— Je suis désolée, Tiga.

J'examinai son petit visage en forme de cœur et ses yeux bleus pour tenter de comprendre.

— Je ne voulais pas crier. J'étais en colère après moi, pas après toi. Je te demande pardon.

Elle ne bougea pas, continuant à serrer Meg sur sa poitrine, exactement comme si je n'avais rien dit.

— Tiga, il faut me croire. Je suis désolée. Vraiment, vraiment désolée.

— S'il te plaît, chuchota-t-elle.

Puis elle s'interrompit, visiblement terrifiée par ce qu'elle voulait me demander.

— S'il te plaît... ? répétai-je.

— S'il te plaît, ne me renvoie pas chez Nana Muriel, murmura-t-elle.

Puis elle se recroquevilla pour serrer plus fort Meg contre elle.

— Pourquoi voudrais-je te renvoyer chez Nana Muriel ? demandai-je.

J'avais tout imaginé, sauf ça.

— Parce que j'ai été méchante. Je ne veux pas aller chez Nana Muriel. Je veux rester avec toi.

— C'est pour ça que tu as sorti toutes tes affaires ?

Elle hocha la tête. Il ne m'était jamais venu à l'esprit qu'elle puisse avoir peur que je ne la renvoie un jour chez ses grands-parents. J'étais persuadée qu'elle savait qu'elle était condamnée à rester avec moi – pour le meilleur et pour le pire. Était-ce pour cette raison qu'elle était si sage, qu'elle ne se rebiffait jamais et ne faisait jamais de caprice ? Parce qu'elle était terrifiée à l'idée que je puisse la ramener chez ces gens qui la battaient et la privaient de nourriture ?

— Tiga, toi et moi nous ne...

Je m'arrêtai en voyant son visage se crisper en une expression de terreur dans l'attente de ma sentence. Je recommençai, la voix aussi douce qu'un vœu pieux :

— Toi et moi, nous ne nous quitterons jamais, tu m'entends ? Nous vivrons ensemble jusqu'à ce que tu sois grande et que tu décides de partir faire ta vie.

Ses traits se détendirent légèrement.

— Et tu ne reverras jamais Nana Muriel. Quoi qu'il arrive, nous resterons ensemble, toutes les deux. Inséparables.

Elle leva enfin les yeux vers moi.

— Je prendrai toujours soin de toi, déclarai-je. Tu es chez toi, ici. Même quand tu seras grande, tu seras toujours chez toi là où j'habiterai. Je... je ne te laisserai jamais tomber. Tu comprends ?

— Même si je suis méchante ?

— Même. Ce n'est pas un encouragement, bien sûr, mais si tu es méchante, nous réglerons le problème ensemble, et tu resteras avec moi.

— Je regrette d'avoir été méchante, murmura-t-elle.

— Tu n'as pas été méchante, mon ange. C'est moi. C'était un accident.

— Je te demande pardon.

— C'était un accident, tu ne l'as pas fait exprès. Et je suis désolée d'avoir crié.

— Luke ne pourra plus voir ta jolie robe maintenant.

Sa remarque me stupéfia et j'observai Tegan pour savoir si elle avait perçu que mes sentiments pour son meilleur ami, mon patron, avaient complètement changé. Elle me rendit mon regard, sans arrière-pensée. Elle ignorait que, depuis ma migraine, mes relations avec Luke avaient totalement changé. Il n'était pas seulement devenu humain à mes yeux, il était devenu un homme. Nos réunions au bureau étaient l'occasion de vrais échanges et, le week-end, il s'attardait après le coucher de Tegan. Nous bavardions tous les deux jusqu'à trois ou quatre heures du matin en buvant du thé. Tegan ne savait pas que des idées troublantes me traversaient l'esprit quand j'étais avec lui... Des pensées érotiques. Non, il ne me verrait pas dans ma jolie robe, et cela valait mieux. Mes fantasmes ne devaient pas être alimentés, et encore moins se réaliser.

— Bon, alors, tu restes avec moi ? demandai-je, chassant résolument M. Wiseman de mon esprit.

Tegan hocha la tête en plissant le nez.

— Génial, Tiga. Je suis très, très contente.

Elle approcha Meg de mon visage et la pressa contre ma joue pour qu'elle me fasse un bisou.

— Meg t'aime beaucoup aujourd'hui, me confia-t-elle pour la deuxième fois de la journée.

— C'est ce que je vois. Et si on rangeait tes vêtements, ma puce ?

Tegan sauta de son lit en signe d'approbation.

— Et, exceptionnellement, tu peux rester debout jusqu'à l'arrivée de Luke.

Ses yeux pétillèrent de joie.

— Vrai de vrai ?

— Absolument, acquiesçai-je, sachant qu'elle ne réussirait jamais à rester éveillée après vingt heures trente.

23

Finalement, attendre Luke constituait une puissante motivation car Tegan était bel et bien réveillée quand il sonna à l'Interphone à près de onze heures. En fin d'après-midi, je lui avais envoyé un texto l'informant que Tegan n'irait pas se coucher avant sa visite et où je lui demandais s'il pouvait passer directement chez nous en arrivant. Il avait aussitôt répondu « Aucun problème ».

Je m'arrachai au canapé pour lui ouvrir la porte, percluse de fatigue, alors que Tegan, bon pied bon œil dans son pyjama vichy, se mettait debout sur les coussins et sautait en l'air comme montée sur ressorts.

Luke entra, les bras chargés de cadeaux. À la façon d'un papa qui devait souvent s'absenter pour son travail, Luke croyait devoir compenser leurs séparations en rapportant toujours quelque chose à Tegan. Cette fois, il avait mis le paquet – dans tous les sens du terme : il ne portait pas moins de cinq sacs en plastique dans chaque main !

— Vous vous êtes ruiné ! lui dis-je effarée en découvrant cette profusion.

— Pas vraiment. Je connais quelqu'un qui travaille pour un fabricant de jouets.

Je haussai un sourcil.

— Vraiment ? C'est une personne très généreuse, apparemment.

Luke détourna les yeux parce que j'avais parlé au féminin. J'avais mis en plein dans le mille.

— Viens par ici, Ti, enjoignit Luke. Voyons un peu ce qu'il y a dans les sacs.

Tiga cessa de martyriser les coussins du canapé et, suspendue au bras de Luke, sauta sur le sol devant les paquets. La joie faisait étinceler ses yeux comme deux phares dans une tempête, ce qui fit s'évanouir la jalousie que j'avais éprouvée en apprenant la façon dont il avait obtenu son butin, la remplaçant par de la gratitude. Tegan avait besoin que quelqu'un lui fasse des surprises, lui achète des jouets, lui donne l'impression qu'elle était spéciale.

Luke sortit un à un ses cadeaux et, Dieu merci, il s'agissait pour la plupart de jouets éducatifs. Il y avait aussi des livres (des romans un peu avancés pour son âge, mais qu'elle adorerait parce qu'elle raffolait des histoires à l'intrigue compliquée), ainsi que des feutres, des crayons de couleur, des cahiers à dessin. Deux ours en peluche et une boîte de Scrabble Junior.

— C'est pour moi tout ça ? s'écria Tiga. Vrai de vrai ?

— Pour qui d'autre ? répondit Luke.

— Et je peux les garder ? me demanda Tegan, inquiète à l'idée que je puisse refuser.

— Naturellement, ma puce.

— Merci ! hurla-t-elle.

Elle se jeta sur Luke, qui, surpris, bascula en arrière. Elle se mit à lui sauter sur l'estomac, sans se soucier du « Oumpf ! » qu'il lâchait à chacun des rebonds.

— Regarde, Maman Ryn ! pouffa-t-elle. Je fais du trampoline sur Luke !

Je souris. C'était la Tiga d'autrefois. Affectueuse, débordante de vie et d'entrain. Luke avait le pouvoir de faire ressortir cette ancienne facette d'elle-même, pas étonnant qu'elle recherche sa présence. Il lui redonnait sa joie de vivre.

— Maman Ryn, est-ce que je peux embrasser Luke pour lui dire merci ? demanda-t-elle, redoublant d'ardeur sur le ventre de Luke.

— Si Luke n'y voit pas d'objection.

Tiga l'interrogea du regard.

— Au... cune... ob... jec... tion, articula-t-il, le souffle court. Mais arrête de me sauter sur le ventre, s'il te plaît.

— Oh bon, murmura Tegan, déçue.

Elle se pencha et lui planta un bisou sonore au milieu du front, imitant le geste de Luke pour lui souhaiter bonne nuit. Elle se redressa et me regarda avec insistance, les mains sur les hanches.

— Quoi ? dis-je en me demandant ce que j'avais oublié.

Elle poussa un énorme soupir, comme exaspérée par tant de stupidité.

— Tu dois aussi embrasser Luke, précisa-t-elle, une note d'agacement dans la voix.

Je reculai, horrifiée, et croisai sans le vouloir le regard de Luke.

— Aucune objection, reprit-il, les yeux pétillant d'humour.

— Vas-y, il est d'accord, m'encouragea Tegan.

— Oui, mais... ce serait dommage de gâcher ton bisou spécial par le mien.

— Lâche ! articula silencieusement Luke à mon attention.

— Mais tu n'as qu'à lui sauter au moins trois fois sur le ventre de ma part, ajoutai-je.

Le visage de Tiga s'éclaira tandis que celui de Luke se décomposait.

— Ouais !

Et elle s'exécuta avec enthousiasme.

— Vous avez pleuré ? me demanda Luke une heure plus tard.

Il avait lu quatre histoires à Tiga et remonté trois fois sa boîte à musique avant qu'elle ne parvienne enfin à s'endormir.

Il posa par terre le livre que j'avais abandonné sur le canapé et s'assit à l'autre bout. Je m'étais installée devant la télé sans conviction, me demandant si je devais attaquer la vaisselle, tout en écoutant avec attention Luke et Tiga converser dans la chambre.

Je me tournai vers lui. Il avait l'air épuisé : ses yeux étaient cernés, ses traits tirés, sa chemise bleue fripée. Je ne répondis pas à sa question tellement elle m'avait stupéfiée.

— Avez-vous pleuré ? répéta-t-il.

J'avais pourtant vérifié dans le miroir avant son arrivée : je n'avais pas les yeux rouges ni les paupières gonflées. Comment avait-il deviné ?...

— C'est votre regard. Vous l'aviez souvent quand nous avons fait connaissance. À l'époque, je pensais que c'était de l'arrogance mais maintenant je sais que c'est parce que vous pleuriez votre amie. Elle venait de mourir. Et vous avez ce regard en ce moment.

Je ne pouvais révéler à personne la raison de mes larmes, et surtout pas à lui qui savait rendre Tegan tellement heureuse. Je ne voulais pas qu'il sache que, moi, je n'avais pas ce don.

— Alors, qui est cette marchande de jouets avec qui vous vous êtes envoyé en l'air à Londres ? demandai-je.

Luke se figea et quantité d'émotions – gêne, ravissement, embarras, culpabilité – se succédèrent à toute vitesse sur son visage.

— J'en conclus que la visite de l'assistante sociale ne s'est pas bien passée, reprit-il, déterminé à recueillir mes confidences.

Mais j'étais tout aussi déterminée à ne pas céder un pouce de terrain.

— À en juger d'après votre mine de papier mâché, il s'agit d'une nouvelle conquête ? réattaquai-je.

Il me dévisagea pendant un moment comme pour mettre au point sa riposte.

— Ce n'était pas censé arriver, avoua-t-il enfin, reconnaissant apparemment sa défaite. J'ai... comment dire ? Vous savez, quand vos émotions vous dépassent et que vous ne savez plus où vous en êtes ? J'avais de l'affection pour elle, mais il se trouve qu'elle n'est pas mon type de femme. J'y ai longuement réfléchi ces derniers temps et je me suis demandé si je ne me montrais pas simplement étroit d'esprit en choisissant toujours le même genre de personne. Bref, mes émotions se sont télescopées avec ma logique et, une chose en amenant une autre...

— Je me suis fâchée contre Tegan, lâchai-je tout à coup, incapable d'en supporter davantage.

— C'est pour ça que vous avez pleuré ?

Je hochai la tête.

— Ce n'est pas si grave. C'est normal de perdre son calme de temps à autre.

— Vous ne comprenez pas. J'ai pété les plombs. Je lui ai hurlé qu'elle me pompait l'air, je... j'ai failli lui dire qu'elle avait bousillé ma vie.

— Mais vous ne l'avez pas fait et c'est tout ce qui compte.

— Et le fait que je l'aie pensé, ça ne compte pas ?

Il se tut un moment.

— Ryn...

Depuis que nous étions devenus amis, il avait pris l'habitude de m'appeler Ryn, lui aussi, et ça me plaisait.

— Votre situation n'est pas facile. C'est compliqué d'élever un enfant, et quand en plus il s'agit d'un enfant qu'on n'a pas désiré, la difficulté est démultipliée. Même si cette pensée est choquante, c'est vrai que cet innocent bout de chou a bousillé votre vie. L'existence que vous meniez avant son arrivée a été complètement saccagée, anéantie. Ce qui ne signifie pas que ce soit une catastrophe. Il y a de très belles ruines. Regardez l'Acropole !

Il réussit presque à me faire sourire et je lui sus gré de ses efforts pour détendre l'atmosphère.

— Alors, qu'a dit l'assistante sociale ?

Je lui résumai brièvement l'entretien.

— La garce ! lâcha-t-il quand j'eus terminé.

— Elle ne s'est peut-être pas montrée aussi tranchante, admis-je dans un sursaut d'honnêteté. Elle n'a pas déclaré froidement que Tegan faisait semblant de m'aimer parce qu'elle n'avait pas d'autre choix, ni que je l'empêchais de faire le deuil de sa mère en ne l'amenant pas voir un psychothérapeute.

Luke sourit.

— Je m'en doute. N'empêche qu'elle vous a bouleversée, voilà pourquoi je l'ai traitée de garce.

Au cours des dernières semaines, j'en avais appris un peu plus sur Luke Wiseman. Il avait grandi à Birmingham et il était allé à l'université à Londres. Ensuite, il était parti à Boston étudier à la Harvard Business School. Après quoi il s'était installé à New York où il avait commencé à travailler dans le milieu bancaire. Puis il était revenu à Londres, pour repartir en Écosse pendant deux ans. Après cela, il avait passé un an au Japon avant de rentrer à New York où il avait occupé des fonctions de consultant en management. Enfin, son entreprise l'avait envoyé en poste à Londres (date de sa rupture avec Nicole) et c'était là qu'il avait été recruté par Angeles. Bien qu'il n'ait que trente-cinq ans, sa vie avait été marquée par une instabilité permanente : il avait passé son temps à aller d'un endroit à un autre, à tenter de nouvelles expériences. Si une part de moi admirait cet esprit aventureux, une autre part brûlait de lui demander ce qu'il fuyait ainsi... Mais c'était délicat. Nous avions déposé les armes depuis trop peu de temps pour qu'une question aussi personnelle soit envisageable. En revanche, nous nous procurions un soutien moral, et c'était déjà formidable.

— Elle a eu tellement peur, soufflai-je en secouant la tête pour essayer de chasser l'image du visage terrifié de Tegan de mon esprit. Et c'est entièrement ma faute.

Luke se pencha vers moi et me posa une main sur l'épaule.

— Cessez de douter de vous. Vous êtes quelqu'un de bien.

Sa voix hésita un instant et son pouce me caressa doucement la joue.

— Vous êtes quelqu'un d'exceptionnel.

Mon regard suivit les contours parfaits de son visage, les courbes lisses et fermes qui modelaient son front, sa bouche, son nez. *Je suis heureuse quand il est là.* Cette constatation me fit l'effet d'un coup sur le crâne. C'était la vérité. Sa présence me rendait heureuse. Il avait déclenché en moi des rêves érotiques, et j'avais supposé que c'était parce qu'il était le seul homme de mon entourage. Or il y avait plus qu'une simple attirance sexuelle. J'étais si bien avec lui... Sa simple caresse sur ma joue accélérait les battements de mon cœur. J'aimais ce contact physique, c'était réconfortant et rassurant.

Luke observait lui aussi les contours de mon visage. Me voyait-il différemment que lors de notre première rencontre ? Mes cheveux étaient, certes, un peu plus longs et j'avais une nouvelle coiffure. Mais pour le reste, j'avais toujours les mêmes yeux noisette (en dépit des cernes qui s'étaient creusés), le même petit nez un peu aplati, les mêmes lèvres pleines et charnues. J'étais la même, mais son regard avait changé. Le dégoût avait disparu, remplacé par une expression qui, pour un observateur extérieur, aurait pu passer pour de l'affection.

Un silence lourd d'attentes confuses flotta dans la pièce. C'était le moment où nous étions censés nous embrasser. Son visage allait s'approcher du mien, ses lèvres se poser sur les miennes, et cette journée deviendrait du même coup un moment de pur... désastre.

Il ne m'aimait pas. Certes, il m'appréciait comme amie. Il pourrait peut-être même coucher avec moi, mais je ne l'attirais pas comme lui m'attirait. De plus, il aimait encore sa Nicole et, quoi qu'il se passe, il l'aimerait toujours.

Je détournai brusquement la tête.

— Je ferais bien de m'occuper de la vaisselle, grommelai-je en me levant.

Il ne fit pas un geste pour m'empêcher de passer dans le coin-cuisine.

— Vous avez dîné ? lançai-je sans me retourner pour évaluer sa réaction face à ma fuite.

— Euh... non.

Je l'entendis se lever.

— Il reste des pâtes. Vous en voulez ?

Je sortis une assiette d'un placard, y versai une grosse ration de penne que je nappai de sauce tomate maison. Luke prit sa pitance et l'emporta vers la table. Il chercha à saisir sa fourchette, s'aperçut qu'il n'en avait pas et se retourna juste au moment où je lui en tendais une. Nous échangeâmes un sourire complice, comme un vieux couple, et je ressentis encore cette impression bizarre : c'était plus profond que du désir, moins intense que de l'amour... un cocktail d'émotions qui se terminerait par un moment de passion torride – et une belle collection de problèmes.

Deux minutes plus tard, j'enfilai mes gants en caoutchouc et retirai les assiettes de l'évier pour le remplir d'eau chaude. Au moment où je remettais la vaisselle dans l'évier, Luke apparut à côté de moi avec son assiette, vide.

— Vous n'en avez fait qu'une bouchée ? demandai-je en lui prenant l'assiette des mains pour la plonger dans l'eau mousseuse.

— Je ne m'étais pas rendu compte que je mourais de faim, mais une fois que j'ai eu commencé, plus moyen de m'arrêter. C'est mon côté prédateur.

Je lui lançai du coin de l'œil un regard soupçonneux.

— Est-ce une manière détournée de me dire que je suis bonne cuisinière ?

Luke se tourna vers moi, le visage plus innocent et irrésistible que jamais.

— Pas bonne cuisinière, mais une grande cuisinière !

Il flirtait avec moi, et avec la subtilité d'un pachyderme. C'était comique. Ou tragique. Ou les deux.

— Bon, je lave ou j'essuie ? demanda-t-il puisque je ne répondais pas à son compliment ridicule.

Il déboutonna les manches de sa chemise bleue et les retroussa.

— Ni l'un ni l'autre. Vous devez être épuisé. Vous devriez rentrer chez vous.

Oui, mieux valait qu'il parte. Cela nous épargnerait à moi l'embarras de mes sentiments et à lui ses tentatives de flirt pitoyables.

— Hors de question. Vous m'avez offert à dîner, je vous aide à faire la vaisselle.

— Entendu. Essuyez, alors.

Je lui tendis un torchon, puis je nettoyai le premier plat, je le rinçai et le tendis à Luke. Nous travaillâmes sans dire un mot pendant une minute avant qu'il ne rompe le silence :

— Vous êtes une mère formidable. Je ne comprends pas qu'on puisse mettre en doute vos qualités.

Je lui lançai un autre regard en coin et constatai qu'il essuyait vigoureusement une assiette. Il était nerveux, lui, M. Arrogance, à l'idée de flirter avec moi ?

— Tegan est une enfant adorable grâce à vous. Vous avez une excellente influence sur elle. Vous vous en occupez d'une façon admirable, vous contribuez à son épanouissement et…

— Bon, ça suffit, tranchai-je en lâchant dans l'eau l'assiette que j'étais en train de laver. À vous entendre, je suis un mélange de Mary Poppins, de Super Nounou et de la fée Clochette. Je préfère vous le dire tout de suite, vous vous trompez. Je suis juste Kamryn. Celle qui passe son temps à se planter.

— Vous êtes tellement dure envers vous-même, décréta-t-il en secouant la tête. Je l'ai remarqué presque dès le début. Vous vous dénigrez sans aucune raison. Vous êtes une mère et une femme fantastiques.

— Luke… grondai-je.

— Quoi ? C'est la vérité.

Il me regarda droit dans les yeux, sans l'ombre d'un sourire.

— Si vous le dites, concédai-je en récupérant l'assiette dans l'eau savonneuse pour la laver.

Je la rinçai et la lui tendis. Au bout de quelques secondes, il lança une nouvelle offensive :

— Vous ne vous attribuez pas suffisamment de mérite pour le formidable travail éducatif que vous accomplissez. Ni pour tout ce que vous apportez à Tegan. Ni pour tout ce que vous avez apporté dans ma vie. J'ai énormément changé grâce à…

— Seriez-vous en train de flirter avec moi, monsieur Wiseman ? intervins-je d'un ton impassible tout en continuant à frotter le plat. Parce que si vous continuez à me couvrir de compliments, je vais finir par croire que vous avez une idée derrière la tête.

Il posa une assiette dans l'égouttoir.

— Seriez-vous en train de m'éconduire, mademoiselle Matika ?

— Vous faites preuve d'une telle subtilité que…

Luke me prit fermement par la taille, me fit pivoter vers lui et m'embrassa passionnément. Je m'y attendais si peu que je mis bien deux secondes avant de l'enlacer et de lui rendre son baiser. Ses lèvres ouvrirent les miennes et sa langue explora ma bouche, tandis que son corps musclé me plaquait contre l'évier. Il glissa ses mains sous mon chemisier, pour me caresser les reins, et passa un genou entre mes jambes. Mes gants en caoutchouc collaient à sa peau et de l'eau savonneuse me gouttait le long des avant-bras, mais nous ne nous en souciions ni l'un ni l'autre.

Nous reprîmes notre souffle, nos poitrines se soulevant au même rythme effréné, nos regards soudés l'un à l'autre. Il avait des yeux magnifiques. Même à l'époque où je le détestais, cela m'avait frappée. À cet instant, les paillettes orangées leur donnaient l'intensité inhabituelle d'un feu ardent. Je levai le menton, effleurai doucement sa bouche de la mienne, puis reculai. Il sourit, le visage tendu de désir, puis inclina la tête pour frôler mes lèvres des siennes.

— Dans votre chambre ? chuchota-t-il.

J'acquiesçai d'un battement de cils.

Luke se libéra de mon étreinte, m'ôta mes gants en caoutchouc et les lança sur le plan de travail. Après un dernier baiser, il me prit par la main et me conduisit à ma chambre. À l'instant où je fermai la porte, Luke m'enlaça de nouveau et m'embrassa fiévreusement pendant que je caressais les lignes douces et fermes de son corps, accroissant mon désir. Mes rêves débutaient toujours ainsi : Luke me caressait tout en m'embrassant, puis nous nous déshabillions mutuellement et…

Il retira sa chemise, offrant à mon regard les muscles parfaitement dessinés de son torse et de ses bras. La pensée que j'allais faire l'amour avec lui, avec Luke, mon patron, me coupa le souffle. Dans un instant, les rumeurs qui circulaient sur nous au bureau deviendraient une réalité.

Il me renversa sous lui, souleva mon tee-shirt blanc et couvrit mon ventre de baisers, faisant frémir tout mon corps. Je ne pus réprimer un gémissement. Luke leva la tête, sourit de la réponse que je venais de lui donner et finit de m'ôter mon tee-shirt. Il l'envoya voltiger et me contempla avant de presser sa bouche sur la pointe de mon sein gauche. Je fermai les yeux et m'abandonnai dans un soupir de volupté au savoir-faire de Luke Wiseman…

24

— Pourquoi tu dors tout habillée ? fit la voix de Tegan dans mon oreille.

— Mmmh ?

— Maman Ryn, pourquoi tu dors tout habillée ?

Jamais plus je ne pourrai faire la grasse matinée, songeai-je avec une amertume désespérée. *Il en sera ainsi pendant les dix prochaines années. Et ensuite, quand elle sera adolescente, je ne parviendrai pas à m'endormir parce que je m'inquiéterai de la savoir sortie ou, pire, parce qu'elle ne rentrera pas de la nuit.*

Tegan me saisit l'avant-bras et me secoua.

— Pourquoi tu as dormi comme ça ?

Je n'en ai aucune idée.

Je tâtai mes jambes et, en effet, je portais toujours mon jean et mon tee-shirt. Ainsi que mon soutien-gorge que je sentais s'enfoncer dans mes côtes. *Une minute : Luke ne m'avait-il pas enlevé mon tee-shirt quand ?...* LUKE !

Je m'assis si soudainement que Tegan eut un mouvement de recul. Je tournai avec horreur les yeux sur ma droite, persuadée de trouver Luke endormi à côté de moi. Mais non, ce côté du lit était vide et le drap n'avait pas l'ombre d'un pli.

— Dis, tu dors souvent avec tes vêtements ? demanda Tegan.

Et elle escalada le lit selon une technique bien à elle : elle posait le pied droit d'abord sur le montant du sommier, puis elle se hissait sur le matelas en s'agrippant aux couvertures.

Je l'aidai machinalement tout en fouillant ma mémoire. La dernière chose dont je me souvenais, c'était Luke me dévorant de baisers. Nous allions faire l'amour. Et puis... et puis, à en croire l'aspect du lit – et le mien –, rien ne s'était produit.

— Non, mon cœur, je ne dors pas toujours tout habillée. Tu m'as déjà vue en pyjama, répondis-je.

Tegan se glissa sous mes couvertures.

— Alors pourquoi tu ne le portes pas ?

— Parce que j'étais trop fatiguée pour me changer, hier soir.

Ah mon Dieu, la voilà, l'horrible vérité : un homme splendide, à moitié nu, m'avait couverte de baisers passionnés et... et je m'étais endormie. Quelle humiliation. Et le fait que je n'aie pas couché avec qui que ce soit depuis des années rendait ce désastre plus terrible encore. La dernière personne que j'avais embrassée, c'était Ted, la veille du jour où j'aurais dû me marier. Le dernier homme avec qui j'avais fait l'amour, c'était Nate, la veille du jour où j'avais découvert la vérité sur Adèle et lui. Et tout cela remontait à plus de deux ans.

Depuis, le sexe n'avait figuré dans aucune des cases de mon emploi du temps. J'étais tellement occupée à essayer de comprendre qui était Kamryn Matika, célibataire et sans meilleure amie, que le sexe était devenu une activité totalement secondaire, que je recommencerais à pratiquer quand je me serais reconstruite. Quant à l'amour, cela restait une nébuleuse à laquelle j'évitais de penser. Non, la première étape résidait dans le fait d'accepter d'être de nouveau intime avec quelqu'un alors qu'un seul homme m'avait vue nue durant les huit dernières années. Accepter d'être embrassée, caressée, de ne faire qu'un avec quelqu'un, d'être physiquement vulnérable. J'avais pensé que ce serait facile, mais je venais de prouver le contraire en baissant le rideau au moment crucial.

— Quelqu'un t'a écrit ? demanda Tegan en pointant un doigt vers la table de nuit.

Mon prénom était noté sur une feuille de papier pliée en deux et appuyée contre le pied de ma lampe. Je m'en emparai vivement et m'aperçus qu'il y avait en fait deux feuilles pliées l'une dans l'autre. La deuxième était adressée à Tegan et je la lui tendis avec un peu d'appréhension. Elle la lut à voix haute :

Chère Ti,

Merci pour le dessin de moi au zoo. Je l'accrocherai au mur chez moi. J'espère te revoir très bientôt. Occupe-toi bien de Ryn, elle est très fatiguée. Tendresse, Luke.

Je baissai les yeux sur mon propre message et le lus silencieusement.

Hello Ryn,

J'ai décidé qu'il valait mieux que je parte au cas où Tegan entrerait dans la chambre – il y aurait trop d'explications à fournir si jamais elle nous trouvait endormis ensemble... Merci pour le dîner. On refait la vaisselle ensemble un de ces jours, si tu veux bien ? À bientôt, Luke.

— C'est aussi de Luke ? demanda Tegan.

Je me mordillai la lèvre et fis oui de la tête retenant un sourire. Chaque fois que je pensais à notre premier baiser, une vague de désir m'envahissait. J'avais failli faire l'amour avec Luke, en dépit de toutes mes appréhensions à l'idée de retrouver une vie sexuelle. Cela signifiait que j'étais sur la bonne voie pour réussir à oublier Nate.

Tegan tordit la bouche d'un côté et m'observa en fronçant les sourcils.

— Tu l'aimes bien, Luke ? demanda-t-elle finalement.

— Oui, acquiesçai-je en l'attirant contre moi. Oui, je l'aime bien.

— Tu l'aimes beaucoup, beaucoup ?

— Euh... oui, répondis-je en la regardant.

— Plus fort que moi ?

— Oh, bien sûr que non ! m'écriai-je, choquée que cette pensée ait pu lui traverser l'esprit.

Je la serrai plus fort.

— J'aime beaucoup Luke, mais toi je t'aime d'amour.

C'était la première fois que je le lui disais.

— Jamais je n'aimerai jamais personne autant que toi, Tiga.

— Vrai de vrai ?

— Oui. Juré. Tu es mon enfant. Mon unique enfant.

Elle sourit.

— Je t'aime très fort, moi aussi, Maman Ryn. Presque autant que j'aime Luke.

25

— On sera sages, affirma Tegan.

Je haussai un sourcil. Elle était assise sur les genoux de Luke qui s'était installé dans mon fauteuil poire rouge. Ils me regardaient tous les deux tandis que je les observais d'un air dubitatif, immobile sur le seuil de la cuisine-salle de séjour.

— Supersages ! renchérit Luke sur le même ton que Tegan.

Quinze jours s'étaient écoulés depuis le soir où Luke et moi nous étions embrassés et où je m'étais endormie alors que nous allions faire l'amour.

Le lendemain matin, Luke était venu à la maison comme s'il ne s'était rien passé. Il nous avait emmenées nous promener en voiture, bavardant avec moi comme d'habitude. J'avais acheté des Esquimau et nous avions jeté du pain aux canards déjà bien dodus de Roundhay Park. Il n'avait pas fait la moindre allusion à ce qui s'était passé la veille, même quand Tegan s'était endormie, sur le chemin du retour. Et quand finalement nous étions rentrés à mon appartement, j'en étais arrivée à me demander s'il avait réellement flirté avec moi, si nous nous étions vraiment embrassés devant mon évier rempli de vaisselle sale et s'il avait effectivement commencé à me déshabiller. La seule preuve tangible que quelque chose s'était produit était son message que j'avais glissé sous mon oreiller. Mais après avoir étudié son attitude désinvolte pendant toute une journée, je n'étais plus sûre de rien.

Ma paranoïa s'accrut pendant la soirée et je décidai que j'avais dû tout imaginer. Mes fantasmes avaient fini par me brouiller le cerveau, au point que je ne savais plus les distinguer de la réalité.

Tegan était enfin couchée, après un bain, deux histoires et des trésors de diplomatie. Luke s'était alors laissé tomber sur le canapé à côté de moi.

— Elle est épuisante, surtout quand elle est fatiguée, soupira-t-il.

— Je sais, répondis-je. Bien, je crois que je vais aller faire la vaisselle.

Avant que j'aie pu me lever, il m'attrapa par le poignet et me renversa sur les coussins.

— Oh non, pas question.

Sa bouche s'empara de la mienne, ferme et insistante.

— Il fallait que je garde mes distances, expliqua-t-il entre deux baisers. Je savais que si j'évoquais la soirée passée, ou simplement si je te regardais trop longtemps, je ne pourrais plus me contrôler.

Je soupirai de soulagement.

— Merci, mon Dieu ! Je commençais à me demander si je n'avais pas tout imaginé.

— Non. C'était bien réel.

Il m'embrassa lentement, passionnément.

— Je te proposerais bien d'aller dans ta chambre, mais j'ai peur que tu t'endormes.

— Tu vas me resservir cette histoire jusqu'à la fin de mes jours ?

— Peut-être pas aussi longtemps, mais pendant un petit bout de temps quand même. Je pense que j'ai mérité ce droit.

Et cette fois tout fut parfait. J'emmenai Luke dans ma chambre et je ne m'endormis pas avant qu'il parte, pour éviter que Tegan ne nous trouve ensemble.

Adèle avait toujours veillé à tenir Tegan à l'écart de sa vie sentimentale. Elle attendait d'être sûre que son petit ami avait un fort potentiel pour durer avant de le présenter à sa fille. Pas question que la petite s'attache à un homme qui sortirait de sa vie dès que leur relation se terminait. Moi, comme d'habitude, j'avais tout fait à l'envers : « mon » homme était entré dans nos vies avant d'entrer dans mon lit... Résultat : si cela ne marchait pas entre nous, nous serions forcés de continuer à nous voir sinon Tegan aurait l'impression que son univers s'écroulerait. Voilà donc pourquoi, au bout de deux semaines, Luke et moi continuions à garder nos sentiments secrets, tout en essayant de savoir si notre relation avait des chances d'évoluer vers quelque chose qui ne soit pas uniquement sexuel. Je n'aimais pas mentir à Tegan, même par omission, mais je ne voulais pas qu'elle s'imagine que nous allions former tous les trois une famille heureuse et découvrir au bout de quelques semaines que Luke et moi ne pouvions plus nous supporter.

Pour le moment, en tout cas, tout était parfait. Luke restait avec moi au moins trois nuits par semaine. Sa compagnie me plaisait. Son corps aussi. Et ses baisers également. Il était tendre et caressant quand nous bavardions au lit. Il était très attentionné lorsque nous étions seuls tous les deux, et m'envoyait souvent des textos pour me dire qu'il pensait à moi. Ça me plaisait. Je lui répondais de même, mais notre relation était purement sexuelle. Rien d'autre. Enfin, pas tout à fait. Il s'y glissait aussi une dose de sentiments. J'éprouvais pour lui un mélange de désir et d'affection et je pensais à lui quand il n'était pas auprès de moi, mais ses baisers, ses caresses, chacun des mots tendres qu'il me murmurait glissait sur la surface de mon cœur sans y pénétrer. Luke n'avait pas encore touché la femme que j'étais vraiment. Mais c'était tout de même formidable de l'avoir près de nous. En particulier dans des moments comme celui-là, alors que je m'apprêtais à me laver les cheveux. D'ordinaire, Tegan s'asseyait à ma demande sur l'abattant des cabinets pour lire ou me parler, ce qui me permettait de m'assurer qu'elle ne profitait pas du moment pour mettre le feu à l'appartement ou se casser un bras ou une jambe. Aujourd'hui, Luke avait proposé de la garder.

— Bon, alors j'y vais, c'est sûr ? leur demandai-je pour la énième fois.

— Sûr, affirmèrent-ils en chœur.

Leur calme et leur air innocent me rendaient nerveuse. J'étais déjà d'un naturel méfiant, et ils semblaient tellement pressés de se débarrasser de moi...

— On ne cassera rien, assura Luke.

Pourquoi me dit-il ça ?

— C'est promis, renchérit Tegan. Vrai de vrai.

Je passai sans enthousiasme dans la salle de bains. Il fallait que j'apprenne à déléguer. Si Luke devait faire partie de ma vie, il allait falloir que je lui fasse confiance.

Le pommeau de la douche en acier chromé projeta un petit jet d'eau, et un chuintement de cascade emplit la salle de bains. Je m'agenouillai devant la baignoire, inclinai la tête et me mouillai les cheveux. Puis je pressai une noix de shampooing dans ma paume et fis mousser avec un peu d'eau. Merveilleux. Ce mot se répandit dans toutes les fibres de mon corps tandis que je massais mon cuir chevelu. Extraordinaire. Je flottais dans un océan de bien-être. C'était une sensation délicieuse, presque étrange.

Ma vie était une course perpétuelle, un tourbillon d'activités. Je devais accomplir cent choses à la fois tout en pensant à Tegan, à ce qu'elle voudrait pour dîner. Je devais savoir si elle avait besoin de vêtements neufs, si elle allait bien, si elle s'ennuyait, si elle était malheureuse, s'il fallait l'inscrire à ce cours de karaté le samedi comme elle me le demandait. La relaxation était un luxe que je ne m'accordais pas souvent. Et me détendre au bureau n'était pas vraiment au programme, maintenant que le nouveau directeur du marketing (alias Luke) avait mis en place une armada d'initiatives et d'idées nouvelles qui avaient multiplié ma charge de travail par deux. Nous allions diversifier *Living Angeles* de façon à éditer des magazines distincts pour les secteurs maison, habillement et enfants, et monter un site d'achat en ligne. En ma qualité de responsable des publications, c'était à moi de superviser tout cela. Du coup, je ne prenais pour ainsi dire plus de pause déjeuner et, après avoir couché Tegan, je passais encore des heures devant mon ordinateur jusqu'à ce que Luke m'entraîne au lit. Parfois, je me relevais après son départ pour me remettre au travail. Bref, je menais une vie de cinglée et les moments de calme comme celui-ci, où je pouvais m'occuper de moi, étaient extrêmement rares.

Je rinçai abondamment les dernières traces de shampooing, je m'essorai rapidement les cheveux avec une serviette et j'étalai généreusement l'après-shampooing traitant. Je devais le laisser agir dix minutes pour qu'il tienne ses promesses, c'est-à-dire qu'il nourrisse mes cheveux en profondeur, qu'il les discipline et les fasse briller, bref qu'il leur donne un aspect somptueux. Je regardai l'heure sur la radio de la salle de bains. Dix minutes. Je pouvais mettre ce laps de temps à profit pour aller m'allonger sur mon lit, ou... pour espionner mes deux brigands.

Comme j'étais pieds nus, ils ne m'entendirent pas approcher en catimini du salon, pas plus qu'ils ne me virent les observer dans l'entrebâillement de la porte. Ils n'avaient pas bougé depuis que je les avais laissés en tête à tête, dix minutes plus tôt – Luke était toujours assis dans le fauteuil poire, Tegan blottie contre lui, ma mappemonde bleu et vert posée sur ses genoux. Luke montrait un point à la petite fille avec son index.

— … Il faisait très chaud, expliquait-il. Tellement chaud que j'ai eu une insolation.

— C'est quoi une insolation ? demanda Tegan.

— C'est quand tu tombes malade parce que tu es resté trop longtemps au soleil sans chapeau et sans boire. J'ai dû rester couché plusieurs jours avant de pouvoir me lever.

— Tu étais presque mort ?

— Pas pour de bon, mais pas loin.

— Ma maman, elle est morte pour de bon.

Mon cœur cessa de battre. Elle ne parlait pour ainsi dire jamais de sa mère devant moi. Depuis la visite de l'assistante sociale, je me demandais si elle évitait le sujet parce qu'elle avait peur que ça me contrarie et que je la renvoie à Guildford. Je n'étais pas sûre non plus de devoir évoquer Adèle devant elle. Dans les ouvrages spécialisés, on conseillait d'attendre que l'enfant pose des questions. Mais parfois j'avais envie de devancer Tegan et de lui demander si elle souhaitait me parler d'Adèle ou pas, s'il y avait des souvenirs ou des émotions qu'elle avait envie de partager avec moi… Mais ma lâcheté, la peur de la bouleverser – et de me bouleverser – m'empêchaient d'agir. En réalité, je ne savais que lui dire. Et Luke, le savait-il ?

— Elle est montée au ciel pour être avec le petit Jésus et les anges, ajouta Tegan.

— Je sais, mon pauvre chou, répondit Luke. Ryn me l'a dit. Elle te manque ?

Tegan se mordilla la lèvre.

— Des fois, répondit-elle d'une toute petite voix. Je veux lui dire des choses, et je ne peux pas. Je voulais lui montrer mon carnet de notes, avec l'étoile spéciale que m'a donnée la maîtresse parce que j'ai bien travaillé. Mais je ne peux pas. Ma maman ne peut pas le voir.

— Tu en as parlé avec Ryn ?

— Non, souffla-t-elle si bas que je dus me coller à la porte pour l'entendre. Elle pleure parce que ma maman est partie au ciel. Je veux pas qu'elle soit triste.

Comment savait-elle que je pleurais la mort d'Adèle ? Cela ne m'était jamais arrivé devant elle. Je ne me laissais jamais aller en public. Seulement la nuit, quand j'étais seule. J'enfouissais mon visage dans un oreiller pour qu'elle ne m'entende pas et je sanglotais. Peut-être n'étais-je pas aussi discrète que je le croyais, en fin de compte. Ou peut-être, comme Luke, remarquait-elle la tristesse de mon regard, après…

— Je sais que Ryn a de la peine, mais elle en aurait encore plus de savoir que tu gardes pour toi ce qui te rend triste. Si tu veux parler de ta maman, dis-le-lui. Ça ne l'ennuiera pas. Elle t'aime. Tu me promets de le faire ?

Tegan garda le silence pendant un moment, puis hocha la tête d'un mouvement bref et décidé.

— Vrai de vrai ? insista Luke.

— Oui, Luke.

— C'est bien.

Tegan fit tourner la mappemonde et l'arrêta d'un doigt.

— Et là, tu y es allé ?

Elle montra une autre parcelle verte sur le globe.

— Australie, déchiffra Luke. Non, mais j'ai l'intention de m'y rendre un de ces jours. On pourrait peut-être y aller tous les trois.

— Toi et moi et Maman Ryn ? clama Tegan, impressionnée. On prendrait l'avion et tout ?

— Oui, si Ryn est d'accord.

L'enthousiasme de Tegan se dégonfla instantanément.

— Elle voudra pas.

— Pourquoi ?

— Parce qu'elle se lave les cheveux.

Luke éclata de rire.

Je commençais à m'habituer à la présence de Luke dans mon lit : son mètre quatre-vingt-dix lové contre mon mètre soixante-dix, sa peau en sueur contre la mienne, ses bras musclés enroulés autour de moi tandis qu'il couvrait ma nuque de baisers. Ce soir-là, il était plus câlin encore que d'habitude, son visage enfoui dans mon cou. Sa façon de me faire l'amour, aussi, avait été différente. Son regard était resté plongé dans le mien, intense et douloureux, comme au bord des larmes. Après, Luke m'avait serrée fort contre lui comme s'il voulait m'empêcher de disparaître.

— Ryn, murmura-t-il.

— Oui ?

Je me préparai au pire car sa voix, basse et hésitante, laissait augurer quelque chose d'horrible. Il prit ma main, la porta à ses lèvres et déposa un baiser sur chacune de mes phalanges. Ô mon Dieu. Ce qu'il s'apprêtait à m'annoncer devait vraiment être terrible.

— Je regrette la façon dont je t'ai traitée, lâcha-t-il.

— Quoi ?

Je m'attendais à apprendre qu'il était atteint d'une maladie incurable, ou qu'il était muté à l'étranger, ou même que j'étais virée, bref je m'attendais à tout, sauf à ça.

— Les propos que j'ai tenus, ma façon de te regarder, les insanités que j'ai pensées...

Il s'interrompit et son visage se crispa, comme si tout défilait dans sa tête.

— Tu ne peux pas savoir à quel point j'ai honte. Je me trompais tellement. Tu es magnifique. Moralement et physiquement. Je ne sais pas pourquoi je ne le voyais pas avant. Tu es belle. Quand je pense à ce que tu as fait pour Tegan, et à la façon dont tu t'es comportée avec moi malgré ma grossièreté… Je suis désolé, vraiment désolé.

— C'est le passé. Et tu avais probablement raison. Tu sais, je ne suis pas…

— Non, me coupa-t-il sévèrement en plaquant ses doigts sur mes lèvres pour m'empêcher de poursuivre. Ne plaisante pas avec ça. Je ne pourrais pas le supporter. Je me déteste de t'avoir traitée comme je l'ai fait.

— Ce n'est pas grave, murmurai-je d'une voix apaisante. Tu n'es pas le premier. Et sûrement pas le dernier.

— Comment fais-tu pour le supporter ?

— Tu sais, c'est comme ça depuis que je suis toute petite. Je n'y fais plus attention.

Luke resserra son étreinte.

— Franchement, ce n'est pas un problème, insistai-je. Je me suis blindée avec le temps et j'ai appris à ne plus croire ce qu'on me disait. De cette façon, je ne risque plus de souffrir.

— Cela vaut aussi pour les compliments ?

Je réfléchis. Il m'avait fallu très longtemps pour accepter de croire les choses adorables que me disait Nate. Depuis le premier jour, il n'avait cessé de me répéter que j'étais belle, qu'il sentait la chaleur de mon sourire l'irradier. Combien de fois m'avait-il déclaré que j'étais la femme de ses rêves ? Mais il m'avait fallu des années pour le croire, pour accepter l'idée qu'il m'aimait sincèrement et pour m'habituer à ses compliments. Ma détresse n'en avait été que plus vive quand je l'avais quitté.

— Je suppose, oui, répondis-je.

— Autrement dit, tu ne t'autorises aucune émotion.

— Si, bien sûr. Simplement je ne me laisse pas atteindre par ce que les gens pensent de moi.

— Donc, tu refuses l'idée qu'on puisse t'aimer ? demanda-t-il.

— Je n'ai pas dit cela. Je ne suis pas suspendue au jugement des autres, c'est tout. Si on m'apprécie, tant mieux, mais ça ne change pas ma manière d'être. Et si on ne m'aime pas, tant mieux aussi, parce que ça ne change rien non plus.

— C'est triste.

— Luke, quand tu grandis en t'entendant dire tous les jours que tu es laide, grosse, stupide, une baleine, un boudin, soit tu te construis une carapace et tu forges toi-même ta propre image, ta propre idée du bonheur, soit tu perds pied. Devine quelle solution j'ai choisie. Il le fallait. C'était une question de survie.

— Mais tu n'as plus besoin de cette carapace aujourd'hui.

— Tu dis ça maintenant, mais il n'y a pas si longtemps, je suis tombée sur un type qui m'a prise en grippe parce que je ne correspondais pas à ses critères de beauté, et que je n'avais pas la taille mannequin. Si j'avais retiré mon armure, j'aurais été anéantie à un moment où j'avais plus que jamais besoin d'être forte.

— Je te demande pardon. Tu es belle. Mieux que ça, même, tu es superbe. Et ton corps est divin. Tu es divine.

— Tu n'es pas obligé de me dire ça. Tout va bien, je t'assure. Ça ne me pose pas de problèmes.

Enfin, presque. Ça ne me posait presque plus de problèmes. Je me gardais bien de prononcer ces deux petits mots réducteurs à voix haute, pour éviter qu'ils ne prennent tout leur sens.

— J'ai grandi dans un foyer pour enfants, une pension si tu préfères, enchaîna Luke tout à coup.

C'est – entre autres – l'une des raisons pour lesquelles Luke et Tegan s'entendaient si bien : ils avaient tous les deux le don de sauter du coq à l'âne. Quand je mettais Tegan au lit, le soir, elle était capable de me parler dans une même phrase de ce qu'elle avait fait à l'école pendant la journée, des ingrédients quc je devrais mettre dans un gâteau au fromage blanc si jamais je décidais d'en faire un et de la fréquence à laquelle je devrais me brosser les dents. À cet instant, Luke faisait exactement la même chose.

— Ah oui ?

— C'est pour ça que je sais d'expérience que l'instinct de survie ne suffit pas pour rendre une existence acceptable.

Et c'est pour ça que tu avais tellement envie de nous aider.

— Oh.

— Mes parents sont tous les deux en vie, tu sais. Ma mère est anglaise et vient d'une grande famille, comme on dit, très fortunée. Mon père, lui, est espagnol. Lorsqu'ils se sont rencontrés, elle avait seize ans, lui dix-huit, et quand elle est tombée enceinte, sa « grande famille » l'a jetée dehors. À deux, ils ont essayé de s'en sortir mais c'était trop dur. Finalement, ma mère est retournée chez ses parents, m'abandonnant avec mon père. Il a bien tenté de m'élever tout seul, mais j'avais deux ans, et il était très jeune. Nous avons quand même eu de bons moments ensemble. Je me souviens d'un jour où il m'avait emmené au zoo. De temps en temps, nous allions chez des cousins qui habitaient tout près. C'était fantastique, tu sais, l'odeur de cuisine, les rires, les grandes tablées... J'avais au moins le sentiment d'appartenir à une famille. Devant les siens, papa racontait toujours qu'il s'en sortait très bien, mais en fait c'était loin d'être le cas. Parfois, il restait couché des jours entiers, sans se laver ni s'habiller. Bien sûr, maintenant, je me rends compte qu'il était en pleine dépression, mais à l'époque j'étais trop petit pour comprendre. Je me débrouillais comme je pouvais.

« J'avais sept ans quand les services sociaux sont venus me chercher parce que j'avais manqué l'école pendant des semaines. Je n'oublierai jamais ce jour-là. J'ai appelé mon père à l'aide en pleurant, mais il n'a pas bougé le petit doigt. Il est resté assis en regardant ces gens m'emmener...

Un besoin irrésistible de protéger Luke, le petit garçon qu'on avait arraché à sa famille, grandit en moi. Je l'enlaçai et le serrai contre moi pendant qu'il continuait son récit.

— Arrivé dans ce foyer, j'étais terrifié. J'avais cessé de pleurer toutes les larmes de mon corps mais j'étais incapable de parler. J'ai été placé dans plusieurs familles d'accueil – certaines étaient bien, d'autres... épouvantables. Je n'arrive toujours pas à comprendre comment on peut laisser de pauvres gosses dans des endroits pareils. Mais, de toute façon, cela n'avait pas d'importance parce que je faisais tout ce qu'il fallait pour qu'on me renvoie. C'est stupide, mais je pensais que si je retournais au foyer, mon père saurait où me trouver et viendrait me chercher. Il ne me rendait jamais visite quand j'étais là-bas, mais je croyais dur comme fer qu'il finirait par venir.

« Quand j'ai eu dix ans, plus personne ne voulait m'accueillir. Qui aurait voulu d'un gamin à problèmes, métis de surcroît ? Et à cause de ça, je suis resté au foyer. C'est à ce moment-là que j'ai compris que mon père ne viendrait jamais me chercher. Alors je me suis calmé. Je suis devenu un garçon obéissant. Pas pour être adopté, mais parce que je savais que c'était la seule façon de survivre à cette institution. J'ai alors décidé de me donner les moyens de m'en sortir. Et quand j'ai enfin quitté cet endroit, à seize ans, j'étais sur la bonne voie : j'avais mon brevet en poche et la ferme intention de faire des études. J'ai loué une chambre de bonne, pris un travail à mi-temps, j'ai réussi à décrocher mon bac et je suis enfin entré à l'université.

« J'avais également appris un certain nombre de choses durant cette période. Par exemple, que ma mère ne voulait pas de moi.

Il s'interrompit et respira profondément afin de refréner son émotion.

— J'avais finalement découvert son identité et appris qu'elle s'était installée quelques années plus tôt à Perth, en Australie, au bout du monde. Je lui ai écrit pour l'informer de ce que j'étais devenu et elle m'a répondu qu'elle avait tourné la page. Elle avait laissé derrière elle toute cette vieille histoire – oui, voilà comment elle m'appelait : « cette vieille histoire » –, et elle me priait instamment de ne plus la contacter.

Je retins mon souffle, horrifiée par tant de cruauté.

— Cela a été très dur. Je ne parvenais pas à comprendre ce qui clochait chez moi pour que ma mère ne m'aime pas, pour qu'elle me rejette. Il m'a fallu encore deux ans avant de trouver le courage d'appeler mon père qui, lui, a accepté de me rencontrer, ce que j'interprétais comme un bon signe. Mais lui non plus ne voulait pas renouer avec moi. Il s'était remarié, il avait eu deux enfants et ne tenait pas du tout à me voir revenir dans sa vie. Ce fut pire que tout, Ryn. Je n'avais cessé de penser à lui, de me remémorer les bons moments que nous avions passés ensemble... Et il n'a même pas bronché quand je lui ai parlé de mes études universitaires.

— Tu l'as revu, depuis ?

— Oui. Je vais le voir chaque fois que je peux. Mais c'est pire d'année en année. Je crois qu'il se sent coupable de ne pas avoir voulu connaître son fils quand il en avait l'occasion, et maintenant il est trop fier pour l'admettre et me tendre la main.

— Tu l'as bien fait, toi.

— Mais, Ryn, tu ne comprends pas. Il n'a même pas dit à ses enfants que j'étais leur demi-frère. Il leur a raconté que j'étais le fils d'un ami qu'il avait connu autrefois.

Je retins à nouveau mon souffle, bouleversée.

— J'ai peur qu'il coupe définitivement les ponts avec moi si je leur apprends la vérité. Je ne le supporterais pas. Au moins, maintenant, il accepte de me voir, c'est mieux que rien...

Sa voix se brisa.

— Oh, chéri... murmurai-je en le serrant plus étroitement contre moi.

Cela expliquait tellement de choses. Son arrogance, ce besoin qu'il avait de rechercher constamment la perfection, de voyager – Luke ne se sentait désiré par personne. Je comprenais que, s'il était tellement furieux après moi quand il pensait que je négligeais Tegan, c'était parce qu'il savait ce que c'était que de grandir sans amour.

— Je suis désolé, souffla-t-il.

— Ne sois pas désolé, je comprends.

— Non. Je suis tellement admiratif. En dépit des circonstances de la venue au monde de Tegan, tu l'as prise sous ton aile.

Il saisit mon visage entre ses mains et plongea son regard noisette aux paillettes orangées dans le mien.

— Tu es quelqu'un d'exceptionnel. Tu es en train d'éviter à Tegan de devenir comme moi.

— Tu n'es pas si mal, répondis-je.

Je comprenais que Luke était un homme meurtri qui n'avait jamais eu de vie de famille, qui n'avait jamais eu la sensation d'être désiré par qui que ce soit ou d'être chez lui quelque part. Le travail et le succès étaient devenus ses seules raisons d'être.

Nous nous embrassâmes, tendrement d'abord puis avec fougue. L'amertume et le désespoir qui habitaient Luke se ressentirent dans la façon qu'il eut de me renverser doucement sous lui et de me faire l'amour. Je fus tentée de lui demander de rester jusqu'au matin. Comment le laisser partir, tout seul, alors qu'il venait de me dévoiler son âme, qu'il m'avait révélé une facette de lui-même que très peu de personnes, sans doute, connaissaient... Mais il y avait Tegan. Je ne pouvais pas prendre le risque qu'elle nous trouve ensemble.

Luke décida à ma place en s'habillant.

— À plus tard, murmura-t-il par-dessus son épaule en quittant la pièce.

C'était le genre de phrase toute faite qu'on disait à quelqu'un qu'on n'avait pas l'intention de revoir, le genre d'au revoir désinvolte que je craignais avoir lancé à Adèle la dernière fois que je l'avais vue. Si Luke partait maintenant, il ne reviendrait peut-être jamais. Il se sentirait tellement vulnérable qu'une fois seul il pourrait décider de garder ses distances vis-à-vis de nous pour se protéger.

Je le regardai par la fenêtre de ma chambre sortir de mon immeuble. Il ouvrit la portière de sa voiture, monta à l'intérieur mais, au lieu de démarrer, il s'inclina sur le volant, enfouit sa tête dans ses mains et se mit à pleurer.

À la vue de ses larges épaules secouées par les sanglots, je fus ramenée plusieurs mois en arrière, dans la chambre d'hôtel où Tegan hurlait parce que sa maman venait de la quitter et qu'elle croyait n'avoir plus personne d'autre au monde. J'avais alors été submergée par le désir de la protéger, de lui prouver qu'elle n'était pas toute seule, qu'il y avait quelqu'un qui l'aimait. J'éprouvais la même chose à cet instant : je voulais protéger Luke, le prendre dans mes bras et sécher ses larmes. Je voulais qu'il sache qu'il y avait quelqu'un qui avait besoin de lui, que deux personnes – Tegan et moi – seraient perdues sans lui.

Je saisis mon portable et composai son numéro. Il répondit après la quatrième sonnerie, d'une voix étouffée.

— Allô ?

— Remonte, dis-je.

— Mais... Tegan...

— Tu partiras avant qu'elle se lève. Viens.

Il revint et s'endormit dans mes bras. Je lui caressai les cheveux, restant éveillée pour être sûre de ne pas laisser passer l'heure.

26

— Est-ce que Luke est ton amoureux ?

J'étais en train de mettre Tegan au lit. Je lui avais donné son bain et enfilé son pyjama puis, contre toute attente, elle était allée au salon souhaiter bonne nuit à Luke et elle lui avait tendu son front pour qu'il y dépose le traditionnel baiser du soir. Je dis « contre toute attente » parce que d'habitude, quand Luke était à la maison bien sûr, il restait avec Tegan jusqu'à ce qu'elle s'endorme. Mais, ce soir-là, après lui avoir dit au revoir et reçu son baiser, elle m'avait prise par la main et m'avait emmenée dans sa chambre. À présent, tandis que je la bordais, je comprenais pourquoi elle avait exceptionnellement tenu Luke à distance : elle voulait me parler de femme à femme.

— Pourquoi cette question ? lui demandai-je en posant le roman que nous lisions.

Elle était pelotonnée sous sa couette arc-en-ciel, et avait les cheveux dissimulés sous un foulard en soie rose. Comme bon nombre de femmes noires, je portais un foulard la nuit pour protéger mes cheveux. En voyant cela, Tegan avait immédiatement voulu m'imiter. J'avais eu beau lui répéter qu'elle n'en avait pas besoin, elle n'avait rien voulu entendre et, plutôt que de me lancer dans une longue et fastidieuse discussion sur les différents types de cheveux, j'avais opté pour la solution la plus simple : lui donner un foulard.

— Parce que Regina Matheson dit que, quand un garçon et une fille sont tout le temps ensemble, c'est qu'ils sont amoureux.

— Je vois.

Je n'avais aucun moyen d'éluder sa question, il fallait que je dise la vérité à Tegan. Mais comment ? Si j'avais autant tardé à le faire, si j'avais laissé passer six semaines sans aborder le sujet, c'était parce que je ne savais absolument pas comment m'y prendre.

— Ça t'ennuierait si Luke était mon amoureux ? demandai-je.

— Non ! pouffa-t-elle d'une voix aiguë en cachant son visage derrière ses mains.

— Bon. Mais si ça t'ennuyait, tu me le dirais, n'est-ce pas ?

Elle écarta ses mains et gloussa.

— Vous vous embrassez ? Comme dans les films ?

— Ça nous arrive, répondis-je prudemment, en me demandant s'il était bon d'avoir ce genre de conversation avec une enfant.

— Et tu aimes bien ça ?

Non, en fait, je ne devrais pas avoir ce genre de conversation avec une petite fille d'à peine six ans.

— Je ne le ferais pas si ça me déplaisait.

Je me penchai pour éteindre la lumière.

— Il faut dormir, maintenant, Tiga.

— Mais est-ce que Luke est toujours mon ami ?

Je suspendis mon geste et me rassis sur le lit.

— Bien sûr, chérie. Luke restera toujours ton ami.

— Et toi, tu resteras toujours ma nouvelle maman ?

— Oui, mon cœur.

— Mais tu n'es pas ma vraie maman ?

— Pourquoi me demandes-tu ça ? répondis-je, terrifiée par ce qu'elle allait dire.

Allait-elle m'accuser de vouloir prendre la place de sa mère ? Ou me dire que je tenais mal mon rôle ? Ou me demander pourquoi sa vraie mère ne revenait pas ?

— Parce que Regina Matheson dit que tu ne peux pas être ma vraie maman vu que nous ne sommes pas de la même couleur.

— Ah, elle dit ça ?

— Ben... tu es noire, n'est-ce pas ?

— Oui.

— Et moi je suis blanche ?

— Oui.

— C'est pour ça que Regina Matheson dit que tu ne peux pas être ma vraie maman.

Tout au fond de moi, au creux de mon estomac, une petite tornade commença à se former. J'aurais voulu rencontrer cette Regina Matheson, m'accroupir pour me mettre à sa hauteur, la regarder droit dans les yeux et lui ordonner de ne plus farcir la tête de ma fille avec ses réflexions perfides. La situation était suffisamment délicate sans qu'elle en rajoute en racontant à Tegan qu'elle n'avait pas d'attaches.

— Et elle dit que je n'ai pas une vraie famille parce que je n'ai pas de papa.

La tornade se transforma en cyclone dévastateur. Cette petite peste était incroyable. Combien de demi-vérités avait-elle encore assenées à Tegan ?

— Tu sais... Regina Matheson a peut-être un vrai papa et une vraie maman, mais, eux, ils ne l'ont même pas choisie.

Tegan écarquilla les yeux de stupeur.

— Ils l'ont acceptée comme elle est, parce que c'est leur enfant, mais ils n'ont pas eu leur mot à dire. Alors que moi, je t'ai choisie.

— Tu es contente de m'avoir choisie ?

— Je ne suis pas contente, je suis super-hyper-mégatop-contente !

Et je me jetai sur elle pour la chatouiller. Son petit corps se tortilla sous la couette et son adorable rire remplit la pièce pendant qu'elle agitait les jambes dans tous les sens.

— Ma maman aussi, elle me chatouillait, murmura-t-elle alors que je me penchais pour la border.

— Je sais, répondis-je en m'efforçant de lui sourire.

Ma gorge se serra soudain, et mes yeux se mirent à me piquer, comme chaque fois que je pensais à Adèle. Je ravalai mon émotion et essayai de me concentrer sur autre chose, n'importe quoi, sauf sur Adèle.

— Dis, comment c'est quand on est au ciel ? demanda Tegan d'une voix que le sommeil commençait à alourdir.

— Je ne sais pas.

C'était la vérité. Je n'y avais jamais réfléchi. Pas même après la disparition d'Adèle. Je croyais en l'existence d'un Dieu – ou d'une puissance supérieure – et je m'étais toujours plus ou moins représenté le paradis comme un espace infini où flottaient des nuages et… Non, même pas. En fait, je ne m'étais rien représenté du tout parce que je n'y avais jamais pensé.

— Est-ce que ça ressemble à ça ?

Elle montra du doigt la fresque sur le manteau de la cheminée, en face de son lit. Il me semblait que nous l'avions peinte depuis tellement longtemps que je ne lui prêtais même plus attention, mais à présent je l'examinai d'un œil neuf. Les champs émeraude, les arbres marron coiffés d'un bonnet vert, le gros soleil jaune, les nuages blancs sur le ciel bleu et les bonbons rouge et blanc en guise de fleurs, c'était un joli tableau, soit dit sans me vanter. Ce ne serait pas si mal si le paradis pouvait ressembler à cela. Une vision qui en valait une autre, finalement.

— Peut-être, ma chérie. Je n'en sais rien.

— Ma maman serait contente si c'était comme ça là-haut.

— C'est certain. Mais alors il faudrait ajouter quelques boutiques de vêtements.

Tegan hocha la tête, et éclata de rire.

— Bien, mademoiselle, et maintenant, il faut dormir. L'heure du dodo est passée depuis longtemps.

— D'accord, acquiesça-t-elle d'une voix ensommeillée.

Je me penchai et l'embrassai sur le front.

— Bonne nuit, ma beauté.

— Bonne nuit, Maman Ryn.

Je regagnai le salon et marquai un brusque arrêt en découvrant Luke devant la télé, sur le canapé. Je m'y attendais si peu que je ne pus retenir un petit cri d'étonnement.

— Quoi ? demanda-t-il prudemment.

Nous entretenions une relation d'amitié sincère et honnête, mais je préférai ne pas lui avouer que l'espace d'un instant j'avais oublié jusqu'à son existence.

— Oh ! tu as fait la vaisselle, mentis-je.

— Il ne fallait pas ?

— Ce n'est pas ça... Je suis fatiguée.

Il éteignit la télé et se leva.

— En d'autres termes, tu veux que je parte.

Il s'étira, basculant la tête en arrière, écartant les bras. Son tee-shirt blanc remonta, dévoilant son ventre musclé.

— Je n'ai pas dit ça, protestai-je mollement.

— Ce n'est pas la peine : ton visage parle pour toi.

— Mon visage raconte des histoires depuis des années. Je ne vois pas pourquoi tu choisis ce soir pour le croire.

Luke pencha la tête sur le côté et ses yeux noisette se plissèrent légèrement.

— Et si tu allais pleurer un bon coup dans la chambre ? Je t'attendrais ici et nous reprendrions cette conversation à tête reposée.

— Ne prends pas ce ton condescendant avec moi ! sifflai-je.

— Bien sûr, tu peux aussi me larder de quelques banderilles pour passer tes nerfs, mais je suggère d'aller dans ta chambre, pour ne pas réveiller Ti.

— Ou mieux : tu pourrais foutre le camp d'ici.

— Ou je pourrais foutre le camp d'ici.

Nate lui aussi se comportait ainsi. Il se laissait flotter comme un bouchon dans le flot de ma mauvaise humeur, refusant de répondre à la moindre provocation. Luke enfonça ses mains dans les poches de son jean, la tête toujours inclinée sur le côté tandis qu'il attendait ma décision.

— Je me sens terriblement coupable, murmurai-je.

C'était ce qu'il y avait de mieux à faire. Parler. Partager mon angoisse avec mon petit ami.

— De... ?

— De tout. De ne pas avoir été là quand Adèle avait besoin de moi. De ne pas m'être occupée de Tegan plus tôt. De ne pas avoir accepté dans la seconde de la prendre avec moi. De ne pas avoir été avec Adèle quand elle est morte. D'avoir été si mauvaise dans mon rôle de mère de substitution qu'un jour j'ai oublié d'aller chercher Tegan à la garderie. De ne pas être capable de l'élever comme l'aurait fait Adèle.

Je me mordillai la lèvre, les sourcils froncés.

— Et pour couronner le tout, il y a une sale gamine à l'école qui est allée raconter à Tiga que je ne suis pas sa vraie mère et que je ne le serai jamais, question de couleur... Maintenant, elle va avoir l'impression d'être abandonnée parce que je ne suis pas de son sang, ni de la même race... Tu crois que je devrais me plaindre auprès de la directrice de l'école ?

— Pas dans la seconde, non.

— Écoute, si c'est pour te moquer de moi…

— Désolé. Bon, reprenons les choses dans l'ordre. Je sais que tu n'as pas envie d'en entendre parler, mais un psychothérapeute pourrait t'aider à répondre aux questions que tu te poses.

— Un psychothérapeute… pour moi ? demandai-je avec stupéfaction.

Il hocha la tête.

— Pourquoi aurais-je besoin d'un psychologue ?

— Tegan n'est pas la seule à avoir perdu un être cher. Et, contrairement à Tegan, tu n'as pas attendu ce deuil pour te débattre au milieu d'un bon paquet de problèmes non résolus. Tu as besoin d'en parler avec un autre que moi… Non que cela me déplaise ni que j'essaie d'échapper à la difficulté en la refilant à quelqu'un d'autre, précisa-t-il avec un sourire averti, mais parce que toute cette histoire avec ton ex et Adèle est le nœud du problème, et que tu n'accepteras jamais d'en parler avec moi. Un psychologue pourrait t'aider à tout replacer dans son contexte et à alléger ton sentiment de culpabilité. Ça, c'est le premier point.

J'ouvris la bouche pour protester, mais il m'arrêta d'un geste.

— Deuxième point : sa mère lui manque et c'est normal. Personne n'y peut rien. Tu n'as rien à te reprocher à ce niveau-là. Quant au fait qu'elle ne penserait pas à toi comme à sa mère… je te signale qu'elle t'appelle maman.

— Uniquement parce que sa vraie mère le lui a demandé.

— Mais elle continue à le faire, non ? Et pas seulement quand elle est avec toi. Quand elle te téléphone au bureau, elle demande à parler à Maman Ryn, n'est-ce pas ?

J'acquiesçai.

— Et si cette gamine à l'école lui a dit que tu n'étais pas sa mère, c'est évidemment parce que Tegan parle de toi à ses camarades comme de sa Maman Ryn. C'est la preuve qu'elle pense bel et bien à toi comme à sa deuxième maman.

Je ne devais pas avoir l'air convaincue parce qu'il ajouta :

— Cela dit, tu as une solution pour régler définitivement le problème.

— Laquelle ? Remonter dans le temps et la mettre au monde ?

Luke leva les yeux au ciel.

— Ryn, je sais que l'assistante sociale t'a fait flipper, mais je pense que tu devrais relancer la procédure d'adoption, emmener Tegan voir un psychologue, constituer un dossier, faire le nécessaire pour qu'elle devienne une petite Matika.

Je soupirai intérieurement. Ça lui était facile de me dire de faire le nécessaire parce qu'il ne savait pas. Même Luke qui avait grandi dans un foyer ne savait pas ce que sous-entendaient ces deux petits mots : pour adopter Tegan, je devrais reprendre contact avec Nate.

« Dis-le-moi encore,
s'il te plaît, dis-le encore. »

27

Qui a eu cette idée stupide d'aller en ville un samedi ?

Même quand j'étais célibataire et sans enfant, je m'abstenais de mettre les pieds dans le centre de Leeds le week-end, sauf en cas de force majeure. Comme je travaillais dans un grand magasin, j'avais tout sur place, des vêtements au gros électroménager en passant par les livres et les fournitures pour ordinateur. Pour le reste, je me servais chez Morrissons, à Horsforth, mais même alors j'évitais d'y aller aux heures de pointe.

Et pourtant, nous nous trouvions bel et bien au milieu de la cohue du centre commercial Saint-John, un samedi à l'heure de pointe, Son Altesse Royale Luke Wiseman ayant décrété que ce serait amusant. Naturellement, il s'était arrangé pour faire cette suggestion en présence de Mademoiselle J'adore-m'amuser en personne, alias Tegan Brannon, sachant que, s'il la mettait dans sa poche, je m'inclinerais sans livrer bataille. J'étais d'une humeur de chien, mais je faisais mon possible pour me dominer. Je réussis à me contenir quand une fausse blonde en minijupe (une minijupe début novembre !) me bouscula sans un mot d'excuse, et grimaçai même un sourire quand un type me piétina littéralement et ne parut même pas s'en apercevoir.

— Je veux jeter un coup d'œil aux meubles chez John Lewis, me lança Luke, Tegan sur ses épaules, alors que nous sortions du centre commercial.

Il faisait un froid de canard. Les gens marchaient la tête rentrée dans les épaules pour résister au vent glacial, les poings enfoncés dans les poches de leurs gros manteaux. Je n'eus qu'à traverser la chaussée verglacée pour pousser la porte vitrée du plus grand rival d'Angeles. Je la tins ouverte pour que Tegan et Luke puissent passer, puis entrai à mon tour. Une nouvelle foule compacte se referma sur moi. La sensation de froid qui me collait au visage s'évapora et j'eus instantanément trop chaud.

Je me dirigeais vers l'escalator quand une grande asperge, qui ne semblait pas non plus avoir remarqué que nous étions en hiver à en croire sa micro-jupe et son décolleté, me percuta de son épaule pendant que, simultanément, le sac qu'elle tenait à la main, avec au moins un kilo de ferraille à l'intérieur, entrait violemment en contact avec mon tibia. La douleur me coupa le souffle et des petites étoiles dansèrent devant mes yeux. Au lieu de s'excuser, comme n'importe quelle personne civilisée, la grande bringue me lança un regard agressif puis s'éloigna au pas de charge.

Je me retournai dans l'intention de lui crier « Vous ne voulez pas me fracasser l'autre tibia pendant que vous y êtes ? » mais mon regard tomba sur Tegan et Luke qui s'approchaient en contemplant les vitrines avec un grand sourire, et les mots moururent sur mes lèvres. Je ne pouvais plus me permettre ce genre de dérapage : désormais, j'étais un parent responsable, qui se devait de donner l'exemple.

Je reportai mon attention sur mon tibia meurtri et laissai échapper un gémissement tandis que je me penchais pour me masser doucement. *J'aurais de la chance si je peux remarcher un jour*, songeai-je en serrant les dents.

Je me redressai et heurtai quelqu'un qui arrivait derrière moi. Ce n'était pas possible, tout le monde me prenait pour un punching-ball ! Je pivotai vers cette nouvelle andouille, et j'eus le souffle coupé, non pas sous l'effet de la douleur cette fois, mais à cause d'un tout autre choc. Mon cœur cessa de battre tandis que mes yeux dévisageaient l'homme devant moi.

Nate.

Mon prénom étincela dans ses yeux stupéfaits. Il le prononça à voix haute. La petite syllabe glissa de ses lèvres dans un souffle :

— Kam.

Plusieurs semaines s'étaient écoulées depuis que Luke m'avait convaincue de relancer le processus d'adoption, mais je ne m'étais toujours pas résolue à contacter Nate. Chaque fois que je pensais à lui, à son visage le jour des obsèques de Del ou à ce que je pourrais lui dire, un voile blanc recouvrait mon cerveau et je me réfugiais dans le déni. Je n'y arrivais pas, c'était au-dessus de mes forces.

Nate était exactement comme dans mon souvenir : des cheveux brun foncé ondulés, une peau souple et lisse, des yeux bleu marine qui savaient percer à jour mes sentiments les plus secrets, un nez droit, une bouche – la partie de son visage que je préférais – parfaite, douce comme un marshmallow. Non, il n'avait pas changé.

— C'est bien toi ? souffla-t-il avant que je puisse prononcer un mot. Je ne suis pas le jouet d'une hallucination ?

Je secouai la tête, incapable de mettre mes cordes vocales en route.

— Tu n'as pas changé, poursuivit-il.

Je m'humectai les lèvres, prête à hasarder une réponse quand Luke – Tegan toujours juchée sur ses épaules – apparut à côté de moi. Il me regarda, vit l'empreinte du choc sur mon visage et se tourna vers celui que je fixais avec intensité. Il enregistra d'un seul coup d'œil le large front de Nate, ses grands yeux, sa bouche douce et sensuelle, son nez (version adulte de celui de Tegan), et les battements de son cœur s'accélérèrent de façon presque perceptible.

— On va t'attendre là-bas, marmonna mon amoureux.

Et il s'éloigna avec Tegan avant qu'elle ait eu une chance de dire un mot.

Nate cligna des yeux.

— Pas changé du tout, murmura-t-il comme si nous n'avions pas été interrompus.

— Nathaniel, réussis-je enfin à articuler.

— Nate, rectifia-t-il, en cherchant la petite flamme du souvenir dans mes yeux. C'est toi qui m'as donné ce surnom, tu ne peux pas le reprendre à présent.

Il me sourit et mon estomac devint une boule de gelée tremblotante au fond de mon ventre.

— Nathaniel, répétai-je sur un ton plus ferme tandis que j'essayais de contrôler la situation.

En dehors des obsèques, la dernière fois que je l'avais vu, c'était le jour où j'étais retournée à Londres pour récupérer mes affaires et de l'exclure définitivement de ma vie. Ce jour-là, mes yeux étaient deux billes brûlantes et sèches, et Nate semblait ne pas avoir dormi depuis des années.

— Qu'est-ce que tu fais ici ? demandai-je.

— Je vis ici.

— Quoi ? À Leeds ?

Je reculai. C'était impossible, il n'avait pas le droit ! Les deux cent cinquante kilomètres que j'avais jetés entre nous avaient été une façon de sécuriser notre rupture et de m'assurer que je ne risquais pas de tomber sur lui par hasard.

— Oui. Enfin, non. J'habite à Tadcaster. À mi-chemin entre Leeds et York.

Il pointa son pouce par-dessus son épaule, comme si Tadcaster se trouvait au rayon lingerie du magasin.

— Je… j'ai trouvé un poste de directeur des programmes chez Yorkshire et Pennines FM. Ça… ça remonte à près d'un an, maintenant.

— Je vois, acquiesçai-je d'un air dégagé.

En réalité, j'étais atterrée. Depuis douze mois je jouais sans le savoir à la roulette russe, allant et venant tranquillement alors que je pouvais tomber sur lui à chaque instant. J'en étais malade rien que d'y penser.

— Apparemment, tu vis toujours ici, reprit-il.

— Apparemment.

L'expression de Nate changea. Le choc s'effaça, remplacé par de la tristesse.

— Comment t'en sors-tu, depuis… ?

Sa voix se perdit. « Depuis… » Comme tout le monde, comme moi, Nate ne parvenait pas à prononcer le mot fatidique. Il le contournait comme on évite un nid-de-poule sur une route. C'est tellement plus facile de prétendre que ce mot n'existe pas, que la mort est moins terrible, moins dévastatrice si on ne la nomme pas à voix haute.

Je haussai les épaules.

— Je fais aller. Et toi ?

— Pareil.

Nos yeux s'emboîtèrent l'un dans l'autre, comme une clé dans sa serrure, et je glissai en chute libre, déconnectée du présent. Impossible de dire vers quelle époque j'étais propulsée : était-ce quatre ans plus tôt, quand je regardais au fond des yeux bleu marine de Nate en me demandant pourquoi il m'aimait, pourquoi il était si gentil avec moi ? Je continuai à tomber – encore plus loin, jusqu'à notre premier rendez-vous, quand ses yeux s'étaient illuminés en me voyant approcher. Je faillis abandonner toute résistance et m'avancer vers lui, attendant que ses bras m'attrapent au vol et se referment sur moi tandis que je me fondrais dans la chaleur de son corps. Ce serait si facile. Tout ce que j'avais à faire, c'était abandonner la réalité à laquelle je m'accrochais et plonger dans le passé, telle Alice qui dégringole dans le terrier du lapin blanc. Me laisser aller aux sensations d'autrefois.

Ressaisis-toi immédiatement ! m'ordonnai-je avec véhémence, enfonçant farouchement mes ongles dans le présent.

— J'ai pensé prendre contact avec toi, reprit prudemment Nate. Mais je ne savais pas comment tu réagirais, et j'avais peur d'ajouter encore à ton désarroi.

Assez sur le chapitre Adèle, décidai-je en baissant les yeux sur mes bottes en cuir havane. Je frottai le bout de mon pied gauche sur la jambe droite de mon jean, prenant mes distances avec lui. Nate ne pouvait pas comprendre ce que je vivais, personne ne le pouvait sauf, peut-être, Tegan. Je tenais uniquement parce que je refusais de sonder l'abîme de ma souffrance. Si jamais je me laissais aller ne serait-ce qu'un instant à mes sentiments, leur violence me consumerait aussitôt. Je n'avais donc pas le choix : je devais repousser le face-à-face à plus tard, toujours et encore, comme le règlement d'une dette qu'on remet constamment au lendemain, tout en sachant qu'un jour ou l'autre les créanciers la réclameront et qu'il faudra bien payer. Les intérêts continuaient à croître, ça aussi je le savais, mais je n'avais pas l'énergie de solder les comptes maintenant. Nate, par sa seule présence, retournait le couteau dans la plaie, et exigeait que je rembourse séance tenante une partie de ce que je devais.

Nate changea de sujet.

— C'est ton petit ami ?

Je relevai les yeux.

— Pardon ?

— Ce type, là.

Il désigna du menton Luke et Tegan. Je suivis son regard. À quelques mètres de nous, devant la luxueuse vitrine d'une bijouterie, Luke esquissait quelques pas de danse en rythme avec la musique – *Little Less Conversation* d'Elvis Presley – que diffusaient les haut-parleurs du magasin. Il tenait les mains de Tegan, toujours perchée sur ses épaules, et la faisait sauter en cadence. Elle riait aux éclats et ses cheveux blond pâle ondoyaient comme un rideau de soie sous son bonnet en fourrure noire. C'était l'image même du bonheur. Les clients les plus renfrognés ne pouvaient s'empêcher de sourire quand ils passaient à côté d'eux.

— C'est ton petit ami ?

— Oui.

Je souris, fière qu'il soit mon amoureux parce qu'il vouait un amour sans réserve à Tegan.

— Et c'est sa fille ?

Je ramenai mon regard sur Nate, les sourcils froncés, cherchant dans ses yeux le signe qu'il avait deviné… Rien. Il attendait ma réponse, le visage dénué d'expression. Je n'étais pas tellement surprise qu'il ne reconnaisse pas la fille d'Adèle. Nous avions vécu ensemble, tous les quatre, mais Nate ne s'était jamais intéressé aux enfants. Il recherchait avec voracité la compagnie des adultes, il adorait sortir, rencontrer des gens, mais les enfants, avec lesquels il ne savait pas communiquer, ne lui inspiraient rien. Il regardait Tegan danser si nous le lui demandions, mais il gardait toujours un œil sur la télé ou sur son journal. Le jour où je lui avais annoncé qu'elle avait dit son premier mot, il avait tout de même réussi à s'exclamer « Génial ! » avec une telle conviction qu'il avait presque réussi à me faire croire que ça l'intéressait.

— Non, déclarai-je en réponse à sa question au sujet de Luke et de Tegan. Ce n'est pas sa fille. Il s'occupe d'elle.

— Oh.

Il sourit.

— Elle est mignonne.

Je m'humectai les lèvres, prête à lui lancer : « C'est ta fille », puis je me ravisai. Le premier étage du grand magasin John Lewis, envahi par la foule d'un samedi après-midi, n'était pas le lieu approprié pour apprendre à quelqu'un qu'il était père. Peu d'endroits l'étaient, mais celui-là moins qu'un autre.

Était-il vraiment indispensable que je le lui dise, de toute façon ? me demandai-je en le regardant. Imaginons que Nate veuille jouer un rôle dans la vie de Tegan ou, pire, qu'il me l'enlève ? C'était assez peu probable compte tenu de son manque d'intérêt pour les enfants, mais cette éventualité m'inquiétait. Mon instinct me criait de ne rien lui dire du tout, de le laisser dans l'heureux état d'ignorance qui était le sien depuis six ans. Tegan avait retrouvé une famille : elle considérait mes parents comme ses grands-parents (elle les appelait Nana Faith et Papy Hector), mes frères et ma sœur comme ses oncles et sa tante, et leurs enfants comme ses cousins. Chaque fois qu'elle revenait d'une visite à Manchester, elle était intarissable et me racontait avec enthousiasme tout ce qu'elle avait fait avec eux. Mais le sang de Nate coulait dans ses veines, formant un lien entre eux que personne, ni moi, ni ma famille, ni Luke, ne pourrait jamais remplacer. Même si je ne souhaitais pas que mon ex-fiancé revienne dans ma vie, je devais à Tegan de lui dire la vérité. Elle avait le droit de connaître son père, surtout maintenant qu'elle n'avait plus sa mère.

— Écoute, dis-je en m'obligeant à soutenir son regard, nous pourrions peut-être nous revoir pour discuter tranquillement de... de tout.

La surprise se peignit sur le visage de Nate. Il se demandait si je n'étais pas en train de jouer avec lui.

— Tu veux vraiment ?

Si je le voulais ? Non. Je le devais. Je fis signe que oui.

— Il y a un numéro où je peux te joindre ?

Il plongea la main dans la poche intérieure de sa veste, sortit son portefeuille en cuir noir, en tira une carte de visite et me la tendit. Je la glissai dans ma poche tandis que nous échangions un « Au revoir, alors » des plus contraints. Il se détourna, moi aussi, et je me dirigeai vers Tegan et Luke sans un regard en arrière.

— C'était qui, le monsieur ? demanda Tegan tandis que je les rejoignais.

Luke avait cessé de danser, il m'observait. Je levai les yeux vers Tegan. Ses joues étaient roses d'excitation, ses yeux bleu roi pétillaient de curiosité et ses lèvres étaient entrouvertes en un sourire béat.

— C'est un vieil ami à moi, répondis-je.

— Il n'a pas l'air si vieux, remarqua-t-elle avec sagesse. Pas autant que Luke.

— Merci, je suis très touché, murmura-t-il en lançant vers elle un regard moqueur de ses yeux ambrés.

— Par « vieux », j'entends que je le connais depuis longtemps.

— Est-ce qu'il connaît ma maman ? demanda-t-elle de façon inattendue.

— Oui.

— Est-ce qu'il sait qu'elle est partie au ciel pour être avec le petit Jésus et les anges ?

Lorsque Tegan disait ces mots, on avait toujours l'impression que sa mère avait rejoint un groupe pop et qu'ils allaient donner en notre honneur un concert improvisé, avec Adèle Brannon en soliste.

— Oui, chérie, il le sait. Et il était triste, mais il est content de l'avoir connue avant qu'elle aille au ciel.

Tegan m'adressa un grand sourire, me prenant complètement au dépourvu. Je m'attendais qu'elle soit bouleversée et au lieu de ça elle paraissait heureuse.

— On va le revoir ?

Je sentis les yeux de Luke me fusiller du regard tandis que son expression demandait clairement : « Oui, en fait, on va le revoir ? »

— Peut-être, répondis-je, ignorant cette supplique muette. On verra.

Il y a de cela huit ans, je poussais la porte d'un café au nord de Londres. La salle était quasi déserte, à l'exception d'un serveur, occupé à essuyer les tables avec un torchon d'une propreté douteuse, et d'une femme dans un coin qui alternait les gorgées de café et les bouffées de cigarette, le regard perdu dans le vide. La troisième personne était Nate, mon rendez-vous. Il était assis à une table, absorbé dans la lecture d'un journal. Je jetai un coup d'œil à ma montre pour vérifier que j'étais bien à l'heure parce que, à en croire les deux expressos vides sur la table, à côté du journal, il était là depuis un bon moment.

Une soudaine anxiété s'empara de moi, faisant se tordre mon estomac. Je n'avais pas ressenti la moindre nervosité en me rendant à ce qui était notre premier tête-à-tête, un mois après notre rencontre. Mais, tout à coup, c'était comme si une nuée de papillons affolés tourbillonnaient dans tous les sens au plus profond de moi en se cognant les uns aux autres.

— Salut, dis-je en me postant devant la table.

Mon rendez-vous leva les yeux. Un sourire illumina son visage amical, faisant plisser le coin de ses paupières. Je fus touchée par la joie évidente que lui causait ma vue. Il se leva, dominant mon mètre soixante-dix de son mètre quatre-vingt-dix.

— Salut, fit-il en écho sans cesser de sourire.

— Je suis en retard ?

— Non.

Il haussa ses larges épaules.

— J'étais tellement impatient que je suis venu très en avance.

— Ah, répliquai-je, ne sachant que répondre.

— Vous êtes encore plus belle que dans mon souvenir.

Je me retins juste à temps de regarder par-dessus mon épaule pour chercher à qui il s'adressait, puis je m'autorisai à savourer le compliment. Il avait vraiment l'air de penser ce qu'il venait de dire, ce qui rendait ses mots infiniment doux à mes oreilles.

— Quoi, ce vieux visage ? plaisantai-je. Je le porte depuis des années !

Il éclata d'un rire chaud et indulgent, puis contourna la petite table carrée pour m'avancer la chaise noire capitonnée. Galant, mais sans ostentation. Pas question néanmoins de m'extasier devant ces assauts de politesse – j'avais déjà rencontré quelques prétendus princes charmants avant lui et, sous leur sourire étincelant et leurs manières policées, se cachaient d'authentiques tarés.

On commanda du café et un muffin géant aux pépites de chocolat que Nate coupa en huit parts pour que nous puissions le partager. Et on parla. Une fois chez moi ce soir-là, il me fut impossible de me rappeler ce que nous avions dit. C'était une conversation faite de petits riens, interrompue seulement par nos rires et par des pauses, nous permettant d'assimiler ce que nous venions d'apprendre l'un de l'autre.

Un peu plus tard, quand il s'absenta une minute pour passer un coup de téléphone urgent, je me surpris à sourire toute seule – et cela me terrifia. J'étais en train de tomber dans ses filets. Son charme et sa vivacité d'esprit m'avaient séduite, mais je savais comment cela finirait. Tôt ou tard, sa vraie personnalité réapparaîtrait et il voudrait alors me modeler, me contrôler, ou me quitter, et ce serait encore plus déchirant si j'éprouvais des sentiments pour lui.

Lorsqu'il revint, j'avais bu les ultimes gouttes de mon troisième cappuccino et élaboré un plan. Au cours de ces dernières hcures, j'avais appris une ou deux petites choses sur M. Turner, et j'allais m'en servir pour l'éjecter hors de ma vie. Je reposai ma tasse et le regardai droit dans les yeux.

— Maintenant, vous allez m'inviter à venir boire un dernier verre chez vous ? demandai-je de but en blanc.

Le visage de Nate devint l'image même de la consternation.

— Euh... bafouilla-t-il, en évitant mon regard.

Quoi ! après son offensive de charme, ses compliments, ses « vous êtes si belle », il m'envoyait promener ?

Je me penchai vers lui.

— Euh... ? répétai-je.

Une grimace lui déforma le visage. C'était bel et bien une fin de non-recevoir. Serait-il possible que j'aie imaginé les sourires timides et les regards langoureux ?

— Vous ne voulez pas que j'aille chez vous ?

— Non ! Grands dieux, non ! Enfin, si ! Plus que tout au monde. Mais je... mon appartement est dans une effroyable pagaille et je ne veux pas que vous ayez une mauvaise opinion de moi. Et puis... je n'ai ni lait, ni sucre, ni café... Je n'ai pas fait les courses depuis des jours. Évidemment, nous pourrions en faire sur le chemin, mais...

— Des préservatifs, vous avez ?

Il hocha la tête.

— Alors, je me moque de ce qu'il y a ou non dans votre cuisine. Je vais chez vous uniquement pour le sexe. Ou si vous préférez une formule plus délicate, disons que, si vous m'invitez chez vous, vous aurez une jolie surprise.

— D'accord, je... Oui. Vous voulez qu'on parte tout de suite ?

J'approuvai d'un signe de tête.

— L'addition ! lança Nate en se dévissant littéralement le cou pour appeler le garçon.

Plus tard, beaucoup plus tard, Nate m'attira à lui pour se pelotonner contre moi avant de se laisser glisser dans le sommeil. En ce qui me concernait, je n'avais qu'une idée : mettre le plus de distance possible entre lui et moi. Mon plan n'avait pas du tout fonctionné comme je l'avais prévu. Mon programme en trois points (coucher avec lui, rentrer chez moi et attendre qu'il ne me rappelle pas) avait capoté. Au lieu du détachement censé accompagner ce genre d'intermède sans lendemain, j'étais en proie à un déferlement d'émotions : affection, passion, tendresse. Chaque fois que mes yeux se posaient sur Nate, le mot *innamorato* (amant) me venait à l'esprit, dans toute sa glorieuse plénitude. Celui qu'on aime de tout son corps, de toute son âme. Celui auquel on se donne tout entière. Ce qui était absurde, bien sûr, car j'avais rencontré Nate en tout et pour tout deux fois dans ma vie.

Et pourtant, je n'avais jamais fait l'amour ainsi avec personne. Notre premier baiser avait été presque hésitant. Nous nous étions assis au bord de son lit, sachant pertinemment ce qui allait suivre. Après le deuxième baiser, Nate avait caressé lentement mes lèvres de son pouce, d'un geste très érotique, pendant que je le regardais dans les yeux. À partir de là, ç'avait été un voyage sans retour dans le plaisir. Il avait couvert mon corps de baisers, refrénant mon impatience tout en enflammant mon désir par un art consommé des préliminaires et, lorsque finalement nous n'avions fait plus qu'un, j'avais dû me mordre les lèvres pour m'empêcher de crier son prénom.

Je ne voulais pas de cette source de problèmes. Je ne voulais pas éprouver de sentiments pour lui. Je voulais garder mon indépendance et ma liberté de penser. Je me glissai donc hors de son étreinte, ramassai fébrilement mes affaires et commençai à m'habiller. J'enfilai à toute vitesse mes sous-vêtements, mon jean... Je bouclai ma ceinture. Mais Nate se rendit compte de ce que j'étais en train de faire et se redressa.

— Tu t'en vas ?

Ma réponse se perdit dans le pull que j'étais en train d'enfiler.

— Désolé, je n'ai pas compris.

— Je disais : oui, je file. J'ai un tas de trucs à faire.

— Oh ! bien.

Il resta appuyé sur un coude, à me regarder chercher une de mes chaussettes.

— J'ai passé un moment fantastique, Kamryn. Tout cet après-midi à discuter avec toi, c'était incroyable. Je n'avais pas parlé comme ça depuis des années.

— Mmmouais, répondis-je en récupérant ma chaussette fugueuse sous son lit.

— On donne un cycle Conan Doyle au National Film Theatre, reprit-il alors que je passais ma veste. Tu m'as dit que tu aimais Sherlock Holmes. On pourrait y aller ensemble ? Après, on irait au restaurant et on marcherait le long de la Tamise... ?

Pendant qu'il parlait, j'avais noué mes lacets.

— Kamryn, dit-il gravement, réalisant brusquement ce que signifiait mon départ. Est-ce que je vais te revoir ?

Cette question me désarçonna. J'avais pensé que cette aventure mettrait un point final à notre relation. Qu'il me prendrait pour une traînée parce que je m'étais précipitée dans son lit à notre premier rendez-vous (je lui avais proposé de coucher avec moi avant même que nous nous soyons embrassés !) et qu'il « oublierait » diplomatiquement d'évoquer un deuxième rendez-vous. C'était bien pour cela que j'étais tellement perturbée d'avoir à ce point aimé faire l'amour avec lui : j'étais sûre de ne jamais le revoir, et cette pensée m'avait fait mal – beaucoup plus que je ne l'aurais soupçonné.

— Est-ce que je vais te revoir ? répéta-t-il.

Je me retournai lentement. Il était adorable, ses cheveux bruns en bataille, ses yeux bleus alanguis par l'amour, sa bouche alourdie par mes baisers. *Innamorato*. Je n'avais qu'à dire oui. Je pourrais tomber amoureuse de lui. Je me mordis la lèvre pendant une seconde, effrayée. *Et s'il se moquait de moi ? Je ne pourrai pas le supporter. Pas venant de lui.* Je me remémorai son pouce caressant ma bouche et je songeai : *Tant pis, il vaut la peine que je prenne le risque.*

Je déposai un baiser dans le creux de ma main, puis le soufflai dans sa direction.

— On verra, dis-je avant d'attraper mon sac à main et de partir.

— C'était lui, n'est-ce pas ? demanda Luke alors que je le rejoignais sur le canapé.

Nous nous étions réparti les tâches comme d'habitude : je m'étais occupée du bain de Tegan et Luke l'avait couchée et lui avait lu une histoire, mais j'avais dû retourner la voir pour lui redire que je n'oublierais pas de lui acheter les baskets roses que nous avions vues la veille. Je ne savais pas où je trouverais l'argent, mais je me débrouillerais. À présent, Luke et moi pouvions parler librement et, à en juger par ce qu'il venait de dire et par sa posture rigide, la discussion ne s'annonçait pas bien.

— C'était le père de Tegan ?

Il chuchota ces derniers mots au cas où mademoiselle, qui avait une ouïe très fine, ne dormirait pas encore.

— Oui, confirmai-je.
— Tu le lui as dit ?
— Je suis peut-être bizarre, mais il m'a semblé qu'un grand magasin à une heure d'affluence n'était pas le lieu idéal pour annoncer à quelqu'un qu'il est père.
— Mais tu as l'intention de le lui dire ?
— Probablement.
— Donc, tu vas le revoir ?
— Oui.
Il ferma brièvement les yeux.
— Pourquoi ?
— Si je veux entamer une procédure d'adoption, je dois obtenir le consentement de Nate.
— Son consentement ? répéta-t-il d'une voix outrée. Tu plaisantes ?
— Son nom figure sur l'acte de naissance de Tegan. Je l'ai découvert quand j'ai récupéré les affaires d'Adèle. Il est le seul parent de Tegan toujours en vie, il faut donc qu'il renonce par écrit à tous ses droits sur elle. Les services sociaux privilégient toujours le lien familial. Et le fait que la petite soit blanche ne va pas plaider en ma faveur. Je dois absolument recueillir le plus possible d'attestations écrites prouvant que les deux parents de Tegan veulent que je l'adopte. Ma demande sera plus difficile à rejeter.
— Pourquoi ne me l'as-tu pas expliqué plus tôt ?
— Parce que je ne voulais surtout pas contacter Nate. J'aurais pu le joindre depuis longtemps en passant par ses parents, mais je ne voulais pas.
— Tu es toujours amoureuse de lui. C'est pour ça que tu ne voulais pas renouer le contact ? Tu as peur de tes sentiments ?
— Ridicule. Je reconnais que si nous étions restés ensemble nous serions mariés depuis deux ans à l'heure actuelle, et mes sentiments pour lui n'auraient pas changé. Mais nous ne sommes pas mariés, nous

ne sommes même pas ensemble, alors mes sentiments sont complètement différents.

Luke examina mon visage, l'incertitude vacillant dans ses yeux, puis il détourna son regard. Il serrait et desserrait alternativement les dents, faisant tressauter les muscles de sa mâchoire. Je savais qu'à cet instant il était jaloux, effrayé. Il se sentait perdu, hors jeu. J'éprouvais la même chose quand il ouvrait son portefeuille pour prendre de l'argent et que je voyais la photo de Nicole, sa splendide fiancée, qui me regardait en souriant, me rappelant qu'il avait toujours des sentiments pour une autre femme. Nous passions presque tout notre temps ensemble et nous nous entendions génialement au lit, mais Nicole représentait le plan A, et moi le plan B. Et puis, quelques semaines plus tôt, je ne sais pas à quel moment au juste, Nicole avait disparu de son portefeuille. Et son spectre avait cessé de flotter au-dessus de notre relation. J'avais pu me détendre et me concentrer sur ma relation avec Luke, le laisser pénétrer mon cœur – et moi le sien. Aujourd'hui, il était dans la même situation, avec un énorme désavantage par rapport à moi : je m'étais battue contre une photo et des souvenirs, alors que Luke avait affaire à quelqu'un de bien réel.

— Cela ne change rien entre nous, déclarai-je dans une tentative désespérée pour le rassurer. Je... je t'aime.

C'était faux. Bien sûr, c'était faux. J'avais des sentiments pour lui, mais il était encore trop tôt pour parler d'amour. J'avais appris ce qu'était l'amour avec Nate, et cela n'avait rien à voir avec ce que j'éprouvais pour Luke, ce... ce doute permanent. Avec Luke, c'était l'incertitude au quotidien. Allions-nous rester ensemble ? Et Nicole ? Que se serait-il passé s'il n'y avait pas eu Tegan ? Oh, nous ne nous faisions d'illusions ni l'un ni l'autre : Tegan était notre Cupidon. Sans elle, nous serions toujours en train de nous tirer dans les jambes, mettant tout le monde mal à l'aise dans notre entourage professionnel avec notre animosité réciproque. Et si Luke n'avait pas réfléchi sur le type de femme qu'il aimait, il ne m'aurait jamais embrassée. Je n'étais pas certaine de l'ordre dans lequel les faits s'étaient enchaînés : avait-il d'abord changé de type ou avait-il changé de type parce que je lui plaisais ? Je n'avais jamais eu le courage de lui poser la question.

S'il fallait résumer la situation, j'éprouvais une immense tendresse pour Luke, mais quand je le regardais, je ne pensais pas *innamorato*, je ne souhaitais pas me donner à lui corps et âme. De toute façon, nous étions ensemble et peu importait la façon dont nous étions parvenus à ce résultat. Il faisait partie de ma vie. Une vie que je pourrais réussir à aimer. Comme je pourrais l'aimer, lui, un jour. Mais, pour l'instant, ce n'était pas le cas. Il fallait que je le lui dise, néanmoins. « Petit sacrifice, grands effets », comme disait souvent Adèle.

— Tu le sais, n'est-ce pas ? répétai-je en regardant son visage muet et ses yeux sceptiques. Je t'aime.

— C'est bon à savoir, déclara-t-il, soudain détendu.

Il se pencha, m'embrassa sur les lèvres et sur le front, puis il me serra dans ses bras et se rassit dans le canapé.

Il était possible de répondre un tas de choses quand quelqu'un vous disait qu'il vous aimait, mais « C'est bon à savoir » ne faisait sûrement pas partie de la liste.

Un frisson désagréable me parcourut. Je m'étais peut-être trompée : peut-être étais-je toujours le plan B.

28

— J'aime bien ta robe orange, commenta Tegan tout en sautant sur mon lit comme sur un trampoline.

À la voir bondir ainsi, on aurait pu croire que les ressorts étaient dans ses jambes et non dans le matelas.

— Merci, répondis-je.

J'étais assise au bord du lit. Le trac tournoyait à l'intérieur de mon estomac comme dans le tambour d'une machine à laver en mode essorage. Et, de temps à autre, mes mains se mettaient à trembler.

— Tu es très jolie, décida Tegan, et elle battit des bras comme un oiseau tout en continuant à sauter.

— C'est bon, Ti, ça suffit, dit Luke.

Il se dirigea vers elle, l'attrapa au vol et la fit basculer sous un de ses bras.

— Laissc Ryn se préparer tranquillement.

— Ça ne me gêne pas, lui dis-je.

Nos yeux se rencontrèrent, puis se détournèrent aussitôt comme sous l'effet d'une brûlure. Nous avions eu du mal à nous regarder dans les yeux ces derniers jours – même au lit, nous évitions de nous fixer trop longtemps de peur de trahir nos vrais sentiments. Lui : sa peur ; moi : mon incertitude.

— Tu vas où ? me demanda Tegan, en gigotant joyeusement sous le bras de Luke.

— Je te l'ai déjà dit.

— Dis-le-moi encore.

Elle fit basculer sa tête en arrière jusqu'à ce que je ne puisse plus voir que la peau douce et blanche de son cou.

— S'il te plaît, dis-le encore.

— Je vais dîner avec le monsieur que tu as vu chez John Lewis, répondis-je, consciente que chaque mot lacérait l'amour-propre de Luke.

Tegan se redressa. Ses joues étaient toutes roses.

— Vous allez parler de ma maman ? demanda-t-elle.

— Un peu.

— Tu me répéteras tout ce qu'il a dit ?

Sûrement pas tout, non. Je ne pourrais pas lui parler des raisons qui avaient pu pousser mon fiancé et ma meilleure amie à coucher ensemble, ni lui révéler qu'il était son père, ni lui raconter comment il avait réagi à l'annonce de cette nouvelle.

— Ryn te racontera ce qui pourra t'intéresser, répondit Luke pour moi. Compris ?

— Oui.

Je le foudroyai des yeux. Depuis quand se faisait-il mon porte-parole ? Il ignora mon regard noir et demanda :

— Tu veux que je te conduise en voiture ?

— Non, répondis-je en secouant la tête.

— Je n'entrerai pas. Je te déposerai devant l'entrée.

— Je préfère prendre le train.

En ce qui me concernait, le sujet était clos.

— Où t'emmène-t-il, déjà ?

— Je te l'ai dit, nous avons rendez-vous chez D'Vine. Tu sais : le restaurant où nous avons failli dîner ensemble, le jour où je suis partie avant les hors-d'œuvre.

Luke ne l'avait pas dit ouvertement mais depuis deux jours, c'est-à-dire depuis que j'avais pris contact avec Nate pour lui fixer un rendez-vous, il était persuadé que je cherchais à retrouver mon ancien amour. Il avait peur que je ne parte là-bas en tant que petite amie de Luke, et que je revienne en fiancée de Nate. C'était pour cette raison qu'il voulait m'emmener en voiture, il pensait que les trente minutes de trajet lui offriraient l'occasion de se rappeler à mon bon souvenir, de me remémorer sa relation privilégiée avec Tegan et me montrer ce que je perdrais si je me rabibochais avec Nate. Sa question était aussi un test destiné à vérifier si je considérais cette soirée comme un rendez-vous amoureux. Ce n'était pas le cas. J'avais pour tout maquillage un peu de mascara ; quant à ma robe longue en soie orange et rouge, elle m'avait été offerte par Luke en remplacement de celle qui avait été saccagée par le bol d'eau sale le jour de mon entrevue avec l'assistante sociale. J'avais choisi cette robe parce que Luke me l'avait offerte justement, non pas parce qu'elle me flattait – ce n'était pas particulièrement le cas. Je voulais ainsi lui montrer qu'il serait constamment présent à mon esprit. Je portais des chaussures à talons non pas pour jouer les coquettes, mais parce que cette robe aurait été ridicule avec des baskets. Je ne pouvais pas déployer davantage d'efforts pour le rassurer – à part annuler la soirée. Mais c'était hors de question, car je devais parler avec Nate.

— Bon, je ferais bien de me mettre en route.

Je me levai et pris Tegan des bras de Luke. Ses petites jambes se refermèrent autour de ma taille comme un étau. Elle avait pris son bain et passé son pyjama : elle sentait le propre et le bain moussant, et ses cheveux fleuraient bon le shampooing. Je la portai jusque dans le couloir.

— Sois sage et évite de faire tourner Luke en bourrique. Et puis, non. À la réflexion : mène-lui une vie d'enfer !

Nous nous esclaffâmes comme deux conspiratrices puis je la posai à terre, près de l'entrée de la cuisine.

— Sérieusement, je compte sur toi pour être au lit à l'heure… et pour t'assurer que Luke se lave bien les dents avant d'aller se coucher.

J'enfilai mon long manteau noir, puis je me penchai et serrai Tegan contre moi. Elle jeta ses bras autour de mon cou et déposa une pluie de baisers sur mon visage.

— Tu sens comme des fleurs, dit-elle avant de me relâcher.

— Et toi, tu sens le gâteau au chocolat et je meurs d'envie de te chatouiller !

Ce que je fis en riant. C'était notre petit truc à toutes les deux. Un signe de complicité qui signifiait que nous formions une équipe soudée. « La fine équipe ! » Elle avait des tas de moments comme celui-là avec sa mère naguère, et maintenant, nous avions celui-là, elle et moi. C'était un petit rien, mais il constituait un pas de géant dans l'édification de notre propre relation mère-fille.

Tegan m'échappa en se tortillant, courut vers Luke et lui entoura les jambes de ses bras. Je me redressai.

— Merci de garder Tegan, Luke. J'apprécie vraiment ton geste.

— Ouais… Amuse-toi bien, lâcha-t-il abruptement au moment où j'ouvrais la porte.

Je ne sors pas m'amuser ! J'aurais voulu pouvoir lui hurler ces mots. Ma résistance à ses sous-entendus silencieux était en passe d'atteindre ses limites. Encore une insinuation comme celle-là et je coucherais avec Nate, rien que pour confirmer ses soupçons !

— Amuse-toi bien, répéta Tegan en écho.

— Merci.

Je sortis sur le palier.

— Bye.

— Ti, va mettre un DVD, je dis au revoir à Ryn.

La petite fille obéit et Luke sortit avec moi sur le palier. La lumière s'éteignit mais nous ne fîmes rien pour la rallumer. J'attendis, mais il continua à me regarder sans un mot.

— À tout à l'heure, déclarai-je finalement, et je me détournai.

— Ryn…

Il me saisit par le bras, me fit pivoter vers lui. Dans le silence qui suivit, il pressa un baiser tendre sur mes lèvres.

— Je t'aime, murmura-t-il en reculant.

Il ne me l'avait jamais dit. Pas depuis que je le lui avais dit, moi. En fait, je n'espérais plus entendre ces mots. La réponse qu'il m'avait faite (« C'est bon à savoir ») m'avait paru suffisamment claire : il ne m'aimait pas, et je devrais m'y habituer. Mais il venait de bouleverser toutes mes certitudes. Et il venait aussi de tout gâcher, car, quoi qu'il arrive à présent, je me demanderais toujours s'il le pensait sincèrement ou s'il me l'avait dit seulement de peur que je ne couche avec un autre. M'aimait-il ou voulait-il simplement me contrôler ?

Luke attendait ma réponse, immobile et silencieux, et je savais que je devais prononcer moi aussi les trois petits mots rituels. Je devais lui confirmer que je l'aimais.

J'ouvris la bouche et je répondis :

— C'est bon à savoir.

Ma réponse était une façon de lui signifier que, quels que soient nos sentiments l'un pour l'autre, il n'était pas le seul à pouvoir se montrer cruel en refusant de témoigner son affection.

Il recula, à la fois surpris et blessé, ses doigts libérèrent mon bras, et je partis sans me retourner.

29

Un cauchemar ! C'est ainsi que je vécus les événements qui suivirent mon départ de l'appartement d'Adèle après son aveu accidentel.

Je m'étais retrouvée dans la rue, hébétée, incapable de décider ce que j'allais faire, où aller. Je me souviens d'être rentrée chez nous, soulagée de savoir Nate dehors, en train de boire un verre avec ses anciens colocataires. Je me rappelle vaguement avoir décidé de partir à Leeds parce que je devais m'y rendre de toute façon deux jours plus tard et pour quatre semaines afin de monter le projet *Living Angeles*.

Je ne garde aucun souvenir d'avoir fait ma valise, mais ce fut pourtant le cas parce que j'emportai des vêtements avec moi. En fait, la seule chose dont je me souvienne parfaitement, c'est le message que je griffonnai à l'encre bleue sur le bloc du téléphone et que je laissai au milieu de la table de la cuisine :

Je sais ce que tu as fait.

Phrase laconique qui expliquerait tout : pourquoi je partais et pourquoi je ne reviendrais pas.

Je sais qu'un taxi m'emmena à la gare routière de Victoria, mais je ne garde aucun souvenir des deux cent cinquante kilomètres menant à Leeds, ni de comment j'avais obtenu que l'employé de l'Holiday Inn me remette mes clés avec deux jours d'avance sur la date prévue.

Quand je repris contact avec la réalité, j'étais allongée tout habillée sur le lit de ma chambre d'hôtel, regardant sans la voir la télévision. Le téléphone avait sonné pendant plusieurs minutes avant que je comprenne d'où venait le bruit et que je tende la main vers le combiné.

— Un certain M. Turner souhaite vous voir, madame, m'informa le réceptionniste.

J'étais arrivée en pleine nuit, mais à présent il faisait grand jour dehors. Un coup d'œil à ma montre m'apprit que c'était le début de l'après-midi. Je n'avais aucune idée de ce qui s'était passé pendant les quinze dernières heures. Le monde avait continué de tourner sans que je m'en aperçoive.

Je faillis rétorquer « Je ne veux pas le voir », puis je me ravisai. Têtu comme il était, Nate camperait dans le hall jusqu'à ce que j'accepte de lui parler. Je ne pouvais pas me terrer dans ma chambre jusqu'à la fin des temps, et il ne bougerait pas tant que je ne serais pas descendue.

— J'arrive, marmonnai-je.

Lorsque je jetai un coup d'œil dans le miroir de la salle de bains, je fus choquée par le reflet de la femme qui me regardait. Ses yeux étaient rougis, son teint brouillé par le manque de sommeil, elle avait les cheveux en bataille et son visage était bouffi. Elle avait l'air… dévastée. Je me donnai un coup de peigne avant de regagner la chambre, puis j'ouvris ma valise qui traînait près du lit. Je choisis un pull rouge, et enfilai un cardigan noir par-dessus afin d'ajouter une carapace supplémentaire.

Nate se leva quand je le rejoignis dans le hall. Des cernes creusaient ses yeux, ses cheveux étaient emmêlés et une barbe naissante ombrait son menton. Il avait l'air si fragile qu'un seul mot dur aurait pu le briser.

— J'ai contacté tous les hôtels de Leeds pour te retrouver, expliqua-t-il.

— Allons au bar, déclarai-je d'une voix calme et contrôlée.

Nous nous installâmes l'un en face de l'autre au fond du petit bar. L'éclairage était tamisé et l'air saturé par l'odeur d'un million de cigarettes.

— Reviens à la maison, dit Nate à la seconde où nous nous assîmes. Reviens et on discutera, on cherchera une solution...

— Il n'y a rien à discuter. Je sais ce qui s'est passé entre toi et... et...

Ma voix s'effilocha. C'était trop horrible pour que je parvienne à mettre des mots sur les images qui défilaient dans ma tête.

— Kam, ce n'est pas ce que tu penses, dit-il.

— Ce que je pense ?

— Ce n'était pas... C'est arrivé une fois. Une seule fois.

— Ce n'est pas à ça que je pensais, Nathaniel, crachai-je. Ce à quoi je pensais, c'est que tu m'as trompée et que tout est fini.

— Reviens à la maison et nous en discuterons posément.

— Je ne veux pas discuter avec toi. Tu n'es pas celui que je croyais. Et l'endroit dont tu parles n'est pas ma maison. Plus maintenant.

Il voulut me prendre la main, mais je la retirai d'un mouvement brusque. Avant, j'adorais quand il me prenait la main, quand ses grands doigts engloutissaient les miens et que son pouce me caressait la paume. Nate avait le pouvoir de m'émouvoir de mille et une façons différentes, de me donner confiance en moi, de m'apaiser. Mais c'était fini.

— Ça ne peut pas se terminer comme ça, m'implora-t-il. Nous vivons ensemble depuis six ans, nous allons nous marier dans deux mois. Non, ça ne peut pas s'arrêter ainsi. Il faut que nous parlions.

— Allons-y, parlons. Est-ce qu'elle était meilleure que moi au lit ? Plus sexy ? Plus inventive ? Plus...

— Arrête. Ça ne s'est pas passé comme ça.

— De quoi d'autre pourrions-nous parler ?

— Kam, je t'aime. Je veux que tu reviennes. Je ferai n'importe quoi pour que tu me pardonnes. N'importe quoi, tu entends ?

— Tu jures ?

— Oui.

— Alors va-t'en et laisse-moi tranquille.

Je me levai. J'avais la tête qui me tournait, les oreilles qui bourdonnaient.

— Je ne veux plus jamais te revoir.

Nate ferma les yeux comme s'il ne parvenait pas à croire qu'il ait pu tomber dans mon piège.

— Je passerai récupérer mes affaires. Je ne sais pas encore quand, mais bientôt. Je te laisserai les meubles et tout ce que nous avons acheté ensemble. Je prendrai juste mes livres, mes CD et mes DVD, le reste de mes vêtements. Tout ce que j'avais apporté avec moi. Et je veux la moitié de l'argent de l'appartement pour pouvoir m'installer quelque part. Nos avocats s'occuperont des modalités de façon que tout se fasse à distance. Plus vite ce sera réglé, plus vite nous pourrons tourner la page. Et, s'il te plaît, si tu as jamais éprouvé des sentiments pour moi, la seule chose que je te demande, c'est de ne pas raconter à mes parents la raison de l'annulation du mariage. Je vais leur téléphoner pour les prévenir, mais ne leur dis pas que c'est parce que... S'il te plaît. J'en mourrais si quelqu'un d'autre l'apprenait. Raconte-leur n'importe quoi, mais pas ça. Et... et... je crois que c'est tout. Adieu, Nate.

Il se leva.

— Ce n'est pas possible. Écoute, retardons le mariage de quelques mois, le temps de faire le point, d'y voir plus clair. Ça ne peut pas être la fin.

— Si. Et tu le sais. C'est pour ça que tu ne m'as jamais rien dit. Tu savais que tout serait terminé si j'apprenais ce que tu avais fait parce que je ne pourrais jamais...

Mon visage se crispa. Je ne voulais pas pleurer devant lui. Je secouai la tête et tentai de me ressaisir. Alors que j'essuyais mes joues, le scintillement de ma bague de fiançailles en platine et rubis capta mon regard. Nate l'avait dessinée lui-même. C'était un large anneau avec une pierre hexagonale au centre. Malgré la tradition qui voulait qu'une bague de fiançailles soit sertie d'un diamant, il avait choisi un rubis parce que le rouge était ma couleur préférée. Cette bague faisait tellement partie de moi que j'avais oublié que je la portais. Je l'arrachai de mon doigt et la posai sur la table en verre.

— Adieu, Nate.

Il s'effondra sur sa chaise pendant que je m'éloignais. Je le revis trois mois plus tard, quand je retournai à Londres pour récupérer mes affaires. Il me regarda faire mes bagages sans dire un mot. Et quand les déménageurs arrivèrent un peu plus tard pour emporter mes cartons, il resta coi. Il prononça seulement trois mots au moment où je franchissais le seuil de l'appartement :

— Ne pars pas.

Je m'arrêtai puis je me retournai pour le regarder parce que je savais que c'était la dernière fois. Et je partis.

Il avait fait ce que je lui avais demandé et n'avait pas cherché à me revoir. C'était ce que je voulais. J'avais besoin qu'ils me laissent tranquille, Adèle et lui, pour que je puisse reconstruire ma vie sans eux. Elle avait essayé de me contacter, mais je n'avais pas compris pourquoi avant d'aller la voir à l'hôpital. Ce soir, j'allais dîner avec Nate. Et j'étais terrifiée.

30

Nate se leva en me voyant traverser la salle du restaurant pour le rejoindre. Mon cœur cognait dans ma poitrine et tambourinait dans mes oreilles. J'avais la gorge nouée.

Ses yeux bleu marine croisèrent les miens et les coins de sa bouche se relevèrent légèrement dans un sourire crispé.

— Bonsoir.

Il contourna la table, posa la main sur ma taille et m'embrassa sur la joue.

— Bonsoir, répondis-je.

Nous avions passé six ans à faire l'amour de mille et une façons, et maintenant le seul contact qui nous était autorisé était un baiser de convenance. Il y avait là quelque chose d'incongru.

Une fois installés, nous nous lançâmes des regards furtifs dans un silence embarrassé. Il était magnifique. Trente-cinq ans et pas le moindre signe de relâchement sur son visage ferme et énergique. Ses cheveux bruns paraissaient presque noirs à cause du gel qui les lissait.

Le serveur nous apporta les menus, versa de l'eau dans nos verres, nous décrivit les plats du jour et nous commandâmes aussitôt. Nate et moi étions des champions de rapidité dans ce domaine : nous prenions nos décisions en quelques secondes, et nous nous y tenions. Le serveur nota tout sur son carnet, puis s'éloigna, nous laissant en tête à tête.

— On dirait un premier rendez-vous, déclara Nate avec un petit rire en levant les yeux pour rencontrer les miens.

— Sauf que nous n'avons jamais vraiment eu de premier rendez-vous.

— On a bu du café ! protesta Nate.

— Et ça s'est terminé chez toi.

— Oui, j'avais l'impression de vivre un rêve, avoua-t-il. Quand tu t'es invitée chez moi, j'ai cru que j'allais défaillir de bonheur.

Déjà à ce moment-là, Nate était convaincu que nous étions faits l'un pour l'autre. Selon lui, c'était le destin qui nous avait réunis. Il m'avait raconté un jour qu'à l'origine il ne voulait pas se rendre à la soirée où nous nous étions rencontrés. Des amis l'avaient persuadé de venir quand même et, à l'instant où il m'avait vue, il avait été convaincu que j'étais la femme de sa vie. Celle qu'il allait épouser.

— J'étais stupéfait que tu veuilles bien de moi, poursuivit-il, et la seule idée que tu acceptes que je te touche...

— Désolée, Nate, mais ça n'avait rien d'aussi romantique. En réalité, je poursuivais un autre but.

— Comment ça ?

— Je voulais te détourner de moi.

— Quoi ?

Il recula, à la fois stupéfait et peiné.

— En te proposant carrément de coucher avec moi, j'espérais que tu me prendrais pour une fille facile et que tu ne voudrais plus jamais me voir.

— Oh !

Nate baissa les yeux sur la nappe blanche et but une gorgée d'eau, réfléchissant à ce qu'il allait dire. *J'aurais mieux fait de me taire*, songeai-je. C'était cruel et inutile. J'avais détruit sciemment ce qui était apparemment pour lui un bon souvenir. J'allais ajouter que j'avais agi ainsi sous l'effet de la panique, parce qu'il me plaisait trop, mais ses yeux plongèrent soudain au fond des miens, me réduisant au silence.

— Rien n'aurait pu me détourner de toi, dit-il. J'étais déjà éperdument amoureux.

Ce fut à mon tour de fixer la nappe. C'était tout Nate, cette façon de répondre à mes coups de griffes avec une gentillesse désarmante. Et je me sentais horriblement mal. En six ans de vie commune, nous avions eu trois disputes graves et, chaque fois, il en avait été l'initiateur. Et ce pour la simple raison que, contrairement à lui, j'étais incapable de garder mon sang-froid et de me raisonner s'il me faisait une réflexion désagréable. Je lui répondais sur le même ton et la situation dégénérait immanquablement.

— Pourquoi cette gêne, jeune dame ? plaisanta-t-il. C'est la vérité. Tu le sais bien.

Le serveur s'approcha avec nos entrées et posa de grandes assiettes blanches devant nous. J'avais commandé des lanières de saumon fumé sur un lit de roquette, et Nate une soupe froide de courgettes saupoudrée d'amandes grillées. Nous n'ébauchâmes pas un geste pour commencer à manger malgré le départ du serveur. Nate attendait que je réagisse à la réponse sincère et paisible qu'il avait apportée à ma révélation pleine de cruauté.

— Ce qui s'est passé chez toi ce jour-là m'a prise au dépourvu, avouai-je en me concentrant sur la façon dont la roquette tenait délicatement les morceaux de poisson entre ses feuilles dentelées. En fait, j'ai été complètement chamboulée.

Je m'obligeai à le regarder.

— En te quittant, ce soir-là, je savais que je te reverrais très vite parce que personne ne m'avait jamais bouleversée de cette façon. Et depuis toi..., je n'ai plus jamais couché avec qui que ce soit d'autre.

— Je pensais…

— Oui, je sais : je t'ai raconté qu'il y avait deux autres prétendants sur les rangs, mais ce n'était pas vrai. Après cette fameuse fois, il n'y a plus jamais eu que toi. Je n'aurais pas pu envisager d'aller avec quelqu'un d'autre.

Un sourire étonné s'accrocha au visage de Nate et il saisit sa cuillère pour commencer à manger. Je jouais avec les lanières de saumon du bout de ma fourchette, sans rien porter à ma bouche. Avaler quoi que ce soit pendant que mon estomac entamait un cycle d'essorage n'était pas envisageable. Je regardai la cuillère remplie d'un délicat potage vert disparaître dans la bouche de Nate.

Je me rappelai mes larmes le jour où nous avions décidé de nous marier. J'avais pleuré parce que je découvrais enfin à quoi ressemblait un amour inconditionnel. Je savais depuis longtemps déjà que j'aimais Nate à la folie mais, au moment où il avait accepté ma proposition, j'avais pris conscience de ce que cela signifiait. Je n'étais pas… incomplète, imparfaite, différente… j'étais comme les autres, capable de ressentir des émotions, de m'attacher passionnément à un homme. Et mon cœur avait eu la chance d'être capturé par le seul sur terre que je pouvais aimer. Et que j'aimerais toujours.

Nate leva les yeux de sa cuillère, me surprit en train de l'observer et me sourit, faisant se plisser les petites rides autour de ses yeux, comme le jour de notre premier rendez-vous. Je lui rendis son sourire et la tension entre nous s'évapora comme par enchantement. Nous étions heureux, décontractés et complices, comme autrefois.

31

Nous ne cessâmes de parler tout au long de cette soirée, mais uniquement de futilités. Je sais que c'était des futilités parce que, quand le serveur nous apporta l'addition puis nos manteaux (nous n'avions rien demandé du tout, mais l'heure de la fermeture était passée depuis longtemps et il voulait simplement rentrer chez lui), nous n'avions rien appris l'un sur l'autre : Nate ne savait rien à propos de Tegan, ni que je l'avais vu aux obsèques, ni que mon petit ami s'appelait Luke. De mon côté, j'ignorais comment il avait appris la mort d'Adèle, s'il fréquentait quelqu'un et pour quelle raison il avait couché avec ma meilleure amie.

— Je te raccompagne chez toi à pied ? demanda Nate alors que les lumières du restaurant s'éteignaient et que les dernières chaises étaient placées sur les tables.

— Tu ne peux pas me raccompagner jusqu'à Horsforth, c'est à des kilomètres. Et comment rentrerais-tu à Tadcaster ?

— Peu importe, éluda-t-il avec un geste de la main. Il est trop tard pour prendre un verre ailleurs que dans une boîte et on ne peut pas discuter dans ces endroits. Mais on peut bavarder en marchant.

— Alors, je te propose un compromis : on marche jusqu'à ce qu'on soit fatigués, et ensuite on prend un taxi.

Nous sortîmes dans la nuit noire, éclairée de loin en loin par des lampadaires au néon. Je respirai profondément, tonifiée par l'air glacé. Nous longeâmes la rue déserte, puis nous traversâmes au carrefour. Il était minuit passé, et je n'avais même pas essayé d'aborder le sujet pour lequel j'avais demandé à Nate que nous nous rencontrions. Tandis que nous continuions à progresser dans la rue en direction de Hyde Park, je l'observai du coin de l'œil. Ses yeux regardaient dans le vague, ses mains étaient enfoncées dans les poches de son manteau.

— Je sens ton regard sur moi.

Il s'arrêta de marcher et se tourna vers moi. Je m'arrêtai aussi.

— Tu faisais souvent ça, surtout quand tu pensais que je dormais, reprit-il.

— Tu le savais ?

Il fit un petit signe de tête, un sourire aux lèvres.

— Pourquoi ne me l'as-tu jamais dit ?

— Parce que j'aimais ça. Pourquoi aurais-je mis fin à quelque chose qui me plaisait ?

Nate se rapprocha et sortit les mains de ses poches. Son souffle forma un nuage de vapeur blanche qui se dispersa dans la nuit.

Je m'attendais qu'il prenne mon visage dans ses mains, mais au lieu de ça, il dégagea mon col coincé à l'intérieur de mon manteau. Il en aplatit les larges pointes, sans cesser de me regarder dans les yeux. J'étais paralysée, hypnotisée. Il lâcha un bref éclat de rire et son sourire s'élargit. Je retrouvais l'homme avec lequel j'avais vécu six ans.

— Regarde-toi.

Ses mains glissèrent le long de mon col et suivirent lentement le tissu jusqu'au premier bouton de mon manteau.

— Tu as tout faux.

Je baissai les yeux. Dans ma hâte de quitter le restaurant, j'avais boutonné mon manteau en dépit du bon sens. Je levai à nouveau les yeux vers lui.

— Oh, fis-je avec un petit rire qui mourut à peine formé.

Sans me quitter du regard, Nate défit doucement le premier bouton, puis ses doigts continuèrent jusqu'au deuxième bouton, qu'il défit également. Et ainsi de suite, jusqu'au dernier. Une fois mon manteau entièrement déboutonné, il le reboutonna lentement.

— Merci, murmurai-je, le souffle court (à cause du froid, bien entendu, et non pas à cause du désir. Ni de l'envie qu'il m'embrasse).

— À ton service.

Il s'approcha davantage. Maintenant, je percevais le parfum de son eau de toilette, les mouvements de son torse. Il ajusta mon col, le lissa, mais ne laissa pas retomber ses bras. Il inclina la tête vers moi.

— Kam, chuchota-t-il tandis que ses lèvres touchaient les miennes.

— Ryn, rectifiai-je machinalement en m'écartant.

Nate recula lui aussi, ses yeux bleu marine sondant les miens.

— Tu ne vas pas exiger que je t'appelle par ton prénom entier, si ?

— Non, c'est juste que plus personne ne m'appelle Kam. Je suis Ryn, maintenant.

— Je ne vais sûrement pas t'appeler comme lui.

— Ça n'a rien à voir avec lui.

Les lèvres de Nate effleurèrent les miennes et, l'espace d'une seconde, je fus à deux doigts de succomber, de laisser les choses se faire, de l'embrasser. Mais je m'écartai.

— Nate, il faut que je te dise quelque chose.

— Après, répondit-il en inclinant son visage pour prolonger le baiser.

— Non.

Je tournai la tête et ses lèvres touchèrent mon menton.

— Il faut que je te dise quelque chose, répétai-je.

Nate me lâcha et se frotta plusieurs fois le visage d'une main. C'était chez lui un geste de nervosité et d'anxiété. Finalement, il concentra à nouveau son attention sur moi.

— Ne me dis pas que tu vas l'épouser, dit-il en serrant les poings. Je ne supporterai pas d'entendre que tu vas l'épouser.

— Ça ne concerne pas Luke.

Il se raidit en entendant le prénom de mon amant.

— Alors, je t'écoute, murmura-t-il en se préparant visiblement au pire.

— Je… je ne sais pas comment te l'annoncer… Je crois que nous devrions nous asseoir.

— Entendu. Allons jusqu'au parc.

Nous marchâmes en silence jusqu'à Hyde Park, puis nous nous assîmes sur un banc, non loin de l'entrée. Le vent tourbillonnait autour de nous, cinglant nos visages. Je me tournai légèrement vers Nate.

— C'est au sujet de Tegan, commençai-je.

Il pivota vers moi, les sourcils froncés.

— La fille d'Adèle ?

Je hochai la tête, puis marquai un temps, dans l'espoir qu'il comprendrait immédiatement où je voulais en venir. Nate était un garçon intelligent. Quelle raison aurais-je de lui parler de Tegan, s'il n'était pas son père ?

Son regard s'éclaira subitement et son froncement de sourcils s'effaça.

— Bon sang. Quel idiot je suis !

Il se frappa le front.

— C'était elle, n'est-ce pas ? La jolie petite fille blonde, l'autre jour, c'était Tegan ? Je ne l'ai même pas reconnue. J'étais tellement…

Il secoua la tête.

— J'étais sous le choc de te revoir, complètement à côté de la plaque. C'était elle, bien sûr. Elle a tellement grandi... Comment a-t-elle réagi quand... enfin, avec tout ce qui s'est passé ?

Sa question me surprit. Nate n'avait jamais manifesté un grand intérêt pour Tegan, autrefois. Il lui arrivait de la garder de temps à autre avec moi et il lui lisait parfois une histoire pour l'endormir, mais ils n'avaient jamais eu grand-chose en commun, elle et lui.

— Ça va. Il y a des hauts et des bas, bien sûr. On m'a conseillé de l'emmener consulter un psy.

— On *t'a* conseillé ?

— Oui, Tegan vit avec moi, désormais. Je suis sa tutrice légale.

— Toi ?

Nate semblait frappé de stupeur.

Son incrédulité me vexa.

— Oui, moi. Pourquoi, cela te pose un problème ?

Il mit une main sur mon bras d'un geste apaisant.

— Pas du tout. Seulement nous étions déterminés tous les deux à ne pas avoir d'enfants, et te voilà tutrice légale. Je suis surpris, c'est tout.

— Je n'ai pas eu le choix, il n'y avait personne d'autre. Et puis, je suis sa marraine. Je ne pouvais pas fuir mes responsabilités. Elle a toujours été précieuse à mes yeux, je ne pouvais pas l'abandonner, quelles qu'en soient les conséquences sur ma vie.

— Tu vaux mieux que moi. C'est ça que tu voulais me dire ?

— Non. Je voulais te parler du père de Tegan.

Il haussa les sourcils sous l'effet de la surprise.

— Son père ? Tu as découvert qui c'est ?

Je hochai la tête.

— Oh. Et il veut interférer dans la vie de Tegan ?

— Je l'ignore. Je ne lui ai encore rien dit. Je n'arrive pas à trouver les mots. J'ai peur de sa réaction.

— J'imagine qu'il ne va pas le prendre très bien, murmura pensivement Nate. Tu veux que j'aille le voir avec toi ? C'est ça que tu voulais me demander ? Aucun problème. C'est le moins que je puisse faire. Pour toi et pour… pour Adèle.

— Bon sang, Nathaniel, depuis quand es-tu aussi long à la détente ? m'exclamai-je sèchement.

— Je ne comprends pas.

— Je parle de toi, Nate. C'est toi le père de Tegan.

32

Le visage de Tegan frémissait dans son sommeil. Ses lèvres étaient entrouvertes, ses cheveux cachés sous le foulard en soie rose. J'aimais ces moments où je pouvais la contempler tout à loisir, admirer combien elle était belle et sereine. Parfois, quand je me levais au milieu de la nuit pour aller aux toilettes, je me glissais dans sa chambre pour la voir dormir, regarder ses longs cils palpiter sur sa joue, écouter son souffle paisible.

Je me détournai, une boule dans la gorge. Éveillée, Tegan était tout le portrait d'Adèle. Mais endormie, elle ressemblait terriblement à son père.

Il était quatre heures du matin. J'étais rentrée quelques minutes plus tôt et je m'étais aussitôt rendue au chevet de Tegan pour m'assurer qu'elle allait bien. Je reniflai, mais ce n'était pas seulement dû au froid qui régnait dehors. J'étais secouée par les émotions qui bouillonnaient en moi comme une rivière en crue, menaçant de rompre toutes les digues dans un torrent de larmes.

Je cherchai un mouchoir dans ma poche et mes doigts s'entortillèrent dans mon collant que j'avais fourré là en hâte avant de monter dans un taxi, en bas de l'appartement de Nate. Mes yeux se remplirent de larmes tandis que je repensais à son sourire courageux quand il m'avait embrassée pour me dire au revoir.

Comment vais-je expliquer tout ça à Luke ?

Nate se figea à la seconde où il saisit le sens de ce que je venais de dire : « C'est toi le père de Tegan. » Ses yeux bleus restèrent rivés aux miens comme s'il attendait que je me rétracte. Aucune vapeur ne s'échappait de sa bouche ni de son nez : il ne respirait plus. Puis, brusquement, son torse se gonfla et il aspira plusieurs goulées d'air, comme un homme qui, jeté tout habillé dans le vaste océan de la paternité, remonte brusquement à la surface.

— Que... Quoi ? bredouilla-t-il.

— Nate...

Je voulus lui prendre la main, mais il recula.

— Qu'est-ce que tu dis ? Qu'est-ce que tu racontes ?

— Nate, c'est la vérité. Tu es son père.

Il se leva, passa ses mains dans ses cheveux, puis se rassit. Il frotta ses joues blêmes avec ses paumes, puis ses yeux.

— Pas d'enfants, articula-t-il. C'est un point sur lequel nous avons toujours été d'accord. Pas d'enfants. Et maintenant, tu me dis quoi ? Que j'ai une fille ?

Je fis oui de la tête.

— Je ne te crois pas. Tu te trompes.

Je secouai la tête.

— Il s'agit forcément d'une erreur. Je ne peux pas être son père. Ce n'est pas possible.

— Tu as utilisé un préservatif le jour où tu as couché avec Adèle ?

Nate grimaça, ferma les yeux et baissa la tête d'un air honteux.

— Tu vois bien que c'est possible, repris-je d'une voix sèche et glacée.

— Mais elle nous a toujours dit que c'était un homme marié qu'elle avait rencontré à son travail.

Une liaison d'une nuit avec un homme qui était incapable de l'aimer...

La voix de Nate mourut car il prenait conscience que les mots qu'elle avait employés lui correspondaient parfaitement.

— Ça ne t'a pas frappé qu'elle ait eu un bébé neuf mois après votre nuit ensemble ?

— Non. Pourquoi aurais-je fait le rapprochement ? Elle ne m'a jamais laissé entendre que...

Il frotta à nouveau ses paumes sur son visage.

— Depuis quand le sais-tu ? demanda-t-il au bout d'un moment.

Je baissai la tête, scrutant mes mains qui reposaient, froides et inertes, sur mes genoux.

— Depuis combien de temps ? répéta-t-il, plus fort.

Je me recroquevillai un peu plus sur le banc, attendant que sa colère explose.

— Bon sang ! C'est pour ça que tu es partie ! Je n'ai jamais compris pourquoi tu refusais de me parler, pourquoi tu ne voulais même pas me donner une chance de m'expliquer. Tu savais et tu n'as rien dit.

Il se leva d'un bond.

— Adèle ne voulait pas que tu saches, murmurai-je.

Il se planta devant moi.

— Adèle ne voulait pas que je sache et tu as obéi ?

— Elle est la mère de Tegan. Elle ne voulait pas risquer de perturber sa fille. Elle m'a supplié de ne pas te le dire.

— Je n'arrive pas à le croire ! hurla-t-il. Tu vivais avec moi, pas avec elle, avec moi ! tu aurais dû me le dire !

Je me dressai d'un bond moi aussi, poings serrés.

— Parce que tu m'as dit, toi, que tu avais couché avec ma meilleure amie, peut-être ? hurlai-je.

Il me foudroya du regard, puis plissa les lèvres dédaigneusement et lâcha :

— Va te faire foutre.

Et il partit. La nuit dévora avidement sa silhouette tandis qu'il s'éloignait à grandes enjambées.

Mon instinct me dicta de ne rien faire. D'abord il avait besoin de temps pour digérer la nouvelle, et ensuite je ne tolérais pas qu'on me parle de cette façon. Pas même lui. Puis la raison me revint. J'étais seule, au beau milieu de la nuit, dans un parc désert, cernée par des arbres et des buissons derrière lesquels pouvait se cacher n'importe quel psychopathe, voire une assistante sociale à l'affût de la moindre occasion de m'arracher la garde de mon enfant. Je m'élançai vers Nate.

Il ne me fallut pas longtemps pour l'apercevoir. Il remontait le sentier d'un pas rageur et déterminé.

— Nate ! S'il te plaît, attends ! S'il te plaît !

Il avait changé depuis notre séparation : il ne s'arrêta pas. D'un tempérament pondéré, Nate préférait toujours régler les conflits en discutant plutôt qu'en claquant la porte. Le dialogue était, selon lui, la meilleure façon d'éviter d'envenimer une situation. À l'évidence, il n'était plus de cet avis.

— Nate ! appelai-je de nouveau.

Était-ce mon imagination, ou… ? Oui, il accélérait le pas !

— Nate ! Attends, je…

Mon talon dérapa soudain sur une plaque de verglas, je fis un court vol plané et atterris durement sur le sol gelé.

Je restai un instant hébétée, transie de froid. Au bout de quelques instants, je repliai doucement les jambes. Des douleurs fulgurantes me traversaient la cheville gauche. Mes collants noirs étaient troués et maculés de sang au niveau de mon genou droit et une sensation de brûlure m'irradiait jusqu'à la cuisse. Les larmes me montèrent aux yeux. Je n'étais pourtant pas une pleurnicharde, mais plus rien n'était normal dans ma vie. Qu'on me cite une seule chose normale dans ma vie au cours des six derniers mois ?

C'était la conclusion parfaite d'une soirée de cauchemar : j'étais coincée dans un parc, sans aucun moyen de rentrer chez moi. Mon cavalier me haïssait et m'avait abandonnée. Et je souffrais de façon démesurée à cause d'une chute bénigne.

Je laissai le ridicule de ma situation me pénétrer pendant quelques minutes et m'autorisai un peu d'autoapitoiement avant de me rendre à l'évidence : il ne me restait plus qu'à appeler Luke pour qu'il vienne me chercher. Je ramassai mon sac à main, fouillai à l'intérieur pour trouver mon téléphone portable. Ce faisant, un dessin de Tegan tomba par terre. Il représentait une maison surplombée d'un soleil jaune et avec des fleurs rouges dans le jardin. Aux fenêtres du premier étage, deux versions allumettes de Tegan et de moi agitaient la main. Son sens du détail m'avait impressionnée : elle avait reproduit ma coiffure (plus long derrière, avec une frange qui balayait mon front) presque à la perfection. Elle s'était dessinée elle-même avec des couettes jaunes et nous portions toutes les deux des robes rouges. Tegan me l'avait donné sur le chemin de l'école en disant : « Tu pourras le coller dans ton bureau. » C'était une façon pour elle de faire partie de cette vie que je menais loin d'elle. Elle était fascinée par cette chose appelée bureau et voulait toujours tout savoir de ce que je faisais quand elle ne pouvait pas me voir. Elle me demandait souvent si j'avais eu une bonne journée à « ton bureau » quand j'allais la chercher, elle m'interrogeait sur ce que j'avais fait, à qui j'avais parlé, combien de coups de téléphone j'avais passés, combien d'e-mails j'avais envoyés. C'était un univers auquel elle essayait d'accéder par tous les moyens.

Je rangeai le dessin dans mon sac et allumai mon portable. Je pressai le bouton pour faire apparaître le numéro de mon appartement, et marquai une pause avant d'appeler. Luke viendrait me chercher, bien sûr, mais il devrait réveiller Tegan, la mettre dans la voiture, conduire jusqu'ici et...

— Est-ce que ça va ? demanda Nate en s'arrêtant devant moi.

Je fis signe que oui en baissant la tête pour lui cacher mes larmes. Je ne voulais pas qu'il sache que ma chute n'était pas la seule cause de mes pleurs. Je rangeai mon portable dans ma poche pendant qu'il m'aidait à me relever. Je clopinai jusqu'à un banc en m'appuyant sur Nate et nous restâmes assis quelques instants en silence, puis il se tourna vers moi. Saisissant doucement mes mollets, il allongea mes jambes sur ses genoux, releva le bas de ma robe et contempla mon genou entaillé et ma cheville enflée.

— Regarde-toi, murmura-t-il avec un soupir de regret.

Il sortit un mouchoir de sa poche.

— Ne t'inquiète pas, il est propre, dit-il tout en tamponnant ma blessure pour enlever les gravillons et le sang.

Nous restâmes silencieux. Je regardais le relief du parc et le faîte des arbres qui transperçaient le ciel noir comme des piques.

— Adèle était aussi mon amie, déclara-t-il calmement, sa voix empreinte de tristesse. Elle était l'une de mes amies les plus chères et elle est partie. Et personne ne me l'a dit. Je suis tombé par hasard sur son avis de décès dans un journal. Adèle tenait énormément de place dans nos vies, dans ma vie, et maintenant elle est morte.

Il cessa de me tamponner le genou.

— Pourquoi ne m'as-tu pas prévenu ?

Il me regarda jusqu'à ce que je lève les yeux vers lui.

— Tu me hais à ce point ?

— Je ne te hais pas, Nate. Je n'y ai simplement pas pensé. Les jours qui ont suivi son départ ont été très pénibles et un tas de choses m'ont échappé, notamment te prévenir. C'est arrivé si brutalement. Je savais qu'elle était en phase terminale, mais je ne pensais pas qu'elle allait mourir. Elle me l'avait dit, mais je n'y croyais pas vraiment. Et, d'une certaine façon, je n'y crois toujours pas.

La voix de Nate résonna dans l'ombre :

— La dernière chose que je lui ai dite, c'était qu'elle avait détruit ma vie et que je la haïrais aussi longtemps qu'elle vivrait.

Il ferma les yeux.

— Quand tu m'as quitté, je lui ai téléphoné. Je voulais savoir pourquoi elle te l'avait dit. Elle m'a répondu que c'était un accident, mais je n'écoutais pas. Je hurlais. Je lui ai dit... Je lui ai dit qu'elle n'était qu'une garce, qu'elle avait agi par jalousie, qu'elle avait détruit nos vies et que je la haïssais.

Il secoua la tête, les paupières toujours closes.

— Je n'avais encore jamais perdu quelqu'un qui me soit proche. Même mes grands-parents sont toujours en vie. Je...

L'émotion brisa sa voix. Je pris la main de Nate et ses doigts se refermèrent sur les miens.

— Ce n'était pas prémédité, Kam.

Je levai la tête vers le ciel nocturne.

— Je ne veux pas en parler.

Ses doigts resserrèrent leur étreinte tandis que je ramenai mon regard sur lui.

— Le seul fait d'y penser me rend malade. À mon arrivée à Leeds, je vomissais chaque fois que je vous imaginais, Adèle et toi... Ça m'arrive encore maintenant. Parfois, en regardant Tegan, je me rappelle qui elle est, ce que signifie son existence, et j'ai tellement mal que je dois quitter la pièce. Ce n'est pas sa faute – j'adore Tegan – mais celle des circonstances. C'est comme si on me lacérait le cœur... Et je ne peux pas en parler. Je pensais que j'en serais capable, mais je me trompais. Pas maintenant.

— Pourquoi m'avoir dit pour Tegan, alors ?

— Parce que tu as le droit de savoir.

— Tu aurais pu me l'annoncer au téléphone.

— Non, je ne pouvais pas. Et puis, il y a autre chose.

— Qu'est-ce que c'est ?

— J'ai l'intention d'adopter Tegan, comme le souhaitait Adèle. Mais pour cela, il faut que tu renonces à tes droits parentaux en ma faveur.

Nate secoua la tête avec amertume.

— Je viens à peine d'apprendre que j'ai une fille et tu me demandes déjà de l'abandonner.

— Tu ne veux pas d'enfants, tu viens de le dire toi-même il n'y a pas cinq minutes.

— Tu n'en voulais pas non plus et pourtant tu l'as prise en charge.

— Je n'ai pas eu le choix. J'ai toujours été présente dans la vie de Tegan, tu le sais. Mais toi, rien ne t'y oblige. Tu peux juste…

— Pas ici, coupa Nate. Il fait froid et nous sommes fatigués. Nous devons en parler à tête reposée. Et puis il faut soigner ton genou et ta cheville.

— Très bien. Tu crois qu'on trouvera un taxi pour que je puisse rentrer ?

Nate se pencha vers moi, prit mon visage dans ses mains et m'implora du regard.

— Viens chez moi. S'il te plaît.

— Maman Ryn !

Une envie de pleurer me saisit avant même que j'ouvre les yeux. Je venais à peine de m'endormir qu'on m'arrachait déjà à un sommeil réparateur.

— Maman Ryn ! insista Tegan en me tirant par le bras.

— Oui, marmonnai-je.

— Pourquoi tu as tes vêtements ? Tu as encore dormi tout habillée ?

Je gémis intérieurement. Me serais-je à nouveau endormie en faisant l'amour ? Ce serait une belle bourde, d'autant que je n'avais pas fait l'amour avec Nate depuis... Nate ! Mes yeux s'ouvrirent d'un seul coup et je vis non pas la fenêtre de ma chambre, mais la télé et mon fauteuil poire parce que j'étais recroquevillée sur le canapé.

Des flashs de la nuit précédente me revinrent à l'esprit : le trajet en taxi jusqu'à l'appartement de Nate ; Nate désinfectant mon genou avant d'y appliquer un sparadrap ; Nate passant un gel anti-inflammatoire sur ma cheville ; Nate et moi buvant du thé côte à côte, sans dire un mot ; Nate m'appelant un taxi. Je me souvenais également qu'il avait essayé de me persuader de rester pour la nuit, déclarant qu'il me ramènerait chez moi au matin, mais j'avais insisté pour rentrer. Dieu merci. À mon retour, après être allée jeter un coup d'œil à Tegan, j'étais restée un moment dans le couloir, indécise. Je ne savais pas si je devais rejoindre Luke dans la chambre. Il se réveillerait forcément et soit nous parlerions, soit nous ferions l'amour – or je n'avais envie ni de l'un ni de l'autre. J'avais fini par me pelotonner sur le canapé et je m'étais endormie avec mon manteau en guise de couverture.

Luke était aux fourneaux, en train de cuisiner des toasts, du bacon et des œufs – si j'en croyais mon odorat. Mais d'après la raideur de ses épaules et de sa nuque, il accusait le coup. D'ailleurs, il évitait délibérément de me regarder.

— Tu vois que tu as gardé tes vêtements, insista Tegan.

— Oui, c'est vrai, acquiesçai-je d'un ton absent.

— Ti, laisse Ryn tranquille, dit Luke. Elle est fatiguée. Viens plutôt prendre ton petit déjeuner.

Tegan, qui aurait décroché la lune si Luke le lui avait demandé, sautilla jusqu'à lui et s'empara de l'assiette qu'il lui tendait.

— Tu devrais aller te recoucher, me dit Luke tout en se préparant une assiette d'œufs et de bacon. Je t'apporterai ton déjeuner dans une heure.

Toujours pas un regard vers moi. Je me levai. Il fallait que je lui parle, que je lui dise qu'il ne s'était rien passé entre Nate et moi.

— Ta robe est toute froissée, commenta Tegan d'un ton réprobateur.

— C'est vrai, acquiesçai-je en baissant les yeux sur la soie fripée. Il faudra que je la repasse.

Luke risqua un regard vers moi, et une lueur douloureuse apparut dans ses yeux à la vue de mes collants, dépassant de la poche de mon manteau. Il se détourna aussitôt, comme si ce spectacle – et ce qu'il impliquait – lui était insupportable.

— Va te coucher, répéta-t-il. Je t'apporterai des toasts et du bacon tout à l'heure.

— Merci, grommelai-je.

L'instant où j'aurais pu clarifier la situation d'un mot était passé. Et il n'y en aurait peut-être pas d'autre. Il continuerait peut-être à croire que je l'avais trompé.

— Mon toast est en forme de grand T ! s'écria Tegan avec ravissement en contemplant son assiette.

— Exact. C'est un T comme dans « Tes œufs vont refroidir ».

— Non ! pouffa Tegan. C'est un T comme « Tegan ».

— Taratata, c'est un T comme « Tes œufs vont refroidir », rétorqua Luke.

Il a plus la manière que moi avec elle, songeai-je en allant me coucher.

Je me réveillai en sentant une main me secouer doucement. Luke était assis au bord du lit, un mug de thé ainsi qu'une assiette contenant un toast et du bacon étaient posés sur la table de nuit. Avais-je vraiment dormi une heure ? Il me semblait que des jours s'étaient écoulés.

— J'ai préféré te réveiller avant de partir, dit Luke en évitant mon regard.

— Partir ? dis-je dans un bâillement tout en me redressant.

— Oui. J'ai des trucs à faire. Ti joue dans sa chambre, mais on ne sait jamais, il vaut mieux que tu gardes un œil sur elle.

— Quel genre de trucs ?

— Des bricoles, chez moi. À plus tard.

Je le rattrapai par le bras.

— Qu'est-ce qu'il y a ?

Il s'assit lentement et se décida enfin à me regarder.

— À toi de me le dire.

Je gardai le silence. Lui dire quoi ? Il ignorait tout de la complexité de ma relation avec Nate. M. Turner n'était pas simplement un ex, ni même l'Ex avec majuscule et piédestal. Il était… Nate. C'était aussi simple et aussi compliqué que ça.

— Écoute, Ryn, dit-il après mon long silence. Je vais être franc : je ne sais pas comment gérer la situation. Tu sais ce que je ressens pour Tegan et pour toi. Vous êtes devenus ma famille. Mais cet homme est son père biologique et de toute évidence il s'est passé quelque chose entre vous.

— Non ! protestai-je.

— Non ? Alors pourquoi évites-tu mon regard ? Pourquoi n'es-tu pas venue me rejoindre la nuit dernière ? Pourquoi es-tu à moitié déshabillée ? Pourquoi ta robe est-elle froissée ? J'espère que tu n'as pas couché avec lui, mais je ne serais pas surpris que tu l'aies fait parce que je sais que tu l'aimes toujours.

— Je t'ai déjà dit que c'est faux.

Luke ignora mon intervention.

— Je ne peux pas endurer ça. Il vaut mieux que je parte sinon je ne vais pas pouvoir contenir ma colère. Parce que c'est ce que j'éprouve. De la colère. Ce n'est pas loyal…

Il s'interrompit.

— Je ne veux pas en parler maintenant alors que Tegan est à côté. Je dois réfléchir.

— Bien, marmonnai-je.

Au lieu de partir, il resta figé, le dos tendu, les yeux braqués sur la porte.

— Tu l'as fait ? demanda-t-il tout bas.

— Non.

Certaines personnes auraient été offensées par cette question, mais je ne l'étais pas. J'en aurais fait autant à sa place. C'était le seul moyen de ne pas devenir fou en se demandant sans cesse si… ? Se pourrait-il que… ? Ont-ils… ? C'était aussi une façon de me dire qu'il me faisait confiance. Qu'il comptait sur moi pour dire la vérité.

— Je ne l'ai même pas embrassé, Luke.

— Tu as eu envie de… de dormir avec lui ? demanda-t-il.

Et je sentis qu'il se raidissait en attendant ma réponse. Je n'hésitai pas une seconde.

— Non.

— Tu en es sûre ?

— Totalement sûre. Je lui ai dit, pour Tegan, nous nous sommes disputés dans la rue, je suis tombée et je me suis blessée au genou. C'est pour ça que ma robe est chiffonnée. Ensuite, je suis allée chez lui pour qu'il me soigne et c'est tout. Il ne s'est rien passé d'autre. J'ai pris un taxi pour rentrer et si je ne suis pas venue me coucher avec toi, c'est parce qu'il était quatre heures du matin et que je ne voulais pas te réveiller. Fin de l'histoire.

— Il va renoncer à ses droits sur Tegan ?

— Je n'en sais rien. Il était sous le choc, incapable d'envisager quoi que ce soit.

— Et tu n'as pas eu envie de dormir avec lui ?
— Absolument pas.
— Bon. Pousse-toi un peu.

Il s'allongea à côté de moi. Je passai mes deux bras autour de sa taille et me serrai contre lui, le visage pressé contre sa chemise. Je fermai les yeux et me laissai glisser dans le sommeil.

Je ne lui avais pas menti. Je n'avais vraiment aucune envie de dormir avec Nate. Je voulais l'embrasser, le serrer contre moi, lui faire l'amour, puis le regarder pendant qu'il flottait dans le royaume des rêves... Je voulais tout sauf dormir avec lui.

Luke ne pouvait pas comprendre. Il ne pouvait pas savoir que j'avais eu l'impression de remonter dans le temps et de me retrouver à l'intérieur d'un souvenir, de me glisser dans la peau de l'ancienne Kamryn. L'aveu terrible d'Adèle m'avait brutalement propulsée hors d'une vie et d'une personnalité que j'aimais. Oui, que j'aimais enfin. Toute la complexité de mes sentiments pour Nate la nuit précédente avait tourné autour de cela, autour du souvenir d'une époque où je vivais avec un homme que j'adorais de façon inconditionnelle, d'une époque où je savais à quoi être désirée, choyée, ressemblait. Cette nuit avait été aussi le rappel d'un temps où ma meilleure amie était encore de ce monde, et où notre petite Tiga ignorait les tragédies de la vie. Le désir qui m'avait poussée vers Nate la nuit précédente n'avait rien à voir avec une faiblesse passagère pour un autre homme que Luke. Cela avait tout à voir avec l'envie de renouer avec cette ancienne Kamryn, celle d'avant, aux dépens de moi-même. J'avais envie de revivre cette époque, quitte à sacrifier le présent pour y parvenir.

Non, Luke ne pouvait pas comprendre. Moi, je ne comprendrais pas s'il me tenait les mêmes propos au sujet de son ex-fiancée, Nicole. Je le prendrais comme une trahison, même s'il était honnête. Mais de toute façon la question ne se posait pas puisque je ne reverrais plus Nate : je lui enverrais les papiers à signer et terminé ! Quelle importance, alors, ce qui s'était passé dans ma tête cette nuit-là ? Seul le présent comptait.

33

On frappa à la porte.

Je me levai du canapé, étonnée. Qui cela pouvait-il bien être ? Luke avait une clé, et Betsy, ma collègue de bureau, ne venait plus à la maison de peur d'être harponnée par Tegan – les enfants n'étaient vraiment pas son truc. Ici s'arrêtait la liste des gens qui auraient pu passer à l'improviste.

Je mis la chaîne de sécurité que j'avais fait poser depuis que je vivais avec Tegan et entrebâillai doucement la porte.

Nate !

Je ne l'avais pas revu depuis notre dîner, une semaine auparavant. Je comptais lui envoyer les papiers à signer un de ces jours, bientôt, mais cet un-de-ces-jours-bientôt n'était pas encore arrivé. Je repoussai la porte pour ôter la chaîne puis ouvris fébrilement à Nate.

— Qu'est-ce que tu viens faire ici ? demandai-je d'un ton mal assuré.

— Je voulais te voir.

— Tu ne peux pas débarquer comme ça, sans prévenir.

— La preuve que si.

— Comment as-tu su où j'habitais ?

— Je t'ai entendue donner ton adresse au chauffeur de taxi l'autre soir.

Il se tapota la tempe d'un doigt.

— Mémoire d'éléphant.

— Qu'est-ce que tu veux ?

L'hostilité et la peur se mêlaient dans ma voix. Il allait y avoir un drame. Luke rêvait d'avoir un prétexte pour exploser Nate. Et Nate, le tigre jaloux avec qui j'avais vécu pendant six ans, ne laisserait sûrement pas passer l'occasion de casser la figure de l'homme avec qui je partageais ma vie.

— Je te l'ai dit, je suis venu te voir. Et rendre visite à Tegan.

Mon corps entier se contracta.

— Quoi ? Mais... pourquoi ?

— Parce que... Nous sommes vraiment obligés d'avoir cette conversation sur le palier ?

— Non, non.

Je m'effaçai pour lui permettre d'entrer et lui indiquai d'un geste la direction du séjour. Il resta debout au milieu de la pièce, contemplant la bibliothèque, le canapé crème qui avait reçu une multitude de coups de crayons de couleur pendant ces derniers mois, le gros fauteuil poire rouge à côté de la télé, la petite table en bois qui marquait la séparation entre la cuisine et le salon. Son regard se posa sur les placards blancs et le plan de travail en bois où s'entassait la vaisselle du petit déjeuner et du déjeuner que j'avais prévu de laver dès que j'aurais trouvé le courage de m'extirper du canapé.

— Où est-elle ?

— Luke l'a emmenée au parc pour donner du pain aux canards. Enfin, pour être exacte, c'est elle qui a emmené Luke. Elle a décidé pendant la nuit que les canards allaient mourir d'inanition si elle n'intervenait pas. Et Luke s'est porté volontaire pour échapper à la corvée de vaisselle.

Une grimace tordit le visage de mon Nate.

— Quelle abnégation !

Je ne lui connaissais pas ce ton sarcastique et ricanant. Il me faisait presque peur.

— Un vrai papa gâteau, hein ?

— Nate, je t'en prie. Arrête, ça ne te ressemble pas, dis-je en posant une main sur son bras.

Il poussa un profond soupir.

— Non, c'est vrai, fit-il d'un air dépité. Mais c'est normal, je ne sais même plus qui je suis. La plupart du temps, je n'ai même plus la notion de ce que je fais ni de ce que je ressens.

Il se détourna et se laissa tomber dans le canapé. Je m'assis à côté de lui.

— Qu'est-ce que tu es venu faire ici ? lui demandai-je à nouveau.

— Je ne mentais pas. Je suis venu voir Tegan.

La panique m'envahit de plus belle.

— Mais pourquoi ?

— Parce que, en dépit des circonstances dans lesquelles elle est venue au monde, j'ai des responsabilités vis-à-vis d'elle, et je veux les assumer.

Oh, non ! Je n'avais peut-être pas voulu d'elle au début, mais je ne pouvais plus vivre sans elle, désormais. Je l'aimais, j'avais besoin d'elle. Elle était mon unique lien avec Adèle et j'avais promis de prendre soin de Tegan, de l'adopter. Que se passerait-il si Nate tombait à son tour sous le charme et la voulait lui aussi ?

— Tu vas essayer d'obtenir sa garde ?

Nate eut un mouvement de recul.

— Grands dieux, non !

— Alors pourquoi tiens-tu à la voir ?

— Enfin, Kamryn, c'est ma fille.

— Mais tu ne veux pas d'enfants.

— C'est un peu tard, non ? J'en ai un, je suis bien obligé de l'accepter.

— Si tu ne veux pas sa garde, pourquoi chercher à la rencontrer ?

— Quel genre d'homme serais-je si je n'essayais même pas de connaître ma fille avant de renoncer à mes droits sur elle ?

— Mais tu ne comprends donc pas qu'on ne me laissera pas adopter Tegan si jamais tu prends l'habitude de la voir. On estimera que tu es apte à t'occuper d'elle et ma demande d'adoption sera rejetée.

Il m'observa pendant quelques secondes.

— Tu t'attendais vraiment que je renonce d'emblée à tous mes droits et que je fasse comme si de rien n'était ?

Présenté de cette façon, ce que je lui demandais paraissait terriblement froid et insensible – tout le contraire de Nate.

— Bien sûr que non, je... je ne sais pas.

— Kam... Ryn, nous n'avons même pas commencé à parler de ce qui nous est arrivé. Et il est hors de question que je disparaisse avant que nous ayons réglé nos différends.

Cette perspective me remplit de terreur. Cet homme était un inconnu ; il était devenu un inconnu le jour où j'avais découvert ce qu'il avait fait. Ce n'était pas Nate, mon roc, c'était un traître. Et même si j'ignorais la raison de sa trahison, j'avais mon idée là-dessus. Mes soupçons me poursuivaient nuit et jour, ils me hantaient tout comme me hantait le regret de ne pas avoir laissé Adèle me parler avant de mourir. Je ne voulais pas que Nate confirme ce que je suspectais déjà.

— Il n'est pas question de nous, mais de Tegan, rétorquai-je. Elle a besoin de stabilité, et la seule façon que j'ai de lui offrir une vie normale, c'est de l'adopter.

— Il ne t'est pas venu à l'esprit que nous pourrions nous remettre ensemble et élever Tegan, toi et moi ? Que nous pourrions former une famille tous les trois ?

Sa réponse me fit l'effet d'un violent coup à l'estomac et je portai une main sur mon ventre, le souffle coupé.

— Kam ?

— Ne me la prends pas, suppliai-je. Elle est tout ce qui me reste. S'il te plaît, ne me l'enlève pas.

Ses bras s'enroulèrent autour de ma taille.

— Pourquoi veux-tu que je te la prenne ? Je dis seulement que si nous faisions un nouvel essai tous les deux, nous pourrions lui offrir une vraie famille.

— Ça veut dire que tu ne signeras pas les papiers à moins que je te dise oui.

— Ça n'a rien à voir. Je ne suis pas en train de te faire du chantage. Je veux simplement que nous ayons une conversation constructive. L'autre nuit, ce n'était pas exactement ce que j'appellerais une discussion raisonnée. Il y a des décisions à prendre.

— Je ne veux pas.

— Les choses ne peuvent pas rester en l'état.

Nate glissa ses doigts dans mes cheveux dans une longue caresse. Il savait que cela m'apaisait et même que cela pouvait m'aider à m'endormir. Les deux choses au monde que je préférais, c'était qu'on me caresse les cheveux et qu'on m'embrasse sur la nuque. Nate le savait, Luke non.

— Que j'aie voulu cet enfant ou non n'y change rien. Je tiens à assumer mes nouvelles responsabilités. Comment te débrouilles-tu financièrement ? J'ai calculé, je pourrais te verser à peu près deux cent cinquante livres par mois.

Mon cœur battait à tout rompre. Cet argent serait un don du ciel. Luke me proposait régulièrement son aide, mais je refusais systématiquement. Tegan était mon problème, pas le sien, et je ne voulais pas m'appuyer sur quelqu'un qui pouvait disparaître du jour au lendemain. J'étais obligée de garder les pieds sur terre : Luke et moi, ce n'était peut-être pas pour la vie.

Nate se laissa glisser du canapé, s'agenouilla devant moi et me prit dans ses bras.

— Est-ce que c'est assez ? En piochant dans l'argent que j'ai mis de côté, je pourrai peut-être monter jusqu'à trois cents. Ça te paraît suffisant ? Rassure-toi, c'est sans contrepartie. Et c'est à vie, quoi qu'il se passe entre nous. Je lui ouvrirai un compte que tu géreras jusqu'à ses dix-huit ans. Je verrai si je peux faire davantage par la suite. Non, en fait, je ferai davantage. La question ne se pose même pas.

— Nate, je... merci.

Il me souleva le menton et plongea son regard dans le mien, tout en essuyant doucement mes larmes avec ses pouces.

— Ryn...

Il fut réduit au silence par le bruit d'une clé tournant dans la serrure. Nous nous levâmes tous les deux d'un même réflexe. J'essuyai rapidement mes joues.

— C'est nous ! claironna Tegan depuis l'entrée.

Elle apparut sur le seuil, emmitouflée dans son manteau d'hiver rouge, son bonnet en fourrure noire sur la tête, une écharpe noire autour du cou et de grosses moufles noires aux mains, et s'arrêta en découvrant un inconnu à côté de moi. Luke, qui marchait deux pas en retrait, stoppa net lui aussi.

— La promenade était agréable ? demandai-je en ravalant vaillamment mes larmes.

— Oui.

Tegan sourit, ses yeux bleus inquisiteurs passant de Nate à moi.

— C'est qui ? demanda-t-elle quand le suspense devint trop insoutenable pour elle.

— C'est Nate. Je t'ai parlé de lui, tu te souviens ? Je t'ai dit que c'était un vieil ami à moi.

— Tu avais une jolie robe, déclara-t-elle, sans cesser de regarder Nate.

Nate roula des yeux avec une expression comique.

— Je n'ai jamais porté de robe de ma vie. Je le jure !

Tegan éclata de rire tout en reculant d'un pas pour se blottir dans les jambes de Luke, recherchant sa présence rassurante et familière.

— Pas toi ! pouffa-t-elle. Maman Ryn. Elle avait une jolie robe parce qu'elle allait se marier.

Elle leva sa main gantée et la pointa vers Nate.

— Avec toi.

Une onde de choc traversa la pièce, dévastant tout sur son passage et nous laissant pantois. Aucun de nous trois ne se serait risqué à évoquer mes fiançailles avec Nate si Tegan ne l'avait fait.

Je fus la première à me ressaisir.

— Tu as raison, acquiesçai-je. Je ne savais pas que tu t'en souvenais.

Tegan sourit fièrement.

— Si !

Elle leva les yeux vers Luke, cherchant son approbation. Il lui sourit en retour, puis s'accroupit et lui enleva ses baskets.

— Tu as une sacrée mémoire, la félicita-t-il.

Quand il se redressa, il tourna vers moi un regard interrogateur.

— Luke, je te présente Nate. Nate, voici mon petit ami Luke.

Nate contourna le canapé et lui tendit la main. Luke la serra avec un manque d'enthousiasme appuyé.

— Enchanté, déclara Nate.

— Ouais, lâcha Luke.

Je connaissais bien ce comportement dédaigneux : j'y avais eu droit lors de notre rencontre.

— Toi aussi, tu es le petit ami de Maman Ryn ? demanda Tegan pour le cas où nous ne serions pas déjà suffisamment ébranlés.

— Je l'étais avant, oui. Il y a longtemps, répondit Nate. Mais c'est fini. C'est Luke, à présent.

Tegan parut très satisfaite de la réponse. Elle fronça le nez et la bouche, et opina du chef en signe de satisfaction. Luke, de son côté, semblait se retenir avec peine de sauter sur Nate et de lui casser la figure, rien que pour se calmer les nerfs.

— On est allés donner à manger aux canards. Hein, Luke ? reprit Tegan sans cesser de regarder Nate.

— Absolument, répondit Luke.

Nate baissa les yeux sur la petite fille et son expression s'adoucit. Un sourire enfantin éclaira son visage tendu.

— Génial. Et de quelle couleur ils étaient ?

— Ben... couleur canard ! pouffa Tegan.

— Oh, ils étaient jaune vif, alors ?

— Non ! cria-t-elle d'une voix enjouée.

— Ah bon ? Pourtant c'est la couleur du canard en plastique que j'ai dans ma baignoire.

Où Nate avait-il appris à parler à un enfant ? Autrefois, quand nous gardions Tegan, il s'enfuyait à toutes jambes si je lui demandais de lui tenir compagnie le temps quc j'aille aux toilettes.

— Ceux qu'on a vus, ils étaient marron. Et il y en avait aussi avec la tête verte et du jaune autour du cou. Luke dit que, normalement, ils s'en vont pendant l'hiver.

— Ils ne sont pas bêtes, dit Luke.

Nate détourna les yeux de Tegan, échangea un regard incertain avec Luke, puis pivota vers moi.

— Il faut que j'y aille. Je travaille, ce soir.

Il se pencha, pressa ses lèvres chaudes sur ma joue. Mon cœur s'emballa instantanément.

— Luke.

Il tendit la main à Luke, qui la serra. Puis il s'approcha de Tegan et s'accroupit pour se mettre à sa hauteur.

— Tegan, j'ai été ravi de te revoir. Je reviendrai bientôt, si tu veux bien.

Il lui tendit la main et elle la serra gravement, fière d'être traitée comme une grande personne.

Luke serra les dents, visiblement à deux doigts de lui envoyer son poing dans la figure tandis que Nate se redressait et se dirigeait vers la porte. Je retins mon souffle, terrifiée à l'idée qu'il le suive sur le palier avec ce regard hostile, mais il lui tourna simplement le dos. La porte d'entrée s'ouvrit et se referma. Il était parti.

— Je l'aime bien, dit Tegan en sautant sur le canapé.

Elle portait encore son manteau, son écharpe, son bonnet et ses moufles.

— Mais pas autant que Luke.

Elle enleva ses moufles, saisit la télécommande et passa d'une chaîne à l'autre, indifférente au monde des adultes à présent que l'excitation de la visite était retombée.

Luke me regarda et me fit signe de le suivre. Nous entrâmes dans ma chambre et il ferma la porte.

— Je ne veux pas le voir ici.

— Je n'y suis pour rien. Il est venu de sa propre initiative.

— Ah oui ?

— Mais non, bien sûr ! J'ai attendu que tu ailles donner du pain aux canards avec Tegan et je lui ai téléphoné pour qu'il vienne me faire l'amour en quatrième vitesse.

— Je ne veux pas le voir ici, répéta-t-il.

— Je suis chez moi.

— Il a tenté sa chance, hein ?

— Ah, nous y voilà ! Non, il n'a rien tenté du tout, mais même si cela avait été le cas, il ne se serait rien passé. Je suis avec toi.

— Qu'est-ce qu'il voulait, alors ?

— Voir Tegan.

Luke se figea.

— Il veut la prendre ?

Il avait l'air aussi paniqué que moi.

— Je n'en sais rien. C'est pour ça que j'étais bouleversée quand tu es arrivé – je sais que tu l'as remarqué – et pas parce que nous étions en train de roucouler. J'étais effondrée parce qu'il veut assumer ses responsabilités et que son intervention risque de compromettre ma demande d'adoption.

— Ça, c'est le bouquet !

Luke se laissa tomber sur le lit.

— Je ne l'ai jamais vu aussi à l'aise avec un enfant, pas même avec Tegan. Je... je suis terrifiée, Luke.

Je m'assis à côté de lui et il passa son bras autour de mes épaules.

— J'ai peur qu'il se mette à l'aimer, et qu'il veuille la récupérer. Je ne veux pas la perdre et trahir Adèle...

J'enfouis mon visage dans mes mains.

Qu'est-ce que je vais faire ?

— Ça va aller, murmura Luke d'une voix hésitante. Tout va s'arranger, tu verras.

Il ne comprenait pas. Je n'étais pas seulement effrayée à l'idée de perdre Tegan, j'avais peur de Nate, de l'image qu'il m'avait offerte aujourd'hui. En le voyant rire avec la petite et déployer des efforts pour communiquer avec elle, je m'étais demandé si nous ne pourrions effectivement pas former une famille tous les trois – Nate, Tegan et moi. Et j'étais terrifiée parce que ça ne laissait pas de place pour Luke...

34

L'affluence des fins de journée, les gens qui sortent tous en même temps des bureaux, des magasins, des gares, et qui entrent dans le bar le plus proche pour boire un verre, je connaissais. Pendant longtemps, j'avais participé à cette cohue. Betsy, Ruby, moi et quelques autres, nous aimions bien nous rendre dans un bar à côté d'Angeles pour y dépenser une partie de notre salaire si durement gagné. Mais depuis que j'avais hérité de Tegan, le cercle d'amis que je voyais à l'extérieur du bureau se réduisait à… Luke.

La raison était simple : je n'aimais pas laisser Tegan. Déjà quand j'étais à la maison, je n'étais jamais complètement avec elle. J'étais préoccupée par le travail qui m'attendait, par les courses, la lessive, le repassage, le ménage, par la façon dont j'allais devoir m'organiser pour faire désormais vivre deux personnes avec mon salaire. Je n'accordais pas assez d'attention à la petite, je le savais, mais si je sortais sans elle, ce serait pire : je ne lui en accorderais plus du tout. De plus, l'idée de la confier à une inconnue me semblait parfaitement inconcevable. Voilà pourquoi j'avais vraiment de la chance d'avoir Luke : grâce à lui, j'allais pouvoir m'offrir un verre après le bureau pour la première fois depuis des mois.

Luke et Tegan étaient à la maison, probablement en train de préparer le dîner – autrement dit de transformer la cuisine en champ de bataille. C'était toujours l'apocalypse quand ils cuisinaient ensemble. Et ils réalisaient généralement un tout-en-un, recette qu'Adèle et moi avions mise au point quand nous étions à l'université. Il suffisait de prendre tous les restes contenus dans le réfrigérateur et de les jeter ensemble dans un saladier. Bon, le résultat était parfois génial, parfois immonde, mais ça donnait toujours lieu à une crise de fou rire. En digne héritière de sa mère, Tegan avait ressuscité le concept la première fois que Luke et elle m'avaient préparé à dîner. Pour ce soir-là, je pouvais m'attendre à une combinaison d'oignons, de tomates, de maïs doux, de yaourt et de fraises – et à passer une grande partie de la soirée à nettoyer les dégâts. Mais ce n'était pas grave puisqu'ils s'amusaient comme des petits fous quand ils cuisinaient, et c'était là l'essentiel.

Je me frayai péniblement un chemin au milieu de la foule qui avait pris d'assaut le bar branché du centre de Leeds. Certains clients n'avaient même pas enlevé leur manteau, la plupart protégeaient jalousement leur sac, et tout le monde avait un verre à la main. J'avais oublié combien ce genre d'endroit était bondé, bruyant et enfumé. Je tordis le cou pour tenter de localiser Nate. Nous étions convenus de boire un verre ensemble parce qu'il avait ensuite rendez-vous avec des amis à Leeds. Je l'aperçus, assis à une table, dans un coin de la salle, contemplant une bière pression à moitié bue. Un verre de chardonnay était posé en face de lui, pour moi. J'avais l'impression d'être revenue à l'époque où nous nous retrouvions après le travail. Il arrivait toujours le premier, commandait quelque chose à boire pour moi, puis j'arrivais, je commandais quelque chose à boire pour Adèle, qui arrivait en dernier car elle quittait son boulot plus tard.

J'avais à peine avalé la première gorgée de mon premier verre de vin blanc depuis des siècles quand Nate me demanda :

— Tu vas dire à Tegan que je suis son père ?

Sa question me rappela pourquoi j'aimais tant la compagnie de Luke. Luke incarnait la normalité. Avec Luke, la vie n'était pas une succession d'émotions vertigineuses en forme de montagnes russes. Bien sûr, il n'y avait pas non plus ces frissons d'excitation qui vous traversaient de la tête aux pieds, mais quand votre existence ressemble à un grand huit permanent qui vous propulse du rire aux larmes en l'espace d'une seconde, vous vous prenez à penser que la normalité a du bon. La routine, qui nous offrait autrefois des moments de récupération, n'était plus de mise entre Nate et moi. Entre nous, désormais, c'était forcément intense et dramatique, comme à cet instant.

— Je ne sais pas, avouai-je.

Je reposai mon verre et suivis la fibre du bois de la table avec un doigt.

— Tegan est loin d'être sotte. Elle se doute que si tu viens traîner à la maison, c'est qu'il y a une bonne raison.

Nate était passé deux fois à l'appartement depuis sa visite surprise le samedi précédent – d'abord pour m'informer qu'il avait ouvert un compte pour Tegan, et qu'il y avait déposé trois cents livres, comme promis. Il était revenu deux soirs plus tard m'apporter la carte de retrait automatique correspondant au compte. Tegan s'était montrée réservée avec lui, répondant avec un peu d'impatience à ses questions sur son école. De son côté, Luke avait ravalé sa mauvaise humeur parce qu'il n'aspirait qu'à une chose : le voir signer les papiers qui le feraient disparaître à jamais de nos vies.

— C'est ce que tu penses de moi ? demanda Nate. Je m'incruste chez toi, comme une mauvaise odeur ?

— Ne fais pas celui qui ne veut pas comprendre, Nate. Seulement, je ne sais pas si elle est prête à entendre que tu es son père.

Nate finit sa bière, mais n'alla pas en commander une autre. Avec lui, un verre c'était un verre, point final.

— Elle n'a jamais eu de papa depuis sa naissance, et aujourd'hui...

Il ne leva pas les yeux de son verre.

— Vas-y, dis-le.

— Eh bien, aujourd'hui, son « papa », c'est Luke. Non que Tegan l'ait jamais dit ouvertement, mais il a rempli tout naturellement ce rôle à l'instant où il est entré dans sa vie. La petite l'adore.

Nate redressa la tête et son regard me cloua sur mon siège. Il allait me demander quels étaient mes sentiments pour Luke, c'était évident, et cela m'affolait. Nate brûlait de savoir si moi aussi j'étais en adoration devant Luke. Si je l'aimais. Mais il ne dit rien. Au lieu de ça, il s'adossa brusquement à sa chaise, étirant sa longue silhouette musclée. Sa bouche formait une ligne neutre, son visage était impassible, mis à part ses yeux où se concentraient toutes ses émotions et qui me transperçaient.

J'avalai ma salive et mon cœur s'emballa. C'était incroyable, ce pouvoir qu'il avait de me troubler. Très peu de gens parvenaient à me déstabiliser à ce point.

— Je sors avec quelqu'un, dit-il.

J'étais en train de porter mon verre à mes lèvres et je le cognai maladroitement contre mes dents. Je ne m'attendais pas à ça. Secrètement, j'avais toujours espéré qu'il ne fréquenterait jamais personne d'autre, qu'il attendait que je lui revienne un jour. Ce que je pouvais être bête. Je reposai mon verre, incapable de dissimuler ma détresse. La roue avait tourné, pour lui comme pour moi – j'avais un petit ami et un enfant. Difficile d'imaginer un tour de roue plus complet.

— Ah, balbutiai-je.

— Je ne la fréquente que depuis deux semaines, révéla Nate.

Autrement dit, après nos retrouvailles. Ô mon Dieu ! Cela signifiait que le fait de me revoir lui avait rappelé que la réalité n'était pas à la hauteur de ses souvenirs, que je n'étais pas tout pour lui, comme il en était convaincu naguère.

— C'est l'une des productrices de la station de radio où je travaille.

Elle le voyait tous les jours. Ils devaient flirter devant la machine à café, se rouler des pelles pendant la pause déjeuner, baiser le soir après avoir bu un dernier verre...

— C'est une fille bien. Elle te plairait.

— Arrête, Nate, lâchai-je sèchement. Pas de ce petit jeu entre nous. Ça nous rend seulement pathétiques.

— Excuse-moi, bredouilla-t-il en baissant les yeux.

Nous restâmes silencieux tandis que le brouhaha bourdonnait autour de nous. Je n'avais pas demandé à Nate quelle avait été sa vie durant ces deux ans. J'avais supposé qu'il était célibataire parce qu'il avait essayé de m'embrasser le soir où nous avions dîné ensemble, mais qu'avait-il fait depuis que nous nous étions séparés ? Avait-il papillonné à droite et à gauche ? S'était-il mis en couple avec quelqu'un ? Je n'avais pas le droit de lui poser la question, cela ne me regardait pas. J'étais ici pour obtenir qu'il renonce à ses droits sur Tegan. Pas pour me torturer en me demandant avec qui il couchait.

— Pourquoi fais-tu ça, Nate ? demandai-je, ramenant la conversation sur un terrain plus sûr. Pourquoi t'intéresses-tu à Tegan ?

— En tout cas, pas pour ce que tu crois – pour ce que vous croyez tous.

— C'est-à-dire ?
— Que je me sers d'elle pour t'atteindre.
— Je n'ai jamais pensé une chose pareille.
— Ça ne t'a pas traversé l'esprit ?
Je détournai les yeux, les joues brûlantes de honte. Il avait raison, bien sûr. Connaissant le peu d'intérêt que Nate portait habituellement aux enfants, je m'étais demandé si l'attention qu'il témoignait à Tegan n'était pas un moyen de revenir dans ma vie et dans mon lit. J'y avais pensé, oui, tout en sachant qu'il n'en était rien. C'était tellement plus commode de songer à Nate comme à un salaud calculateur qui poussait l'ignominie jusqu'à utiliser son propre enfant à des fins personnelles. En réalité, je savais que Nate était incapable de ce genre de stratagème. Il était la droiture même. C'était pour ça que sa trahison m'avait complètement anéantie. Je ne parvenais toujours pas à comprendre comment Nate – si solide, si fiable, si aimant – avait pu me tromper. Ça ne lui ressemblait tout simplement pas.
— Je m'intéresse à Tegan parce que je suis quelqu'un de responsable, expliqua Nate. Tu sais que je ne fuis jamais mes responsabilités. Même pour ce qui s'est passé cette nuit-là avec Adèle. Elle a prétendu qu'elle était la seule coupable, mais j'étais là moi aussi, et...
Nate s'arrêta parce que je m'étais mise à trembler. L'évocation d'Adèle avait suffi à faire s'ouvrir le sol sous mes pieds. Je titubais au bord d'un abîme de souffrance. Avant cette seconde, je n'avais pas réalisé que c'était un de ces mauvais jours où un rien suffisait à me disloquer, où le seul fait de penser à Adèle pouvait m'anéantir. Le souvenir de son corps froid et sans vie envahissait tout mon esprit. Je me mettais alors à trembler, l'estomac retourné par la nausée, les larmes me brûlant les yeux.
— Désolé, chuchota Nate. Je ne voulais pas te bouleverser.

— Vous en avez parlé ensemble ? demandai-je en me calmant.

— Non, ça ne s'est pas passé comme ça. En fait, j'étais sur le point de...

Il s'arrêta, choqué par ce qu'il avait failli dire.

— Tu étais sur le point de me quitter ?

— Il faut remettre les choses dans leur contexte, Kam. Ryn. Il y avait énormément de non-dits entre toi et moi. Notre relation n'était plus ce que...

— Tu t'apprêtais à rompre avec moi ? Pour Adèle ? Tu voulais vivre avec Adèle ?

Je haussai un peu plus le ton à chaque mot. Des gens se retournèrent, mais je n'en avais rien à faire. Adèle ne m'avait jamais parlé de ça. Quand elle m'avait demandé de m'occuper de sa fille, de leur fille, elle ne m'avait pas dit que Nate et elle voulaient vivre ensemble !

— Kamryn, ça suffit ! commanda Nate d'une voix qui masquait mal sa colère. J'allais te quitter parce que tu étais amoureuse de quelqu'un d'autre. Et ne fais pas cette tête ! Tu vas me dire que tu as oublié, peut-être ?

J'étais comme un lapin pris dans la lumière des phares, incapable de bouger, incapable de croire ce qu'il venait de dire.

— Voilà pourquoi je voulais en discuter posément avec toi, poursuivit gentiment Nate. Tu ne veux pas pour l'instant, je peux le comprendre, mais nous ne pouvons pas discuter de ce qui s'est passé sans replacer les événements dans leur contexte. Beaucoup de choses avaient changé, et je me sentais très mal à l'époque.

— Mais... commençai-je.

Je n'allai pas plus loin. Je me rendais compte que je ne pouvais pas nier sans mentir.

Il s'agissait d'un petit flirt sans importance avec un collègue de travail. Il – je n'arrive même pas à me rappeler son prénom, c'est tout dire – il venait de notre filiale d'Édimbourg pour une mission de six mois. Entre nous le contact s'était établi presque instantanément. Nous avions le même sens de l'humour, nous partagions le même point de vue sur bon nombre de sujets, bref nous étions devenus amis. Nous déjeunions ensemble, nous buvions un verre après le travail et nous flirtions gentiment, sans plus. Quand il repartit en Écosse, nous ne gardâmes même pas le contact. Il ne représentait strictement rien pour moi, et je ne m'étais pas du tout rendu compte que Nate avait senti quelque chose, qu'il avait deviné que j'avais rencontré quelqu'un.

— Je n'ai rien fait, affirmai-je. Je ne t'ai jamais trompé.

— Je sais. La question n'est pas là. Je croyais t'avoir perdue et je voulais partir avant que tu me quittes. C'est Adèle qui m'a persuadé de rester.

Comment ? En couchant avec toi ?

— Pas en couchant avec moi, non, je sais que c'est ce que tu penses. Elle m'a dit des choses simples, mais vraies. Et c'est ce qui m'a convaincu de continuer, de ne pas abandonner. Elle est tellement clairvoyante... Elle *était* tellement clairvoyante. Était... J'oublie tout le temps qu'elle n'est plus là. Qu'elle est...

Morte. Ce petit mot lapidaire était si froid, si définitif. « Elle nous a quittés... », « Elle est partie... », autant d'euphémismes qui laissaient croire qu'elle était volontairement allée faire un tour ailleurs. Qu'elle n'avait pas simplement cessé d'exister. Que tout n'était pas fini pour elle. Qu'elle n'était pas devenue un cadavre.

— Moi aussi, murmurai-je. Pas quand je suis chez moi, non. Mais au travail, dehors, partout. La journée se passe comme d'habitude, et puis je reçois un coup de téléphone de Tegan, et alors je me souviens et je voudrais tout arrêter. Parfois, je me dis que je n'ai pas le droit de continuer à vivre comme si tout était normal, de rire, de m'amuser, ni même de travailler alors qu'elle, elle ne peut plus rien faire de tout ça. Je ne sais pas comment décrire ce que je ressens… Savoir que plus jamais je ne pourrai lui parler. Plus jamais. Et me dire que…

Que je l'ai punie jusqu'à la fin, aurais-je pu ajouter. Que je lui ai brisé le cœur en restant fidèle à ma promesse de ne plus jamais lui adresser la parole.

J'étais dans mon bon droit quand je l'avais exclue de ma vie puisqu'elle m'avait trahie. Mais Adèle était seule au monde, et je le savais. Moi, j'avais une famille qui m'aimait malgré tous mes défauts, et qui serait toujours là pour m'épauler en cas de besoin. Adèle, elle, n'avait que moi. En coupant tous les ponts avec elle, je l'avais privée de la seule personne sur laquelle elle pouvait compter. Ses derniers mois avaient été un désert de solitude – par ma faute.

Le visage de Nate refléta une profonde angoisse.

— Il faut que je t'avoue quelque chose… dit-il tout bas.

Il s'accouda à la table, prit une profonde respiration et commença :

— Six mois avant sa mort, Adèle m'a envoyé un texto. Elle me demandait de venir la voir. Je n'ai pas répondu. J'avais déménagé et, de toute façon, je n'avais aucune intention de la revoir. Alors elle m'a téléphoné, mais je n'ai pas répondu à ses appels. Finalement, elle a rappelé en masquant son numéro. Elle voulait que je m'occupe de Tegan quelque temps parce qu'elle allait être hospitalisée. Elle disait que Tegan accepterait d'habiter avec moi parce qu'elle me connaissait et qu'il n'y avait personne d'autre à qui elle puisse demander ce service. Elle me suppliait et… et j'ai refusé.

Il s'interrompit et déglutit, la gorge nouée par l'émotion.

— Je lui ai répondu qu'il était hors de question que je lève le petit doigt pour elle, encore moins que je m'occupe de sa gosse. Je m'entendais parler et je me rendais compte que j'étais odieux, mais je ne pouvais pas m'en empêcher. Je ne pouvais pas. Elle n'arrêtait pas de répéter qu'elle était désolée et que si je lui laissais une chance, elle se rachèterait. Elle avait seulement besoin que je lui rende ce service. Et c'est alors que je lui ai dit que je la haïrais aussi longtemps qu'elle vivrait.

Je ne parvenais pas à imaginer Nate se montrant aussi implacable. Il en était pourtant capable. Nous en étions tous les deux capables. Quand nous nous disputions, avant, lui et moi, il lui arrivait de lancer des horreurs, mais il ne les pensait jamais réellement. Nous nous balancions des insultes à la figure parce que nous savions que cela ne risquait pas de mettre notre couple en péril. Mais se montrer aussi froidement dur avec quelqu'un, en pensant chaque mot prononcé... Non, je ne parvenais pas à imaginer Nate dans ce rôle.

— C'est aussi pour ça que je veux prendre mes responsabilités vis-à-vis de Tegan. J'ignore quelle aurait été ma réaction si Adèle m'avait révélé qu'elle était en train de mourir, mais je veux essayer de réparer le mal que je lui ai fait en la laissant tomber.

— Pas parce qu'elle est ta chair et ton sang ?

Nate baissa la tête.

— J'aimerais pouvoir te répondre oui, avoua-t-il. On pourrait penser que le fait de l'avoir revue, de lui avoir parlé et de savoir qu'elle est ma fille aurait déclenché quelque chose en moi – mais non. Oh, je l'aime bien, c'est une petite fille adorable, mais, c'est triste à dire, elle n'éveille en moi aucun sentiment paternel. Quand je la regarde, je ne ressens pas l'étincelle de vie que je lui ai communiquée... Mais cela changera peut-être avec le temps.

— Tu as donc l'intention de continuer à la voir ?

— Pour l'instant, oui.

Je finis mon vin, reposai mon verre.

— Tu devrais partir, déclara Nate en repoussant sa chaise. Tegan et Luke doivent se demander ce que tu fabriques.

Je le regardai enfiler son manteau, nouer son écharpe autour de son cou, et le mot *innamorato* me traversa soudain l'esprit. Je me retrouvai propulsée des années en arrière, jusqu'au jour où nous avions couché ensemble pour la première fois : ses lèvres gonflées par nos baisers, ses cheveux en bataille, sa peau en sueur tandis qu'il s'asseyait dans le lit pour me regarder m'habiller. Il était tellement délicieux, alors. Il l'était toujours, d'une façon différente, plus posée. Le dessin de sa bouche, ses yeux bleus en amande, ses traits doux et énergiques, continuaient à me bouleverser, et même si nous n'étions plus amants, il restait pour moi l'*innamorato*. J'étais certaine que sa nouvelle conquête éprouvait la même chose. J'étais sûre qu'elle ressentait ce petit frisson d'excitation quand il entrait dans une pièce. Chaque fois qu'elle pensait à leur premier baiser, ses genoux se transformaient sûrement en coton et, quand ils faisaient l'amour, elle devait savoir au plus profond de son âme qu'il était celui qu'elle attendait depuis toujours.

En était-il de même pour lui ? Était-il amoureux d'elle ? En fait, c'était probablement pour ça qu'il m'avait demandé de venir boire un verre avec lui : il avait, tout simplement, une heure à tuer avant son rendez-vous avec cette fille. Et, à présent, il filait ventre à terre rejoindre la nouvelle femme de sa vie pour lui faire l'amour et se fabriquer des souvenirs tout neufs avec elle.

— Si je comprends bien, tu as un rendez-vous torride, ce soir ? demandai-je avec un petit rire.

J'essayai de me comporter comme si la situation m'amusait, comme si cela m'était égal de n'être qu'un bouche-trou.

— Ce n'est pas un rendez-vous « torride ». Nous allons dîner.

— Ah ?

— Oui, dîner. Mes rendez-vous ne se terminent pas tous dans mon lit, tu sais.

— Bon, bon. Je te souhaite une agréable soirée, alors.

— « Agréable » n'est pas le terme que j'emploierais. Je vais lui annoncer que ça ne peut pas coller entre nous.

— Pourquoi ? demandai-je, sans parvenir à éliminer une petite note d'espoir dans ma voix.

— Tu sais très bien pourquoi, répondit Nate en me regardant dans les yeux. Je ne suis pas libre.

35

Je ne l'aime pas.
Si, je l'aime.
Non.
Si.

Tout était silencieux dehors. On était au milieu de la nuit et la ville entière dormait. Sauf moi. Je ne parvenais plus à trouver le sommeil depuis le soir où j'avais bu un verre avec Nate. Non, en fait, cela remontait au jour où j'étais tombé nez à nez avec lui chez John Lewis. À moins que ça ne remonte encore plus loin… Avais-je passé une seule nuit correcte depuis la mort d'Adèle ? En tout cas, je ne m'en souvenais pas.

Depuis quelque temps, mes insomnies n'étaient plus simplement régulières, mais quasi quotidiennes. Je restais allongée dans le noir pendant des heures, les yeux au plafond, essayant de dénouer les fils de mes pensées de ceux de mes émotions. Essayant de déterminer si oui ou non j'aimais Luke.

Sa respiration paisible, près de moi, s'immisçait dans mes méditations. Sa présence à mes côtés m'empêchait de réfléchir sereinement. La profondeur même de son sommeil était une provocation involontaire. S'il n'avait pas été là, si je n'avais pas envié son aptitude à dormir, peut-être n'aurais-je pas éprouvé ce ressentiment à son égard… Ou peut-être que si… Nous traversions une période difficile tous les deux. Rien ne filtrait de cette tension, tout restait larvé – dans nos conversations, dans nos regards, dans nos gestes –, mais notre relation était loin d'être paisible. J'avais des doutes sur les sentiments de Luke à mon égard, et Luke avait des doutes sur mes sentiments envers Nate.

La situation avait changé pour moi depuis que je lui avais dit que je l'aimais et qu'il avait attendu une semaine – et que je dîne avec mon ex – pour me dire qu'il m'aimait lui aussi. Il est vrai que je le lui avais avoué uniquement parce qu'il avait besoin de l'entendre, mais ce qui était dit était dit. Et j'avais parlé la première. Je m'étais rendue vulnérable en lui ouvrant mon cœur, alors qu'il n'avait pas été fichu d'en faire autant. Il lui aurait pourtant suffi de répondre « moi aussi » pour me montrer que je comptais pour lui. Mais non, rien. Et en se taisant, il m'avait fait douter de ses sentiments…

Je ne l'aime pas.

Si, je l'aime.

Non.

J'étais allongée sur le dos, la tête lourde, les jambes lourdes, le cœur lourd, les yeux braqués sur le plafond. J'aurais voulu quitter mon enveloppe charnelle, me détacher de la réalité et flotter, loin d'ici. Était-ce cela qu'Adèle avait éprouvé quand elle était morte ? Avait-elle senti qu'elle se détachait de son corps, molécule après molécule ? Ou bien cela avait-il été rapide ? Si rapide qu'elle n'avait rien senti ?

Luke soupira dans son sommeil, se retourna et me heurta doucement. Ses bras se refermèrent sur moi, m'attirèrent à lui. Je retins mon souffle. Pourvu qu'il ne se réveille pas. S'il se réveillait, il voudrait probablement faire l'amour et j'imaginais difficilement quelque chose de pire en cet instant. Je ne voulais pas qu'il me touche. Je ne voulais pas que qui que ce soit me touche. Lui encore moins qu'un autre.

Je l'aime.

Non, je ne l'aime pas.

Si.

Non.

Luke se blottit contre moi, enfouit son visage dans le creux de mon épaule et son corps épousa le mien.

— Mmm, murmura-t-il contre mon cou.

Je dus me retenir de le repousser. *Je veux seulement être seule.*

Dès qu'il fut à nouveau profondément endormi, je soulevai son bras et me glissai hors de son étreinte et de la chambre. Dans le couloir, j'ouvris l'une des portes du grand placard. J'y avais fourré les affaires d'Adèle à notre retour de Londres et je ne les avais pas ouvertes depuis.

Je sortis un carton sur lequel Adèle avait écrit « vêtements » et l'emportai jusqu'au canapé. Il y en avait huit autres, mais pourquoi pas commencer par celui-là ? Après avoir fermé la porte et allumé une lampe, je soulevai les rabats et regardai à l'intérieur.

Le vêtement du dessus était en velours noir et je le reconnus immédiatement : c'était ma veste en velours. Del l'avait portée pour une soirée à laquelle elle était invitée et l'avait gardée. Je la dépliai. Le tissu était doux et lisse sous mes doigts. Elle était trop large pour Adèle, mais ça lui était bien égal : elle la convoitait depuis le jour où je l'avais achetée. Elle l'avait mise avec un soutien-gorge en satin lie-de-vin et un pantalon bordeaux brillant outrageusement moulant. La taille basse laissait voir la chaînette en or blanc qui passait par son nombril percé.

L'image qu'elle offrait ce jour-là – ses cheveux blonds en cascade autour de son visage, son maquillage qui allongeait ses cils et mettait ses yeux bleus en valeur, mon sac de soirée en satin dans une main – me revint dans un flash. Ma gorge se serra.

Elle était si belle. Ce soir-là, comme tous les autres soirs de sa vie.

J'enfouis mon visage dans le tissu de la veste, espérant qu'il aurait conservé l'odeur de Del, qu'il exhalerait peut-être quelques notes de son parfum entêtant mélangé à celui de sa peau. Naturellement, il n'en était rien. La soirée en question remontait à plus de quatre ans.

Je repliai la veste pour la mettre de côté quand quelque chose craqua dans l'une des poches – le bruit étouffé d'un papier qu'on froisse. Je plongeai la main dans l'une, puis dans l'autre : à l'intérieur, il y avait une enveloppe blanche pliée en deux. Dessus était noté, en guise d'adresse :

Kamryn Matika

Le cœur battant, je regardai l'épaisse enveloppe en me demandant comment c'était possible. Puis l'effroi me gagna quand je compris ce que cela signifiait, ce que cela impliquait. L'écriture était celle d'Adèle. Comme sur toutes les autres lettres qu'elle m'avait envoyées et que j'avais jetées, sans les décacheter, au fond d'un tiroir.

Mon doigt tremblait quand je le glissai sous le rabat de l'enveloppe pour l'ouvrir.

Je dépliai quinze feuillets, tous couverts de l'écriture nette et élégante d'Adèle. C'était une écervelée, mais Adèle pouvait se montrer très méticuleuse quand elle s'y mettait.

Sa lettre d'outre-tombe commençait ainsi :

Hello, ma belle,

Je pouvais presque entendre sa voix murmurer ces mots. Presque sentir sa présence, allongée à côté de moi sur le sol, la tête appuyée sur un coude, les jambes repliées.

Laisse-moi commencer par te dire que je t'aime. C'est que je suis sûre que je n'ai pas eu l'occasion de te le dire avant de mourir. Oui, c'est étrange. Je suis assise là, dans la maison de mon père, occupée à t'écrire ces mots tout en sachant que je serai morte quand tu les liras. Je sais que je suis morte parce que tu ne serais pas en train de lire cette lettre si ce n'était pas le cas, n'est-ce pas ?

Je t'aime, Kam. Je n'ai jamais été aimée que par deux personnes dans ma vie, toi et Tegan, et je vous aime toutes les deux plus que tout au monde.

Mais je te connais bien, Kamryn Matika – une tête de mule qui se braque et se ferme pour ne pas souffrir. Je sais donc que tu ne m'as pas laissée t'expliquer ce qui s'est passé avec Nate. Or tu dois savoir, Kam, il le faut vraiment. Ce n'était pas ce que tu as cru, nous n'avons pas eu une liaison. Nous n'avions jamais éprouvé de désir l'un pour l'autre, pas même une pulsion amoureuse…

36

Ce n'était pas ce que Kamryn croyait, nous n'avions pas eu une liaison, nous n'avions jamais éprouvé de désir l'un pour l'autre, pas même une pulsion amoureuse. Nate était seulement un ami très cher, presque aussi proche que Kam. Quand c'est arrivé, nous traversions tous les trois une période de grande confusion. C'était une vraie pagaille émotionnelle dans nos vies, et par la suite… Eh bien, ce fut pire encore.

Kamryn n'avait jamais réalisé à quel point Nate l'adorait. Elle l'aimait aussi, cela va sans dire, mais lui se serait damné pour elle. Son amour était sans limites, inconditionnel. Je crois qu'elle aurait pu faire n'importe quoi, il lui aurait pardonné. Il faisait preuve d'une telle indulgence avec elle que c'en était effarant, parfois. Ce que j'avais dû endurer, moi, avant qu'elle m'accepte pour amie n'était rien comparé au traitement qu'elle lui avait fait subir depuis le premier jour. Cinglante, distante, sèche, blessante, elle lui avait sorti le grand jeu et il avait tout supporté. Elle disait souvent que je ne le connaissais pas vraiment, qu'elle le tenait à bout de bras, mais ce n'était pas par méchanceté. En fait, je crois que c'était sa façon à elle de dire que, s'il l'aimait d'un amour inconditionnel, elle n'était pas en reste, même si ses propres sentiments ne sautaient pas aux yeux. J'ai été folle de bonheur le jour où elle m'a annoncé qu'ils allaient se marier.

Mais même alors, Kamryn ne parvenait pas complètement à croire à sa chance. Elle avait peur que Nate ne change un jour ou l'autre et devienne comme l'un de ces salauds qui avaient essayé de la rabaisser et de l'humilier par le passé. Elle craignait en permanence – et sans aucune raison – qu'il ne rencontre quelqu'un d'autre. Elle s'interrogeait sur l'« amour-toujours » et grommelait des phrases du style : « Où est passé l'amour quand on vit avec quelqu'un depuis si longtemps qu'on ne parvient plus à se rappeler ce qui a pu vous séduire en lui ? », puis, voyant mon mécontentement, elle marmonnait : « Je me pose la question, c'est tout. J'ai quand même le droit de me poser des questions, non ? »

Le soir fatal, Nathaniel revenait de Leeds où il avait conduit Kam. Elle devait y passer quelques jours pour son travail et Nate lui avait proposé de l'emmener. Ce ne serait pas la première fois qu'il ferait l'aller-retour dans la journée et qu'il retournerait la chercher quand elle aurait terminé. Ce jour-là, il s'était arrêté chez moi en rentrant. Kamryn n'aimait pas me savoir seule en son absence et lui avait demandé de passer me voir. Il était pâle, le visage marqué par la fatigue, ses vêtements froissés par le trajet en voiture. Mais, à l'évidence, il y avait autre chose : il avait l'air perdu, malheureux. Je m'en rendis compte dès que je lui ouvris.

Il se laissa tomber sur l'un de mes canapés et refusa le verre que je lui proposai. Il m'informa qu'il ne restait pas, qu'il venait seulement s'assurer que j'allais bien.

— Moi, oui. Mais, manifestement, ce n'est pas ton cas. Qu'est-ce qui ne va pas, Nathaniel ? demandai-je.

— Rien.

— Pourquoi ressembles-tu à un spectre, alors ?

Il se frotta les yeux, resta silencieux un moment, le regard perdu dans le vide, puis il poussa un long soupir.

— Kamryn va me quitter. Elle a rencontré quelqu'un.

— N'importe quoi, rétorquai-je.

— Non. Je la connais, je sais comment elle est quand elle est amoureuse. C'est pour ça que je suis certain qu'elle a rencontré quelqu'un. Elle évite de me regarder dans les yeux, elle ne me parle pas – pas même pour me critiquer. Le trajet jusqu'à Leeds a été un long cauchemar. Cinq heures d'un silence pesant, entrecoupé de banalités.

— Nathaniel, Kamryn ne mettrait jamais votre couple en danger. Elle n'aurait même pas l'idée de regarder un autre homme.

— Merci d'essayer, mais tu mens très mal. Il faut que je prenne des décisions, malheureusement je n'arrive plus à réfléchir.

— Elle n'a rien fait, répétai-je. Kam est trop droite pour tricher. Elle n'est pas ce genre de fille.

— C'est vrai. Mon ex l'était et je l'acceptais plus ou moins. Mais je ne supporterai pas que Kam me trompe. Je préfère tout arrêter avant qu'elle me quitte.

J'étais épouvantée, par le désespoir qui résonnait dans sa voix, par le fait qu'il veuille rompre avec Kamryn. Il fallait absolument que je l'en empêche, que je lui fasse comprendre qu'il s'agissait d'un petit flirt sans importance.

— Elle n'a pas l'intention de te quitter. Admettons, pure hypothèse, qu'elle ait rencontré quelqu'un. Peut-être dans le cadre de son travail. Attention, ne me fais pas dire ce que je n'ai pas dit : il s'agit d'une hypothèse, rien de plus. Et mettons que le courant passe avec ce type. Qu'ils déjeunent ensemble de temps en temps, qu'ils blaguent. C'est tout ce qu'il y aurait à en dire : deux collègues qui s'apprécient et qui blaguent ensemble. Peut-être qu'elle se pose des questions sur l'avenir en ce moment, mais Kamryn ne renoncerait jamais à

toi. Pour personne. Tu es le seul homme qu'elle ait jamais aimé. Tu le sais, n'est-ce pas ?

— Oui.

Nate soupira et passa une main dans ses cheveux.

— Tout est si confus… Tu permets que je m'étende un moment avant de rentrer chez moi ?

— Bien sûr. Repose-toi.

Nathaniel s'installa dans l'ancienne chambre de Kamryn pendant que je regardais la télé. Deux heures plus tard, j'allai voir si tout allait bien. Il dormait profondément et je m'agenouillai à côté du lit. Dieu merci, il avait l'air apaisé. Il ressemblait à un ange. Il ouvrit soudainement les yeux, me faisant sursauter. Il me regarda alors fixement et j'ignore ce qui se passa en moi. Je ne sais pas si c'est parce que je l'avais trouvé si beau dans son sommeil, ou si j'oubliai l'espace d'un instant qui il était, ou si je perdis la tête, mais je l'embrassai.

Nathaniel eut l'air abasourdi et rejeta la tête en arrière. Ce mouvement de recul me ramena à la raison. Je me rappelai d'un seul coup qu'il était le petit ami de Kam, que je n'éprouvais aucune attirance pour lui et que je venais de faire quelque chose de terriblement stupide. Je me détournai pour m'enfuir, horrifiée par ce que j'avais fait, mais il me saisit par le bras et me retint. Je me retournai vers lui, effrayée, parce que je savais ce qui allait se passer. Et c'est arrivé. Il n'y eut aucune fièvre, aucune passion entre nous. Ce fut lent. Tendre. Doux. Magnifique. Je sais que cela peut paraître indécent de ma part, mais c'est la vérité. Ce fut un moment extraordinaire, entre deux personnes qui ne s'aimaient pas d'amour, qui n'avaient jamais éprouvé le moindre sentiment trouble l'une envers l'autre, et qui avaient toutes les deux des raisons différentes de faire une pareille chose. Aucun homme ne s'était montré aussi attentionné avec moi depuis très, très longtemps. Pendant ces précieux instants, il me sembla que mon partenaire se souciait de moi, de ce que je ressentais, et que je n'étais pas seulement un numéro sur une liste. Parce que c'était à cela que se réduisaient généralement mes expériences amoureuses : du sexe sans émotion. Et moi, j'avais terriblement besoin d'être aimée. Je l'avais expliqué un jour à Kamryn : j'avais tellement envie qu'on m'accepte que je m'en rendais insupportable. Ce jour-là avec Nate, j'eus la sensation de compter pour quelqu'un. C'était faux mais peu importait car cela avait paru réel, l'espace d'un court instant.

Lorsque je me réveillai, Nathaniel était assis au bord du lit, la tête dans les mains, complètement habillé.

— Je suis désolé, chuchota-t-il. Totalement désolé.

Au ton de sa voix, je sentis combien il avait honte. J'avais honte, moi aussi.

— Mais qu'est-ce que j'ai fait ? C'est ce qui pouvait arriver de pire !

Je savais ce qu'il ressentait parce que j'éprouvais le même dégoût de moi-même. Et peut-être davantage. Je connaissais Kam depuis plus longtemps que lui. J'avais vu tous ces types se comporter comme des salauds avec elle et je venais de faire quelque chose de bien pire.

— À son retour, je romprai avec elle et je m'en irai. Elle ne veut plus de moi, de toute façon. Je lui avouerai ce que j'ai fait. Mais je ne dirai pas que c'était avec toi. Je lui parlerai d'une fille rencontrée dans un bar et je disparaîtrai. Elle n'a pas besoin de savoir que c'est toi, il ne faut surtout pas détruire votre amitié.

Je ne pouvais pas le laisser payer seul pour une faute que nous avions commise ensemble. Nathaniel était tellement généreux que, même au plus profond de son désespoir, il ne pensait qu'à me protéger. Nous parlâmes encore et encore jusqu'à ce que je parvienne à le persuader de fermer les yeux sur ce qui venait de se passer. Nous oublierions jusqu'au souvenir de cette soirée. Et cela fonctionna. Nous n'éprouvions aucun sentiment l'un pour l'autre, nous n'avions aucune envie que cela se reproduise, cela ne posa donc aucun problème.

Puis je découvris que j'étais enceinte. Je sus immédiatement que Nate était le père et que je ne pourrais le dire à personne, surtout pas à Nathaniel. Il aurait avoué la vérité à Kam et elle m'aurait abandonnée.

C'est égoïste, je le sais, mais je ne pouvais pas supporter l'idée que Kam me quitte. Quand finalement elle partit, cela me brisa le cœur. Je savais comment elle réagissait lorsqu'elle était en colère, elle refuserait d'écouter. Elle penserait que nous l'avions trahie, et elle aurait raison. Mais ce n'était pas comme si Nathaniel et moi éprouvions des sentiments. Nous avions simplement fait la plus grosse bourde de notre vie. Et je ne peux même pas dire que je voudrais que ce ne soit jamais arrivé parce que ce serait rejeter Tegan. Serait-elle Tegan sans son petit nez droit, sans son don pour le dessin, sans ses yeux d'un bleu si rare, si elle n'était pas la fille de Nate ? Non, bien sûr. Après tout ce que j'avais subi avec ma famille, avoir un enfant qui m'aimait autant que je l'aimais était ce qui pouvait m'arriver de plus merveilleux. Je n'avais pas planifié de tomber enceinte, mais je ne l'ai jamais regretté.

Je ne blâme pas Kamryn d'avoir réagi comme elle l'a fait. Je veux seulement m'excuser. J'aurais voulu avoir le temps de lui expliquer. J'aurais voulu avoir le temps d'essayer de réparer ce que j'ai fait – ne serait-ce qu'un peu.

37

Ma lecture terminée, je restai assise sur le canapé, le regard noyé dans le vide, incapable de bouger.

Adèle était là, avec moi. Je sentais sa présence dans la pièce. C'était comme si elle attendait ma réaction.

Je tournai la tête – mais il n'y avait personne. Elle n'était pas assise à côté de moi, ses magnifiques cheveux blonds répandus sur ses épaules, me regardant avec un mélange de crainte et d'anticipation. La sensation physique de sa présence s'effaça lentement, s'évapora, et je me retrouvai seule dans le salon.

Pourquoi ? Pourquoi Nate avait-il fait ça ? Maintenant, je savais qu'Adèle avait cédé à une faiblesse passagère. Elle avait toujours été ainsi : irréfléchie, impulsive. Elle fonçait, et elle raisonnait ensuite. Mais Nate, lui, était tout le contraire. Il pesait soigneusement toutes ses décisions. Même si on avait l'impression d'une pensée instantanée, chacun de ses actes était toujours longuement mûri. Il m'avait dit l'autre jour qu'il se sentait très mal à l'époque. Faire l'amour avec Adèle avait-il été pour lui une façon de se consoler ? Avait-il guetté une occasion, qui finalement s'était présentée d'elle-même ?

Il fallait que je sache. Je pris mon portable et contemplai l'écran. Non, je ne pouvais l'appeler d'ici.

Pas avec Tegan et Luke à la maison. Je me levai comme un zombie, attrapai mon manteau dans la penderie de l'entrée, fourrai la lettre dans l'une des poches, puis glissai mes pieds nus dans les baskets de Luke. Je nageais dedans, mais peu m'importait. L'instant d'après, je me faufilai sur le palier et je descendis l'escalier.

Une fois dehors, en bas de mon immeuble, je composai le numéro de Nate et, au bout de cinq sonneries, sa voix endormie grinça :

— Allô ?

— Pourquoi as-tu fait ça ? lançai-je avec plus de véhémence que je ne l'aurais voulu.

— Quoi ?

J'entendis le frottement des draps tandis qu'il se tournait dans son lit.

— Pourquoi l'as-tu fait ? répétai-je âprement. Pourquoi ?

— Kam ?

Il toussa pour s'éclaircir la voix.

— Mais qu'est-ce que… ? Il est quatre heures du matin !

— Il faut que je sache. Elle m'a tout dit. Elle m'a raconté ce qui s'est passé. Je sais pourquoi elle l'a fait, mais toi ? Pourquoi ?

— Bon sang, Kam, qu'est-ce qui t'arrive ? Où es-tu ?

— Dans la rue.

— Quoi ?

Je l'entendis se redresser brusquement.

— Où ça ?

Je reniflai dans le froid.

— En bas de chez moi. Il fallait que je sorte parce que Luke et Tegan dorment… Pourquoi as-tu fait ça ? Je te rendais malheureux à ce point ?

J'eus soudain l'impression qu'un étau me broyait la poitrine. Je serrai plus fort le téléphone tandis que la douleur s'intensifiait.

— C'est ma faute, hein ? soufflai-je. J'étais odieuse. Je savais qu'un jour tu finirais par me quitter parce que j'étais invivable…

— Kam, ne bouge pas, j'arrive tout de suite. Reste où tu es, compris ?

Je hochai la tête.

— Kam ?

Je reniflai.

— Oui, balbutiai-je.

— Je viens.

Sa voix était plus claire, plus décidée. Apparemment, il se levait.

— J'arrive tout de suite.

Un quart d'heure plus tard, il garait sa voiture gris métallisé dans ma rue. Je sortis de sous le porche en brique sous lequel j'avais trouvé refuge en bas de mon immeuble. J'avais gardé les bras croisés sur ma poitrine pour essayer de me réchauffer en l'attendant.

Il portait un pantalon de jogging noir, un tee-shirt noir fripé sous une veste en mouton retourné bleu marine, et il était évident qu'il s'était habillé en hâte parce qu'il était pieds nus dans ses baskets et qu'il avait les cheveux ébouriffés. Il traversa la rue en direction de mon immeuble et je descendis l'allée pour le rejoindre. Un mélange de perplexité, d'inquiétude et de fatigue se reflétait sur son visage quand nous nous rejoignîmes devant ma grille. Une colère aussi soudaine qu'incontrôlée me traversa alors et, avant même d'avoir réalisé ce que je faisais, je le giflai violemment.

Sa tête vacilla légèrement sous le coup, mais il n'eut pas l'air surpris. Il baissa les yeux dans un silence de plomb, puis porta la main à sa joue.

— Elle a mis du temps à venir, murmura-t-il.

Je le poussai et il trébucha en arrière.

— Ça aussi.

Je le poussai une nouvelle fois, et il tituba, cette fois contre sa voiture. Je mourais d'envie de le frapper encore, mais j'avais peur de lui faire vraiment mal. J'étais dans une telle fureur que j'aurais pu le massacrer.

— Pourquoi ? Pourquoi l'as-tu retenue ? Je la connais. Je sais combien elle est impulsive. Je sais qu'elle a pu t'embrasser sans y penser, sans que cela signifie rien pour elle. Mais toi ! Pourquoi l'as-tu retenue ? Comment as-tu pu faire ça ? Pourquoi ?

Nate restait mutique.

— Pourquoi, Nate ? Qu'est-ce que j'avais fait ? J'avais été odieuse à ce point ? Je ne voulais pas te faire souffrir. J'étais... j'étais une garce.

Nate leva alors les yeux et me prit dans ses bras.

— Chuuut, murmura-t-il. Chuuut.

Il continua à me serrer contre lui jusqu'à ce que je me calme.

— Je ne savais pas que ça t'avait atteinte à ce point. Tu n'as pas réagi à l'époque, et je croyais que tu étais partie parce que tu t'estimais trahie. Je n'ai jamais pensé que tu te remettrais en question. Ce n'est pas facile de te comprendre, parfois, tu sais.

— Qu'est-ce que tu t'imaginais ? J'ai été anéantie. Mais je ne pouvais pas en parler parce que je me serais écroulée. Et je savais que c'était ma faute, que je vous avais poussés l'un vers l'autre !

— Il n'y a jamais eu d'amour entre Adèle et moi, Kam. Nous étions juste amis.

— Alors pourquoi l'as-tu retenue quand elle a voulu partir ? Pourquoi l'as-tu embrassée ? Pourquoi as-tu fait l'amour avec elle ? Elle m'a tout dit, tu sais. Elle m'a raconté qu'elle t'avait embrassé et qu'elle allait s'enfuir quand tu l'en as empêchée. Pourquoi ?

— Parce que...

Je me raidis parce que je savais par avance ce qu'il allait répondre. C'était parce que j'étais exécrable. J'étais tellement insupportable avec lui qu'il avait voulu me rendre la monnaie de ma pièce, en quelque sorte. Cela avait toujours été ma terreur, la raison pour laquelle je ne parvenais pas à en parler : ce qui était arrivé confirmait que j'étais différente. Inadaptée. Adèle et Nate étaient tombés dans les bras l'un de l'autre parce que j'étais invivable.

— Parce que juste après m'avoir embrassé elle a eu l'air si terrifiée, murmura-t-il. Elle s'est mordillé la lèvre, elle a écarquillé les yeux et j'ai eu l'impression de te revoir la première fois que nous avions fait l'amour, chez moi. Après, tu t'étais rhabillée et tu allais t'en aller quand je t'avais demandé si je te reverrais, tu te rappelles ? Tu t'étais retournée et m'avais envoyé un baiser en disant : « On verra. » Puis tu étais partie. Juste avant de m'envoyer ce baiser, tu avais eu exactement la même expression : cet air à la fois effrayé, surpris. Ça n'avait duré qu'une seconde, mais tu venais de montrer une telle vulnérabilité que c'est à cet instant que je suis tombé amoureux de toi. Ce maudit soir, avec Adèle, j'étais complètement perdu. J'étais certain que notre couple était sur le point de se disloquer et, tout à coup, j'ai revu l'expression de ton visage. Je me suis souvenu de cette minute magique où j'étais tombé amoureux de toi et j'ai eu envie de la revivre. J'ai eu envie de faire l'amour à la femme dont j'étais tombé amoureux ce jour-là, pas à celle avec qui je vivais depuis six mois.

Il poussa un long soupir de regret.

— C'était mal, je le sais, mais je l'ai fait quand même. C'est pour ça que je t'ai dit l'autre jour que j'assumais la responsabilité de ce qui s'était passé. J'ai été monstrueusement égoïste. Je me suis servi d'Adèle pour essayer de retrouver ce que j'avais perdu. Je n'ai pas cessé de penser à toi une seule seconde ce soir-là. C'est la vérité et je me dégoûte encore plus. Et ensuite, quand elle t'a révélé ce que nous avions fait, je me suis comporté comme le dernier des salauds. Je lui ai reproché quelque chose que j'ai provoqué. As-tu une idée du cauchemar que c'est pour moi de ne pas avoir fait la paix avec elle avant qu'elle meure ?

Je baissai la tête, les yeux brûlants.

— Oui, car je vis le même cauchemar.

Nate recula légèrement pour me regarder.

— Tu veux dire que tu n'as pas fait la paix avec elle ? Mais… Tu as pris Tegan avec toi et… Mais alors, comment sais-tu ce qui s'est passé cette nuit-là ?

Je sortis la lettre toute froissée de ma poche.

— Elle m'a écrit. Pourquoi crois-tu que je t'ai appelé au beau milieu de la nuit ? Je viens juste de la trouver.

— Tu… tu n'en as jamais discuté avec elle ?

Je secouai la tête.

— Ô mon Dieu, Kam…

Il me serra plus étroitement contre lui.

— Mais pourquoi ?

— Je ne pouvais même pas y penser, encore moins en parler. Et puis, il y avait Tegan. Vous l'aviez conçue ensemble. Vous aviez tous les deux tissé un lien qui vous unissait pour toujours et dont j'étais exclue. Je vous détestais pour ça. Vous aviez un enfant. Je n'en ai jamais désiré, mais si j'en avais voulu un, ç'aurait été de toi. Tu es la seule personne sur terre avec qui j'aurais pu désirer concevoir un enfant, et tu l'avais fait avec quelqu'un d'autre. Avec ma meilleure amie. C'est pour cela que je devais partir. Il m'était impossible de rester alors que tu avais cet enfant et une vie nouvelle qui s'ouvrait devant toi, avec quelqu'un d'autre.

J'étais incohérente. Je m'en rendais compte, mais mes pensées se bousculaient dans ma tête et sortaient en vrac.

— Et puis, je pensais avoir du temps devant moi pour accepter l'idée qu'elle revienne dans ma vie. Je

me disais qu'un jour, plus tard, nous reviendrions sur ce qui s'était passé. Mais elle est morte. Et elle m'a quittée si soudainement... Je savais que c'était inéluctable, mais quand c'est arrivé...

Je me frottai les yeux pour ne pas pleurer.

— Je n'étais pas prête... Je ne lui ai même pas dit au revoir. Je ne lui ai pas dit que j'étais désolée, que je ne la détestais pas, que je l'aimais. Je suis partie sans me douter que c'était la dernière fois que je la voyais.

Nate me soutint alors que toutes les maigres forces qui me restaient encore et qui m'avaient permis de tenir bon, de contenir mon chagrin, se désintégraient d'un seul coup.

— Je suis un monstre. Elle était en train de mourir et je ne l'ai pas laissée parler. J'avais trop peur de ce qu'elle allait dire. Pourtant, je voulais lui dire au revoir. Oh ! comme j'aurais voulu lui dire au revoir.

Nate continua à me serrer contre lui en silence. C'était la première fois que je flanchais devant lui. De nous deux, c'était moi l'élément solide. Il veillait sur moi, il organisait ma vie, il était un amant extraordinaire – et je ne parle pas simplement de sexe. Il me donnait confiance en moi comme je n'aurais jamais cru que ce soit possible un jour. Mais dans les moments de crise, c'était moi qui prenais les rênes. Moi qui trouvais une solution. Nate et moi, nous nous procurions mutuellement notre équilibre mais, bien qu'il ait vu de moi des facettes insoupçonnées par la plupart des gens, il n'avait jamais été confronté à une Kamryn en larmes, ravagée, détruite.

— Bébé, calme-toi...

Il me chuchota des paroles de réconfort. Je sanglotais sans pouvoir m'arrêter et tout ce que je gardais enfoui en moi depuis des mois jaillissait dans un torrent d'émotions.

— Ça va aller, me répétait-il. Ça va aller.

Finalement, mes larmes se tarirent et mon corps ne fut plus secoué que par des hoquets secs. Puis je cessai de trembler et je m'abandonnai sans forces entre les bras solides de Nate, vidée, anéantie.

— Je suis désolée, murmurai-je, épuisée au point que chaque mot était un effort. Je n'avais pas l'intention de me laisser aller comme ça.

Je réussis à rassembler suffisamment d'énergie pour m'arracher à son étreinte et frotter mes paupières rougies, gênée de m'être donnée en spectacle. Je savais pourquoi je m'étais effondrée, je le sentais venir depuis longtemps. En revanche, je ne comprenais pas pourquoi c'était arrivé à ce moment-là... et avec Nate.

— Tu n'as pas à t'excuser, dit-il, inquiet. Tu peux m'appeler n'importe quand, je serai toujours là.

Il s'avança avec l'intention de me reprendre dans ses bras, mais je reculai et l'arrêtai d'un geste.

— Nate, c'est déjà terriblement compliqué. Cette scène n'aurait jamais dû se produire. J'ai un compagnon que j'aime. C'est dans ses bras que je devrais me blottir pour pleurer, pas dans les tiens. Je voulais juste savoir ce qui t'avait poussé vers Adèle, c'est tout. Je ne sais pas pourquoi j'ai craqué devant toi. Parce que tu étais là, je suppose.

— Ne me chasse pas de ta vie, supplia-t-il.

— Tu es déjà hors jeu, Nate. Plus vite nous nous y habituerons, mieux cela vaudra pour nous deux.

Même moi, je fus glacée par la froideur de ma voix.

Il baissa la tête et une profonde tristesse apparut sur son visage tandis qu'il se dirigeait vers sa voiture.

— Attends ! laissai-je échapper.

Je ne pouvais pas le laisser partir comme ça. Et si c'était la dernière fois que je le voyais ? Si ce qui s'était passé avec Adèle se reproduisait ?

— Je ne voulais pas dire ça, je suis désolée. Je regrette de t'avoir parlé de cette façon. Je regrette de t'avoir giflé. Je te demande pardon... pour tout.

Il s'immobilisa, une main sur la portière, et se tourna vers moi.

— Moi aussi, je te demande pardon. Je regrette ce que j'ai fait. D'avoir brisé notre relation, détruit ton amitié avec Adèle. Et de t'avoir blessée si profondément. Il n'y a pas de mots pour te dire combien je suis désolé.

Nate avait vieilli depuis la dernière fois que je l'avais vu. La fatigue avait creusé ses traits. Ses yeux étaient rougis, ses lèvres – ses belles lèvres qui m'avaient demandé de répéter ma demande en mariage – avaient pris une expression amère.

— Je t'appelle bientôt, dis-je.

— Oui, répondit-il.

Sa voiture démarra au moment où je poussais la porte de mon immeuble.

Parvenue à mon étage, j'ouvris doucement la porte de mon appartement, je suspendis mon manteau dans la penderie, ôtai les chaussures de Luke, puis me faufilai dans la chambre.

Je sursautai en découvrant Luke habillé et assis sur le lit. La pièce était plongée dans l'obscurité mais il donnait l'impression d'avoir attendu que je revienne pour partir. Je m'aperçus alors qu'il était en chaussettes. Il n'avait pas pu s'en aller pour la simple raison que j'avais pris ses chaussures.

— J'ai vu Nate dehors, déclara-t-il posément. Je peux savoir ce qui se passe ?

Il avait l'air en colère et effrayé à la fois. S'il nous avait aperçus par la fenêtre, alors il avait sans doute vu Nate me serrer dans ses bras et me caresser les cheveux pour me réconforter. Il devait penser que Nate et moi étions sur le point de nous remettre ensemble. Il ne pouvait pas être plus éloigné de la vérité.

Je m'avançai vers le lit, m'y allongeai et me recroquevillai en chien de fusil.

— Serre-moi fort, murmurai-je.

Luke hésita, puis fit ce que je lui demandais et m'enveloppa de ses bras. Je me lovai contre lui, réconfortée par sa chaleur après le froid et la brutalité de la nuit. J'emmêlai mes doigts aux siens et mes mains commencèrent à se réchauffer.

— Qu'est-ce qui s'est passé ? demanda-t-il d'une voix assourdie par l'inquiétude.

Et dans un déferlement de paroles, je lui racontai tout.

« Je ne suis pas Trésor,
je suis Tegan. »

38

— Maman Ryn, dit tout doucement Tegan.

Si doucement que je n'aurais pas entendu si je n'avais pas été certaine que cela finirait par arriver.

Je savais ce qu'elle allait dire parce que depuis deux semaines son comportement avait changé. Tegan était nerveuse, agitée. Le soir, elle mettait près d'une heure à s'endormir et entrait souvent dans ma chambre au milieu de la nuit, acceptant de retourner se coucher à la seule condition que je reste assise à côté d'elle jusqu'à ce qu'elle se rendorme. Elle mangeait du bout des lèvres, parlait très peu et passait son temps à dessiner une femme qui ne pouvait être que sa mère. Mais quand je lui demandais de qui il s'agissait, elle haussait les épaules et chuchotait : « J'sais pas. » Je devinais ce qui la préoccupait, parce que cela me préoccupait également. J'étais tendue – mon insomnie chronique avait atteint un stade critique : je dormais tout au plus quatre heures par nuit – et durant la journée j'avais à peine assez d'énergie pour lire mes e-mails.

— Oui, Tiga, répondis-je.

Elle était allongée par terre devant la télé, occupée à faire un dessin représentant Luke à son bureau. Elle reposa le feutre bleu qui lui avait servi à colorier la chemise et me regarda d'un air inquiet. Elle repoussa ses cheveux derrière son oreille et continua à me fixer sans un mot. Je tapotai mes genoux pour l'inviter à venir s'y asseoir.

— C'est bientôt Noël... commença-t-elle prudemment tout en se blottissant contre moi.

Je l'entourai de mes bras et acquiesçai d'un signe de la tête. Il restait un peu moins de trois semaines avant Noël. C'était déjà Noël dans les rues, et chez nous, nous avions installé un petit sapin à côté de la télé, à la place du fauteuil poire, nous avions décoré les fenêtres avec des pochoirs, disposé des cartes de vœux un peu partout et, tous les jours, Tegan mangeait le chocolat caché derrière la petite fenêtre du calendrier de l'Avent que Luke lui avait acheté. Mais, au fond de nous, l'esprit de Noël était absent. Le chagrin et les souvenirs remplaçaient dans nos cœurs la joie de préparer la fête. Nous n'avions pas encore fait de projets pour le grand jour et, chaque fois que Luke essayait d'aborder le sujet, je changeais de conversation ou bien je répondais que je n'avais toujours pas décidé si nous irions ou non à Londres passer les fêtes avec ma famille. En réalité, il n'en avait jamais été question – c'était juste histoire de lui donner un os à ronger jusqu'à ce que Tegan et moi puissions parler tranquillement. Mais l'occasion ne s'était pas présentée... jusqu'à cet instant, alors que Luke se trouvait à New York pour une semaine (Angeles envisageait d'y ouvrir un magasin et sa connaissance du terrain l'avait tout naturellement désigné comme ambassadeur).

— Oui, mon cœur. Je sais que c'est bientôt Noël, répondis-je.

— Et aussi...

Sa voix s'éteignit.

— Et c'est aussi le jour de l'anniversaire de ta maman, terminai-je à sa place.

Elle hocha la tête.

L'anniversaire d'Adèle tombait le 25 décembre. Quand Tegan était toute petite, nous procédions à une double célébration : Adèle dans la matinée, Noël pendant le déjeuner puis, une fois Tegan couchée, nous fêtions à nouveau l'anniversaire d'Adèle entre adultes, Nate, Adèle et moi.

— Est-ce qu'on fête les anniversaires au ciel ? me demanda-t-elle.

— Eh bien...

Je n'en avais pas la moindre idée. J'étais bien en peine de répondre à ce genre de question. J'étais croyante, mais je n'avais jamais vraiment médité sur ce qui pouvait bien se passer après la mort. Quand je songeais au ciel, c'était seulement pour penser que je m'y retrouverais un jour, mais je ne m'étais jamais demandé si le temps existait là-haut ni, *a fortiori*, si on y fêtait les anniversaires.

— Peut-être, répondis-je prudemment. Je ne vois pas pourquoi il en serait autrement.

— Alors, si j'envoie une carte à maman, elle va la recevoir ?

— Là, je ne crois pas, répondis-je doucement.

Tegan se blottit contre moi et enfouit sa tête contre ma poitrine. Ses épaules se mirent à trembler, puis tout son corps fut secoué par des sanglots de plus en plus déchirants. Elle n'avait pas pleuré devant moi depuis le jour où, à l'hôtel, elle avait appris la mort de sa mère. Je n'avais pas prévu qu'un problème de carte de vœux serait le déclic qui libérerait les torrents de chagrin qui grondaient en elle.

— Je suis désolée, mon cœur, mais nous chercherons un autre moyen de lui faire savoir que nous pensons à elle, tu veux bien ?

Tegan se laissa glisser de mes genoux et courut dans sa chambre. Au bout de quelques minutes, après avoir recouvré mon sang-froid, je la rejoignis.

Tegan était pelotonnée sur sa couette, petite silhouette rose et pourpre, traversée par des sanglots pathétiques. Elle avait posé à côté d'elle la photo de sa mère qui se trouvait habituellement sur sa télé.

— Tiga, commençai-je.

Mais je me rendis compte que je ne savais pas quoi dire.

Je m'assis sur le lit et lui caressai le dos, tout en contemplant la femme épanouie et heureuse qui souriait à côté de sa fille sur la photo. J'avais presque oublié qu'Adèle avait eu cette apparence-là. Quand je pensais à elle, maintenant, je voyais cette ombre grise dans la morgue de l'hôpital.

— Pourquoi… est-ce que… maman ne… revient pas ? hoqueta Tegan. J'ai été… méchante ?

— Non, chérie. Ta maman était malade.

— Toi aussi, tu as été malade…

— Ce n'était pas le même genre de maladie. Ta maman avait une maladie très très grave et elle ne pouvait pas guérir. Elle voulait rester avec nous, mais elle était trop malade.

— Je veux… qu'elle… revienne.

— Moi aussi, chérie, je voudrais…

Une pensée me vint soudain à l'esprit.

— Tiga, tu as cru que ta maman allait revenir ?

Elle reprit convulsivement son souffle tout en hochant la tête.

— Oui… si elle… si elle se plaisait pas au ciel… alors peut-être que… qu'elle reviendrait nous voir. Si elle préférait Leeds…

Apparemment, Adèle et moi avions été aussi brillantes l'une que l'autre dans nos explications sur la mort.

— Je suis désolée, bébé, mais ta maman ne reviendra pas, dis-je le plus doucement possible.

Ses pleurs redoublèrent. Son désespoir me bouleversa parce que je savais ce qu'elle ressentait, je connaissais cette souffrance terrible de comprendre que la personne que l'on a aimée était partie pour toujours, qu'on ne la reverrait jamais. C'était comme une épée qui vous transperçait le cœur. Je pris Tegan dans mes bras et serrai contre moi son petit corps agité par les sanglots.

Une image lointaine resurgit du fond de ma mémoire comme une flèche, vibrant de lumière au milieu de mes souvenirs : Tegan était âgée d'un mois et Adèle m'avait demandé de veiller sur elle pendant qu'elle prenait une douche. Je m'étais assise sur le lit, dans la chambre d'Adèle, les yeux rivés au berceau. Tegan était encore rose et fripée, avec un minuscule duvet pâle sur son crâne chauve. Adèle lui avait enfilé une grenouillère bleue et elle dormait sous deux couvertures blanches. Elle s'était réveillée à la seconde où Adèle avait fermé la porte de la salle de bains, comme si elle avait senti que sa mère n'était plus à côté d'elle. Dès que l'eau de la douche avait commencé à crépiter, Tegan avait poussé un cri, d'une force ahurissante pour un être aussi minuscule. J'étais restée paralysée, persuadée qu'elle allait s'arrêter. Mais non, elle hurlait de plus belle, la bouche grande ouverte, les yeux étroitement clos, le visage de plus en plus cramoisi. Je m'étais alors penchée sur le berceau, j'avais pris Tegan toute hurlante dans mes bras, et je l'avais bercée en lui chuchotant de se calmer, que sa maman allait revenir, et que tout allait bien, chut, chut. Quand Adèle était finalement revenue, les cheveux encore humides, Tiga ne pleurait plus et ses yeux ne quittaient plus les miens, comme si elle me voyait réellement et que j'étais sur le point de lui révéler les mystères de l'univers.

— Et tu voudrais me faire croire que tu n'es pas faite pour avoir des enfants, avait murmuré Adèle en s'allongeant sur le lit.

Je soupirai à ce souvenir et serrai tendrement Tegan contre moi.

— Quand tu es née, je t'ai prise dans mes bras et je t'ai bercée comme en ce moment, murmurai-je, ma joue contre les cheveux de la fillette. Tu étais tellement petite quand tu es née, pas plus haute que trois pommes. Je me suis dit : « Bon sang, est-ce qu'ils nous ont bien donné le bon bébé ? On dirait un petit lutin. » Et puis tu as souri et tu ressemblais tellement à ta maman, tu étais aussi jolie qu'elle, alors j'ai su qu'il n'y avait pas d'erreur, que tu étais bien notre petite Tiga. Parce que tu étais aussi à moi, tu sais ? Même quand j'étais loin, je pensais tout le temps à toi, tout le temps. J'avais ta photo dans mon sac et quand les gens me demandaient « Oh, mais qui est cette jolie petite fille ? », je répondais « C'est ma petite Tiga ! ».

« Je suis désolée que ta maman ne soit pas là, mon ange. Je pense à elle tous les jours moi aussi, elle me manque terriblement et je sais que ça va être très dur de s'habituer à son absence. Et pourquoi on n'appellerait pas Noël le Jour d'Adèle ? Adèle était le prénom de ta maman, tu le sais ?

— Oui, chuchota-t-elle.

— Alors c'est dit, nous fêterons le Jour d'Adèle. On fabriquera des cartes de Jour d'Adèle et on les enverra à tous les gens qu'on connaît. Et on fera des dessins d'elle et je te montrerai les photos de mon album. On pourra même fabriquer un tout-en-un spécial pour le goûter. Qu'est-ce que tu en dis ?

— Est-ce que Luke viendra ?

Au moins, elle avait cessé de pleurer, c'était déjà quelque chose.

— Ah non, ce sera juste toi et moi. Pas de garçons !

— Et Monsieur Nate ?

— Beurk, non ! C'est un garçon ! Pas de garçon à notre fête de filles ! Et pour ne pas manquer Noël, on le fêtera le lendemain. Tu ouvriras tes cadeaux à ce moment-là.

— Luke pourra venir alors ?

— Bien sûr.

— Je veux qu'il soit là. Et Monsieur Nate aussi.

— Ah bon ? Pourquoi ?

Sa requête m'étonnait. Elle avait vu Nate seulement trois ou quatre fois, et il s'était montré très gentil avec elle, mais était bien moins important que Luke. D'ailleurs, il ne restait jamais plus de dix minutes chaque fois.

— Parce que tu l'aimes bien, répondit-elle simplement en reniflant.

— Mais il n'a pas à être présent à notre fête de Noël si toi, tu ne l'aimes pas.

Il y avait une note de panique dans ma voix. Je n'avais pas revu Nate depuis notre confrontation dans la rue, il y avait de cela deux semaines. Je ne lui avais pas téléphoné et je n'avais pas répondu à ses e-mails – en fait, je l'avais soigneusement évité. Et Luke ne voudrait pas de sa présence non plus, c'était sûr et certain.

— Je l'aime bien. Il est rigolo.

Première nouvelle. Qu'avait-il fait pour qu'elle le trouve rigolo ?

— Bon. Je lui poserai la question, promis. Mais il ne sera peut-être pas libre, alors ne sois pas déçue s'il ne vient pas.

Je serrai Tegan plus fort contre moi. Elle sentait le bain moussant à la cannelle et à la cerise que Luke lui avait acheté. Je ne supportais pas de la voir dans cet état. Ça me rendait malade de sentir qu'elle souffrait, même si, bien sûr, c'était inéluctable. Mais la vie était plus légère quand je feignais de me persuader que Tegan ne comprenait pas ce qui se passait.

— Tu as le droit de pleurer, dis-je.

Elle s'était retenue, par ma faute. Je ne l'en avais pas empêchée intentionnellement, mais elle avait dû sentir mon soulagement quand elle s'était arrêtée. Être témoin d'une crise de larmes était pénible, mais donner libre cours à son chagrin était incroyablement libérateur. Même si on en ressortait brisé et vidé, cela valait mieux que de laisser le ressentiment s'accumuler faute d'avoir permis à ses émotions de sortir. Je ne voulais pas que ma Tegan devienne une adolescente remplie de colère et d'amertume, comme je l'avais été, parce que je l'aurais empêchée d'exprimer son chagrin.

— Si tu es triste à cause de ta maman ou qu'elle te manque trop, tu peux pleurer.

Je caressai ses longs cheveux blonds.

— C'est normal que ta maman te manque. Je comprends, tu sais, et si tu as envie qu'on en parle, n'importe quand, tu n'as qu'à me le dire. Je serai toujours là pour t'écouter.

— Je voudrais dormir, maintenant, balbutia-t-elle.

— Très bien, trésor.

Elle secoua la tête avec un petit rire.

— Je ne suis pas Trésor, je suis Tegan.

C'était un jeu auquel elle jouait souvent avec sa mère.

— Tu es sûre ? J'aurais pu jurer que tu t'appelais Trésor.

— Non, mon prénom est Tegan.

— Entendu, Tegan, mets-toi au lit. Je vais rester un petit moment à côté de toi, si ça ne te dérange pas, et ensuite j'irai préparer le déjeuner.

— D'accord.

Elle descendit de mes genoux, se glissa sous la couette et se tourna vers moi. Je me dirigeai vers la fenêtre et fermai les rideaux bleus afin d'atténuer la lumière de la mi-journée. Puis je m'assis sur le sol à côté du lit et je la regardai dormir, comme cela m'arrivait parfois au milieu de la nuit. Elle suivait des cours de karaté, elle avait intégré l'équipe de foot, elle nous parlait à Luke et à moi comme une adulte, mais j'oubliais constamment combien elle était fragile. Je résistai à l'envie de repousser doucement ses cheveux en arrière et me contentai de regarder ses traits crispés se détendre et sa respiration s'apaiser à mesure qu'elle tombait dans le sommeil. Ma pauvre Tegan, si fragile. Mon pauvre, pauvre bébé.

— Tu as décidé quoi ?

Telle fut la réaction de Luke quand je lui expliquai mon plan pour Noël et le 26 décembre. Il était rentré de New York depuis deux jours, mais je ne l'avais pas encore vu parce qu'il était allé à Londres faire son rapport. Je redoutais le moment où je devrais lui annoncer la nouvelle, de sorte que j'avais décidé de le faire en l'absence de Tegan, autrement dit au travail.

Il se tenait debout devant mon bureau, bras croisés, très impressionnant avec son complet gris anthracite, sa chemise blanche et sa cravate bleue. J'étais toujours stupéfaite de constater que, en dépit de ses horaires de fou et du temps qu'il passait avec nous, il réussissait à entretenir sa silhouette musclée. Je levai lentement les yeux et, en découvrant son expression, la crainte qui m'avait poussée à éviter son regard se confirma : il n'était pas simplement contrarié, il était furieux. Un muscle tressautait nerveusement sur sa joue.

— Je suis interdit de Noël avec vous deux, mais j'ai gagné le droit de passer le lendemain avec ton ex, c'est bien ça que tu me proposes ? lâcha Luke car je ne répondais pas.

Il regarda autour de lui, scrutant les murs et le plafond de mon bureau, puis m'interrogea :

— C'est pour une émission de caméra cachée ! Je ne vois que cette explication !

— C'est pour Tegan. Nous ne devons être que toutes les deux le jour de Noël. Et c'est elle qui a demandé que Nate soit présent le 26.

— Et si je passais dans la soirée du 25 ? demanda-t-il avec une pointe d'accent américain – une semaine à New York et son côté yankee ressortait.

— Non, Luke ! C'est pour Tegan, essaie de comprendre. Ce sera l'anniversaire de sa mère, le premier depuis... depuis qu'Adèle est... *morte*. Je ne peux pas croire que tu ne sentes pas combien c'est important.

— Je comprends, mais... Bon sang, je n'ai personne, je te signale ! D'habitude, je passe Noël à New York avec des amis, mais cette année j'ai décliné leur invitation parce que, pour une fois, je pensais être avec ma petite famille !

— Tu seras avec nous, mais pas le 25.

Le visage de Luke se ferma et sa bouche dessina une ligne rageuse.

— Mais qu'est-ce que tu attends de moi, Luke ? Que je te fasse passer avant ma fille ?

Pendant un moment, il fut tenté de répondre oui. Je le lus sur son visage, dans ses yeux, à la façon dont ses lèvres se contractèrent.

— C'est le genre de femme que tu voudrais que je sois ? Le genre de femme que tu aurais envie de fréquenter ? ajoutai-je pour l'empêcher de dire quelque chose qu'il ne pensait pas. Je n'ai pas besoin de ça, tu sais ? La journée sera suffisamment pénible sans que je doive en plus me demander si tu ne vas pas me larguer parce que tu n'as pas pu être avec nous. Je suis désolée, Luke, mais Tegan passe en premier. Elle commence juste à comprendre que sa mère ne reviendra jamais, je ne vais sûrement pas la laisser tomber en ne tenant pas ma promesse, promesse que je ne regrette pas, d'ailleurs.

Le téléphone noir, sur mon bureau, se mit à sonner et je décrochai.

— Bonjour, Kamryn Matika à l'appareil.

Luke continuait à me fixer sans bouger.

— C'est moi, fit Nate.

— Oh, salut.

La température de la pièce monta brusquement de plusieurs degrés. Je pressai plus étroitement le combiné contre mon oreille pour que Luke n'entende pas sa voix ni ce qu'il disait.

— Je sais que je te dérange et que tu ne peux pas parler longtemps, mais tu n'as répondu ni à mes messages sur ton portable ni à mes e-mails, dit-il.

Ce n'était pas un reproche, et même je décelai de la compréhension dans sa voix.

— Je voulais te parler de Noël.

— Oh, fis-je.

— Je sais que c'est l'anniversaire d'Adèle et je me doute que ça ne va pas être facile pour toi et Tegan. Je me demandais si tu voulais que nous passions la journée ensemble, comme autrefois.

— En fait, j'allais t'appeler pour en parler.

Je jetai un regard à Luke, qui s'était assis sur un coin de mon bureau pour feuilleter des papiers posés dans mon panier à courrier, et dont le visage était un petit chef-d'œuvre d'indifférence simulée.

— Ah oui ?

La voix de Nate se détendit.

— Tegan et moi nous passerons la journée de Noël toutes les deux, mais elle voudrait savoir si tu serais libre pour fêter Noël avec nous le lendemain.

Luke s'arrêta sur une page particulièrement intéressante où figurait la liste des réductions dont les employés d'Angeles bénéficiaient dans les différents magasins de la chaîne, et la lut plusieurs fois comme pour la mémoriser.

— Est-ce que Luke sera là ? demanda Nate.

— Évidemment.

— Alors, je ne pense pas que ce soit une bonne idée. J'adorerais venir, mais je ne crois pas que nous nous amuserions tous les quatre. Et si je passais plutôt la veille de Noël pour lui donner ses cadeaux ?

— Parfait, approuvai-je avec soulagement.

Un soulagement énorme. Pas seulement parce que Luke aurait été d'une humeur massacrante pendant toute la journée (et probablement pendant le reste du mois), mais parce que je ne voulais pas me retrouver avec Nate. Ma vision de notre relation – notre défunte relation – avait changé depuis que je connaissais la raison pour laquelle il avait couché avec Adèle. Il n'y avait pas été poussé par une soif de revanche mais par un sentiment de solitude et d'abandon. C'était quelque chose que je pouvais comprendre – j'en avais souffert si souvent dans ma vie –, mais songer qu'il avait ressenti une telle détresse quand il vivait avec moi... Cela en disait long sur moi-même. J'avais eu raison de croire que c'était moi qui l'avais conduit à cette extrémité, mais je m'étais trompée sur les vraies raisons de son geste. Ce n'était pas à cause de mon sale caractère qu'il avait sombré dans le désespoir, mais parce que je m'étais éloignée de lui. Bien sûr, il n'était pas obligé de coucher avec une autre femme, mais qui ne fait pas d'erreur ? Nous faisons tous des choses stupides dans nos moments de faiblesse : moi-même, j'avais flirté avec ce collègue écossais dont je me sentais si proche au travail, et j'avais failli coucher avec Ted. Je comprenais mieux Nate à présent, et cette empathie me semblait dangereuse.

— Entendu pour la veille de Noël, alors, reprit-il. Je peux te voir avant ?

— Euh, je ne sais pas si c'est une bonne idée, répondis-je après un coup d'œil en coin à Luke, qui se passionnait toujours pour la même feuille.

— Et Tegan ?

— Si tu veux. Je peux te l'amener chez toi et te la laisser une heure ou deux.

Je ne ferais jamais une chose pareille, mais c'était un test : voulait-il réellement voir Tegan ou moi ?

— Ou, mieux, je pourrais venir chez toi et tu t'absenterais une heure ? répondit-il. Ce serait peut-être moins perturbant pour elle.

— Tu sais bien que ce n'est pas possible.

— Peut-être pas maintenant, mais plus tard. Dans quelque temps. Je veux réellement la voir. Et toi aussi, bien sûr.

— Nate, je suis occupée.

— Il est à côté de toi, c'est ça ?

Je soupirai.

— Écoute, je te rappellerai plus tard. Tu pourrais peut-être passer à la maison ce week-end. Je vais voir si Tegan est d'accord.

— Entendu. À plus tard, alors.

— Au revoir, Nate.

— Au revoir, Bébé, je t'aime, dit-il en raccrochant.

Mon cœur explosa au son de ses derniers mots qui résonnaient dans ma tête. Je reposai le combiné d'un geste maladroit.

— Il sera là à Noël ? demanda Luke.

Je fis signe que non, les yeux baissés de peur que mon visage ne trahisse mon émoi. Nate m'avait dit qu'il m'aimait si aisément. Comme si c'était tout naturel. Trois petits mots lâchés dans la conversation. Il faisait souvent ça à l'époque où nous étions ensemble, il terminait ainsi chacune de nos conversations téléphoniques.

— Il... euh... il est occupé, et il passera probablement la journée chez ses parents. Il viendra plutôt la veille de Noël pour déposer les cadeaux de Tegan.

— Ryn ? commença Luke.

Je le regardai, formant le vœu que mon visage ne révèle pas ce que Nate m'avait dit. Un sourire timide affleura sur les lèvres de mon petit ami. Sa colère s'était envolée.

— Je suis désolé d'avoir été aussi nul, tout à l'heure. Je comprends, je suis un peu déçu, c'est tout.

— Je sais.

— Non, tu ne sais pas. Pour la première fois de ma vie, j'ai une famille. Je t'ai toi, et une petite fille. Je n'ai jamais eu un enfant que je pouvais gâter à Noël. Tu n'imagines pas à quel point j'étais excité à cette idée. Noël est une fête familiale et je voulais être avec vous deux. Mais le 26, ce sera très bien. Ce sera génial, même.

Je lui souris.

Luke s'assura que personne n'était rentré inopportunément de la pause déjeuner, pouvant nous voir à travers les cloisons en verre du bureau, puis il se pencha et m'embrassa rapidement.

— À ce soir, Bébé.

— Oui, à ce soir.

Dès qu'il fut parti, les battements de mon cœur s'accélérèrent et les trois petits mots prononcés par Nate résonnèrent à l'infini dans ma tête. Je les examinai à la lumière comme une pierre précieuse, je contemplai leurs facettes parfaites.

Au revoir, Bébé, je t'aime.

La voix douce de Nate me disant que ses sentiments pour moi n'avaient pas changé était une chose à laquelle je ne m'attendais pas. Je me doutais qu'il éprouvait encore de la tendresse pour moi, mais il venait de me dévoiler son amour. Est-ce que je l'aimais encore moi aussi ? Et si oui, quelles seraient les conséquences dans nos vies ? Nos vies, oui, car les sentiments de Tegan compteraient au moins autant que les miens dans mon choix final. Si elle n'avait pas été là, je savais qui j'aurais choisi. Je n'aurais pas hésité une seconde.

Mon portable sonna. Luke m'avait écrit un message :

J'ai oublié de te dire : je t'aime

Je l'effaçai et jetai le portable sur mon bureau.

Étais-je vraiment sûre de savoir lequel des deux je choisirais ?

39

Le soleil n'était pas encore levé sur le Jour d'Adèle que Tegan sautait déjà de son lit.

Le bruit de ses petits pieds nus trottinant le long du couloir m'avait arrachée d'un sommeil agité, entrecoupé de réveils en sursaut. Et comme sa frimousse apparaissait dans l'entrebâillement de la porte, je me redressai et clignai des yeux pour essayer d'avoir l'air éveillée.

— Je peux venir ? chuchota Tegan.

Depuis que nous vivions ensemble, c'était bien la première fois qu'elle me demandait la permission. D'où lui venait cette soudaine réserve ?

— Mais oui, répondis-je.

Elle entra lentement, escalada le lit et se glissa sous les couvertures.

— Tiga, qu'est-ce que tu veux en premier ? Ton petit déjeuner ou ton cadeau ?

Je la pris dans mes bras et l'attirai contre moi, dans le petit creux de mon épaule qui semblait fait pour elle.

— J'ai un cadeau ?

— Bien entendu, mademoiselle. C'est le Jour d'Adèle, ce qui signifie que tu as droit à un cadeau. Mais on peut aussi prendre notre petit déjeuner ou téléphoner à Nana Faith. C'est à toi de choisir.

Les yeux de Tegan s'écarquillèrent tandis qu'elle considérait toutes les options qui s'offraient à elle.

— Mon cadeau, chuchota-t-elle après avoir longuement médité.

— D'accord.

Je me redressai, ouvris le tiroir de ma table de nuit et en sortis une boîte dorée avec un beau ruban rouge.

— Tiens.

Les yeux de la petite fille s'ouvrirent davantage encore. Elle s'assit et regarda la boîte avec une légère appréhension.

— Qu'est-ce que c'est ?

N'importe quel enfant aurait tout de suite déchiré l'emballage pour voir plus vite ce qu'il y avait à l'intérieur, mais pas Tegan. Elle commençait toujours par réfléchir et par rassembler le plus possible d'indices avant de se lancer. Elle me ressemblait sur ce point. Adèle, elle, se serait précipitée sur la boîte à la seconde même où on lui aurait dit que c'était pour elle.

— Ouvre et tu verras.

Tegan batailla quelques secondes avec le ruban avant de comprendre que, tout comme les lacets blancs de ses baskets, il suffisait de tirer une des extrémités pour tout dénouer. Elle souleva prudemment le couvercle, plongea la main à l'intérieur, puis saisit la petite chaîne en or, posée sur un lit de soie bleue et au bout de laquelle pendait une médaille. Elle examina avec attention l'image gravée en relief.

— C'est maman et moi !

— Absolument, acquiesçai-je.

J'avais fait reproduire une photo d'elles deux sur la médaille.

— Je peux la mettre tout de suite ?

— Bien sûr. Elle est à toi.

Elle me la tendit pour que je la lui attache.

— Soulève tes cheveux pour qu'ils ne se prennent pas dans le fermoir.

Je fixai la chaîne autour de son cou gracile.

— Voilà.

En voyant ses cheveux tomber jusqu'à ses épaules, je me demandai si je ne devrais pas les lui couper. Je ne l'avais pas fait au cours de ces derniers mois, parce que je n'y avais tout simplement pas pensé. Quand elle pratiquait un sport, je les coiffais en queue-de-cheval. Le reste du temps, je les laissais flotter sur ses épaules comme un rideau de soie. Ils mettaient en valeur l'ovale de son visage et ses yeux en amande, et la rendaient encore plus jolie – si c'était possible. Parfois, elle me demandait de lui faire « des petites nattes plein la tête » – j'avais fini par comprendre qu'elle voulait parler des tresses africaines que je lui faisais quand elle était toute petite. Je réservais cette coiffure à des occasions spéciales parce qu'il fallait beaucoup de temps pour bien la réaliser. Tegan adorait quand je dénouais ensuite les tresses parce que ses cheveux restaient tout gaufrés.

Je l'observai, un sourire aux lèvres, contempler son médaillon. J'aimais Tegan avec les cheveux longs, mais qu'aurait fait Adèle à ma place ? Elle coupait toujours les cheveux de sa fille quand ils lui arrivaient au menton et... *Quelle importance ?* songeai-je avec rébellion. *Elle n'est pas là !* Je me sentais toujours coupable après de pareilles pensées, mais Luke avait semé en moi les graines de la sédition.

Récemment, je m'étais interrogée à haute voix pour déterminer si je devais inscrire Tegan dans l'école communale de mon quartier ou s'il ne valait pas mieux que je déménage pour qu'elle ait accès à un établissement plus haut de gamme. Cependant, Horsforth était un quartier agréable. J'expliquai à Luke que je n'avais jamais abordé le sujet avec Adèle et que je ne savais donc absolument pas si elle aurait préféré que sa fille aille dans une école de filles, où les élèves obtenaient (disait-on) de meilleurs résultats, ou dans un établissement mixte, où elle apprendrait que, pour s'imposer dans la vraie vie, elle devrait entrer en compétition avec des garçons.

Luke avait écouté mes arguments avant de décréter que je n'étais pas Adèle.

Sa remarque m'avait blessée. Me croyait-il assez stupide pour avoir la prétention de vouloir la remplacer dans la vie de Tegan ? Ne lui avais-je pas répété un millier de fois que mon plus grand problème, justement, c'était de ne pas être capable de me substituer à Adèle ?

— Je le sais bien, avais-je rétorqué.

— En ce cas, cesse de te comporter comme si tu avais des comptes à lui rendre, avait-il répliqué.

Il travaillait sur son ordinateur portable, allongé sur mon lit, pendant que je travaillais à mon bureau, sur mon PC.

— Tu considères Tegan comme ta fille, alors arrête de te demander toutes les deux secondes ce qu'aurait fait Adèle et décide. C'est toi qui l'élèves, pas Adèle.

Je l'avais fusillé du regard et il avait posé son ordinateur à côté de lui, haussant un sourcil dans l'attente de ma réponse.

— Je sais que c'est moi qui l'élève, avais-je finalement marmonné.

— Je ne dis pas que tu n'assumes pas tes responsabilités, Bébé. Mais tu te préoccupes tellement de savoir ce qu'Adèle aurait décidé ou non que tu n'oses plus rien faire. Et puis, c'est une façon de fuir, non ? Si tu prends la mauvaise décision, il suffit de te retrancher derrière Adèle en prétendant que c'est ce qu'elle aurait choisi.

Je me mordis la lèvre et détournai les yeux. Je n'avais jamais vu la situation sous cet angle.

— J'essaie seulement d'agir pour le mieux, murmurai-je avec la sensation d'avoir été prise en faute.

Luke avait marqué un point. Tegan était mon bébé, désormais. Mon fardeau. Mon espoir. Mon amour. Tout ce qui arriverait maintenant, en bien ou en mal, serait de mon fait. La personnalité qu'elle développerait, ses habitudes, ses défauts, sa façon d'appréhender le présent et l'avenir seraient le fruit de mon éducation. De sa vie avec moi.

Je baissai à nouveau les yeux sur Tegan et la panique m'envahit. Lorsque je réfléchissais aux multiples responsabilités qui m'attendaient, j'éprouvais aussitôt l'envie impérieuse de me rouler en boule et de me cacher sous les couvertures en attendant des jours meilleurs. Je n'avais jamais ressenti le besoin de m'affirmer de cette façon, en devenant mère. Je n'avais jamais ressenti l'envie d'avoir un bébé, de donner naissance à un être qui dépendrait de moi. Je savais à quoi je m'engageais en acceptant de prendre Tegan, mais c'était dans des moments comme celui-là, des moments où je tenais son bien-être physique et psychologique entre mes mains, que la réalité me heurtait de plein fouet. J'étais responsable d'elle. Pour tout. À chaque minute. Pour toute la vie.

— Allez, debout, la Miss. On a une journée bien remplie qui nous attend. Pas question de traîner au lit.

Un grand sourire illumina le visage de Tegan. Je repoussai les couvertures et elle sauta du lit. Je l'imitai.

— On passe quelques coups de téléphone et ensuite on prend notre petit déjeuner ?

— D'accord, acquiesça-t-elle.

Une fois au salon, je tendis le téléphone à Tegan et elle appuya sur la touche marquée « NP » pour « Nana » et « Papy ». Il était à peine huit heures du matin, mais ma mère devait s'attendre à notre appel car Tegan lança presque instantanément :

— Bonjour, Nana Faith... Très bien, oui.

Elle lâcha un petit rire.

— Tu as dit : « Joyeux Jour d'Adèle » !

Son sourire s'élargit encore pendant que j'entendais la voix douce de ma mère lui parler dans le téléphone.

Quand j'avais parlé à ma mère de mon idée d'instaurer un Jour d'Adèle, elle m'avait immédiatement soutenue, contrairement à Luke. Elle avait gentiment proposé de préparer un gâteau, mais j'avais décliné son offre.

Au moment où j'allais raccrocher, elle avait ajouté :

— Tu sais, Kamryn, ton père et moi, nous sommes très fiers de toi.

— Pardon ? avais-je répondu, médusée.

Notre relation avait été nourrie d'incompréhension du fait de mon célibat prolongé et de la honte que je leur avais infligée vis-à-vis de leurs amis et de toute notre famille en annulant mon mariage à la dernière minute sans véritable explication.

— Tegan représente une énorme responsabilité, avait-elle poursuivi. Je t'avoue que j'ai été stupéfaite quand tu nous as annoncé que tu allais t'occuper d'elle. Mais tu t'en sors très bien. Vraiment très bien.

Ma mère téléphonait souvent pour papoter avec Tiga. Mes parents l'adoraient. En fait, tout le monde l'aimait.

— Merci, avais-je bredouillé.

— Depuis l'annulation de ton mariage (nous n'avions jamais abordé le sujet et, quand l'un de mes parents essayait d'en parler, je changeais très vite de conversation), nous nous faisions du souci pour toi, ton père et moi, tu sais. Nous nous demandions ce que tu allais devenir. Mais, à présent, nous sommes rassurés. Tu as quelqu'un dans ta vie désormais.

— Tu veux parler de Luke ?

— Non, de Tegan. Tu as un foyer et une petite famille à toi, maintenant. Rien ne pouvait nous faire plus plaisir.

— Merci, avais-je bafouillé, ne sachant trop que dire.

Mes parents ne m'avaient jamais laissée penser qu'ils s'inquiétaient de me savoir seule. Mais il est vrai que je ne leur avais guère permis de s'en ouvrir à moi. Je n'étais pas du genre à rester pendue des heures au téléphone. En fait, depuis que j'avais hérité de Tegan, je leur parlais cent fois plus que je ne l'avais fait de toute ma vie.

Tegan finit de discuter avec sa grand-mère puis bavarda avec son Papy Hector. Elle me demanda ensuite la permission d'appeler ma sœur, Sheridan, et ses enfants. Le temps qu'elle fasse le tour de tous ses cousins, j'avais préparé des œufs brouillés et des toasts pour le petit déjeuner.

Adèle était allongée sur le dos, un bras replié sous la tête, l'autre posé sur son ventre nu. Des lunettes de soleil dissimulaient ses yeux et sa peau était luisante de crème solaire. Del faisait la moue, ses longs cheveux formant un halo bouclé autour de son visage – seule chose, estimait-elle, qui la différenciait de Marilyn Monroe.

— Marilyn pourrait être ma mère, avait commenté Adèle en voyant cette photo.

Je l'avais prise un été où il faisait si chaud que nous nous étions installées sur des serviettes de bain, dans le jardin de mes parents, feuilletant des magazines, buvant de la citronnade glacée et affirmant que cela nous était bien égal de ne pas avoir assez d'argent pour le prochain trimestre.

— Tu te rends compte, la vie que j'aurais, si j'étais la fille de Marilyn Monroe ?

Nous avions essayé d'imaginer, avant de réaliser que Marilyn aurait dû pour cela faire l'amour avec le père d'Adèle. Cette pensée était tellement insoutenable que nous avions immédiatement arrêté notre jeu.

Tegan feuilletait l'un de mes albums retraçant mes années d'université. L'une des photos me montrait, affalée sur ma table, le visage disparaissant littéralement dans un bouquin et masqué par mes longues tresses. Je portais un pull blanc informe et un bermuda noir. J'avais bûché comme une malade pour mes examens et Adèle m'avait surprise au moment où je piquais du nez dans mes livres. Sur la page opposée de l'album, Adèle et moi recevions notre diplôme. Nous arborions la toge et la toque des lauréats, et de larges sourires. En arrière-plan, mes parents, visiblement gênés, discutaient avec le père d'Adèle et son épouse Muriel. En les apercevant, Tegan tourna précipitamment la page, ainsi que les trois suivantes, où figuraient également des photos de la remise des diplômes.

Nous ouvrîmes un autre album, où étaient classées des photos plus récentes d'Adèle, de moi et de Nate. Je les avais conservées bien que je ne les aie pas regardées depuis des lustres. Il y avait Nate et moi en train de nous embrasser, assis sur le canapé dans l'appartement que je partageais avec Adèle ; Adèle et moi jouant au badminton ; Adèle courant, sa raquette prête à renvoyer le volant, ses cheveux flottant sur ses épaules ; Nate et moi, le jour où il m'avait offert ma bague de fiançailles en rubis ; Adèle, enceinte de deux mois, pointant un doigt sur son ventre, tandis qu'au deuxième plan Nate regardait la télé ; Adèle, enceinte de neuf mois ; Tegan dans les bras d'Adèle, quelques instants après sa naissance – la maman paraissant aussi épuisée que si elle avait couru un marathon ; moi avec Tegan ; Nate tenant pour une fois la petite contre lui (il avait cédé parce que je l'avais menacé de faire abstinence pendant une semaine).

Tegan changeait de façon spectaculaire au fil des photos, passant de la position couchée à la position assise, puis rampant, marchant, courant et dansant. Sur chaque cliché, elle souriait, riait, pouffait. Une petite fille heureuse.

Après avoir parcouru les albums, nous préparâmes un super tout-en-un pour le goûter, puis Tegan, épuisée, demanda à aller au lit à dix-huit heures. Il n'y aurait pas de bain et pas d'histoire avant d'éteindre la lumière. Elle enfila son pyjama, se glissa sous la couette et ferma les yeux.

— Bonne nuit, Tiga, dis-je après avoir éteint sa lampe de chevet.

— Je veux ma maman, chuchota-t-elle.

Après avoir longuement hésité, j'avais décidé de ne pas lire à Tegan la carte d'Adèle pour le jour de Noël, ni aucune des autres lettres qu'elle lui avait écrites. Cela risquait de lui embrouiller les idées, de faire croire à la fillette qu'il y avait une chance pour qu'Adèle revienne. Cette journée avait peut-être contribué à entretenir cette illusion. Peut-être était-ce trop pour elle.

Un petit sanglot s'échappa de sa bouche.

— Je veux ma maman, répéta-t-elle tout bas.

Je ne savais que répondre, alors je lui caressai les cheveux. Avais-je commis une erreur en organisant cette journée d'Adèle ? Avais-je tout gâché et entraîné Tegan dans ma bêtise ?

— Je veux ma maman, balbutia-t-elle une dernière fois tout en glissant dans le sommeil.

Éteignant toutes les lumières à l'exception de celle du couloir, j'allai me coucher, le cœur gros. J'avais bouleversé Tegan au lieu de l'aider. Mieux valait revenir à mon ancienne stratégie : ne pas parler d'Adèle. Je me glissai dans mon lit, bien qu'il soit à peine dix-neuf heures.

Je me réveillai en sentant une présence dans la chambre. J'ouvris les yeux une fraction de seconde : Tegan. Elle se hissa sur le matelas, se glissa sous les couvertures et se blottit contre moi. Je l'entourai d'un bras et elle se serra encore plus étroitement contre moi. Un instant plus tard, elle dormait.

Au moins, elle savait qu'elle m'avait, moi, et que, même si je n'étais pas sa mère, j'étais là.

« Tu peux m'appeler Tiga,
si tu veux. »

40

Mon moment préféré de la journée, c'était juste avant que Tegan aille au lit, quand je lui donnais son bain.

Je m'agenouillais à côté de la baignoire et nous papotions de choses et d'autres pendant que je la savonnais et la shampouinais. Luke ne s'était jamais proposé pour me remplacer car il savait que j'aurais refusé parce que c'était notre moment à toutes les deux, les vingt minutes les plus précieuses de la journée. Deux mois après ce Jour d'Adèle sans Adèle, Tegan et moi étions tombées dans une sorte de routine. Nous nous étions habituées l'une à l'autre.

Il y avait maintenant sept mois que sa mère était morte et le Jour d'Adèle avait ancré en Tegan (comme en moi) la certitude que sa mère ne reviendrait pas. Il nous restait des lettres manuscrites, un parfum sur des vêtements, des photos amusantes, autant de souvenirs précieux d'une personne appelée Adèle Brannon, mais ça ne la remplaçait pas. C'étaient juste des fragments de son passage sur terre. Tegan et moi pouvions regarder ces souvenirs autant que nous le voulions, cela ne ferait pas revenir Adèle. Nous devions continuer ensemble à vivre sans elle.

Une sorte de normalité régnait dans nos vies. Luke passait de plus en plus de temps avec nous. Il avait sa clé depuis longtemps, mais désormais il venait chez nous presque tous les jours de la semaine et même les week-ends il désertait son appartement d'Alwoodley. Nate lui aussi venait régulièrement à la maison. Il restait une demi-heure, buvait une tasse de thé, bavardait avec Tegan, ignorant Luke qui faisait la tête dans un coin.

Luke me demandait de temps en temps si Nate comptait signer un jour les papiers de renoncement, autrement dit s'il allait bientôt disparaître de nos vies. Je répondais chaque fois que je n'en avais aucune idée. Je n'avais pas interrogé Nate sur ses intentions parce que je ne voulais pas lui mettre la pression et, depuis notre dispute dans la rue, nous n'avions plus abordé le sujet.

Un certain train-train s'était installé à la maison. Mais, même si mon cœur explosait chaque fois que Nate apparaissait, je savais que cela passerait avec le temps, dès que je me serais habituée à le revoir.

Tegan préleva une poignée de mousse blanche et floconneuse à la surface de la baignoire et la déposa dans ma paume tendue. Alors que je penchais la tête pour souffler les bulles vers Tegan, elle mit les pieds dans le plat :

— Est-ce que Luke est mon papa ?

Je tentai désespérément de ne rien laisser paraître de la panique qui s'emparait de moi. Je n'avais toujours pas réussi à décider si je devais dire la vérité à Tiga, ou si je devais prétendre que je ne connaissais pas son père. Ce qui n'était pas entièrement faux, d'ailleurs : il y avait encore quelques semaines, j'avais la conviction de ne pas connaître le Nate qui avait couché avec Adèle. Mais il s'était expliqué, et je n'avais plus le moindre doute sur les raisons de son acte.

— Pourquoi me poses-tu cette question ?

— Regina Matheson dit que tout le monde a un papa et une maman. Je lui ai répondu qu'à la place, moi, j'avais deux mamans : ma Maman Ryn et ma maman qui est au ciel, mais alors elle a raconté que j'avais forcément aussi un papa. Même qu'elle a dit que peut-être c'était Luke mon papa. Et moi je lui ai dit que non parce que Luke est mon ami. Mais elle a dit que c'était peut-être lui quand même. Est-ce que c'est lui ?

Je vais étrangler cette Regina Matheson si jamais je la croise ! Ou alors je vais aller trouver ses parents pour leur dire ce que je pense de leur petite peste de fille. Elle m'empoisonne l'existence, toujours à mettre le doigt sur des sujets auxquels je ne veux pas penser et dont je ne veux pas discuter avec Tegan !

— Non, chérie, Luke n'est pas ton papa.

— Mais... est-ce que j'ai un papa ? Mlle Lewis, la maîtresse, dit aussi que tout le monde en a un.

Ma bouche se dessécha et mon cœur s'emballa dans ma poitrine.

— Oui. Tu as un papa, Tiga.

— Oh.

Tegan arrêta de faire de la mousse en agitant les pieds sous l'eau. Ma voix mal assurée l'avait alertée sur le fait qu'il se passait quelque chose et elle demanda prudemment :

— Qui c'est ?

Son visage était empourpré à cause de la chaleur du bain et ses cheveux mouillés pendaient en mèches blond foncé le long de ses joues tandis qu'elle attendait ma réponse.

Je pris une respiration et lâchai la syllabe fatidique :

— C'est Nate.

Les petites mains de Tegan se levèrent et elle se frotta les paupières d'un air surpris.

— Monsieur Nate ? demanda-t-elle, me regardant intensément en clignant des yeux.

Je hochai la tête.

— Oui, Mons... Oui, Nate est ton papa.

— Pas Luke ? C'est pas Luke, mon papa ?

— Non, mon cœur.

— C'est sûr ?

Elle était déçue.

Je hochai la tête encore une fois.

— Est-ce que je dois aller vivre chez Monsieur Nate ? demanda-t-elle après un silence inquiet.

— Mon Dieu, non ! m'écriai-je. Tu restes avec moi pour toujours, Tegan. N'oublie jamais ça. Entre toi et moi, c'est pour la vie.

— Toi, moi et Luke !

— Euh... oui.

Mon ton manquait de conviction.

— Dis, est-ce que tu vas te marier avec Luke ?

— Je ne sais pas. Je n'y ai pas réfléchi.

— Si tu te mariais avec Luke, est-ce qu'il deviendrait mon papa ? Il serait Papa Luke ?

Elle ne cachait pas la joie que lui inspirait cette éventualité.

— Je suppose que oui, répondis-je.

— Est-ce que tu vas te marier avec Monsieur Nate ?

— Non.

Sur ce point précis, je n'avais aucune hésitation. Je n'allais pas me marier avec Nate, ni me remettre avec lui. Il n'y avait pas le début du commencement d'une chance, même si mon cœur battait la chamade quand il était près de moi. Même si mon estomac se tordait quand nos regards se croisaient accidentellement. C'était fini avec Nate. Vrai de vrai, comme dirait Tegan.

— Pourquoi non ?

— Parce que Luke est mon petit ami.

— Mais Monsieur Nate aussi, il était ton petit ami.

— Oui, mais c'était avant.

— Pourquoi Monsieur Nate est mon papa ?

Ô mon Dieu. Devais-je me lancer dans un couplet sur les abeilles et les fleurs ? Elle avait droit encore à quelques années d'innocence, non ? Je payais des impôts pour ça, pour que quelqu'un d'autre se charge de lui expliquer comment on faisait les bébés...

Tegan fronça ses petits sourcils humides, attendant ma réponse.

— Euh... commençai-je.

Dans toute situation désespérée, une seule solution : poser une autre question pour faire diversion.

— Ça t'ennuie que Nate soit ton papa ?

Tegan pinça les lèvres dans une moue pensive, contempla l'eau mousseuse de son bain, puis haussa les épaules.

— Je sais pas. Il est gentil.

Elle fronça le nez et secoua la tête.

— Mais Luke ne l'aime pas.

— C'est lui qui t'a dit ça ? demandai-je, prête à arracher les yeux à Luke pour avoir osé mêler Tegan à ses histoires.

— Non. C'est sa façon de parler à Monsieur Nate.

Elle baissa le menton vers sa poitrine et prit une voix grave pour imiter Luke :

— « Nate, vous êtes encore là. Quelle chance ! » Et après il sourit, poursuivit-elle en reprenant sa voix normale, mais on voit que ça ne lui plaît pas.

— Les garçons sont bizarres, parfois.

— Monsieur Nate te regarde aussi. Des fois, il sourit, mais toi tu ne le vois pas. Il t'aime plus qu'il m'aime moi.

— Nate nous aime toutes les deux.

— Et qui est-ce que tu aimes le plus ? Monsieur Nate ou Luke ?

Si je connaissais la réponse, je dormirais sûrement mieux la nuit. Je ne serais pas rongée par la culpabilité de les vouloir tous les deux. Luke, je l'aimais parce qu'il incarnait le présent, parce qu'il n'avait pas connu Adèle et qu'il ne me la rappelait pas constamment. Nate, c'était parce qu'il me rappelait celle que j'étais autrefois. J'avais toujours su qu'il m'aimait. Luke, lui, devait encore me le prouver. Nous tournions toujours autour du pot et aucun de nous ne voulait s'exposer le premier. D'un autre côté, Luke ne m'avait jamais trompée, tandis que Nate...

— Je les aime tous les deux, répondis-je à Tegan.

Je soulevai le menton de Tegan, et la regardai sous tous les angles.

— Mais j'aime Tegan encore plus.

Elle m'adressa un sourire radieux. Elle était si belle avec son petit nez en pente douce, ses grands yeux bleu roi, sa bouche délicatement modelée... Elle était le portrait craché d'Adèle. Tiga dégagea son menton, préleva deux grosses poignées de mousse qu'elle souffla dans ma direction, recouvrant mon pull rouge de petits flocons blancs.

— Maman Ryn, je vais réfléchir à tout ça, déclara-t-elle avec la solennité d'un juge s'apprêtant à rendre sa sentence.

— Très bien, approuvai-je.

Si ça n'avait pas été Tegan, j'aurais été amusée par son sérieux, par sa précocité. Mais je n'avais pas envie de rire parce que c'était seulement la preuve qu'elle était un peu perdue et qu'il lui fallait assimiler cette nouvelle donnée à tête reposée.

— Je ne sais pas si je veux que Monsieur Nate soit mon papa, tu comprends, expliqua-t-elle. Je dois y réfléchir.

Je hochai la tête en signe d'assentiment. À présent, il me faudrait trouver un moyen de lui faire comprendre que, qu'elle le veuille ou non, Nate était son père et que nous n'y pouvions rien changer, ni l'une ni l'autre.

41

Nate était installé dans le Coffee House de Town Street, à Horsforth, un coude sur la table, le menton dans sa main, le regard braqué sur son expresso. À le voir ainsi, en tête à tête avec son café comme s'il était là depuis des heures, je ne pus m'empêcher de me rappeler notre premier rendez-vous.

Il leva les yeux quand j'arrivai près de lui et mon estomac se serra. Nate avait l'air d'un spectre. Ses cernes noirs me disaient qu'il ne dormait pas, ses pommettes saillantes signifiaient qu'il avait perdu l'appétit et les ombres sur ses joues révélaient qu'il ne s'était pas rasé depuis des jours. Ses ongles étaient rongés jusqu'au sang. Et chaque geste semblait lui coûter.

Il se laissait aller et cela me fit mal. Nate était précieux à mes yeux. Il était le père de Tegan et je commençais à m'habituer à cette idée, à admettre que ce qui était fait était fait et que je n'y pouvais rien. À présent, je n'étais même plus sûre que j'aurais changé le cours des choses si j'en avais eu la possibilité. Parce que, comme l'écrivait Adèle dans sa lettre, Tegan ne serait pas Tegan si elle n'avait pas Nate pour père. Mais Nate m'était précieux également pour l'individu qu'il était.

— Je ne suis pas en retard, au moins ?

— Non. J'étais impatient de te voir, même si tu m'as paru tellement sérieuse au téléphone, alors je suis venu en avance.

Je m'assis face à lui. De près, les ravages sur son visage étaient encore plus perceptibles. Cela ne s'était pas fait en une seule nuit, c'était le résultat d'un long travail de sape dont les effets n'apparaissaient que maintenant.

— Est-ce que ça va ? lui demandai-je.

— Très bien, beauté. Alors, que signifiait ce ton grave au téléphone ? demanda-t-il pour éluder ma question.

J'hésitai. Dans l'état où il était, il n'avait pas besoin d'entendre ce que j'allais lui dire, mais je n'avais pas le choix. Je ne voulais pas lui faire de mal, mais Tegan était prioritaire. Je devais penser à elle et uniquement à elle.

— Nate…

Je m'humectai les lèvres, atterrée à l'idée de ce que j'allais lui demander.

— C'était formidable de te revoir, de t'avoir à la maison, mais je veux que tu signes ces papiers pour que je puisse entamer la procédure d'adoption.

Nate se tassa sur son siège, contemplant la table d'un air désespéré.

— Je sais que tu aimes Tegan, mais pas suffisamment pour être son père à plein temps, et elle a besoin de stabilité. Elle aura six ans dans quelques semaines et, au cours de ces derniers mois, elle a perdu sa mère, emménagé dans une ville inconnue, elle s'est dégotté un papa, puis elle a appris qui était son vrai père… et je ne parle même pas du quotidien auquel elle a dû s'adapter. Je veux lui donner la stabilité dont elle a besoin en lui apportant la garantie que je ne l'abandonnerai jamais. Tu comprends ?

Nathaniel Turner hocha la tête avec lassitude et regarda au fond de sa tasse comme s'il allait y trouver du réconfort.

— Tu vas signer ?

Nouveau signe de tête abattu.

— Je pourrai quand même continuer à venir la voir ? demanda-t-il d'un ton hésitant.

— Bien sûr. Tu fais partie de sa vie, désormais. Elle serait très triste de ne plus te voir. Je veux dire, elle est encore sous le choc de savoir que tu es son père, c'est pour ça qu'elle te regarde un peu bizarrement ces derniers temps, mais elle parle sans cesse de toi. Elle t'aime beaucoup, « Monsieur Nate ». Et c'est bien normal.

— Arrête, bredouilla-t-il en secouant la tête. Ne sois pas aussi gentille avec moi, je t'en prie. Ça me rappelle seulement que j'ai tout gâché.

— Je ne pensais pas t'entendre un jour me demander d'être moins gentille avec toi. C'est le monde à l'envers.

— Tu crois que je serais resté avec toi si tu avais été aussi invivable que tu sembles le croire ?

Je haussai les épaules. Comment savoir de quelle façon fonctionnait le cerveau des hommes ?

— Tu étais tellement fantastique avec moi, Ryn. Tu t'occupais si bien de moi, tu me préparais à manger, tu me lavais mes affaires, tu m'accompagnais chaque fois aux soirées organisées par mon travail alors que tu avais une sainte horreur des mondanités. Je ne sais plus combien de fois tu es restée éveillée à m'attendre quand je travaillais de nuit. Tu me soutenais en permanence. Avec toi à mon côté, je me sentais capable de déplacer des montagnes. Parfois, je me demandais comment quelqu'un d'aussi maternel pouvait ne pas vouloir d'enfants. Et je ne parle pas seulement de moi. Avec Adèle aussi…

— Nate, non. Tu idéalises complètement notre relation. J'étais tellement infernale que je t'ai poussé dans le lit d'une autre. Je t'ai…

BAM ! Nate tapa du poing sur la table, me faisant sursauter.

— Ça suffit ! siffla-t-il. Cesse de te dénigrer. Ça me rendait déjà fou à l'époque. Tu étais tellement dure avec toi-même. Tu passais ton temps à te faire des reproches, comme si tu étais responsable de tout ce qui n'allait pas. Tu nc m'as poussé à rien du tout. Je t'ai trompée, un point c'est tout. C'est moi le seul coupable.

Il prit une grande respiration pour se calmer, puis adoucit sa voix.

— Tu n'y es pour rien. C'est moi qui ai tout gâché. Pas seulement avec toi, avec Adèle aussi.

Je ne voulais pas discuter de ça maintenant. J'en étais incapable. Si je commençais à remuer le passé, je m'effondrerais, comme le jour où j'avais craqué dans ses bras, avant Noël. Par bonheur, j'avais réussi à refermer la porte sur mes émotions avant qu'elles ne prennent l'ascendant sur moi. Mais je refusais le risque de rouvrir la brèche, et c'était ce qui se passerait inévitablement si je me laissais aller à parler avec Nate.

— Il va falloir que j'y aille. J'ai rendez-vous dans le parc, avec Tegan et Luke, dis-je d'une voix faussement enjouée.

— Comme tu veux, soupira-t-il. Tu veux que je te dépose en voiture ?

— Volontiers.

De gros nuages noirs, gorgés de pluie, s'agglutinaient au-dessus de nos têtes alors que nous nous dirigions vers le parking où Nate avait laissé sa voiture. Ce n'était probablement pas le meilleur moment pour aller au parc, mais Luke et Tegan étaient persuadés qu'ils avaient une bonne heure devant eux avant le déluge. Nous étions presque arrivés à la voiture de Nate quand il ralentit le pas, s'arrêta, puis se tourna vers moi.

— Écoute… commença-t-il.

Ses bras se refermèrent sur moi et ses mains glissèrent le long de mon dos dans une longue caresse.

— Tu n'as jamais pensé que nous pourrions nous remettre ensemble ? me susurra-t-il à l'oreille.

Y penser ? Je faisais plus qu'y penser, je fantasmais sur cette idée, j'espérais, je voulais... Les lèvres de Nate semèrent une pluie de baisers sur ma nuque. Il savait que c'était mon talon d'Achille. Mes jambes se ramollirent et il me plaqua plus étroitement contre lui. Je perdis tous mes repères et me retrouvai soudain dans une machine à remonter le temps émotionnelle, propulsée à l'époque où nous ne pouvions pas nous empêcher de nous bécoter, Nate et moi – sur un quai de gare, dans la rue, parfois même dans la file d'attente des supermarchés, riant quand des gens nous lançaient : « Il y a des hôtels pour ça ! » Nate passa une main dans mes cheveux tandis que l'autre glissait jusqu'à ma taille et que ses baisers se faisaient de plus en plus pressants.

— Reviens avec moi, c'est trop dur sans toi, murmura-t-il, et je revins brutalement à la réalité.

— Arrête, Nate ! Arrête !

Je le repoussai jusqu'à établir une distance de sécurité suffisante entre nous. Mais nos regards restèrent soudés l'un à l'autre tandis que nous reprenions notre souffle.

— Ne recommence pas, déclarai-je d'une voix étouffée. Plus jamais.

— Je sais que c'est fini.

Il ferma les yeux, le visage crispé, puis appuya ses poings sur ses paupières.

— Tout va mal... Tout... J'ai dû prendre deux semaines de congés parce que j'étais incapable de me concentrer sur mon travail. Je ne sais plus où j'en suis, ni qui je suis...

Chacun de ses mots me lacérait le cœur. Nate avait une telle conscience professionnelle... Quoi qu'il arrive, il restait toujours solide à son poste. Pour qu'il ait été contraint de s'arrêter, il fallait vraiment qu'il se sente très mal. Je n'avais pas vu à quel point il était fragile.

— Je ne sais même plus ce que je fais, balbutia-t-il. La nuit, je ne dors plus, je pense à nous. Je voudrais qu'on revive ensemble... Je sais que tu es avec lui maintenant. Et le pire, c'est que je l'aime bien. Lui, il me déteste, je le sais, mais moi j'ai de l'estime pour lui. Je lui suis reconnaissant de la tendresse qu'il a pour Tegan.

Nate se voûta et prit sa tête dans ses mains.

— Tu te rappelles notre première grande dispute ? Tu es partie comme une furie chez Adèle. Tu t'en souviens ? Je suis venu te chercher, fou de rage, mais elle ne s'est pas laissé impressionner. Elle a dit : « Je vous préviens, si vous vous séparez tous les deux, vous n'obtiendrez ma garde ni l'un ni l'autre – j'irai habiter chez les parents de Kam. » Tu te souviens ?

Je hochai la tête, les yeux fixés sur sa tête penchée. Je me rappelais, oui.

— Je ne parviens pas à me faire à l'idée que tu sois revenue dans ma vie et que, elle, elle ne soit plus là.

Nate était complètement désemparé. Je n'avais pas imaginé que la mort d'Adèle l'affecterait à ce point. Mais si j'avais réfléchi deux secondes, je me serais rendu compte que c'était stupide de ma part. Comment aurait-il pu ne pas souffrir ? Nous avions été inséparables pendant des années tous les trois, et elle était morte sans qu'ils aient pu faire la paix. Bien sûr qu'il était anéanti. Je m'en voulais terriblement de ne pas avoir dit à Adèle que je lui pardonnais mais, au moins, nous nous étions retrouvées avant son départ. Les derniers mots que Nate avait jetés à Adèle, en revanche, avaient été pour lui signifier qu'il la haïssait, qu'il ne lui pardonnerait jamais. Il devait être rongé de remords.

Et moi, je n'avais rien vu, rien compris. Pourtant, il avait essayé d'exprimer sa souffrance. Il me l'avait criée la nuit où nous étions allés dîner au restaurant ; quand il m'avait offert de verser une pension pour Tegan ; la nuit où nous nous étions affrontés dans la rue. Nate m'avait appelée au secours, il m'avait suppliée de voir sa douleur, et je ne l'avais pas entendu. Je croyais le connaître et je n'avais pas vu qu'il s'enfonçait.

— Tegan ressemble tellement à Adèle... Je la regarde et j'ai l'impression de voir Adèle... Mais elle te ressemble aussi. Elle a les mêmes expressions que toi. Et elle reproduit certains de tes gestes. Tu as remarqué qu'elle enroule une mèche de cheveux autour de son doigt quand elle est fatiguée, comme toi ?

Franchement, cela ne m'avait pas frappée, mais, pour l'heure, ce n'était pas important. Ce qui comptait, c'était lui. Je lui caressai les cheveux.

— Nate, pourquoi ne m'as-tu pas dit que tu te sentais aussi mal ?

Il haussa les épaules.

— Je sais pas, souffla-t-il avec la même intonation que Tegan quand elle était bouleversée.

— Allez, viens. On va aller marcher dans le parc et se changer les idées. D'accord ?

— D'accord, murmura-t-il.

— Qu'est-ce qu'il fait ici ? gronda Luke dans un chuintement rageur.

Ses yeux avaient doublé de volume quand il m'avait vue arriver au parc en compagnie de Nate. Et après avoir aidé Tegan à descendre de la balançoire, il m'avait foudroyée du regard jusqu'à ce que je le rejoigne, laissant Nate et Tegan ensemble. Nate s'était assis sur la balançoire rouge que Tegan avait libérée, le regard dirigé vers le sol.

— Nate ne va pas bien du tout. Il est dépressif, lui expliquai-je.

— Je n'arrive pas à croire que tu l'aies amené ! cracha Luke.

— Il est bouleversé ! Il ne se remet pas de la mort d'Adèle.

À ces mots, l'expression de Luke se radoucit légèrement.

— Avant tout à l'heure, je n'avais pas compris à quel point il était affecté – il ne mange plus, il ne dort plus, il a été obligé de se mettre en congé. Il est au fond du gouffre, je m'inquiète vraiment pour lui.

Luke soupira, apparemment touché par la souffrance de son rival. Puis il me prit dans ses bras.

— Moi, je t'ai pour me soutenir, marmonnai-je contre le torse de Luke. Nate, lui, n'a personne... Je dois l'aider. Nous étions très proches, autrefois. Je ne peux pas le laisser tomber.

— Je sais, concéda Luke. Ça ne me plaît pas, mais je comprends.

Il pressa ses lèvres sur mes cheveux, puis sur ma bouche. Alors que nous nous approchions des balançoires, nous fîmes halte tous les deux en voyant Tegan observer Nate avec de grands yeux intrigués. Les adultes suscitaient chez elle une curiosité mêlée de fascination. En général, les enfants étaient plutôt attirés par leurs semblables, Tegan, elle, examinait les grandes personnes avec une attention soutenue, comme si elle tentait de percer leurs secrets en étudiant leur comportement.

Finalement, elle posa la main sur le genou de Nate et le tapota jusqu'à ce qu'il tourne la tête pour la regarder.

— Qu'est-ce que tu as, Monsieur Nate ? Tu es malade ?

Nate lui sourit.

— Non. Je suis seulement très fatigué.

— Oh. Tu veux venir dormir à la maison ? J'ai un lit très confortable.

— Merci, tu es gentille, mais j'ai un lit chez moi.

Tegan se mordilla l'intérieur de la joue, puis plissa le front dans une intense réflexion.

— Si, tu vas venir t'installer dans ma maison, Monsieur Nate, déclara-t-elle finalement. Tu n'auras qu'à mettre le pyjama de Luke et dormir dans mon lit. Moi je coucherai avec Maman Ryn. Maman Ryn ne sera pas fâchée. Elle n'est jamais fâchée.

Nate lui sourit.

— Merci, Tegan, mais je crois qu'il vaut mieux que je dorme chez moi.

Quelques gouttes de pluie tombèrent, m'offrant un prétexte pour les interrompre. Cette conversation, si attendrissante soit-elle, était probablement déchirante pour Luke parce que Tegan communiquait avec Nate avec la même spontanéité qu'avec lui ; de son côté, Nate devait se sentir très mal parce que Tegan ressemblait terriblement à Adèle.

— Je crois qu'il est temps de rentrer, les enfants, annonçai-je. Il commence à pleuvoir.

— D'accord, acquiesça Tegan avec un soupir théâtral. Tu viens dîner chez moi, Monsieur Nate ?

Nate tourna son regard vers Luke, debout à côté de moi. Luke haussa les épaules et détourna les yeux, ce qui était sa façon de dire oui.

— OK, Tegan. Je viens. Merci pour ton invitation.

— Il n'y a pas de quoi, répondit-elle en souriant.

Elle lui tendit la main. Il la prit dans la sienne et se leva.

— Tu peux m'appeler Tiga, si tu veux, l'informa-t-elle en opinant du chef pour donner plus de poids à sa proposition. Ti, c'est réservé à Luke. Mais tu peux m'appeler Tiga.

— D'accord, Tiga. Merci.

Tegan lui sourit de toutes ses dents, puis s'engagea dans l'allée, entraînant Nate avec elle. Je glissai ma main dans celle de Luke, nos doigts s'emmêlant étroitement, tandis que nous prenions le chemin du retour, à quelques pas de Nate et de Tegan.

Ça pourrait presque fonctionner entre nous quatre, décidai-je tout en cheminant. *Presque*. Si je n'éprouvais pas constamment l'envie de toucher ma nuque là où s'étaient posées les lèvres de Nate. Et si je n'avais pas le sentiment très net que j'étais en train de retomber amoureuse de lui.

42

Luke s'habituait à voir Nate hanter l'appartement. « S'habituer » était peut-être un terme un peu fort. Disons qu'il ne dégainait plus son « Nate ?... encore là ? Quelle chance !... » qu'une seule fois par semaine, ce qui témoignait d'un réel progrès, car Nate passait de plus en plus de temps à la maison, à la demande de Tegan, d'ailleurs. La fillette ne l'avait pas hissé sur le même piédestal que Luke, mais elle considérait Nate un peu comme les canards du parc qu'elle voulait constamment sauver de la famine : elle avait décidé que sans son intervention il dépérirait. Presque tous les soirs nous devions donc téléphoner à Monsieur Nate pour lui demander s'il voulait dîner avec nous. Et, s'il ne pouvait pas venir, elle tenait à savoir ce qu'il allait manger. Parfois, elle l'appelait pour qu'il lui raconte ce qu'il avait fait au bureau, et s'il s'y était fait de nouveaux camarades. Quand Nate arrivait chez nous, Tiga me demandait s'il pouvait l'emmener acheter des bonbons. Mais elle n'oubliait pas Luke pour autant. Chaque fois qu'elle revenait d'une promenade avec Nate, elle filait droit vers Luke, montait sur ses genoux et lui racontait tous les détails de sa sortie avant de lui demander de l'emmener la prochaine fois. Elle ne manquait jamais une occasion de faire savoir à Luke que, même si elle s'amusait bien avec Nate, c'était lui qui occupait la première place dans son cœur.

À force de vivre avec nous (et de constater que ni Tegan ni moi ne le détestions), Nate reprit peu à peu du poil de la bête. Il recommença à dormir, à s'alimenter correctement et retrouva bientôt son apparence normale. Il nous arrivait même de parler ensemble d'Adèle.

— Tu te souviens du jour où elle est venue chez moi au beau milieu de la nuit pour m'annoncer qu'elle me tuerait si je te faisais du mal ? me demanda Nate un jour.

Je souris en me remémorant la scène.

— Elle était déchaînée.

— Elle ne plaisantait pas. Quand je t'ai rencontrée, j'ai très vite compris qu'Adèle aussi ferait partie de ma vie. Et quand elle a eu Tegan, vous avez formé pour moi un vrai trio, les Inséparables...

Je me tournai vers lui, les sourcils légèrement froncés.

— Je ne me plains pas, précisa-t-il aussitôt. C'était génial d'avoir une famille déjà toute prête. J'attendais le jour où tu me dirais : « Et si on achetait une maison pour qu'elles puissent venir habiter avec nous ? »

Je me mis à rire parce que cette idée m'avait effectivement traversé l'esprit.

— Ah ! s'écria Nate. Je le savais !

— Elle t'adorait.

— Mais comme un ami. Tu me crois, n'est-ce pas ? Pour elle, j'étais comme tes frères.

— Ah, parce qu'elle a aussi couché avec mes frères ?

Ses yeux s'écarquillèrent d'horreur.

— Quoi ? Non ! Je n'ai jamais dit... Ah, d'accord, tu plaisantes. Très amusant.

— Del aurait trouvé ça drôle.

— Oui, j'en suis sûr.

Le seul fait que je parvienne à parler d'Adèle sans fondre en larmes prouvait que j'allais mieux, moi aussi. Je commençais à accepter ce qui s'était passé. Petit à petit, j'y arrivais. Il le fallait. Le jour où Nate s'était effondré devant moi, j'avais été chamboulée. L'idée que j'étais en train de retomber amoureuse de lui m'avait terrifiée. Cela signifiait que je ne prêtais pas suffisamment attention à Luke et que je risquais de le perdre, tout comme j'avais brièvement perdu Nate, autrefois. Je m'étais donc mise à lui dire tous les jours que je l'aimais parce que c'était la vérité. C'était avec Luke que je vivais, que j'avais choisi de vivre, et j'allais nous le prouver à tous les deux.

— J'adore ton idée, dit Luke.

Nous avions quitté le bureau séparément et à quelques minutes d'intervalle pour brouiller les pistes, et nous avions soigneusement évité la rue principale pour ne pas risquer de croiser un employé d'Angeles. Même si la plupart avaient des soupçons sur notre relation (Betsy, elle, attendait avec impatience le jour où elle aurait la permission de déballer toute l'affaire aux filles de l'étage), nous tenions à rester discrets et à séparer clairement notre vie professionnelle de notre vie privée. Notre travail n'aurait pas été efficace si nous avions dû nous préoccuper du regard des autres, notamment quand l'un de nous mettait son veto à une idée de l'autre ou pointait du doigt une erreur.

— C'est comme si on avait un rendez-vous galant.

— Je sais.

Je souris. Je lui avais demandé un déjeuner en tête à tête parce que je voulais lui parler et lui donner la preuve absolue que c'était avec lui, et avec lui seul, que je voulais vivre.

Mon patron jeta un regard autour de lui pour vérifier qu'il n'y avait personne de chez Angeles dans la brasserie puis il se pencha par-dessus la table pour m'embrasser. Ses lèvres étaient salées par son sandwich jambon cru-fromage.

— On devrait se retrouver comme ça plus souvent, dit-il. Je trouve qu'on ne passe pas suffisamment de temps ensemble, seulement tous les deux. Tu crois que tes parents accepteraient de venir garder Tegan pour un week-end ?

— Probablement. Ou Nate pourrait s'en charger.

— Ouais, grommela Luke. Et par la même occasion, il pourrait enfin signer ces fichus papiers.

— Ça t'ennuie à ce point qu'il vienne à la maison ? Vrai de vrai ?

— N'essaie pas de m'amadouer avec tes « vrai de vrai » à la Tegan. Ce n'est pas facile de cohabiter avec ton ex. Ne dis pas le contraire, il est sans arrêt fourré chez nous ! Avec ça, Ti est son portrait craché. Quand je la regarde, c'est lui que je vois. Et comme si ça ne suffisait pas, je sais qu'il a passé des années à baiser avec toi.

Il avait employé le mot à dessein. Il essayait de rabaisser la complicité qui m'unissait à Nate en la réduisant à une relation purement sexuelle, froide et mécanique – c'était le seul moyen qu'il avait trouvé pour supporter la présence de l'homme que j'avais failli épouser.

— Cite-moi un autre type qui accepterait de passer tout son temps avec l'ex de sa petite amie. À ma place, tu tolérerais cette situation ?

— Je comprends ton exaspération, mais Nate va beaucoup mieux et, du coup, il vient déjà moins souvent. Tu as remarqué ?

— Je vais allumer un cierge pour accélérer sa guérison et qu'il débarrasse définitivement le plancher.

— Ne sois pas mesquin, Luke. Ça ne te ressemble pas. Reconnais qu'il vient moins souvent ou je ne te dirai pas pourquoi j'ai voulu qu'on déjeune en tête à tête.

Ses yeux flamboyèrent comme des braises rougeoyantes, puis la curiosité l'emporta.

— Peut-être qu'il s'incruste un peu moins, admit-il du bout des lèvres.

— Merci, monsieur Wiseman. Donc, je me demandais si ça te tenterait d'habiter avec nous... nous deux. Tiga et moi. Je sais que tu vis déjà avec nous, mais que penserais-tu d'« officialiser la chose » ? Tu quitterais ton appartement et, si tu es d'accord, nous pourrions économiser pour en acheter un plus grand. Pourquoi pas une maison ? Avec un jardin pour Tegan ?

En guise de réponse, Luke détourna les yeux sans un mot.

Son silence se prolongea et prit des dimensions qui allaient probablement hanter notre relation pendant les années à venir. Je réalisai que je venais de commettre une bourde monumentale, alors que son mutisme se prolongeait et que les battements de mon cœur ralentissaient, ralentissaient, menaçant de s'arrêter à chaque instant. J'aurais mieux fait de me taire.

— C'est une décision grave, répondit finalement Luke. Il faut que j'y réfléchisse.

C'est tout ? songeai-je. *Après lui avoir posé une question qui engage toute notre vie, après tous les efforts que j'ai déployés récemment, c'est tout ce que j'obtiens ?* C'était le scénario « Je t'aime/C'est bon à savoir » qui recommençait. Une nouvelle gifle alors que je venais de lui ouvrir mon cœur.

— Bien sûr, marmonnai-je.

Combien de claques me faudrait-il recevoir encore avant de comprendre que Luke n'avait aucune envie que je m'ouvre à lui ? Qu'il ne croyait pas que nous tiendrions la distance tous les deux ?

— Je n'ai pas dit non, ajouta-t-il. C'est juste que... c'est une étape importante.

— Tu l'as dit.

— Ryn, il y a un tas de choses à prendre en compte.

— Je sais.

— Je me vois très bien avec Ti et toi dans l'avenir.

— Quel est le problème, alors ?

— Nous sommes ensemble depuis moins d'un an.

— Mais quand on sait, on sait, lâchai-je abruptement.

Était-ce réellement moi qui venais de prononcer cette phrase ? C'était Adèle qui disait ce genre de choses, pas moi.

Un frisson me parcourut. Je quémandais. Luke m'obligeait à quémander son affection.

— Je sais, commença-t-il. J'ai juste besoin de...

— Pas de problème, tranchai-je. Tu n'as pas à me donner ta réponse tout de suite. Prends tout le temps que tu voudras.

— Tu es sûre ?

— Absolument.

En ce qui me concernait, c'était parfaitement clair : Luke n'était pas amoureux de moi. Il adorait Tegan, il aurait donné sa vie pour elle, aucun doute là-dessus. Le hic, c'était moi... Il ne m'aimait pas, sinon il n'aurait jamais réagi de cette façon. Et même si j'avais eu des doutes sur mes sentiments pour lui depuis que Nate était réapparu dans ma vie, c'était avec Luke que j'avais choisi de vivre. Je l'aimais assez pour m'engager avec lui. Après ma rupture avec Nate, je n'aurais jamais cru prendre à nouveau un jour un tel risque ; je n'avais pas imaginé que je rencontrerais un autre homme avec qui j'aurais envie de refaire ma vie. Visiblement, Luke n'éprouvait pas la même chose. La première fois que nous nous étions embrassés, j'avais suspecté qu'il voulait juste coucher avec moi, sans plus. Et, par la suite, j'avais eu droit au régime de la douche écossaise : il me parlait de son enfance malheureuse et, la minute d'après, il semblait se moquer éperdument de ce que je ressentais. Il était jaloux comme un tigre de mon ex et, deux secondes plus tard, il ne voulait pas vivre avec moi. Bref, je ne savais jamais à quoi m'en tenir avec Luke. Autant son affection pour Tegan était claire comme de l'eau de roche, autant ses sentiments pour moi étaient impénétrables. Je n'étais même pas sûre qu'il éprouve quoi que ce soit.

— Tu es bien silencieuse, constata Luke.

— Je réfléchissais.

Luke soupira, reposa son sandwich et posa les mains sur mes épaules. Son regard se fit pesant.

— Tu ne voudrais pas que j'accepte simplement parce que c'est ce dont tu as envie, n'est-ce pas ? demanda-t-il.

— Non, bien sûr. Mais j'ai le droit d'être déçue.

— Je...

Il s'interrompit et une expression que je ne parvins pas à déchiffrer passa sur son visage.

— Ryn, je vais être franc. J'ai envisagé de te demander de m'épouser. Chaque fois que je passe devant une bijouterie, je pousse la porte pour regarder les alliances mais... nous sommes ensemble depuis moins d'un an. On ne peut pas se marier après moins d'un an de vie commune. Pas moi, en tout cas. Je ne suis pas aussi impulsif. Alors quand tu débarques brusquement avec ce projet... J'ai besoin de réflexion. Acheter une maison reviendrait à s'engager à moitié, mais je ne suis pas sûr d'avoir envie de faire les choses à moitié. Ce qui me ramène à l'idée de nous marier... Et donc à une décision impulsive. Tu comprends pourquoi j'ai besoin de réfléchir ? Ce n'est pas que je ne t'aime pas, ce n'est pas que je ne vois pas l'avenir avec toi, il faut juste que je sois sûr de prendre la bonne décision. J'ai déjà tenté l'expérience une fois, tu te souviens ? Et ça ne m'a pas vraiment réussi.

— Je sais bien que tu as déjà tenté l'expérience, mais si tu vas par là, moi aussi. J'ai même été à deux doigts de m'avancer vers l'autel, alors si tu envisageais de me proposer le mariage, j'estime que tu aurais pu au moins m'en parler.

— Tu ne m'as pas non plus parlé de ton projet d'acheter une maison.

— Et qu'est-ce que je viens de faire, à l'instant ? Je n'ai pas commencé à prospecter, je n'ai pas cherché dans quel quartier nous pourrions nous installer, non. Je t'ai seulement soumis l'idée pour que nous puissions en discuter ensemble. Est-ce que tu as pensé aux répercussions pour la procédure d'adoption, si on se mariait ? Quel nom porterait Tegan ? Et que penseraient les assistantes sociales, et les juges qui prennent les décisions ? Je passerais pour une fille impulsive et irréfléchie alors que je dois leur prouver que je suis quelqu'un de posé, de responsable, capable d'élever une enfant privée de sa mère. Si tu m'avais parlé dès le départ de cette histoire de mariage, je t'aurais expliqué qu'une telle décision devait être longuement mûrie. En revanche, le projet d'acheter notre maison pourrait être le début du processus, le temps de mettre de l'argent de côté. La situation ne serait pas tellement différente de ce qu'elle est aujourd'hui. Tu vivrais simplement avec nous de façon permanente. C'est ce que Tegan et moi souhaitons, et dans la mesure où tu passes déjà quatre-vingt-dix pour cent de ton temps libre avec nous, je suppose que c'est ce que tu souhaites aussi.

— Si je t'avais demandé de m'épouser, tu aurais refusé ?

— Oui. Depuis le temps, je pensais que tu avais compris que je suis quelqu'un qui ressent le besoin de discuter de ces choses-là. C'est aussi mon avenir, et ce n'est pas parce que tu es prêt pour le mariage que je le suis. D'autant que j'ai un enfant.

— Je vois ce que tu veux dire... Nous ne sommes pas très doués pour construire notre avenir ensemble, on dirait.

— Pas très, non.

— Mais je veux vraiment que nous ayons un avenir, dit Luke. Vrai de vrai !

— N'essaie pas de m'amadouer avec tes « vrai de vrai » à la Tegan, répondis-je avec un sourire.

Il éclata de rire, puis son visage redevint sérieux.

— Je veux qu'on reste ensemble pour... pour le restant de nos jours. Et je réfléchirai sérieusement à ton idée d'emménagement. Compris ?

— Compris.

Luke sourit, m'embrassa à pleine bouche sans se soucier qu'il puisse y avoir quelqu'un de chez Angeles dans la salle. Tandis qu'il me serrait contre lui et m'embrassait avec une ardeur accrue, une petite idée traîtresse se faufila dans mon esprit et enfla à une vitesse alarmante, au point d'éclipser tout le reste : cette conversation se serait déroulée d'une façon très différente si je l'avais eue avec Nate...

— Et les derniers chiffres attestent que les ventes ont augmenté de cinq pour cent depuis la parution du dernier numéro de *Living Angeles*, expliquait Betsy aux responsables des départements marketing, publicité et ventes réunis dans la salle de débriefing. Si on compare les graphiques des six derniers mois, on constate que...

Elle est très en forme, songeai-je en la regardant déployer tout un arsenal de chiffres, de courbes et de statistiques. Un seul regard à son visage rayonnant suffisait pour comprendre qu'elle était amoureuse. L'heureux élu n'était autre que le fameux soupirant dont elle m'avait parlé à l'époque où Luke et moi nous livrions une guerre sans merci. Elle ne s'était pas trompée cette fois : il était bel et bien le bon.

Je baissai les yeux sur mon bloc. Au lieu de prendre des notes, je l'avais couvert de dessins de maisons avec jardin. Des maisons auxquelles mon élu à moi avait promis deux heures plus tôt de « réfléchir sérieusement ». Notre déjeuner me restait en travers de la gorge. Betsy cessa de parler et, parce que je n'avais plus à intervenir à ce stade de la réunion, je me déconnectai de la suite des débats tandis que la secrétaire de Luke, Carla, passait en revue l'agenda où elle notait toutes les réunions pour le mois à venir afin de s'assurer qu'il n'y aurait d'empêchements pour aucun participant.

— Je viens juste d'avoir la confirmation de la date retenue pour la réunion à Édimbourg. Ce sera le 14 de ce mois, Luke. Puis-je confirmer votre présence ? demanda Carla.

Mon stylo stoppa net ses gribouillis sur mon bloc. *Le 14 ? Une minute !* Je lançai un regard à Luke qui avait pâli. Ses yeux glissèrent vers moi à travers la salle, puis se détournèrent tandis qu'il paraissait se plonger dans ses réflexions. À quoi pouvait-il penser ? Qu'y avait-il même à considérer ? Il ne pourrait pas assister à cette réunion, point final.

— Luke ? demanda Carla alors qu'il n'avait toujours pas prononcé un mot et que son silence avait attiré sur lui tous les regards. Dois-je confirmer votre présence et réserver l'hôtel ?

Les yeux de Luke revinrent se poser sur elle, *via* moi.

— Euh… Désolé, Carla. Oui, confirmez ma présence, je vous prie.

Mes doigts serrèrent le stylo à le briser.

— Bien, s'il n'y a plus de questions, je suggère de lever la séance, enchaîna Luke. Merci à tous.

Tous les participants rassemblèrent blocs, dossiers, gobelets vides et sortirent de la salle de réunion. Je restai immobile sur ma chaise, la colère bouillonnant en moi. Luke ne bougea pas non plus jusqu'à ce que la dernière personne quitte la pièce et ferme la porte derrière elle, non sans nous lancer un regard curieux.

— Je n'arrive pas à croire que tu envisages d'être absent le 14, déclarai-je d'une voix calme et mesurée, à des lieues des insultes que je mourais d'envie de lui hurler.

— Je n'ai aucune responsabilité dans cette décision, répondit-il, essayant de m'apaiser. Nous tentons d'arrêter une date depuis plusieurs semaines. J'espérais que ça ne tomberait pas justement ce jour-là mais, apparemment, c'est le seul où nous soyons tous disponibles.

— Erreur : tu n'es pas disponible. C'est l'anniversaire de Tegan. On en parle depuis des semaines. Tu n'es pas disponible !

— Ryn, rappelle-toi ce que c'est que de mener une carrière, les sacrifices que cela implique. Je ne peux pas leur annoncer que je ne viendrai pas parce que je dois assister à l'anniversaire d'un enfant.

Rappelle-toi ce que c'est que de mener une carrière ? Mais j'avais toujours une carrière ! J'étais responsable des magazines et ils étaient fichtrement bons, même si j'étais mal placée pour m'en vanter ! *Les sacrifices que cela implique ?* Je n'arrêtais pas d'en faire, des sacrifices ! Les seules personnes qui travaillaient autant que moi sans en retirer la moindre gloire, la moindre reconnaissance ou la moindre chance de promotion, c'étaient des mères célibataires, comme moi, qui n'avaient pas d'autre choix pour garder la tête hors de l'eau.

Mais de tous les propos insultants que Luke venait de proférer, celui qui me donnait vraiment envie de lui arracher les yeux, c'était « l'anniversaire *d'un enfant* ».

— Un enfant ? sifflai-je d'un ton venimeux. Depuis quand Tegan n'est-elle qu'« un » enfant ?

— Je me suis mal exprimé.

— Ah oui ? Eh bien, moi, je vais m'exprimer très clairement : inutile de préparer tes bagages pour emménager avec nous. Je retire mon offre !

— Quoi ?

— Je refuse de vivre avec un homme qui fait passer son travail avant une enfant qu'il a toujours prétendu considérer comme sa propre fille, mais dont il vient de parler dédaigneusement comme d'une enfant parmi d'autres sous prétexte qu'il a une carrière à mener. Tegan te considère comme son père. Même si elle sait que c'est Nate, c'est toi qu'elle veut comme père. Et toi, tu ne vois en elle qu'« un » enfant ?

— Arrête, je ne l'ai pas dit comme ça.

— Ça m'est égal !

— Écoute, je vais voir si je peux changer la date de cette réunion.

— Oh, ne te sens surtout pas obligé ! Je ne voudrais surtout pas que tu compromettes ton beau plan de carrière pour nous. Surtout à cause d'*un enfant* !

Il me foudroya du regard, refusant d'admettre qu'il avait tort.

— Parfait ! cracha-t-il en envoyant voltiger son stylo sur la longue table de réunion.

— Parfait ! statuai-je.

Je me levai, ramassai mon bloc et ma tasse de thé froid. Mon cœur battait trois fois plus vite que la normale et mes jambes flageolaient tandis que je traversais la salle pour sortir.

— À ce soir, dit-il comme je cherchais d'une main la poignée de la porte.

— Sûrement pas ! En tout cas, pas chez moi. Pourquoi ne retournes-tu pas dans cet appartement auquel tu t'accrochais si désespérément il y a quelques heures ? Tu pourras y organiser tout à loisir d'autres réunions qui serviront ta carrière !

Je remontai le couloir au pas de charge, la rage au ventre. J'étais autant en colère contre moi-même que contre Luke parce que je comprenais pourquoi il avait choisi d'assister tout de même à cette réunion. Il y avait une époque où rien n'aurait pu me détourner de mon travail, moi non plus. Luke avait toujours été très ambitieux et, même s'il adorait Tegan, elle n'était pas sa fille, il n'avait aucune obligation envers elle. Il avait parfaitement le droit de faire passer sa carrière avant elle, avant nous, parce qu'il avait ses propres priorités et qu'elles ne correspondaient pas forcément aux miennes. C'était ainsi et, même si ça ne me plaisait pas, je n'y pouvais rien.

43

Les six ans de Tegan signifiaient qu'elle allait officiellement devenir une grande. Du moins, c'était ce qu'elle déclarait à tout le monde.

— J'aurai le droit de faire plein de choses quand j'aurai six ans, affirmait-elle quasiment tous les jours.

Je ne voyais pas bien ce qu'elle pourrait faire à six ans qu'elle n'avait pas déjà le droit de faire à cinq, mais je lui répondais invariablement « c'est sûr » afin de ne pas entraver son enthousiasme. Quand le soleil se leva sur le jour J, Luke n'était pas là. Il était passé à son bureau avant de se rendre à cette réunion que je lui avais finalement demandé de ne pas annuler pour nous.

Les moments difficiles que nous avions traversés avant Noël étaient une bagatelle comparés à ces trois dernières semaines… Trois semaines de reproches silencieux pendant lesquelles Luke avait regagné tous les soirs son appartement de Alwoodley une fois Tegan couchée. Trois semaines durant lesquelles nous n'avions fait l'amour que trois fois, parce que j'étais plus que jamais convaincue de ne pas représenter le plan A à ses yeux.

— Quand tu arriveras au terme de ta vie et que tu regarderas en arrière, je suis sûre que tu seras fier de penser que le jour des six ans de Tegan tu participais à une réunion, lui dis-je la veille de son départ.

— S'il te plaît... Je me sens suffisamment mal comme ça, Ryn, n'en rajoute pas. Je ne peux rien y faire. Je suis désolé.

— Explique ça à ta fille. Je veux dire : *ma* fille. L'« enfant », tu sais ?

Luke recula et détourna les yeux, dents serrées, le visage crispé comme s'il allait se mettre à pleurer, et je sus que j'étais allée trop loin. Je l'avais profondément blessé.

— Je suis désolée, murmurai-je en lui prenant la main pour l'embrasser. Je n'aurais pas dû dire ça. C'est stupide et méchant. Je sais que ce n'est pas ta faute. Faisons la paix, d'accord ?

— Je comprends ta colère. J'ai été nul. Je considère vraiment Tegan comme ma fille. Tu me crois, n'est-ce pas ?

— Bien sûr.

Nous scellâmes notre trêve d'un baiser. Tegan prit la nouvelle beaucoup mieux que moi.

— Mais tu seras là le lendemain de mon anniversaire ? demanda-t-elle seulement à Luke.

— Promis.

— Alors ça va.

Elle secoua joyeusement la tête.

— Tu sais ? On va mettre des ballons !

Nous avions réservé la salle des fêtes en bas de la rue, et loué un château gonflable rouge et jaune. Il y aurait trente enfants, pour la plupart des camarades de classe de Tegan, plus deux copines de la garderie.

Mme Kaye m'avait apporté une aide précieuse pour tout organiser et, en l'absence de Luke, Nate se fit un plaisir de m'offrir ses services. Il m'emmena au supermarché la veille du jour J et je dépensai près de deux cents livres pour le buffet : saucisses cocktail, minipizzas, hamburgers, saucissons, chips, gâteaux, sodas à gogo, plus de quoi confectionner une montagne de sandwiches. Seule concession à la diététique, j'avais acheté des fraises, des poires, des oranges et des pommes pour composer une vraie salade de fruits. Nate était resté une grande partie de la nuit à la maison pour m'aider à façonner des petits steaks hachés maison et découper des ronds dans des tranches de pain de mie pour confectionner des hamburgers. Le frigo était plein à craquer, et il m'avait promis d'arriver tôt le lendemain pour m'aider à tartiner les sandwiches.

J'étais debout depuis cinq heures du matin et je beurrais du pain de mie quand, à sept heures tapantes, Tegan déboula dans la cuisine, Meg dans les bras, en criant :

— C'est mon anniversaire !

— Je sais !

Je la soulevai et la serrai très fort. Elle n'avait plus rien du petit fantôme terrorisé et squelettique que j'avais sauvé de Guildford. Ses yeux bleu roi me regardaient avec une telle excitation que je ne pus m'empêcher de rire.

— Mademoiselle Tegan-j'ai-six-ans souhaite-t-elle ses cadeaux maintenant, ou préfère-t-elle attendre sa fête d'anniversaire ?

— Maintenant ! hurla-t-elle.

Je la déposai sur le canapé, puis me penchai pour attraper le paquet que j'avais caché dessous la veille, quand elle était allée se coucher. Il était enveloppé dans du papier doré et attaché avec un joli ruban rouge. Prudente, comme à son habitude, Tegan posa Meg, saisit le paquet dans ses petites mains et le regarda avec émerveillement.

— C'est vraiment pour moi ? demanda-t-elle.

— Je ne sais pas. Lis l'étiquette et tu verras.

— « Pour ma pe… petite Tiga chérie. Joyeux anniversaire. Bisou. Maman Ryn », déchiffra-t-elle lentement.

Elle éclata de rire.

— C'est pour moi !

— Ouvre-le.

Elle examina le paquet, cherchant comment faire sans abîmer le papier.

— Tu veux que je t'aide ? demandai-je.

Elle hocha la tête.

Je trouvai l'endroit où j'avais collé le ruban adhésif et le retirai délicatement pour ne pas traumatiser ma maniaco-obsessionnelle de fille.

— À toi de jouer.

Tegan ouvrit le paquet avec enthousiasme. Sa bouche s'ouvrit et ses yeux s'écarquillèrent.

— Oooh, lâcha-t-elle en écartant le papier de soie et en découvrant une robe en satin blanc, décorée de pois rouges, avec des manches longues et un ruban rouge à la taille.

— Une robe de princesse ! murmura-t-elle d'une voix émerveillée.

— J'ai pensé que tu aurais peut-être envie de la porter pour recevoir tes invités.

— J'ai le droit ? Vrai de vrai ?

— Absolument. Mais je crois que tu devrais regarder aussi le cadeau de Luke.

Je me penchai de nouveau et saisis le paquet qu'il avait laissé la veille. Pour gagner du temps, je retirai le ruban adhésif avant de le lui tendre. Elle enleva le papier, dévoilant une boîte à chaussures. À l'intérieur, il y avait des souliers blancs à pois rouges.

— Ils vont avec ma robe ! cria-t-elle.

— Quelle chance ! Tu pourras les mettre aujourd'hui.

— Oh merci !

Elle se jeta à mon cou.

— Je les adore ! Merci, Maman Ryn !

— Il y a encore un cadeau à regarder tout de suite.

Je brandis un troisième paquet, plus petit que les deux précédents, et répétai la procédure d'ouverture.

— « Pour Tiga, avec des gros bisous de Nate », déchiffra Tegan.

Elle poussa un petit cri ravi.

— Monsieur Nate m'a fait un cadeau !

Elle l'ouvrit avec impatience et contempla son contenu avec une expression ébahie. Il lui avait acheté un petit sac à main en satin, assorti à la robe et aux souliers.

— Il est très joli.

— Oui, et tu vas être très jolie avec.

— Je voudrais que ma maman puisse me voir.

Mais au lieu d'avoir l'air triste, elle semblait en accord avec elle-même. Comme si elle s'était résignée au fait que sa mère ne serait pas présente à son anniversaire, comme si elle avait accepté la situation.

— Moi aussi, ma chérie. Mais j'ai quelque chose pour toi, de ta maman.

Les yeux de Tegan s'écarquillèrent.

— Elle l'a envoyé du ciel ?

— Non, mon cœur. Elle me l'a donné avant d'aller au ciel.

J'avais été tentée de lire la carte avant de la lui remettre, juste pour m'assurer qu'il n'y avait rien de nature à la bouleverser. Puis je m'étais ravisée, certaine qu'Adèle n'aurait jamais écrit quelque chose qui puisse faire de la peine à sa fille. Et, d'ailleurs, l'enveloppe ne m'était pas adressée. Je sortis la carte de la poche de ma robe de chambre et la tendis à Tegan. Ses petits doigts se refermèrent sur l'enveloppe blanche, et elle se mordilla la lèvre avant de me lancer un regard interrogateur.

— Est-ce que je dois l'ouvrir ?

— Si tu veux, chérie.

Elle la décacheta précautionneusement et tout aussi soigneusement elle en retira la carte. Elle représentait une princesse blonde coiffée d'une couronne rose, avec un gros chiffre six sur sa robe rose.

« Joyeux sixième anniversaire », clamait le texte rédigé en lettres blanches. Tegan regarda à l'intérieur et je me penchai pour lire par-dessus son épaule :

Joyeux anniversaire
ma petite chérie !
Je regrette tant de ne pas pouvoir être
avec toi aujourd'hui,
mais sache que je t'aimerai toujours.
N'oublie jamais ça, d'accord ? Maman t'aime.
Je suis sûre que tu auras
une merveilleuse journée avec Kamryn.
J'espère que tu prends bien soin d'elle.
Tendresse, Maman.

Elle se tourna vers moi, le visage illuminé par un sourire.

— Ma maman m'aime. C'est elle qui le dit. Dans ma carte d'anniversaire.

— Je suis contente.

Son sourire s'élargit.

— Maman Ryn… c'est toi, Kamryn ?

— C'est moi, oui.

— Est-ce que je prends bien soin de toi ?

— Tu es mon rayon de soleil, ma joie de vivre.

— Alors, ma maman sera contente.

Une fois encore, cette forme de logique étonnante chez une enfant de six ans. Je me penchai et la pris dans mes bras. J'éprouvais constamment le besoin de serrer Tegan contre moi ces derniers temps. Elle jouait dans sa chambre, elle regardait la télé ou elle lisait tranquillement, et elle se retrouvait soudain engloutie dans mes bras pour un câlin. Je ne pouvais pas m'en empêcher. Les rôles s'étaient inversés. Après la mort d'Adèle, Tegan avait constamment besoin de m'avoir près d'elle, de se rassurer par un contact ou un regard. À présent, c'était moi qui avais besoin de vérifier qu'elle était bien réelle et qu'elle n'allait pas m'abandonner ni disparaître, comme Adèle. Et puis, il me restait peu de temps, je le savais, avant qu'elle s'échappe de mes bras, de mes câlins. Pour l'instant, elle acceptait ces accès de tendresse vorace sans offrir de résistance et sans poser de question.

— Bien, soupirai-je en la lâchant. Ce n'est pas tout ça, mais on a du pain sur la planche. Alors je vais te donner ton bain et tu vas prendre ton petit déjeuner avant que Monsieur Nate arrive pour m'aider à préparer les sandwiches. D'accord ?

Elle hocha la tête et récupéra Meg, la carte d'anniversaire de sa maman toujours serrée dans sa petite main. Elle la garda avec elle toute la matinée, en fait, et ne s'en sépara que beaucoup, beaucoup plus tard ce jour-là.

44

Tegan contemplait son gâteau de princesse avec un sourire radieux.

Elle ne cessait de sourire depuis le début de l'après-midi – à chaque cadeau, à chaque compliment, à chaque nouveau jeu –, mais le plus rayonnant de tous ses sourires, elle le dédia à son gâteau d'anniversaire. Les six petites flammes se reflétèrent dans ses yeux émerveillés tandis que je posais devant elle l'énorme pâtisserie au chocolat nappé d'un glaçage rose sur lequel était dessinée une princesse coiffée d'une couronne. Tout le monde fit cercle autour d'elle pour chanter *Joyeux anniversaire*, et elle se concentra pour faire un vœu avant de souffler ses bougies d'un seul coup. Ensuite, elle ouvrit sa montagne de cadeaux. Mes parents lui avaient acheté un appareil photo numérique, les enfants de ma sœur la collection complète des livres de Roald Dahl. Les deux enfants de mon plus jeune frère lui avaient envoyé des DVD de Walt Disney et ceux de mon frère aîné une tenue de karaté. Ses cousins n'étaient pas présents, mais elle les verrait deux semaines plus tard à Londres, où mes parents organiseraient une grande fête. Quant aux cadeaux de ses copains et copines d'école, ils allaient du DVD au livre en passant par des poupées et des puzzles.

Après avoir dévoré leur part de gâteau, la plupart des gamins regagnèrent en courant le château gonflable et les balançoires installés sur la pelouse. Tegan se joignit à eux puis j'emportai le reste du gâteau dans la kitchenette de la salle des fêtes pour le couper en tranches afin que tout le monde puisse en rapporter une part chez soi. L'anniversaire était un franc succès. Seuls deux enfants avaient pleuré au cours des deux dernières heures, il n'y avait pas eu de bobos à déplorer et les sandwiches survivants étaient toujours disposés en piles dans les assiettes en carton et non pas écrabouillés par terre ni semés sur le gazon fraîchement tondu. Tout s'était parfaitement déroulé. Les deux mamans qui étaient venues m'épauler sortirent surveiller les enfants, et je restai seule dans la kitchenette pendant que Nate, le quatrième adulte, discutait dans la salle à présent désertée avec un petit garçon qui jusqu'ici ne s'était pas vraiment mêlé aux autres.

Nate avait été formidable. Il s'était occupé du château géant dès notre arrivée, supervisant son gonflage, puis veillant à ce que les enfants ne sautent pas dessus avec leurs chaussures. Quand une des mamans avait pris le relais, il avait fait le tour des lieux, rassemblant les assiettes et les serviettes sales, pour les jeter dans un grand sac-poubelle. À ma demande, il était retourné en coup de vent à l'appartement récupérer des choses que j'avais oubliées, dont des cadeaux pour Tegan. Puis il avait encore effectué un aller-retour rapide pour rapporter les bougies pour le gâteau. En le voyant aussi à l'aise au milieu de tout ce petit monde, personne n'aurait pu se douter qu'il était censé ne pas aimer la compagnie des enfants, ne pas les comprendre et ne savoir absolument pas comment communiquer avec eux…

Je cessai de couper le gâteau pour l'observer à travers le passe-plat. Il portait un tee-shirt bleu à col en V et un pantalon de treillis vert foncé. Il s'était coupé les cheveux récemment et il était très beau. Viril, fort, plus que séduisant. Je n'avais eu aucun moment *innamorato* avec lui, je ne songeais pas « amant » quand je le regardais, et cependant... Je repoussai cette pensée avant même qu'elle ait eu le temps de se former. Cela ne me conduirait nulle part.

Le petit garçon timide auquel il parlait l'écoutait très attentivement. J'aurais bien aimé savoir ce qu'il lui racontait. Nate leva les yeux dans ma direction, me clouant sur place. Trop tard pour piquer du nez sur mon gâteau et prétendre que je n'étais pas en train de le manger du regard. Nate fit un grand sourire et ses yeux étincelèrent – déclenchant en moi un petit frisson de désir. Je m'efforçai de surmonter cette faiblesse traîtresse et lui rendis son sourire.

— Madame Brannon, fit derrière moi une petite voix.

Je me retournai et réprimai un mouvement d'impatience en découvrant qui était là.

— Je te l'ai déjà dit, Regina. Je ne suis pas Mme Brannon. Tu peux m'appeler Ryn, ou la maman de Tegan, mais pas Mme Brannon.

Regina Matheson était exactement telle que je l'avais imaginée : une petite peste dictatoriale, dominatrice et arrogante. Je n'avais pas été surprise que ses parents s'éclipsent immédiatement après l'avoir déposée à la fête : ils étaient trop contents d'être débarrassés d'elle pendant au moins trois heures. Le nez criblé de taches de rousseur de Regina se fronça tandis qu'elle réfléchissait à ce que je venais de lui dire au sujet de mon nom. Finalement, elle haussa les épaules.

— Ce que vous nous donnez à manger n'est pas très diététique, décréta-t-elle d'une voix pincée.

— Tu as raison, Regina. Je n'avais pas pensé à ça, répondis-je sur un ton théâtral.

Elle soupira avec suffisance.

— Ma mère dit que se gaver de cochonneries est mauvais pour la santé.

— C'est vrai, mais je suis sûre qu'une petite entorse à ce régime est sans conséquence.

— Je pense que non, déclara-t-elle avec un nouveau soupir condescendant.

J'avais rarement vu une enfant aussi antipathique. Je m'interdis de penser de cette façon et grimaçai un sourire.

— Si tu veux, il y a de la salade de fruits, Regina. Ou des fraises. Pourquoi ne vas-tu pas te servir de fraises ?

— Je suppose que c'est ce que je vais faire, madame Brannon.

Et elle partit en sautillant harceler quelqu'un d'autre.

Je continuai à couper le gâteau en tranches. J'arrivais au bout quand Nate entra dans la kitchenette. Il s'approcha de moi, si près que je sentis la chaleur de son corps à travers mes vêtements.

— Je peux me rendre utile ? demanda-t-il.

Je me retournai. Ses yeux bleu marine fixaient les miens, me coupant le souffle.

— Tu vois ces emballages ?

Il hocha la tête, sans regarder les valisettes en carton rouge alignées sur la table, devant nous. J'y avais déjà glissé un sifflet (les parents allaient me haïr), un petit sac de bonbons, un mot de remerciement (que Tegan avait écrit avec mon aide) et une paille coudée. Elles n'attendaient plus que leur part de gâteau.

— Si tu veux bien, tu… tu pourrais mettre un morceau de… de gâteau dans chaque valisette. Mais d'abord, il faut les envelopper dans une… une serviette en… en papier.

Je bégayais lamentablement. Voilà l'effet qu'il produisait sur moi.

— Serviette en papier. Gâteau. Valisette.

Ses yeux glissèrent de mes yeux vers mes lèvres, s'y attardèrent, puis remontèrent. Ce qu'il pensait était peint en toutes lettres sur son visage. Il se rapprocha imperceptiblement. Je devinai qu'il allait m'embrasser, mais je ne réussis pas à bouger pour autant. Pendant l'anniversaire de notre fille, il allait franchir la ligne et m'embrasser. Allais-je répondre à son baiser ? Ou le repousser en lui rappelant que j'avais un petit ami ? Nate se rapprocha encore, entrouvrit les lèvres.

— Tes désirs sont des ordres, susurra-t-il.

Et il se détourna, me laissant frustrée et furieuse après moi. Il l'avait fait exprès, bien sûr. Il avait éveillé mon désir, et ensuite il se dérobait pour m'obliger à faire le prochain pas. C'était un jeu auquel il aimait se livrer, autrefois, quand il avait besoin que je lui prouve que je le désirais autant qu'il me désirait.

Il emporta la moitié du gâteau sur la planche à découper de l'autre côté de la table et se lava les mains avant de commencer à envelopper les carrés au chocolat dans des serviettes en papier.

— C'est tout de même bizarre, reprit-il avec naturel, comme si de rien n'était. Toi, moi, des enfants partout… et on ne se sauve pas en courant.

— Je commence à avoir la technique, répondis-je sur le même ton.

Pas question de le laisser deviner à quel point j'étais troublée.

— Moi aussi.

— C'est ce que j'ai vu. Vous aviez l'air de vous entendre plutôt bien, ce petit garçon et toi.

— Il m'a fait penser à moi à son âge : timide, terrifié par les autres enfants, surtout par les filles.

— C'est bon de te revoir détendu, Nate. Tu as l'air d'aller beaucoup mieux.

— C'est vrai. Et c'est grâce à toi, à Tegan et à Luke. Je ne suis plus aussi… Tu sais, par rapport à Adèle. Mais je me sens coupable.

— À cause de… ?

— J'étais censé veiller sur toi. Tu as perdu ta meilleure amie et au lieu de t'aider je me suis effondré lamentablement.

— Nous nous sommes soutenus mutuellement. Tu sais que je ferais tout pour toi, ou presque.

— Tu crois que notre vie aurait ressemblé à ça si nous avions décidé d'avoir des enfants ensemble ?

— Non, Nate. Si nous avions eu des enfants, ils auraient été de vrais petits démons et l'église aurait été obligée de former spécialement un commando d'exorcistes pour les éradiquer de la surface de la terre.

— Je suis sûr qu'ils auraient été très mignons, protesta Nate. Une peau café au lait, des grands yeux noirs, un sourire lumineux…

Tiens. Apparemment, il y avait pensé.

— Des regrets, on dirait… demandai-je.

Il réfléchit à la question.

— Non. C'est juste une idée qui vient de me traverser l'esprit. En fait, je n'ai aucune envie d'avoir un enfant. Je veux dire, un deuxième.

— Moi non plus. J'adore Tegan, je ne pourrais pas vivre sans elle, mais remettre ça, non.

— Et Luke ?

Il abandonna la part de gâteau qu'il était en train d'envelopper dans une serviette et me regarda avec cette intensité déstabilisante dont il avait le secret.

— Ça ne lui pose pas de problème ? J'ai eu l'impression qu'il souhaitait avoir une vraie petite tribu.

— Possible.

Bien sûr, Luke voulait des enfants. Nous n'en avions pas parlé ouvertement, mais je savais qu'il voulait être père. Et il savait aussi que je n'avais pas l'intention de renouveler l'expérience après Tegan. C'était un problème majeur, que nous évitions instinctivement d'aborder parce que nous ignorions jusqu'où cela pourrait nous mener. Nous avions tous les deux une idée bien arrêtée sur la question, et nous ne changerions d'avis ni l'un ni l'autre. Nous avions déjà des difficultés à accepter de vivre sous le même toit. Une discussion sur l'élargissement de notre famille mettrait notre couple en péril. Elle pourrait même lui être… fatale.

— Est-ce que tu l'aimes, Kam ?

Je levai les yeux. Personne ne m'avait appelée Kam depuis si longtemps. J'avais même oublié qu'on m'avait naguère appelée ainsi.

— Oui.

— Plus que tu m'aimes, moi ?

— Nate… mes sentiments pour toi sont à mettre au passé…

— Tu mens. À moi et à toi-même.

— Luke et moi allons nous marier. Nous en avons discuté il y a quelques semaines.

Nate haussa les épaules, visiblement peu affecté par la nouvelle.

— Raconte ce que tu veux. N'empêche que tu continues à me mentir et à te mentir à toi-même.

— Tu ne sais pas ce que tu dis.

— Je ne dis pas que tu ne l'aimes pas. Je pense que tu es écartelée. Parce que tu nous veux tous les deux. Tu n'es pas très douée pour cacher tes sentiments, ce qui signifie que Luke le sait aussi. Je suis étonné qu'il ne t'ait rien dit. Ou peut-être l'a-t-il fait ? Et c'est peut-être pour ça qu'il t'a proposé le mariage. Parce qu'il sent que tu n'es pas sûre de tes sentiments.

Je me remis à envelopper les morceaux de gâteau, affectant de ne pas l'entendre.

— Je t'aime, Kam.

Mes mains se mirent à trembler. C'était quelque chose que j'avais du mal à supporter chez Nate. Cette facilité avec laquelle il mettait à plat ses émotions – les miennes comme les siennes, d'ailleurs. Cette faculté d'exprimer tout haut ce qu'il ressentait sans se soucier des conséquences.

— Ce n'est pas une façon de te mettre la pression. Je veux juste que tu le saches. Et je veux que tu sois honnête avec toi-même.

Je regardai fixement la table. Ce que je ressentais ne regardait que moi. Et si je me mentais à moi-même, c'était également mon affaire. Je n'avais pas à admettre quoi que ce soit. Et qu'y avait-il à admettre, d'ailleurs ? Qu'il me plaisait ? D'accord, il avait tout pour lui. Que quand Luke m'exaspérait, je pensais à Nate ? Mais toutes les femmes faisaient ça ! Nate n'avait pas le droit de me le reprocher. D'autant que Luke pensait exactement la même chose, j'en étais sûre. Ils étaient convaincus tous les deux de lire dans mes pensées et, quand je leur disais qu'ils se trompaient, ils ne me croyaient ni l'un ni l'autre. Je devais trouver un moyen de faire comprendre à Nate qu'il avait tort, que certes il me plaisait, mais que Luke était définitivement mon seul et unique amoureux.

— Madame Brannon…

Regina Matheson tira sur ma jupe. Je l'ignorai. Et je décidai de l'ignorer tant qu'elle ne m'appellerait pas par mon nom.

— Madame Brannon !

Elle tira plus fort sur ma jupe.

Je continuai à envelopper des parts de gâteau sans m'occuper d'elle.

— Madame Brannon !

— Quoi ? soupirai-je, en me tournant finalement vers elle.

J'allais lui crier « Je ne suis pas Mme Brannon ! » mais son expression angoissée m'en empêcha.

— Tegan est toute bleue, annonça-t-elle.

— Quoi ?

Je lâchai le morceau de gâteau que je tenais à la main et me ruai comme une folle hors de la cuisine. Je courais, mais j'avais la sensation de ne pas avancer, que tout se déroulait au ralenti, comme dans un rêve, ou plutôt un cauchemar... Les enfants avaient formé un cercle à côté du château et regardaient en silence vers le sol. En me rapprochant, je vis qu'à l'intérieur du cercle l'une des mamans s'était accroupie à côté de Tegan et répétait :

— Tegan ? Tegan, est-ce que tu m'entends ?

Mon bébé gisait sur le dos dans une immobilité de statue. Sa jolie robe blanche à pois rouges n'avait pas un pli, ses petits souliers assortis dépassaient du tissu soyeux. Ses couettes retenues par des rubans rouges étaient parfaitement symétriques de chaque côté de sa tête. Ses yeux étaient fermés, sa bouche légèrement entrouverte, mais son visage bleuissait de seconde en seconde. Elle était effroyablement inerte. Adèle, le souvenir de son corps sans vie, dans la morgue de l'hôpital, se ficha dans mon esprit. Adèle aussi avait été effroyablement inerte la dernière fois que je l'avais vue. Figée, glacée, morte.

Je tombai à genoux à côté de Tegan, collai mon oreille sur sa poitrine. Le son était faible, à peine audible, mais son cœur battait encore. En revanche, elle ne respirait pas.

— Nate ! Appelle une ambulance ! hurlai-je.

— Elle est déjà en route, répondit une voix quelque part près de moi.

— Est-ce qu'elle s'est étouffée avec quelque chose ? demandai-je aux enfants tout en basculant doucement la tête de Tegan en arrière et en lui ouvrant la bouche.

— Elle a voulu goûter une fraise, dit Regina en pointant son doigt.

Je regardai et j'aperçus une fraise à moitié mangée, dans l'herbe. Il s'agissait probablement d'une allergie. Quand on faisait un choc allergique, on avait besoin d'antihistaminiques et d'adrénaline pour que le cœur continue à battre. Il fallait donc aider son cœur à battre et lui donner de l'oxygène jusqu'à l'arrivée des secours.

Je soufflai dans sa bouche, puis posai les mains sur sa poitrine et appuyai doucement, pour ne pas risquer de lui briser des côtes. Cinq pressions. Puis je soufflai de nouveau de l'air dans sa bouche. Nate s'accroupit près de moi pour prendre le relais, mais je secouai la tête. J'avais trouvé le bon rythme. Il fallait que je la ramène à la vie. Cinq pressions. Souffler. Cinq pressions. Je collai à nouveau mon oreille contre son torse. Son cœur battait toujours. Faiblement, mais il battait. Souffler. Cinq pressions...

De très loin me parvenaient les pleurs des enfants, leurs voix effrayées demandant ce qui se passait. Puis le brouhaha s'éloigna tandis que je continuai à souffler dans la bouche de Tegan, refusant de remarquer que ses lèvres étaient glacées, que sa peau bleuissait davantage de seconde en seconde. Je devais continuer. Essayer de la faire revenir. J'entendis la voix de Nate. Il parlait à quelqu'un.

Je soufflai de nouveau dans sa bouche, quand les bras puissants de Nate se refermèrent autour de ma taille et me soulevèrent pour m'éloigner. Je faillis me débattre et lui hurler de me laisser continuer quand deux ambulanciers prirent ma place. Le premier, un homme trapu d'une quarantaine d'années, plaça un masque à oxygène sur la bouche de Tegan, couvrant son joli visage avec le plastique hideux. L'autre, une femme corpulente d'une trentaine d'années, mesura un liquide clair dans une seringue.

— Ne lui faites pas de mal, criai-je. C'est un bébé, ne lui faites pas de mal !

Les bras de Nate se resserrèrent autour de ma taille pour me retenir, m'empêcher d'intervenir. Il me murmura quelque chose à l'oreille. Des paroles de réconfort sans doute, mais je n'entendais rien. Je ne voyais que l'aiguille s'enfoncer dans la cuisse de Tegan. Mes genoux fléchirent quand la femme lui injecta le contenu de la seringue. Il ne se passa rien. Tegan ne se redressa pas brusquement, aspirant l'air à pleins poumons. Elle ne bougea pas d'un millimètre pour nous indiquer qu'elle allait bien. Elle ne tressaillit même pas au moment de l'injection. Elle resta sans vie sur le sol.

Visiblement ébranlé par l'absence de réaction de Tegan, Nate relâcha son étreinte. Mes jambes se dérobèrent sous moi et je tombai à genoux dans l'herbe.

C'est fini ! hurlai-je silencieusement tandis que les médecins échangeaient un regard sombre. *Elle est partie.*

45

Je marchais comme une somnambule dans le couloir de l'hôpital, indifférente à ce qui m'entourait, en état de choc, physiquement et mentalement déconnectée. Comme je prenais appui contre un mur pour me soutenir, les deux bras de Nate se refermèrent sur moi. Je le laissai me serrer contre lui.

— Bébé, me chuchota-t-il à l'oreille.

— Elle… Je… J'ai… J'ai cru que… qu'elle…

Ma voix s'étouffa. Je m'agrippai à Nate. Il était solide, inébranlable, le roc dont j'avais tant besoin dans un tel moment.

— Chuuut, souffla-t-il. Tout va bien. C'est fini. Elle est tirée d'affaire.

— Mais il s'en est fallu de peu, balbutiai-je.

Elle avait failli mourir. Tegan, mon bébé, avait failli mourir. À quelques minutes près, les médecins n'auraient pas pu faire fonctionner ses poumons ni relancer son cœur. Je tremblais comme une feuille chaque fois que j'y pensais. J'aurais pu la perdre. Elle avait été à deux doigts de mourir. Elle dormait, à présent, et respirait sans assistance, mais son corps si frêle, relié à un moniteur cardiaque, me rappelait les derniers jours d'Adèle, allongée dans un lit d'hôpital, branchée à des machines…

Nate s'écarta doucement et contempla mon visage.

— Tout va bien, répéta-t-il.

— Dieu merci, tu étais là. Je n'aurais jamais réussi à traverser cette épreuve toute seule.

— Qu'est-ce que tu me chantes là ? Si tu te faisais un peu confiance pour changer ! Tegan est une petite fille adorable grâce à toi. Même moi, tu sais, le-garçon-qui-n'aime-pas-les-enfants, je m'en rends compte.

— Flatteur, murmurai-je avec un petit rire étranglé.

Il me sourit et repoussa une mèche de mes cheveux en arrière d'un geste caressant.

— Je dois reconnaître que c'est un sacré plaidoyer en faveur de l'alimentation non diététique. On n'a jamais entendu parler d'une allergie aux hamburgers, si ? dit Nate, réussissant à me soutirer un sourire.

Son regard se teinta d'affection et d'inquiétude.

— Et si je signais ces fameux papiers pour que tu puisses lancer la procédure d'adoption pour de bon ? Je sais que tu me l'as demandé depuis des semaines et je m'en occuperai demain sans faute, promis. Ou même ce soir, si tu veux, quand je te ramènerai chez toi.

— Tu ferais ça ?

— Oui. Je ne sais pas pourquoi j'ai laissé traîner les choses. La culpabilité, probablement, parce qu'un père normal ne devrait pas renoncer à son enfant de son plein gré. Mais Tegan est plus ta fille que la mienne. Depuis le jour de sa naissance, tu as toujours été sa deuxième maman.

— Merci.

Je posai mes lèvres sur les siennes avec gratitude. Il y avait d'autres façons de dire merci, je le savais, mais cela m'était égal. Quantité d'émotions – soulagement, peur, amour, désir, colère – bouillonnaient dans mes veines, se mélangeaient, composant un dangereux cocktail. Tout m'était égal à cet instant. J'avais simplement envie de l'embrasser parce qu'il m'avait épaulée pendant l'une des pages les plus terrifiantes de ma vie, parce qu'il allait me donner ce que j'attendais en signant les papiers de renonciation, et parce que la seule personne qui aurait dû être présente n'était pas là.

À l'instant où nos lèvres se touchèrent, une autre émotion balaya toutes les autres : la honte. Ce n'était pas la faute de Luke s'il n'était pas là. Il devait travailler et il ignorait ce qui était arrivé. S'il avait su, il serait venu à la vitesse de l'éclair. Je m'éloignai de Nate, regrettant d'avoir pris l'initiative de ce baiser.

Il me regarda fixement, visiblement perplexe. Il leva une main et, lentement, me caressa la joue avec son pouce. Toute velléité de résistance me quitta à ce contact et, quand il pressa à son tour ses lèvres sur les miennes, je m'abandonnai. Je laissai son souffle prendre possession de ma bouche et sa main caresser le creux de mes reins. L'embrasser était un acte tellement simple. Familier. Cela me ramenait en arrière, à une époque où j'étais heureuse. Où j'étais une autre femme. J'avais aimé cet homme autrefois. Je l'aimais encore aujourd'hui. Mais pas comme j'aimais Luke. Luke. Son visage se fraya un passage dans mes pensées et je repoussai Nate. Non, je ne pouvais pas faire ça à Luke.

— Je n'ai pas le droit de faire ça. Je suis avec Luke.

Au lieu de répondre, Nate caressa ma bouche avec son pouce – geste érotique qu'il avait eu la première fois que nous avions couché ensemble. Je rejetai la tête en arrière pour ne pas craquer et l'embrasser de nouveau.

— Je suis avec Luke, répétai-je.

— Vraiment ? murmura-t-il en inclinant la tête jusqu'à ce que nos lèvres ne soient qu'à quelques millimètres l'une de l'autre. En ce cas, pourquoi m'embrasses-tu, Kamryn ?

Il prononça mon prénom avec une telle sensualité qu'une onde de désir me traversa tout entière. J'étais dévorée par l'envie de l'embrasser encore et encore, de revivre ces sensations, ces souvenirs.

Je détournai les yeux, essayant désespérément de ne pas céder à mon attirance pour Nate, et cherchai un point où ancrer mon regard afin de reprendre pied dans la réalité. Le distributeur de café... Les chaises en plastique... Le chariot vide... Luke.

Luke était debout dans le couloir, les yeux braqués sur moi. Sur nous. Sur ce que nous étions en train de faire.

Son visage était dénué d'expression, comme si toute émotion en avait été balayée par le choc de me voir faire la chose qu'il redoutait le plus : embrasser mon ex.

— Oh, merde, souffla Nate avant que j'aie le bon sens de m'arracher à son étreinte.

Je fis un pas en direction de mon petit ami. J'ouvris la bouche pour prononcer son prénom, mais il ne m'en laissa pas le temps.

— Est-ce qu'elle va bien ?

— Luke, ce n'est pas ce que...

— Est-ce qu'elle va bien ?

Il avait haussé le ton, couvrant mes explications. Je hochai la tête.

— Elle dort. Les antihistaminiques et l'adrénaline l'ont mise K.-O. Mais elle est hors de danger.

Luke assimila ces informations sans prononcer un mot. Nate s'avança d'un pas.

— Écoutez, ce n'est pas...

Luke lui lança un regard meurtrier, un regard qui disait clairement que s'il ne la fermait pas, son sang éclabousserait les murs du couloir.

— Est-ce que je peux la voir ? me demanda-t-il.

— Bien sûr. Elle est dans une chambre, par ici.

Nous longeâmes tous les deux le couloir en silence, nos pas désynchronisés parce que Luke marchait deux mètres derrière moi. Il n'accélérait pas pour me rattraper et, si je ralentissais, il ralentissait aussi. Le message ne pouvait pas être plus explicite.

Tiga dormait sur le côté dans un lit sécurisé. Ses cheveux formaient une coulée blond pâle sur l'oreiller blanc et son visage avait une teinte grisâtre. Luke s'assit sur la chaise à son chevet et la contempla, l'air désespéré. Je savais que ce n'était pas à cause de ce qu'il avait surpris dans le couloir, mais parce qu'elle avait failli mourir et qu'il n'avait pas été là pour la protéger. Ses lèvres se serrèrent comme s'il voulait se retenir de pleurer.

— Comment as-tu su ? demandai-je tout bas.

— J'ai... j'avais annulé la réunion, murmura-t-il, sans quitter Tiga du regard. Je suis parti ce matin, mais j'ai fait demi-tour et je suis rentré. Je ne supportais pas l'idée de manquer l'anniversaire de Ti. Quand je suis arrivé à la salle des fêtes, Mme Kaye m'a raconté ce qui venait d'arriver... Qu'ont dit les médecins ? Elle va s'en remettre ? Il n'y aura pas de séquelles ?

— Tout va bien. Elle va passer la nuit ici, en observation, mais c'est une simple précaution. Elle sera très fatiguée pendant quarante-huit heures, jusqu'à ce que l'effet des antihistaminiques se dissipe, mais il ne devrait y avoir aucune séquelle.

Luke prit la petite main de Tiga dans la sienne, se pencha et pressa ses lèvres sur son front pâle.

— À demain, ma beauté. Dors bien.

Il se leva, sans la quitter des yeux, puis se détourna et sortit comme si je n'existais pas. Après avoir vérifié que Tiga dormait paisiblement, je le suivis dans le couloir. Il s'éloignait déjà à grandes enjambées.

— Luke, appelai-je en essayant de ne pas parler trop fort pour ne pas déranger les malades.

Il ne m'ignora pas au sens propre du terme puisqu'il pressa le pas sans me répondre. Je marchai plus vite pour tenter de le rattraper, le lino étouffait le bruit de nos pas.

Je le suivis ainsi jusqu'à l'extérieur de l'hôpital, dans l'allée menant au parking. À présent, je pouvais élever la voix et c'est ce que je fis, aboyant « Luke ! » avec une agressivité qui me fit peur.

Cette fois, il stoppa net, puis pivota vers moi avec une telle soudaineté que je le percutai, emportée par mon élan. Ses mains se posèrent sur mes épaules puis me repoussèrent comme si mon contact l'avait brûlé. Je vacillai et il me regarda durement. Ses yeux qui avaient contemplé Tiga avec tendresse quelques secondes auparavant me renvoyaient une expression proche de la haine.

— Qu'est-ce que tu me veux ? demanda-t-il d'une voix âpre.

— Laisse-moi t'expliquer, dis-je, sans oser m'approcher davantage.

— Non.

— Mais...

— Mais quoi ? Je n'ai nul besoin d'explication. Ce qui se passe est parfaitement clair. Tu t'es fichue de moi depuis le premier jour. J'étais le remplaçant de service. Le gugusse intérimaire avec qui tu as joué à la petite famille recomposée en attendant que l'autre revienne !

— Tu sais que ce n'est pas vrai, protestai-je, blessée qu'il puisse penser une chose pareille.

— Oui, je sais que ce n'est pas vrai, admit-il à regret.

Il avança d'un pas et je vis combien il était épuisé, après avoir passé presque toute la journée sur la route.

— La vérité, c'est que moi...

Il enfonça son index dans sa poitrine.

— ... j'aime Tegan. Et moi...

À nouveau le même geste.

— … je ferais n'importe quoi pour elle. Je donnerais ma vie pour elle s'il le fallait. Je veux être son père ! Et lui…

Il pointa un index rageur en direction du bâtiment de l'hôpital.

— Lui, il se fiche éperdument d'elle. Il ne l'aimera jamais. Il n'aura jamais le dixième de la tendresse que j'ai pour Tegan !

Luke avait raison. Nate n'aimerait jamais Tegan autant que Luke. Malgré tous ses efforts, cela se limiterait toujours à cela – un effort. Pour essayer d'aimer Tegan. Pour essayer de la comprendre. D'ailleurs, s'il avait estimé qu'il y avait une seule chance qu'il puisse l'aimer un jour d'un amour paternel, il n'aurait pas accepté de renoncer à tous ses droits parentaux.

— Tu ne vois pas qu'il vient la voir uniquement à cause de toi ? Parce qu'il veut te récupérer. Et toi, pauvre cloche, tu es tombée dans le panneau !

— Je ne suis pas une pauvre cloche. Et je ne suis tombée dans rien du tout. Nate n'est pas aussi calculateur.

— Tu es pathétique ! siffla-t-il. Prendre la défense de ce type. Il n'a même pas été fichu de lever le petit doigt alors que sa fille était emmenée en urgence à l'hôpital. En fait, non, il a dû penser que c'était un cadeau du ciel, le moyen idéal pour arriver à ses fins avec toi !

— N'empêche qu'il était là, *lui*, rétorquai-je. Il était présent à l'anniversaire de sa fille. Et toi ? Tu étais où ? Tu travaillais. Au moins, Nate ne fait pas passer son travail avant sa fille !

— Tu ne comprends même pas que tout ce qu'il fait, c'est pour te ramener dans son lit.

— En tout cas, il me trouve à son goût, lui !

Une expression désorientée passa sur le visage de Luke.

— Quoi ?

— Je sais que je lui plais. Il en a toujours été ainsi. Depuis la minute où il m'a vue, en fait, il m'a trouvée séduisante, belle, sexy, lui. Il n'a jamais pensé que j'étais laide ou que j'avais besoin de maigrir !

Le regard de Luke s'assombrit et il baissa la tête.

— Je n'arrive pas à croire que tu me renvoies ça à la figure. C'était il y a longtemps. Les choses étaient différentes, alors.

— Et tu crois que ça ne me fait plus mal pour autant ? Que j'ai oublié la façon dont tu me regardais, dont tu me parlais ?

— Je suppose que non. Mais si je couchais avec ta meilleure amie et que je lui faisais un enfant, tu me pardonnerais sans hésiter, n'est-ce pas ? Tu me tomberais dans les bras à la première occasion ?

Ce fut à mon tour de baisser la tête. Comment en étions-nous arrivés là ? J'avais eu l'intention de m'excuser, de lui expliquer que c'était un baiser d'adieu, que désormais je n'embrasserais plus jamais un autre homme que lui.

— Ryn... je t'aime, dit-il d'une voix calme et mesurée.

Je le regardai. Son expression s'était adoucie.

— J'ai toujours su que Tegan et toi vous formiez un tout et que pour avoir l'une il fallait accepter l'autre. En ce qui me concerne, c'était... c'est un double cadeau. Car je t'adore, figure-toi, même si j'ai craqué d'abord pour Tegan. Mais je... je n'arrive pas à comprendre que tu puisses vouloir d'un homme qui n'aime pas ta fille autant que tu l'aimes.

— Je ne veux pas de Nate.

Luke soupira, leva les yeux au ciel et secoua la tête.

— Je ne te crois pas. Mais je n'ai pas l'intention de rester là à attendre de voir si je me trompe.

— Tu me quittes ?

C'était un tel choc que je titubai.

— Ryn, tu ne peux pas embrasser un autre homme et continuer à vivre avec moi.

— Mais... ça ne s'est pas passé comme ça. Je n'ai pas... J'étais tellement terrifiée pour Tegan et il était là, et toi tu n'y étais pas. Et je voulais que tu sois là, toi, près de moi. Et il m'a dit qu'il allait me permettre d'adopter légalement Tegan. Et j'étais...

— Ryn, garde tes salades pour un autre. Moi, j'ai assez donné.

Sur ce, il tourna les talons et s'en alla. Sa voiture était garée à moins de dix mètres, mais il la dépassa et quitta le parking à pied, disparaissant au milieu des personnes qui passaient dans la rue.

46

— Je suis content que tu ailles mieux, dit Luke à Tegan. Tu m'as fait rudement peur, tu sais, mais l'essentiel c'est que tu te sois rétablie.

Je me tenais en retrait, près de la porte, et je les observais. Le petit visage de Tegan portait encore les traces de sa mésaventure de la veille : elle était très pâle, des cernes creusaient ses yeux et ses lèvres étaient décolorées.

Luke lui avait apporté un autre cadeau d'anniversaire : un album de photos avec une couverture en cuir marron et la lettre T en or incrustée dans un angle. Il y avait déjà glissé une photo d'eux à la plage prise quand nous étions allés passer une journée à Whitby. Tegan serrait l'album dans ses bras, observant Luke avec méfiance et appréhension. Elle se rendait compte que quelque chose n'allait pas. Il n'était pas très doué pour dissimuler ses sentiments, et on lisait sa détresse sur son visage. J'avais téléphoné à Luke la nuit précédente, je lui avais laissé un message confus, lui demandant de me rappeler, mais il n'en avait rien fait. Nate, qui ne savait plus comment s'excuser et s'en voulait à mort d'avoir tout gâché (je n'étais pas stupide, évidemment qu'il espérait que ça casserait entre Luke et moi, mais pas de cette façon), m'avait proposé de me conduire chez

Luke en voiture, mais j'avais refusé. De toute évidence, il ne voulait pas me voir et je le comprenais : j'avais tout flanqué par terre, je lui avais fait du mal, pourquoi aurait-il accepté de m'écouter ?

— Tu as des soucis, Luke ? demanda Tegan.

— Tout va bien, répondit-il en évitant son regard.

— C'est aussi ce que dit Maman Ryn quand elle a des soucis, souligna Tegan.

Depuis le temps, il aurait dû savoir que la petite avait une sorte de sixième sens pour détecter les états d'âme de son entourage.

— D'accord, j'ai un souci, admit-il. Un gros.

Mon cœur s'arrêta de battre. Allait-il raconter à Tegan ce que j'avais fait ?

— Je dois partir.

— Où ? demanda Tegan, les yeux grands ouverts.

Les miens doublèrent également de volume.

— Tu te rappelles que je suis allé à New York avant Noël ?

Elle hocha la tête.

— Eh bien, je vais y retourner, définitivement. Mais d'abord, j'irai à Londres finir mon travail.

Un masque d'horreur recouvrit le visage de Tegan.

— J'ai passé un entretien quand j'étais à New York, poursuivit Luke, répondant de lui-même aux questions silencieuses qui tourbillonnaient dans ma tête. On m'a proposé un poste il y a quelques semaines, et j'ai donné mon accord hier.

— Mais pourquoi ? demanda Tegan.

— Parce qu'il le faut, c'est mon travail.

— Est-ce que tu vas partir au ciel pour être avec le petit Jésus et les anges et ma maman ? demanda-t-elle d'un ton soupçonneux.

Luke secoua la tête.

— Non, Ti. Je vais en Amérique. Tu te souviens, je t'ai montré où ça se trouvait sur la mappemonde.

— Oh, c'est parce que j'ai été malade ? balbutia-t-elle. Ça n'arrivera plus jamais, promis ! Croix de bois, croix de fer, si je mens, je...

— Non, non, ma puce, ça n'a rien à voir.

Luke lui prit la main et la serra dans la sienne, visiblement bouleversé par le regard suppliant que la petite fille levait vers lui.

— Il faut que je parte. C'est comme ça. Je ne peux pas faire autrement.

— Tu ne m'aimes plus ?

— Tegan, je t'adore. Tu es ce qui m'est arrivé de plus beau dans toute ma vie. Je voudrais tellement rester, mais c'est impossible. Je suis désolé.

Tegan était de plus en plus désespérée.

— On n'est plus amis ?

— Bien sûr que si, répondit-il. On sera amis toute la vie.

— Tu es toujours l'amoureux de Maman Ryn ?

Je retins mon souffle.

— Je ne peux pas être son amoureux si je suis en Amérique.

— Je veux pas que tu partes, souffla-t-elle d'une petite voix torturée.

— Je ne veux pas partir non plus, répondit-il. Mais il le faut.

Les coins de la bouche de Tegan s'abaissèrent et elle contempla ses mains sans les voir. Elle essayait de ne pas pleurer. Elle était incroyablement brave.

— Bon, Bébé, dit-il finalement. Il faut que j'y aille.

— Tu reviendras ?

— Non. Mais je te téléphonerai, et je t'écrirai.

— D'accord, murmura-t-elle tout bas – et il était évident qu'elle n'en croyait pas un mot.

Luke ferma les yeux et la serra très fort contre lui. Elle lui enlaça la taille aussi loin que le lui permettaient ses petits bras. Elle n'avait pas eu l'air aussi triste depuis des mois. Quand il se dégagea de son étreinte, Luke avait les yeux brillants de larmes. Il l'embrassa sur le front et se força à sourire.

— Bye, Tegan. Je t'aime.

— Bye, Luke, croassa-t-elle.

— Je reviens tout de suite, chuchotai-je à Tegan tandis qu'il sortait et refermait la porte derrière lui. C'était notre dernière chance à toutes les deux. Je devais absolument empêcher Luke de nous quitter.

Je m'attendais à devoir courir pour le rattraper mais il n'était pas allé bien loin. Il s'était adossé au mur, le visage dans ses mains, tremblant de tous ses membres. Il pleurait. Je posai la main sur son coude. Comme il ne se dégageait pas, je passai mon bras autour de ses épaules.

— Tu veux bien qu'on parle ? demandai-je.

Il s'assit en face de moi dans la cafétéria, le dos voûté, les yeux fixés sur la table en Formica. J'avais été étonnée mais soulagée qu'il accepte de me parler. Cela me laissait un espoir. J'avais un œil sur la pendule néanmoins, parce que je devais retourner auprès de Tegan. Je ne voulais pas la laisser seule trop longtemps, surtout s'il partait vraiment.

— Je regrette d'avoir embrassé Nate.

C'était par là que j'aurais dû commencer, la veille, par m'excuser.

— Et je suis désolée que tu m'aies vue. J'imagine que cela a dû être très déchirant, mais c'était la première fois. L'unique fois. J'étais bouleversée à cause de Tegan, et je ne contrôlais plus mes émotions. Je sais que tu n'as jamais compris ce que j'éprouvais au fond de moi, mais tu es le seul homme avec qui je veux vivre. Je t'aime. Ce n'est pas facile, parfois, parce que toi et moi nous avons dû tout apprendre, même à ne pas nous détester, mais tu as surgi dans ma vie exactement au moment où j'avais besoin de toi. Grâce à toi, j'ai changé. C'est en grande partie grâce à Tegan, mais c'est aussi grâce à toi, à ce que tu es. Tu m'as soutenue et tu as aidé Tegan, je ne veux pas que tu partes.

Les yeux rougis de Luke me regardaient me justifier.

— Ce n'était qu'un baiser, tu sais. Juste une fois. Rien de plus. Je n'ai pas couché avec lui. Je ne t'aurais jamais trahi. Je n'aurais pas dû l'embrasser, mais c'est arrivé et je suis désolée. Terriblement désolée. Mais s'il te plaît, ne nous quitte pas à cause de ça.

Il m'observa jusqu'à ce que je cesse de parler.

— Ryn, si Tegan aimait Nate autant qu'elle m'aime, aurions-nous seulement cette conversation ? Peux-tu m'affirmer que tu ne te serais pas déjà remise en couple avec lui ?

Je laissai passer un temps avant de répondre. J'étais fatiguée d'être constamment obligée de me justifier. Fatiguée d'être l'éternelle coupable, celle dont on remettait toujours en question les raisons de ses actes et ses pensées. Personne n'était capable d'affirmer avec certitude ce qu'il voulait réellement. Personne n'était à l'abri d'être tenté et de faiblir, même brièvement. Je n'étais pas la seule sur terre à éprouver des doutes de temps à autre, mais moi je devais perpétuellement m'excuser. Défendre mes pensées – et même mes arrière-pensées. Si nous devions jouer au petit jeu du « et si », alors autant le jouer équitablement. Et pas toujours avec la même personne sur le banc des accusés.

— Je ne sais pas, Luke, déclarai-je. L'amour que te porte Tegan est si fort que je ne peux pas répondre à ta question. Même pas dans l'absolu parce que si tu nous quittes vraiment, ses sentiments pour toi resteront à jamais un baromètre dans les années à venir. Mais si tu vas par là, à mon tour de te poser une question. S'il n'y avait pas eu Tegan, te serais-tu seulement intéressé à moi ? Aurais-tu cherché à savoir qui j'étais ? Et, au-delà de ça, aurais-tu eu envie de m'embrasser et de sortir avec moi ?

Ce fut à son tour de marquer un temps de réflexion. La pause s'éternisa et devint l'un de ces lourds silences dont il avait le secret. Il ne parvenait même pas à mentir pour ménager mon amour-propre. Comprenait-il, à présent, à quel point il était injuste de jouer au petit jeu des « et si », parce qu'il faisait référence à un contexte aujourd'hui dépassé, révolu et qu'inévitablement les réponses étaient différentes.

— Puisque nous en sommes aux explications, j'ai une autre question à te poser, repris-je posément. Pourquoi ne m'as-tu pas informée que tu t'étais présenté à un entretien pendant ton séjour à New York ? Et qu'on t'avait proposé un poste ?

— Parce que je n'avais pas l'intention de l'accepter.

— Mais c'est tout de même pour cette raison que tu hésitais tant à venir t'installer avec nous, n'est-ce pas ? Tu te demandais au fond de toi si tu ne devais pas repartir à New York ?

Et retrouver Nicole par la même occasion.

Il ne répondit pas pour éviter de mentir.

— Je vois. Dernière question : quand je t'ai dit que je ne voulais pas d'enfants, tu ne m'as pas crue, avoue ?

— Mais tu ferais une mère tellement formi...

Il s'arrêta brusquement – trop tard. Même après tout ce temps, après nos discussions à ce sujet, toutes ses grandes déclarations pour me rassurer, il l'avait dit.

— Tu ne me considères pas comme la mère de Tegan, murmurai-je d'un ton las. Si toi tu n'y crois pas, alors qui pourra y croire ?

— Je n'ai pas voulu dire ça. Je te considère comme sa mère. Je t'ai observée, j'ai vu la façon admirable dont tu t'occupais d'elle, mais je voulais que tu aies d'autres enfants, avec moi.

— Je t'ai dit que je n'en voulais pas d'autres. Tu ne m'as pas crue ? Tu as pensé que je changerais d'avis, que tu m'aurais à l'usure, ou quoi ?

— Quelle importance, maintenant, puisque je pars ! trancha-t-il.

Tiens, il n'avait plus envie de jouer. Il venait de découvrir que le jeu du « et si ? » était beaucoup moins amusant quand on n'était pas celui qui posait les questions.

— Tu as raison, ça n'a plus aucune importance, répondis-je calmement.

Il s'en allait, et je ne pouvais rien faire de plus pour l'en empêcher. Je m'étais excusée, je lui avais expliqué, je lui avais ouvert mon cœur. Tout cela en pure perte. Il avait décidé de partir et rien de ce que je pourrais dire n'y changerait rien. Autrefois, quand Nate avait essayé de me persuader de rentrer à la maison avec lui, juste après notre séparation, rien de ce qu'il aurait pu me dire n'aurait pu me convaincre de revenir avec lui.

— J'espère que vous serez très heureux, Nate et toi, siffla-t-il.

— Merci, répondis-je, sans réagir à sa provocation.

Je me levai comme un automate et décidai que j'avais fini de me défendre et de me justifier. C'est vrai, j'avais fait quelque chose de mal en embrassant Nate, mais ce n'était pas aussi inexcusable que de ne pas avoir pardonné à Adèle avant qu'elle meure. Rien, jamais, n'allégerait le poids de ce regret-là.

— Reste en contact avec Tegan, s'il te plaît. Tu vas terriblement lui manquer.

— Elle va me manquer aussi. Bye.

— Bye.

— Tu as dit au revoir à Luke ? demanda Tegan, son album photo serré contre sa poitrine.

Je hochai la tête, essayant de lui sourire. Je m'assis sur la chaise que Luke avait occupée près de son lit, et posai mon front sur les genoux de Tegan.

— Il va me manquer, murmurai-je.

C'était la vérité. En moins d'un an j'avais perdu trois personnes que j'aimais. D'abord Adèle, puis Ted, et maintenant Luke. C'était trop. Déjà beaucoup trop dans une vie tout entière, alors dans une seule petite année...

— Dis, Maman Ryn, Luke va vraiment en Amérique ?

— Oui, chérie.

— Tu es sûre ? Il ne va pas aller au ciel pour toujours ?

Je tournai la tête pour la regarder. Elle fronçait la bouche et le nez comme chaque fois qu'elle voulait mettre l'accent sur quelque chose d'important.

— Non, il ne va pas au ciel, Tiga, je te le promets. Il part en Amérique. Et ce n'est pas ta faute. Il doit partir.

— D'accord, murmura-t-elle en me caressant les cheveux, comme si j'étais ce chat dont elle avait eu tellement envie à une époque.

— Ce ne sera pas si mal, juste toi et moi, affirmai-je avec un entrain forcé. On se débrouillera.

— Oui. On s'amusera, approuva-t-elle gravement.

— On pourrait partir en vacances. Peut-être en Italie. J'ai un ami, là-bas. Il s'appelle Ted.

— C'est vrai ? demanda-t-elle, tout excitée. En avion et tout ?

— Oui. Pendant les vacances d'été, peut-être. Seulement nous deux.

— Et je prendrai plein de photos avec mon appareil tout neuf. Et après je les mettrai dans mon *abulm*.

— Oui.

Elle sourit toute seule pendant une minute, puis soupira.

— Je voudrais que Luke vienne avec nous.

— Moi aussi, acquiesçai-je.

On frappa à la porte. Nous échangeâmes un regard perplexe.

— Entrez ? dis-je.

La porte s'ouvrit et Meg apparut dans l'entrebâillement. Le visage de Tegan s'illumina.

— Regarde qui j'ai trouvé dans ma voiture, dit Nate, apparaissant à son tour. J'ai pensé qu'elle te manquerait. J'ai eu raison ?

— Oui !

— Tant mieux, parce que je crois que Meg n'aime pas trop ma voiture.

Il entra dans la chambre et tendit à Tegan sa poupée de chiffon.

— Monsieur Nate, Luke est parti en Amérique et il ne reviendra pas, annonça Tegan quand Nate s'assit sur le bord du lit.

Les yeux bleu marine de Nate se tournèrent vers moi pour chercher une confirmation. Je hochai la tête. Il fronça légèrement les sourcils, me demandant du regard si c'était à cause du baiser. Je hochai à nouveau la tête et le regret se peignit sur son visage.

— Oh ! c'est triste, il va me manquer, dit-il à Tegan.

Ce n'était peut-être pas vrai, mais il eut le bon goût d'être convaincant.

— Dis, toi tu ne vas pas partir en Amérique, Monsieur Nate ?

— Non. Je ne vais nulle part.

Nate tourna les yeux vers moi, et m'enveloppa d'un regard paisible et pénétrant. Ma bouche s'ouvrit sur un pâle sourire parce que je savais qu'il était sincère. Je savais que s'il y avait une personne au monde qui ne nous abandonnerait jamais, c'était lui.

47

Kamryn chérie,

J'ai chargé Nancy de te faire parvenir cette lettre ce soir, un an jour pour jour après ma mort. N'y vois surtout pas une manœuvre pour t'effrayer ni quoi que ce soit de ce genre, je voulais seulement maintenir le contact avec toi, si tant est que cela ait un sens, et te rappeler que tu fais un boulot génial avec notre petite Tegan. Comment je le sais ? Eh bien, parce qu'il ne peut pas en être autrement, pardi ! Tu as peut-être toujours refusé d'avoir des enfants, mais je ne t'ai jamais vue reculer devant un défi. Et celui-là en est un que tu excelles à relever, je n'en doute pas une seconde.

Je sais que Tegan est en de bonnes mains avec toi, et que tu es en de bonnes mains avec elle – je suis sûre que tu comprends ce que je veux dire par là.

Bon, je suppose que tu as trouvé mon autre lettre depuis le temps. Sinon, quel gâchis ! Ça signifierait que tu n'aurais pas jeté un coup d'œil à mes affaires, que tu n'aurais même pas eu l'idée de vérifier s'il n'y avait pas un truc à toi dans mes cartons ! Ah ça oui, il y avait quelque chose : ta veste en velours noir que je n'ai pas cessé de reluquer depuis le jour où tu l'as achetée. C'est la meilleure planque que j'ai trouvée pour glisser cette lettre où je te parle de Nate, de moi et de la raison pour laquelle j'ai fait ce que j'ai fait.

Si tu l'as trouvée, tu sais tout maintenant, et j'espère que tu ne me hais plus. J'ai eu tort et je m'en excuse une nouvelle fois. J'ai appris néanmoins que la vie est courte, beaucoup trop courte pour garder de la rancune. Trop courte pour fermer son cœur sans écouter ce que les autres ont à nous dire. Ma belle, fais la paix avec Nate avant qu'il ne soit trop tard. Je n'ai jamais rencontré deux personnes autant faites l'une pour l'autre. S'il te plaît, parle-lui, laisse-le s'expliquer. Donne-lui une chance de se racheter – c'est tout ce que je désire.

Te souviens-tu du jour où nous nous sommes rencontrées ? Tu as été tout de suite géniale avec moi. Oui, je sais, tu étais un vrai porc-épic, et tu faisais comme si tu n'en avais rien à faire de moi ni de personne. Mais tu t'es trahie, Kamryn Matika. J'ai su que nous allions être amies parce que, au lieu de refuser de venir boire un verre avec moi et de me tourner le dos, tu t'es ravisée et tu as accepté en avançant une explication bidon. Tu as été tout simplement adorable – même si ce n'était pas dans le sens qu'on donne habituellement à ce mot. C'était comme si... je ne sais pas... comme si tu ne pouvais pas t'empêcher de vouloir me protéger. Personne ne m'a jamais prise ainsi sous son aile, ni avant ni après. Personne ne m'a jamais acceptée spontanément telle que j'étais, et pour toujours. Merci. Je ne te l'ai jamais dit, mais merci d'avoir été mon amie. Merci d'être toi-même.

Et voilà, je parle, je parle... Désolée. C'est peut-être ce qui m'a manqué le plus, nos conversations. On discutait pendant des heures, toi et moi. De tout, de rien. Et puis tout s'est arrêté avec ton départ pour Leeds. Je n'ai plus eu personne à qui parler, à part Tegan, et la majeure partie du temps elle ne comprenait rien de ce que je lui racontais, la pauvre.

Je te laisse maintenant, ma belle. Je voulais juste te faire mes adieux correctement. C'est que je suis quasiment sûre que nous n'en avons pas eu le temps, que ça te fait de la peine, et je voulais y remédier. Alors voilà, maintenant c'est comme si on avait pu se dire adieu : tu peux dormir sur tes deux oreilles. Bonsoir et bon vent.

Avec ma tendresse éternelle,

Adèle.

« Est-ce que tu vas redevenir l’amoureux de Maman Ryn ? »

48

— Luke ! s'écrie joyeusement Tegan.

Je tends la main vers ma tasse, sans lever les yeux de mon magazine, et j'avale une gorgée de thé. Nous sommes assises à la terrasse d'un café, non loin de la maison. Tous les week-ends, cet endroit devient un coin de paradis pour les parents : on peut y boire un expresso, lire le journal, bien déjeuner et surtout, pour une somme modique, on y prend votre enfant en charge pendant deux heures. Cent vingt minutes de répit, pendant lesquelles on lui apprend à cuisiner toutes sortes de plats faciles à réussir : quatre-quarts, charlotte, mousse au chocolat... Aujourd'hui, c'est un cours de pizza. Dans cinq minutes environ, le professeur du jour viendra chercher les petits trésors et, comme par magie, les épaules des parents se détendront et toute trace de stress disparaîtra de leurs visages. Nous échangerons des sourires complices, tels des prisonniers bénéficiant d'une permission de sortie. Nous adorons tous nos chères têtes blondes, mais un petit peu de temps libre n'a jamais fait de mal à personne.

— C'est Luke ! couine Tegan.

Je ne prends même pas la peine de lever les yeux, parce qu'elle fait ça tout le temps. Luke nous a quittées depuis seize mois et, au début, je le voyais partout, moi aussi. Je m'apprêtais à l'appeler, puis je réalisais que ce n'était pas lui et je me sentais stupide. J'avais eu la même réaction après la mort d'Adèle. J'avais beau savoir que cela ne pouvait pas être elle, je la voyais constamment : descendant la rue, attendant à un arrêt de bus, faisant la queue à la caisse d'un supermarché, et je devais me retenir de crier son prénom.

Tegan continue à réagir ainsi avec Luke. Elle soutient mordicus qu'elle l'a vu. Je suis persuadée qu'elle y croit dur comme fer, alors je ne la contredis pas, ne serait-ce que pour lui montrer que je ne la prends pas pour une menteuse. Voilà pourquoi, malgré le gloussement de joie qui sonne dans sa voix, je ne lève pas les yeux.

— Hello, Ti.

C'est une voix douce et profonde, et en réponse mon cœur se met à palpiter. Je garde la tête baissée sur mon journal, même si j'entends Tegan sauter de sa chaise et se jeter dans les bras de quelqu'un. C'est dimanche, je ne suis pas maquillée, c'est à peine si je me suis coiffée, et mon visage n'est pas encore complètement réveillé. *Bah, il m'a vue bien pire que ça*. Je m'appuie sur le dossier de ma chaise et je lève la tête. Je ne peux m'empêcher de sourire parce que Tegan a enroulé les bras autour de son cou et les jambes autour de son torse.

— Hello, Ryn.

— Hello, Luke.

Il n'a pas changé. Il est toujours aussi grand et musclé, pas un gramme de graisse superflue. Son crâne est presque rasé, ses yeux brun orangé ressortent sur son visage hâlé. La seule différence depuis la dernière fois que je l'ai vu est qu'il porte de nouveau ce ridicule collier de barbe qu'il avait lorsque nous nous sommes rencontrés.

— Je n'aime pas ta barbe, dit justement Tegan, exprimant ma pensée.

— Merci beaucoup, mademoiselle.

Il s'adresse à Tegan, mais c'est moi qu'il regarde. Il doit penser que je n'ai pas changé : j'ai toujours la même coiffure, mes cernes se sont atténués car j'ai pris l'habitude de survivre en dormant très peu. Je n'ai ni minci ni grossi. Je suis restée la même.

Tegan rejette la tête en arrière de façon à avoir une meilleure vue sur la pilosité contestée, puis elle se frotte la joue.

— Tu piques.

Les yeux de Luke se détournent des miens pour revenir se poser sur Tegan.

— Message reçu.

Il a repris sa pointe d'accent américain.

— À la première occasion, je la rase.

— Est-ce que tu vas redevenir l'amoureux de Maman Ryn ?

— Tiga, c'est l'heure de ton cours.

Je me lève et contourne la table pour prendre Tegan des bras de Luke.

— C'est pas juste !

Elle me regarde, les yeux pleins de reproches.

— Je veux parler avec Luke. Il est aussi à moi !

Elle n'a plus rien à voir avec la petite fille que j'ai ramenée à Leeds avec moi il y a un peu plus de deux ans. La nouvelle Tegan n'a aucune difficulté à exprimer ce qu'elle pense ni à protester devant ce qu'elle considère comme une injustice. Nous sommes souvent en désaccord sur l'heure à laquelle elle doit aller se coucher, par exemple, ou sur les vêtements qu'elle peut porter. (Notre conflit concernant l'achat ou non d'un certain Bikini rose outrageusement minimaliste a fait rage pendant deux jours et n'est toujours pas résolu.)

— Tu auras tout le temps de parler avec Luke, dis-je sans la quitter des yeux. Mais d'abord, tu vas apprendre à faire une pizza.

— J'aime même pas ça, la pizza, marmonne-t-elle.

— Pardon ? fais-je en la posant à terre.

Tegan me regarde, consciente que si elle répète ce mensonge elle ne pourra plus jamais manger de pizza en ma présence. Elle sait que je me mets rarement en colère et que je ne lèverai jamais la main sur elle, mais qu'elle n'aura jamais gain de cause si elle ment uniquement pour avoir le dernier mot.

— Euh... rien, répond-elle.

— J'aime mieux ça. Tu veux descendre toute seule ou tu préfères que je t'accompagne ?

— Tu m'accompagnes, dit-elle en glissant sa main dans la mienne. À tout à l'heure, Luke. Tu m'attends, hein ?

Nous descendons main dans la main l'escalier en bois qui mène à la grande cuisine au sous-sol du restaurant. Tegan se dirige vers les petits portemanteaux où sont accrochés des tabliers et en choisit un rouge.

— J'aime le rouge, me rappelle-t-elle pendant que je noue les attaches autour de sa taille.

— Je sais, dis-je et je l'embrasse sur le front.

Avant que j'aie le temps de me redresser, elle jette ses bras autour de ma taille.

— Merci, Maman Ryn, dit-elle en m'embrassant sur la joue.

J'ignore pourquoi, elle m'embrasse souvent comme ça, sans raison, en me remerciant de je ne sais quoi, mais j'adore ça, alors je ne pose pas de question.

— Tu es ma meilleure amie, me chuchote-t-elle dans l'oreille. À part Matilda, Crystal et Ingrid. Et Luke.

— Tu es ma meilleure amie aussi, dis-je

Et j'ai droit à un deuxième bisou sur la joue.

Je remonte l'escalier, le cœur battant à se rompre. Je n'aurais jamais imaginé revoir Luke un jour. Je pensais être condamnée *ad vitam aeternam* à n'avoir de ses nouvelles qu'à travers ses lettres et ses e-mails à Tegan. Si on m'avait dit que je me retrouverais un jour à une terrasse de café avec lui…

Il est assis à la table que j'occupais avec Tegan, ses longues jambes étendues devant lui. Nate s'assied exactement de la même façon. Ce n'est qu'après le départ de Luke que j'ai remarqué combien ils se ressemblaient tous les deux. Dans leurs attitudes, leur façon de parler, leur sens de l'humour.

— Incroyable, ce qu'elle a grandi, déclare-t-il alors que je m'installe en face de lui.

Le serveur s'approche et pose un double café devant Luke en annonçant :

— Un grand mokaccino pas-trop-corsé-mais-avec-double-dose-de-chocolat. C'est bien ça ?

— C'est ça, acquiesce Luke en riant. Excellente mémoire, mon vieux.

Lorsque nous sommes de nouveau seuls, je demande :

— Tu es déjà venu ici ?

— Euh… deux ou trois fois. Enfin… presque tous les week-ends, en fait. Je m'installais ici dans l'espoir de vous apercevoir, Ti et toi. Il lui est arrivé de me repérer, d'ailleurs.

Tegan n'avait donc pas été victime d'hallucinations : elle avait bel et bien vu Luke nous espionner. Les battements de mon cœur redoublent d'intensité, mais je fais comme si de rien n'était.

— Depuis quand es-tu rentré des États-Unis ?

Ses yeux se fixent sur ma main gauche puis se détournent aussitôt, et il fronce les sourcils.

— Trois mois environ. Le poste n'était pas fait pour moi.

Il laisse sa phrase inachevée parce qu'il y a autre chose, je le sais, et il sait que je sais. Il a fait en sorte que je sois informée, pour se venger, je suppose. Je me lance :

— Ta femme est venue avec toi ?

Luke a épousé Nicole six mois après avoir quitté Leeds. La nouvelle, illustrée par des photos du mariage, nous est parvenue chez Angeles quelques jours à peine après la cérémonie. Ce jour-là, je suis entrée dans le bureau que je partage avec Betsy et j'ai vu la photo sur son écran d'ordinateur. Elle a immédiatement fermé le fichier mais trop tard : l'image de Luke, rayonnant de bonheur, serrant sa femme, sa Nicole, dans ses bras, s'était marquée comme au fer rouge dans ma mémoire. J'ai simulé l'enthousiasme devant Betsy, claironnant que c'était fantastique, que j'étais heureuse pour lui. J'ai fanfaronné comme ça toute la journée, puis j'ai vomi dans les toilettes avant de partir et j'ai pleuré toute la nuit, le visage enfoui dans mon oreiller pour étouffer mes sanglots.

— Non, Nicole est toujours à New York, me révèle-t-il. Et elle y restera. Ce mariage non plus n'était pas fait pour moi.

— La rapidité avec laquelle tu as convolé m'a surprise, je l'avoue. Mais, après tout, il s'agissait de Nicole. Je suppose que c'était facile de reprendre votre relation là où vous l'aviez interrompue.

— Pas si facile que ça, en fait. Elle n'était pas... Comment va Nate ?

Nos yeux se croisent. Il cherche dans les miens à anticiper ce que je vais lui annoncer.

— Bien. Mieux que bien, même, il est en superforme. Il s'est installé à Leeds pour être plus proche de... Enfin, pour être plus près. Tegan et lui s'entendent à merveille. Elle accepte même qu'il vienne la chercher à l'école deux fois par semaine, ce qui me permet de travailler un peu plus tard.

Je ne suis toujours pas directrice du marketing chez Angeles, et je ne le serai jamais. C'est une évidence que j'ai acceptée désormais. Car, aussi longtemps que Tegan aura besoin de moi, je devrai faire passer ma carrière à l'arrière-plan.

— Elle le mène par le bout du nez et ils cuisinent comme vous le faisiez tous les deux autrefois : en flanquant la pagaille partout.

Luke prend une inspiration et sa mâchoire se raidit tandis qu'il demande d'une voix crispée :

— Je suppose qu'elle l'appelle papa, maintenant ?

Je pose doucement ma main sur la sienne.

— Pour Tegan, son seul papa c'est toi.

— Même après tout ce temps ?

— Ce n'est pas parce que tu es parti qu'elle a cessé de parler de toi. Nate le sait très bien. Il n'essaiera jamais de prendre ta place.

— *Sa* place, c'est lui son père.

— Oui, mais ce n'est pas pour autant qu'il souhaite être son papa. Il a de l'affection pour Tegan, il est proche d'elle, mais il ne l'aimera jamais comme toi tu l'aimes, tu me l'as dit toi-même. Ce qui n'empêche pas qu'il assumera toujours ses responsabilités vis-à-vis d'elle. C'est quelqu'un de bien, tu sais. Tous les deux, vous pourriez... enfin, vous auriez pu devenir amis, dans d'autres circonstances. Il a toujours été reconnaissant de la façon dont tu t'occupais de Tegan. Il ne souhaite que son bonheur, et si cela implique de laisser sa place à un autre, il n'hésitera pas. Il a renoncé officiellement à tous ses droits sur elle.

— Ah ?

Un temps.

— Et... est-ce que tous les deux... ?

— Non.

— Pourquoi ? Je pensais que...

— Que nous nous passerions la bague au doigt avant même que ton avion ait décollé ? Non. Nate et moi nous ne pourrons jamais nous marier. Il s'est passé trop de choses. Nous avons trop changé.

— Tu veux dire que vous n'avez même pas... ?

— Nous ne sommes pas des saints, Luke.

Il était parti depuis deux mois quand Nate et moi avons finalement fait l'amour. Par la suite, nous avions eu une relation en pointillé pendant un an, interrompant toujours notre liaison avant qu'elle prenne un tour officiel. Puis la tentation l'emportait et nous redevenions amants. Récemment, nous avions définitivement mis un terme à cette relation qui perdurait sans exister vraiment. Les personnages de l'histoire ne correspondaient pas au profil requis : le monsieur avait trompé la dame et la dame élevait un enfant qui passait avant tout le reste. Nate avait beaucoup d'affection pour Tegan, peut-être même l'aimait-il vraiment, mais il ne voulait pas la prendre en charge à plein temps. De mon côté, j'avais compris les raisons de son aventure avec Adèle, je lui avais pardonné, mais je n'avais pas oublié. Il y aurait toujours ces barrières entre nous. De toute façon, à présent, la question ne se posait plus.

— Nate a une petite amie, maintenant. Ils sont ensemble depuis trois mois et j'ai l'impression que c'est du sérieux.

— Ça t'ennuie ?

— Moins qu'à une époque.

J'avais fondu en larmes devant Nate quand il m'avait annoncé la nouvelle, mais j'avais réussi à ne pas lui demander de rompre avec elle. Je devais le laisser partir. Il nous fallait aller de l'avant, l'un comme l'autre, et il avait eu le courage de faire le premier pas. Savoir qu'il aimait quelqu'un d'autre était encore douloureux, bien sûr, mais un peu moins chaque jour qui passait.

— C'est merveilleux de le voir heureux.

— Ouais. Mais tu as toujours des sentiments pour lui.

— Bien sûr.

Je hausse les épaules et, pour atténuer la franchise brutale de ma réponse, je reprends :

— Je le trouve craquant, séduisant, j'ai toujours de la tendresse pour lui, j'en aurai toujours, mais cela n'aurait pas pu marcher entre nous parce qu'il y avait quelqu'un d'autre dans mon cœur.

L'ancienne Kamryn avait aimé Nate de toute son âme. Mais la Kamryn qui élevait Tegan aimait Luke, et la famille que nous formions tous les trois davantage encore. Quel choc ç'avait été quand j'avais pris conscience de cette vérité... J'aimais Nate... mais j'aimais plus encore les week-ends où nous faisions le grand ménage dans l'appartement, Luke, Tegan et moi ; nos promenades dans le parc ; les concours de chatouilles avec Luke pendant que Tegan comptait les points en hurlant de rire ; les moments de calme devant la télé quand je les écoutais discuter tous les deux gravement de la supériorité des feutres sur les crayons de couleur... C'était ma petite famille et je l'aimais plus que tout au monde.

— Dans mon cœur, il y avait cet amoureux fantastique que j'adorais. Et même si j'étais tentée par l'autre garçon, le seul qui comptait pour moi, c'était mon amoureux. Et bien qu'il soit parti et qu'il ait épousé quelqu'un d'autre, je n'ai pas cessé de l'aimer.

— Tu es sincère ?

— Je ne le dirais pas si je ne le pensais pas.

Luke se penche et saisit mes deux mains dans les siennes.

— Tu sais, c'est seulement des mois après mon départ que j'ai enfin compris ce que tu m'avais demandé dans la cafétéria de l'hôpital, dit-il. Je croyais que tu me reprochais de ne pas t'aimer comme Nate. Et puis je me suis brusquement rendu compte que ce que tu voulais savoir, en fait, c'était si je t'aimais tout court. Indépendamment de Tegan.

Ses pouces caressent les miens.

— Parce que tu n'y as jamais cru, n'est-ce pas ? Tu t'es vraiment imaginé que j'aurais construit une relation avec toi si je ne t'aimais pas ? Grosse bête, je suis tombé amoureux de toi le jour où tu as eu cette terrible migraine. Quand j'ai découvert qui était réellement Ti pour toi, ç'a été comme si des œillères étaient brusquement tombées de mes yeux. J'ai compris quelle femme exceptionnelle tu étais. Ensuite, j'ai pensé que je m'étais tellement mal comporté avec toi que j'avais sabordé toutes mes chances, mais je continuais quand même à espérer…

Il esquisse un bref sourire.

— Le jour où je t'ai embrassée pour la première fois, j'étais mort de trac. Pendant tout le trajet depuis Londres, je n'avais pas cessé de penser à tes yeux, à ton sourire, à l'odeur de ta peau, à laquelle se mêlait celle de ton parfum. Tu sais, quand j'étais à New York, je me rendais dans le rayon parfumerie de Bloomingdale pour humer ce parfum, parce que c'était toi.

Ses yeux caressent mon visage et ses doigts se mêlent aux miens.

— C'est pour ça que ça n'a pas marché avec Nicole : elle n'était pas toi. Ryn, tu me plaisais, je te désirais, je te trouvais belle – tu es la femme la plus belle de la terre à mes yeux – mais c'est secondaire. Il y a tant de choses que j'aime encore plus en toi ! J'adore ta façon de répondre à une question par une autre question pour gagner du temps ; ta façon de t'occuper des gens sans en avoir l'air ; ta façon de…

— Arrête. Je n'en demande pas tant, dis-je en secouant la tête.

Le visage de Luke se durcit.

— Et voilà ! C'est exactement pour ça que je ne disais rien : tu m'avais avoué un jour avoir appris à ne plus croire ce qu'on disait de toi, en bien ou en mal, alors je me suis tu et j'ai essayé de te montrer ce que je ressentais par des actes plutôt que par des paroles.

— Désolée. Mais, pour être honnête, chaque fois que je faisais un pas en avant, tu donnais l'impression d'en faire deux en arrière. Et pour finir, je me suis rendu compte que tu avais concocté un plan de secours depuis le premier jour. Je n'ai jamais vu quelqu'un tourner la page aussi vite. Et tu t'étonnes que je n'aie pas cru que tu m'aimais ?

— Je sais, je suis un imbécile. La situation m'a échappé et j'ai fui. C'est ce que j'ai fait toute ma vie. La réapparition de Nate était pour moi comme l'ultime péripétie d'un scénario catastrophe. Il avait davantage de droits sur Tegan et toi que moi, et je me préparais à ce qui me paraissait inéluctable.

— Je suis heureuse que tu sois revenu, Luke.

Je lui souris avant de me rendre compte qu'il n'avait pas laissé entendre que son retour était définitif.

— Tu... tu es bien de retour, n'est-ce pas ? Tu vas à nouveau vivre avec nous ?

— Oui, mais certaines choses vont devoir changer.

— Tout à fait d'accord. Premièrement, tu auras l'obligation de te montrer honnête avec moi. Il faudra tout me dire : si tu te présentes à un entretien d'embauche, si tu as des projets de mariage – avec moi ou avec quelqu'un d'autre –, tout. Et de mon côté, je ferai pareil.

— Bon. Jusque-là, ça me paraît raisonnable.

— Deuxièmement, tu devras accepter que Nate fasse partie de nos vies, pour le meilleur et pour le pire.

Luke acquiesce d'un petit signe de la tête, mâchoires serrées.

— Je ne plaisante pas, Luke. C'est terminé entre lui et moi, mais il sera toujours là.

— Rassure-moi : je ne suis pas obligé de l'aimer ?

Je soupire.

— Non. Mais ce serait pourtant plus facile. Je ne veux pas que Tegan se sente tiraillée entre vous deux. Elle est très perspicace et plus elle grandit, plus elle remarque tout, alors pas de vieilles rancunes, promis ?

— Promis. À moi, maintenant. Ma condition, c'est que tu réfléchisses à l'éventualité d'avoir d'autres enfants.

Mon cœur cesse de battre.

— Je ne crois pas que…

— Attends, tout ce que je te demande, c'est d'y réfléchir. Je ne trouve pas juste que Tegan soit privée de frères et sœurs. Tu en as bien, toi, alors pourquoi pas elle ?

— Luke…

— On peut en parler, Ryn. Si c'est non, ce sera non. Mais je ne vois pas pourquoi tu prendrais seule la décision sans que j'aie mon mot à dire. Ce n'est pas ça, un couple. Je veux dire, si on doit recourir à l'adoption, d'accord, mais la condition, c'est d'en parler d'abord.

— Entendu, on en parlera. Mais je te préviens : Tegan suffit amplement à m'occuper.

— Je pense qu'elle pourrait me suffire aussi, mais je veux quand même qu'on en discute.

— Accordé.

Il sourit.

— Ma réputation va en prendre un coup, dis-je avec un soupir. Tu es un homme marié et moi une mère célibataire… Les mauvaises langues vont s'en donner à cœur joie. Je ne sais pas ce que…

Luke se penche par-dessus la table et m'embrasse langoureusement. Je ne peux m'empêcher de fondre. J'avais oublié à quel point il embrassait bien. Quand il se rassied sur sa chaise, Tegan est devant nous, un sourire jusqu'aux oreilles. C'est exactement ce qu'elle voulait : Luke et moi à nouveau ensemble, Luke et elle à nouveau amis. Derrière elle se dresse son professeur de pizza. Son visage furibond n'a rien d'engageant.

— Madame Matika, je dois me plaindre du comportement de Tegan ! déclare-t-elle d'une voix vibrante de colère.

Tegan grimpe sur mes genoux et se blottit contre ma poitrine. C'est de la comédie, mais elle sait que je ne vais pas me mettre en colère si elle joue au pauvre bébé effrayé.

— Qu'est-ce qu'elle a fait ?

— Au beau milieu du cours, elle a décidé de partir vous retrouver. Et quand je lui ai dit qu'elle devait d'abord finir de garnir sa pizza, elle m'a répondu que je n'avais qu'à la garnir moi-même !

Luke détourne pudiquement la tête pour qu'on ne le voie pas rire. Tant mieux pour lui, s'il trouve ça drôle. Ce n'est pas lui qui est sur la sellette.

— Tegan, demande pardon à...

Je jette un coup d'œil à son badge. Adèle. Mon cœur s'emballe et une boule se forme dans ma gorge comme toujours quand je pense à elle ou que j'entends son prénom.

— Tegan, demande pardon à Adèle.

— Pardon, mademoiselle Adèle. Je ne voulais pas être méchante. Je le ferai plus, récite Tegan avec ce qu'il faut de contrition dans l'expression et la voix.

Radoucie, Adèle s'accroupit devant elle.

— D'accord, trésor. On se verra la semaine prochaine.

Tegan hoche la tête et réussit à conserver une mine contrite jusqu'à ce qu'Adèle disparaisse dans l'escalier. À la même seconde, elle se tourne vers moi, ses grands yeux m'implorant de ne pas me mettre à crier.

— Je suis désolée d'avoir été impolie, Maman Ryn. Mais je voulais voir Luke. J'avais si peur qu'il reparte. Je ne veux pas qu'il s'en aille.

— Luke va rester un petit peu avec nous. N'est-ce pas ?

— C'est vrai, Luke ? s'écrie Tegan.

— Absolument, beauté. Je vais même tellement m'incruster que vous vous liguerez toutes les deux pour essayer de me mettre dehors.

Tegan sourit, dévoilant ses jolies dents blanches.

— Maman Ryn, je peux annoncer la nouvelle à Luke ?

— Bien sûr, chérie.

— Je m'appelle Tegan Brannon-Matika ! claironne-t-elle fièrement. Je porte le même nom que Maman Ryn, maintenant. On forme une vraie famille !

— C'est génial ! s'exclame Luke. Ti, je suis tellement content pour toi ! Et pour toi aussi, Ryn. Quand as-tu appris que tu avais finalement l'autorisation de l'adopter ?

— Nous avons reçu le certificat définitif il y a deux semaines. Mais le chemin a été long : plus d'un an et demi, avec des assistantes sociales, des psychologues et des juges... Enfin, nous y sommes arrivées. N'est-ce pas, ma puce ?

Tegan hoche la tête d'un mouvement bref et décidé.

— Monsieur Nate a apporté du champagne pour Maman Ryn et du jus de pomme avec des bulles pour moi. Après, il nous a emmenées au cinéma et on a mangé une superpizza géante.

C'était seulement en regardant le certificat d'adoption qui allait remplacer l'acte de naissance de Tegan que j'avais pris conscience de ce que cela signifiait. Peu importait finalement que je n'aie pas dit à Adèle que je lui pardonnais : elle l'avait deviné. Ma meilleure amie savait déjà que je n'avais jamais cessé de l'aimer parce qu'elle m'avait confié ce qu'elle avait de plus précieux au monde. Elle avait remis entre mes mains l'amour de sa vie. Et, en adoptant Tegan, je lui accordais mon pardon au-delà de ce qu'elle aurait espéré. Elle ne m'avait pas piégée comme je l'avais pensé à l'époque, elle avait simplement bouleversé et illuminé ma vie comme je l'avais pressenti le jour de notre rencontre.

— Tu sais, Luke ? dit Tegan.

— Quoi, mon cœur ? demande Luke en souriant de la tendresse avec laquelle je serre ma fille contre moi.

— Maman Ryn est d'accord pour que j'adopte un chat !

Un grand merci à

Emily Partridge, Richard Atkinson et Alix Johnson qui ont eu la patience de lire les premières moutures de ce roman et qui m'ont apporté leur soutien tout au long de cette aventure.

Maryam, Dawood, Maraam, Muneerah, Yusuf, Ahmad et Ameerah ; Lyiah, Sky, Aasia et Joshua ; Luc ; Jonathan et Rachel ; Ellie, Sam et Georgia qui m'ont laissée pénétrer dans leur univers et ont été, d'une certaine façon, à l'origine de cette histoire.

Agnes et Samuel Koomson, les plus merveilleux des parents, pour leur soutien et leur amour inconditionnels, à chaque minute de ma vie.

Habibah, David et Jade qui ont contribué à faire de mes frères et sœurs des gens vraiment bien.

Sharon Wright et David Jacobson, Stella Eleftheriades, Emma Hibbs, Rhian Clugston, Christian Lewis, Janet Cunniff, Andy Baker, Adam Gold, Bibi Lynch, Graeme Delap, Jean Jollands, Marian et Gordon Ndumbe, Martin et Sachiko O'Neill, Sarah Berger, Jo Thorne et Matthew Keenan, Emma Frost, Margi Conklin, Shona Abhyankar, Rose Obianwu, Stuart Smith, et Ginny et Paul Baillie, pour leur fidèle présence. Sans eux, je ne serais pas parvenue au bout de cette entreprise.

Sarah Ball, Denise Ryan et Natasha Harrison, mes copines romancières, pour tous leurs conseils judicieux et leur disponibilité, même à point d'heure.

Rebecca Buttrose, Rebecca Carman et Lucy Tumanow-West, pour leur aide précieuse en Australie.

Antony Harwood et James Macdonald Lockhart parce qu'ils ont été les premiers à croire en ce livre, et parce qu'ils sont les meilleurs agents littéraires du monde – et pour avoir vécu aux quatre coins du monde, je sais de quoi je parle !

Joanne Dickinson pour son merveilleux travail éditorial, sa confiance en moi et nos discussions animées. Vous êtes une star !

Jennifer Richards et Louise Davies pour la très belle couverture, et leur admirable travail de relecture.

Enfin, vous, lecteurs, pour avoir lu ce roman. J'espère qu'il vous a plu.

8993

Composition
NORD COMPO

Achevé d'imprimer en France (La Flèche)
par CPI BRODARD ET TAUPIN
le 1er juin 2009. 53184

Dépôt légal juin 2009.
EAN 9782290016428

ÉDITIONS J'AI LU
87, quai Panhard-et-Levassor, 75013 Paris

Diffusion France et étranger : Flammarion